有爱的青春陪伴者

是谁小鹿乱撞

岑姜
-著-

江苏凤凰文艺出版社
JIANGSU PHOENIX LITERATURE AND ART PUBLISHING

图书在版编目（CIP）数据
是谁小鹿乱撞 / 岑姜著. -- 南京 : 江苏凤凰文艺出版社，2025. 11. -- ISBN 978-7-5594-9887-8
Ⅰ. I247.5
中国国家版本馆CIP数据核字第2025A0G169号

是谁小鹿乱撞

岑姜 著

责任编辑 王昕宁
特约编辑 年 年
责任校对 言 一
责任印制 杨 丹
出版发行 江苏凤凰文艺出版社
南京市中央路165号，邮编：210009
网 址 http://www.jswenyi.com
印 刷 天津睿和印艺科技有限公司
开 本 880mm × 1230mm 1/32
印 张 9.5
字 数 372千字
版 次 2025年11月第1版
印 次 2025年11月第1次印刷
书 号 ISBN 978-7-5594-9887-8
定 价 42.80元

目录 CONTENTS

目录 CONTENTS

♥

第一章

江野回国了

Shishui
xiaoluluanshuang

平江七月，流金铄石。

炎炎白日如火炬般燃烧，地面宛若被烫过的橘子皮，皱成一道道颓败的痕迹。

期末考试将近，宋清弥本应该去图书馆“卷生卷死”，可她紫外线过敏，这个天气见了阳光会浑身又痒又痛，只能猫在宿舍复习。

她打开《运动护理学概论》看到——运动护理学强调运动损伤的预防措施，包括适当的热身、正确的运动技术和个体化的训练计划。在运动损伤发生后，护理人员需要运用 R.I.C.E 原则。

她合上书，默背：“护理人员需要运用 NPC 原则……”

她又打开书看一眼。

背错了。

她又对着书默读两遍，再背：“护理人员需要运用 RISE 原则……”

怎么回事，又背错了。

她刚要翻开书，放在一侧的手机猛地振动了几下。

微信群消息。

卢鸣：打 CUBA（中国大学生篮球联赛）的学生回来了，你们去跟踪一下数据@郑时雨@顾诗云@宋清弥。

宋清弥欲哭无泪。

她人生的前十九年完全是咸鱼标配，从小到大没梦想没爱好，成绩永远在班级中游浮动，不出意外应该是个败家的二世祖，人生最大期待就是不败光父辈遗产。

谁知道高考走了什么狗屎运，平时一本线上下徘徊的她直接凭借运气进了平江大学，一座放眼全国也算不错的 985 院校。

平大学子日常就很卷，但宋清弥总能在卷里躺平。

这学期，她选修了一门巨冷门的专业选修课，科任老师上课也是读 PPT，敷衍得很。

本来是老师和学生双向敷衍的，结果临近期末时，卢鸣教授突然同意院里的挽留延退五年，并且光速拿到审批下来的科研经费。

他在课堂上老神在在地点了“唯三”的学生参加他的科研项目，承诺届时发奖金，并把他们写进论文二作。

宋清弥不缺钱，也没有醉心科研的打算，本想拒绝，可另外两个“卷王”同学直接同意了。

她被架住，只能硬着头皮干。

好在这也没什么难度，她的工作日常是整理资料，然后跟踪调查对象——平江大学篮球队的六十名运动员。

如今该工作了，宋清弥看了眼手机上的紫外线级数，戴上防晒帽、防晒口罩和墨镜，穿上防晒衫和长裤，又将电脑和笔记本装进背包。

临出门前，她手机响了一下。

郑时雨：我在你宿舍楼下等你。

郑时雨：篮球队那里已经联系过了，今天大二期末考试，所以只有四十五人在，其余的人之后再约时间。

条理清晰，安排明白。

宋清弥在心里给他竖起大拇指，刚要吹一吹“彩虹屁”，对话页面又跳出来一条消息。

郑时雨：江野的情况问过老师再做打算。

宋清弥飞速地阅读这段文字，最后将目光定格在人名上，眯了眯眼睛。

江野。

沉默片刻，她抿着嘴唇，神色正经地删掉对话框里的文字，只回了一个字：好。

因为紫外线过敏的关系，宋清弥连续三天都靠点外卖维持生活没有出过宿舍。一脚踏出宿舍楼正门，正午金灿灿的阳光从树梢闪到树上挂着的横幅上，照得上面的文字越发耀眼。

她被晃得眼前一暗，身子往旁边栽了栽。

“没事吧？”郑时雨虚扶她一下。

宋清弥收回视线，朝他摇了摇头。

郑时雨也看向树下的横幅，红底白字——“热烈庆祝江野同学加入平江大学篮球队”；隔几棵树，又有横幅——“江野同学带领平大篮球走向辉煌”。

不是开学季，也没有学术大佬莅临的日子，校园上空甚至还飘着热气球，排场极大。

郑时雨以为宋清弥对江野感兴趣，推了推眼镜，说出在学生会听到的消息：“江野这两天就会来学校注册学籍。”

宋清弥感觉眼前更暗了，敷衍地应了一声：“是吗？”

“当然，有他加入，今年咱们学校 CUBA 的成绩不会差了。”郑时雨喜欢篮球运动，提起江野不免有些兴奋。

兴奋过后，也有点不解，他纳闷地挠了挠头：“就是不知道江野怎么选择咱们学校了？”

宋清弥也不理解。

江野虽然只是大学生球员，但在国内已经声名鹊起——

亚洲 U18 赛事里中国队主力一号位，旅美小将，NCAA（美国大学生职业篮球联赛）赛场上表现亮眼，在国内媒体眼里是不可多得的篮球天才，当下最有机会进入最高篮球殿堂的中国面孔。

然而，今年他的前国手父亲赫然离世，他回国操持葬礼，紧接着就爆出他准备归国发展的消息。

消息一出，国内各球队各高校都向江野抛出橄榄枝。

网传华清大学拿出了首都一套房加奖学金百万的筹码，还有高校承诺了很多商业资源。

对比之下，平大的条件就很寒酸了——整修体育馆、购入运动康复设备，以及校长奖学金。

平大的体育成绩还算不错，但篮球始终都是短板，这次“抢人”也就是凑凑热闹罢了。

谁也没想到江野会选择平大。

有媒体采访，询问江野是不是平大承诺了什么足够诱人的不公开条件才让他加盟，毕竟他是冲击冠军的水平，而平大想要在 CUBA 赛场上拿到冠军，无疑猴子登珠峰——根本不可能。

闻言，江野只是懒懒地抬眼看向镜头，眉毛一扬，颇有几分桀骜地说：“无所谓，我会是 CUBA 的山顶。”

采访一放出来，有人讽刺江野高傲。

但竞技体育就是要血性，狂傲、傲慢这些负面性格在绝对实力面前，都是运动员的加分项。

于是，平大学子更兴奋了，狂欢一般组织了欢迎仪式。

托江野的福，学校体育馆得以进行翻修，学生体育活动都在大学生活动中心开展。

而宋清弥的宿舍离大学生活动中心步行需要二十分钟。

宋清弥因为紫外线过敏裹得严实，早就热得头脑发昏，一进去就开始摘口罩。

郑时雨也热得不行，摘了眼镜擦汗。

前面突然传来一声讥诮的声音："哟嗬，一班金童玉女果然成双成对。"

不用抬头，宋清弥就知道是谁，翻了个白眼："谁像你呢，清高美人儿，总是单独行动。"

这姑娘叫顾诗云，运动康复二班团支书，真卷王，专业成绩TOP，平时爱好参加各种活动，以及在老师面前刷脸。

宋清弥很佩服自律、有目标的人，但顾诗云好像对她特别不满意，总是暗里拿话撑她。

"那可不是。"顾诗云对宋清弥的嘲讽不屑一顾，"牛羊才会成群，狮虎只会独行。"

一箭双雕。

郑时雨被迫挨枪。

他默默从背包里掏出笔记本，一边开机一边说："抓紧时间，今天下午两个小时搞不完，就要占用复习时间了。"

顾诗云最在乎的就是成绩，闻言，"哼"了一声转身安排任务。

卢鸣的研究方向是FMS测试对运动员体能改进。

宋清弥给体育生分好组，按照肩部动作、上踢步、直线弓步蹲以及深蹲等基础测试和"8"字运球上篮、禁区防守滑步测试，以及一分钟中场往返急停跳投等进行篮球专项测试。

他们三个每人负责十五人，争取高效率解决问题。

宋清弥分到的是大三组，十来个又高又帅的学长围在一起看手机。

见宋清弥过来，有人特别调皮地把手机递过来："学妹，给你看好东西。"

宋清弥愣了一下，光天化日，朗朗乾坤，看什么好东西。

"这不好吧？"她嘴上拒绝，又忍不住将脖子伸过去。

果然是动作视频。

画面里，江野微微压低重心拍球，目光如鹰隼般锋利。

协防的队友还没跟上，江野懒得等了，干脆在罚球线处起跳，挥起手臂，宛若会飞一般，轻松平移到篮下，瞬息之间，“铛”的一声，球进。

一个堪称完美的战斧劈扣完成。

空气瞬间安静，只有篮圈在微颤。

江野看了下积分板，满意地朝队友抬了下眉。

一瞬间，乖戾嚣张，惊为天人。

几个学长反复欣赏后依旧激动，拍着大腿问宋清弥：“帅吧，江野这一下子帅炸了吧？”

宋清弥干巴巴地笑了一声：“就这？”

有几个学长明显是江野的迷弟，纷纷给她“安利”：

“学姐，这是战斧劈扣！”

“这身体素质，这弹跳，这滞空。”

“分明就是流川枫啊！”

“平大流川枫！”

几个学长好一通沉醉，然后抬眼瞅了瞅宋清弥，又瞅了瞅宋清弥身边的折叠伞：“学妹的遮阳伞不就是流川枫吗？”

“不应该啊，”几个学长一起摇头，“这有真人版流川枫，你咋能不喜欢。”

真人版流川枫。

几句话让宋清弥的脸热了起来，她抬手在脸颊处扇了扇，又拍了拍篮球架：“哎呀，别聊了，抓紧时间。”

练体育的男生身体素质不是盖的，测试加记录的工作，宋清弥累到瘫痪。

结束的时候，已经下午五点半，到了晚饭时间。

宋清弥和郑时雨保持了一年的良好合作关系，知道他今晚有学生会述职，大方道：“你把数据发我，我一个人整理就行。”

郑时雨朝她抱拳：“女菩萨，感谢。”

“大恩不言谢，你请我喝杯奶茶就好。”

“您老随便点。”

两人这氛围正好，就衬得顾诗云孤零零的。

顾诗云脾气古怪没什么好朋友，而且今天也有社团换届要参加，估计挺想宋清弥帮忙整理数据的。

但她不张嘴，宋清弥也不上赶着。

三个人八百个心眼，各怀鬼胎但步调一致地走出体育馆。

已是日暮，紫外线强度减弱，宋清弥摘了口罩和墨镜，在太阳帽下面露出一张清丽的脸。

学则路上，人头攒动，有不少人一窝蜂地往那头凑过去。

宋清弥看着好奇，随便拦住一个人问：“同学，那里在干吗呢？”

同学挠了挠头：“我也不清楚，好像是哪个球星来了吧？”

现在正是下午第二节课下课的时间，食堂肯定爆满，而且没有空调，一进去会有股难闻的菜味。

宋清弥不想去挤食堂，倒不如跟人凑热闹，往学则路人堆里抻了抻脖子。

郑时雨心领神会，拍了拍她的肩膀："那你先忙，奶茶晚上就到。"

两人挥手道别。

见越来越多的人涌上学则路，宋清弥这种在路上看两只狗打架都得看十分钟的八卦性格更是好奇得要死。

她连忙过去排队，要看看这人堆里的球星到底是贝克汉姆还是科比，能有这么大阵仗。

这时，手机突然响了一声。

明悦：听说江野回学校了？

宋清弥看着屏幕上的名字，心里"咯噔"一下。

下一秒，她耳边突然响起一道声音："同学，要签名吗？"

声音低沉、沙哑，像是盛夏酷暑里一瓶冒着泡的冰可乐。

很少年气，很好听。

带着细小的钩子在她耳朵里千回百转。

倏地，宋清弥脊背上蹿上一股电流。

——这声音怎么这么熟悉？

江……江野？

该不会这么巧吧。

他凑巧回平大注册学籍，碰巧在学则路给人签名，碰巧就让爱凑热闹的她撞见了。

宋清弥不可置信地抬头看着眼前的人，视线瞄见对方五官的刹那，心里又"咯噔"了一下。

还真是江野！

两人就在这里，猝不及防地狭路相逢了？

怕被江野认出来，宋清弥连忙把头埋进包包里，试图翻出墨镜和口罩。

浅淡的落日余晖下，江野长身鹤立，身上廓形白色T恤整洁，袖口下方埋伏着轮廓起伏的肌肉。

他眼皮半抬不抬的，戴着降噪耳机，艳阳笼罩着，周身却还是生人勿近的气质，几乎要叫人挪不开视线。

他双手环在胸前，饶有兴致地注视着眼前手忙脚乱的少女，像是注视一个奇怪的粉丝。

好像……真没认出来她。

宋清弥知道，江野一向脸盲记不住人，头一天见过的人第二天就忘了都不奇怪。更何况，两人已经有五年没有待在一起过，两年前匆匆一见，估计还不足以让他记住自己。

空气诡异地沉寂。

后面传来同学的抱怨声："签不签啊，能不能快点儿。"

"签、签……"

宋清弥翻找墨镜、口罩的动作变成找笔记本。

头顶那道如有实质的目光并没有消失，她尽可能地磨蹭。磨蹭到适应他的注视后，她才抬起头来，将笔记本递过去。

江野接过本子，视线却岿然不动，直勾勾地看着她的眼睛，问："签什么？"

哈？

现在运动员营业都这么贴心吗，还有TO签？

她只是随便来排个队，哪知道还有签名啊。

"我……我想想。"

她脑子蒙蒙的，刚巧手里的手机屏幕亮了一下。

明悦：也不知道我配不配有江野的签名，毕竟是百年难得一见的机会。如果可以有TO签的话，希望江野可以给我签——学业顺利、身体健康……

宋清弥宛若抓住救命稻草，想都没想就将明悦的话复述了一遍："麻烦您帮我签'学业顺利，身体健康，早日嫁给江野'。"

话音落下，空气安静了一瞬。

对面，江野好整以暇地睁开眼。

嫁给江野？

如果此时江野知道眼前这个想要嫁给自己的人是宋清弥，估计早就要对她展开嘲讽了。

宋清弥脸颊迅速被攀升的夕阳染上一片红，只想找个地缝钻进去。

"太长了，"她努力给自己找补，"您、您……签个名字就行，谢谢。"

天边是流心蛋黄似的落日，适意的微风从远方吹过，在两人中间转了一圈。

江野站在余晖中央，高挑匀称的身材染上一层金光。

忽地，他勾起嘴唇，在本子上"唰唰"写上那段文字，再把本子递给宋清弥："有梦想是好事。"

"啊？"

江野扬了扬眉："祝你成功。"

签名之后，诸事不顺。

宋清弥匆匆忙忙跑到食堂，最后一份糖醋排骨和她擦肩而过。

晚上整理数据，到了最后一个步骤，电脑突然自动关机。

郑时雨给她点了多肉葡萄芝士，店员居然忘了放奶盖。

她无语凝噎，想着背一会儿书，结果低头："新民主主义社会的主要矛盾是工人阶级与民族资产阶级的矛盾。”

——“有梦想是好事，祝你成功。”

白天江野懒洋洋的声音就在耳边立体环绕，搅得她心神不宁。

正经人谁嫁江野，呸！

宋清弥对江野并没有什么篮球明星的滤镜。

江野大宋清弥一岁，两人是邻居，一起摸爬滚打长大，但感情实在算不上好。

江野的性子有点孤僻，不太好接触，从小就爱皱眉，一副什么都不放在眼里的样子。

在宋清弥还在穿尿不湿的时候，她确实因为颜控基因作祟，对他产生过一点迷恋，但被江野揍过两次之后就乖了。

相较于她，江野更喜欢跟同岁同性别的宋星宇玩。

两人小时候相看两厌，好不容易发展到青春期，江野出国打球，而宋清弥则从沉迷《喜羊羊与灰太狼》直接到迷恋纸片人，中间都没用《一起来看流星雨》过渡一下。

所以，就算是拿着青梅竹马的剧本，两人之间也没有任何旖旎情愫。

江野十五岁出国，在北美高中生联赛里越发出众，凭借全美高中生第53的排名以及四星高中生头衔，成功加入布莱恩特大学。

NCAA赛场成绩出众，进入国际篮球最高殿堂指日可待。

不出意外，他们的人生不会再有什么交集。

那时候的宋清弥跟父母看江野的比赛转播，也能发现他的肩膀逐渐变得宽厚，球风逐渐稳定，就连孤高的性格都成了吸引人的特质。

她也是由衷地祝福他。

祝福一位幼时玩伴。

所以，两年前两人之间那点小意外，她是可以不在意的。

可宋清弥不承想过，江野会突然选择放弃NCAA选秀资格回国。

她也没想过，他会成为国内首屈一指的篮球明星。

商场大屏里是他；某体育品牌代言是他；身边同学谈论的是他；就连今年的季后赛，食堂电视机里放的都是他的比赛。

简直无孔不入，避无可避。

每次见到，宋清弥都被迫回顾一下当年的尴尬历史。

今天还被他嘲笑了！

想到这里，宋清弥整个人都不好了，打算点一份蒜蓉小龙虾缓解心情。

她刚打开外卖软件，屏幕上就跳出来一通微信视频通话。

是她老爹宋建华。

她是象牙塔里长大的小公主，不会隐瞒情绪，此时嘴巴噘着，满脸不开心。

“宝贝儿怎么不开心了？跟爸爸说说。”

宋清弥随便扯了个谎："因为期末考试，害怕挂科。"

"挂科正常啊。"宋建华安慰她，"你这个成绩考上平大已经是超常发挥，挂个科属于运气守恒。"

宋清弥内心：呃……

"以后找不到工作也没关系，我会送你出国读研的。"

宋清弥无言以对。

宋建华又说："不过你还是得好好学习专业课，免得给你三个哥哥按摩按瘸了。"

三个哥哥，分别是二哥宋维青、小哥宋星宇，以及江野。

"打住。"宋清弥比个暂停的手势，"虽然你嘱咐得很有道理，但我还要声明一下，运动康复学，不是搞按摩的。"

更何况，她要是会按摩，第一个就把江野按到跪地求饶。

宋建华马上还有个会，敷衍地"嗯嗯"应着，最后嘱咐一句："你要是真不会写，那就别瞎往上填了，早点交卷走人，你考完的时间刚好是晚高峰，堵车。"

宋清弥害怕真的被宋建华扔到国外继续深造，期末复习期间，宋清弥把偶遇江野的事抛到脑后，诚惶诚恐、战战兢兢地复习。

然而到了考场，看到试卷，她双眼瞪圆，知识点忘得一干二净。

外面是暴雨天，雨下得比依萍问她爹要生活费那天都大，全部是宋清弥流的眼泪。

考试结束，她垂头丧气地回宿舍拿好行李，上了宋建华的车。

美好的暑假时光，宋清弥本应该回家躺平再出去旅游的。

但前两天，卢鸣突然宣布，由于江野的加入，平大篮球队整体水平上升25%，校方决定暑假给运动员进行集训，请了国家队教练做技术指导，并且和CUBA冠军球队华清队一起切磋训练，卢鸣成为篮球队的首席队医。

卢教授出山的活动，自然要带一批亲传弟子。

今年刚巧轮到他带本科生，于是大发善心，决定在本科生里抽取一名幸运儿随队实习。

抽签决定。

宋清弥被抽中了。

宋清弥始终不理解，小时候小浣熊干脆面都没抽中过"再来一包"的运气，得到国内康复专家亲自指导的实习机会怎么能"咣当"砸在她头上。

暴雨如注，城市将倾。

本该半个小时的车程，因为雨天路滑，拖成一个多小时。

宋建华将车子停在平江运动中心对面的公交站牌旁，交代宋清弥："爸爸身份特殊，就不陪你进去了。"

宋清弥点头：“嗯。”

“我通知你小哥了，一会儿他出来接你。”

宋清弥的小哥宋星宇，华清大学的篮球队主力三号位。

在华清，名气和实力上能与之比肩的，只有一位控球后卫。

宋家人多多少少都在从事体育相关的工作，宋清弥觉得自己来当队医，也算是……不违祖训？

“知道了。”

望着窗外的雨幕，宋清弥叹了口气，背上书包，然后深深吸了一口气，推开车门。

喧嚣的雨声越发清晰，她撑开雨伞，鼓足了劲儿，一口气钻进雨里。

刚巧前面是个水坑，雨水浸透鞋面，渗了进去。

冷风斜吹，单人伞开始有些飘摇。

宋清弥握得紧一些，绕到车后，单手拎出行李箱。

下一秒，天空像是漏了一个窟窿，泼下更大的雨。

她朝宋建华摆手送别，飞也似的站到公交站牌下。

怎么遇到这样的鬼天气。

果然见江野准没好事。

她用手背擦了擦脸上的雨水，然后掏出手机，给宋星宇发消息。

MIMI：小哥，我到了，你在哪儿？

S：你等会儿。

MIMI：[省略号.jpg]

这个大雨天让她等会儿？

五分钟后，手机自动熄屏，宋星宇只字未回。

就知道她这便宜哥哥不靠谱。

宋清弥用眼神丈量了下从公交站到对面运动中心大门的距离，开始思考要不要一鼓作气跑过去。

倏地，第六感作祟，她忽然感觉风声、雨声都渐渐模糊，眼神不自觉聚在一处。

风声紧凑，雨丝细密，地面上飘起一层白色的水雾。

雨水和雾气的影影绰绰里，有一道颀长高挑的身影。

那人左手持一把宽大的黑色雨伞，穿白衣黑裤，挺着如山挺拔的脊背，慢条斯理地拨开雨雾，渐渐清晰。

是江野。

大雨天的，他出来干什么？

宋清弥眯了眯眼睛。

他越走越近，很快，公交站牌另一侧，多了一道平缓的热量。

江野收了伞，单手插兜，立在站牌下。

有雨水淋在他的手臂上，顺着凸起的青筋和刺青的线条缓缓下滑，至修长的指尖，然后消失不见。

放在腿边的长伞在地面形成一摊水洼。

宋清弥看到，他的鞋边也有点湿，她又抬头看了一眼公交站牌。

堂堂篮球明星出门也坐公交车吗？

就是今天的公交车也受暴雨影响了，二十分钟也没见个影儿。

似乎是等得太久，江野还看了眼手表，然后微微转头，看向宋清弥。

视线相撞，宋清弥飞快地撇开头。

手机振动了一下。

S：我叫江野过去接你。

宋清弥看到消息，一脸疑惑。

MIMI：你怎么才说？

S：才发现手机掉网了。

MIMI：[省略号.jpg]

这下轮到她看江野。

他，冒雨过来是接她的，但好像没认出来她。

而她因为宋星宇的消息不及时，根本不知道他是来接自己的。

两人就这么干巴巴地坐了二十几分钟。

如果她现在过去打招呼，那也太尴尬了。

宋清弥拒绝这种事的发生，心想等江野再等一会儿等不到人走了，她再独自进去。

慢慢地，公交车姗姗来迟，车门朝两人打开，没人上去。

司机奇怪地看了他俩一眼。

两人也莫名其妙地，再一次对视。

江野眸光微动，有点欲言又止。

宋清弥继续装死。

忽然，天际响起一声闷雷，暴雨变雷雨。

宋清弥有点害怕，顾不上尴尬，悄悄扫了眼江野，屁股往他那头挪了挪。

“江野？”她试探地叫出口。

江野闻声回头，一双好看的眼睛定定地看过来，没吱声。

还没认出来。

宋清弥觍着脸说：“你不记得我了吗？”

闻言，江野更认真地看了她一会儿，那眼神像是野火，烧得宋清弥浑身发烫。

在感觉时间要干枯的时候，江野了然地“啊”了一声。

想起来了！

想起来了！

宋清弥眼神里充满了期待。

江野：“你是前几天在平大问我要签名的那个？”

语气欠揍，模样痞坏。

不该记住的事情，江野怎么记得这么清楚？宋清弥叹了一口气：“不要在乎那些细节，我还有其他身份。”

江野好整以暇地扬了扬眉，嘴角也跟着向上勾起：“比如？”

他语气十分欠揍，显然是认得出她，但等着她先捅破窗户纸。

宋清弥放弃挣扎，视死如归道：“我还是一岁时被你嫌弃丑，两岁时被你揍，跟你没有任何恩情，只有怨恨的，你的邻居——宋清弥。”

话音落下，天边忽地劈下一道闷雷。

江野的眉毛狠狠地跳了下，眼底噙着一点意味不明的笑意：“我什么时候揍过你？”

什么时候？当然是很多时候。

江野的罪行简直罄竹难书。

宋清弥很小的时候对帅哥没有把控力。

据说，她尚在襁褓之中时，就爱对着江野笑，开口说话叫的第一个人是“哥哥”。

大人们看着新鲜，打趣江野道：“妹妹这么喜欢你，要不要和妹妹定娃娃亲呀？”

“娃娃亲”这个词对年纪尚小的江野来说太陌生了。

他虽然听不懂，但是瞧着坐在妈妈怀里捧着奶瓶“咕噜咕噜”的宋清弥，又瞧了瞧笑得一脸开心的大人们，摇了摇头，严词拒绝：“不要，我才不要。

“丑死了。”

再大一点儿，宋清弥喜欢缠着江野和她堂哥宋星宇玩，什么拳皇、跳马这些游戏都想掺和一脚。

江野在她额头上狠狠弹了一个脑瓜崩，十分鄙夷地跟她说：“宋小幺儿，你还是回家看动画片吧。”

等到她上初中有了自己的小伙伴，这才逐渐跟他疏远。

初二那年，有男生给她写信，还请她去方特玩，江野骑山地车路过，直接把男生送来的门票塞进垃圾桶。

扔完之后，他一声不吭地蹬着自行车飞似的走了。

如此种种，桩桩件件。

两人认识这二十年，没发生过一丁点值得怀念的好事。

想到这里，宋清弥阴阳怪气地回答他：“可能是江野学长贵人多忘事吧。”

“学长？”江野挑了挑眉。

“不然呢？”宋清弥耸了耸肩膀，表示刚才是用称呼划分界线。

江野不甚在意地往前探了探身子，两人之间的距离忽地拉近。

他身上带着暴雨天特有的清冷气息，有种少年独具的侵略性，宋清弥猝不及防地屏住呼吸，将上半身拉平了往站牌上靠。

气息越发地近，下一秒，手里的行李箱拉杆被他稳稳握着。

她每周都回家，因此就算是放暑假可带的东西也不多，行李箱尺寸迷你，拉杆也短，江野的手掌大，握上来的瞬间，不可避免地擦过她的皮肤。

长期持球的手掌上生了茧子，触感粗糙，宋清弥感觉有电流顺着手背蹿到脊背再直冲脑门，麻麻酥酥的。

她不自觉地在裤子上擦了擦手背。

拎过行李箱，江野单手撑开雨伞，声音低沉：“嗯，走了。”

像是在暴雨里撕开一道裂痕，沉默且不容置喙。

宋清弥傻了半天，再回神，已经跟他走在一把伞下。

暴雨依旧，天空里水箭斜飞，喧嚣声甚，沸腾一片。

风吹着，空气是流动的，可伞下的一方天地，却如陷入永恒般沉默。

宋清弥没有找话题的意思，倒是江野，他余兴未了一般，接着刚刚的话题开口：“小时候的事情确实不太能记得了，最近两年……”

他顿了顿，很艰难地说出后半段：“我有在关心你。”

宋清弥：“啊？”

果然没有在社会上锻炼好的人，说场面话都有些困难。

见他没有挖苦自己的打算，宋清弥也决定说两句场面话：“嗯，我也有关注你的比赛，你很棒！”

“真的吗？”江野稍稍偏头，垂眼看她。

宋清弥硬着头皮说：“嗯，真的。”

江野扬了下眉：“比如？”

随便客套一下还搞抽查？

宋清弥只好信口胡诌：“上赛季季后赛跟杜克大学那场，很绝。”

雨水顺着伞面砸在地上，江野的脸在晦暗的光线里并不明朗，甚至略显沉寂。

“谢谢。”沉默片刻，江野才缓缓出声，“不过上个赛季杜克大学没进季后赛。”

宋清弥尴尬地干笑了一声：“那可能是我看得太多，记混了。”

“嗯，还有吗？”

在进卢鸣的项目组之前，宋清弥每周回家一次，家里人关心江野看 NCAA 比赛，她也跟着看了不少。

但是单拎出来一场，她自然是记不住的，凭借模糊的记忆随口一说：“去年扣篮大赛，你致敬拉文的背扣大风车。”

“谢谢，”江野语气照旧平淡，似乎她的回答都在意料之中，“虽然背扣大风车的不是我。”

蒙两道题，错误率百分之百。

说多错多，宋清弥选择噤声。

江野也没再主动讲话，两人就保持着诡异的沉默行走着。

直到走到宿舍楼。

值班的宿管阿姨看到有女生进来，连忙朝她招了招手：“姑娘，你是宋清弥吗？”

宋清弥点了点头。

宿管阿姨核对了身份信息，便把宿舍钥匙给了宋清弥。

“哪间？”江野问。

阴雨天，江野站在电梯口，身形被昏暗模糊到只剩轮廓，只有走廊窗户透进的光线落在他右侧肩膀。

宋清弥闻声看过去，忽地发现，他右边身子都被雨淋湿了。

她再低头看看自己，全须全尾，干干爽爽。

外面雨大，他那把雨伞也大。

但有风，他一直把伞往自己这边倾来着。

“你住哪间？”见她出神，江野又皱着眉头问了一遍。

还真是和小时候一模一样，爱皱眉啊。

宋清弥匆忙低下头，翻过钥匙看了一眼：“302。”

江野牵了牵嘴角：“巧了，刚好顺路。”

男女生宿舍顺哪门子路。

宋清弥还没反应过来，电梯已经到了，她赶紧先小跑着上去。

“你住哪里？”她眨着好看的眼睛，蒙蒙地看着江野。

江野偏了偏头：“202。”

楼下的顺楼上的路？

不，这不是重点。

宋清弥觉得还可以挽救一下：“你也住这栋的202吗？”

江野不置可否：“平大只租了这一栋宿舍楼。”

呃……好寒酸。

一楼、二楼给男生用，三楼往上是女生宿舍。

宋清弥觉得还可以挽救一下：“那……还有别的女生住宿舍吗？”

江野沉吟片刻：“你见过。”

“宿管阿姨。”

“叮——”的一声，电梯门打开，稳稳停在三楼。

马上就要结束这场窒息的见面，宋清弥长出一口气，开心地往302门口一站，钥匙插进锁孔，轻轻一推，大门敞开。

结束一天的奔波，她放松警惕往宿舍内部走，并礼貌道谢：“谢谢江野哥，把行李箱放门口……”

声音戛然而止，她看着装饰好的宿舍，瞳孔地震。

身后准备把行李箱靠在门口墙壁就走的江野也抬头往宿舍里环顾一圈，好整以暇地抬了抬眉毛。

两人同频转头，看向对方。

一时间，空气静默。

她做学校的实习项目，学校领导会给她提供好的生活环境，这是能想象到的。

但她实在没想到，布置宿舍的人也太会投其所好了。

床上拉了粉色蚊帐和印着流川枫图片的遮光帘，墙壁上贴着大大小小的流川枫海报，桌上摆着一排流川枫的手办。

门口，平大流川枫，一抬头，就跟真流川枫四目相对。

江野好看的眸子眯了眯，玩味地看着她。

宋清弥已经开始找地缝准备钻进去。

江野却淡淡地把行李箱靠在门口，轻松地开口：“你还喜欢流川枫呢？”

这个“还”字用得妙。

宋清弥硬着头皮说：“对啊。”

江野还要说什么，走廊又出现一个人。

近两米高的大个子宋星宇晃荡着步子，姗姗来迟：“你可算是到了，宋小幺儿。”

宋星宇虽然不靠谱，但此时出现简直是天降救星，将她拉出这个尴尬境地。

“可不是嘛，”宋清弥连忙跑过去，“我的好哥哥，我可想死你了。”

宋清弥一边这么说，一边把手探到宋星宇腰间，狠狠掐他泄愤。

宋星宇疼得龇牙咧嘴，但仍旧不肯认错：“让江野去接你怎么了？你这倒霉孩子。”

宋清弥道：“麻烦人家多不好，还欠人情。”

“确实欠了点东西。”江野忽然不动声色地接了这么一句。

宋清弥脑袋宕机一瞬：“欠什么？”

江野没说话，只是微微偏了偏头，如有实质的目光在她脸上轻轻扫过。

再然后，他抿了抿嘴。

宋清弥刹那间头皮发麻，双颊泛上诡异的红。

细雨和空气仿佛都被抽干，宋清弥的所有思绪都聚焦在江野的嘴唇上。

他的唇线清晰分明，唇色自然红润，只是习惯性地微微抿着，越发显得唇形薄而气质疏离冷淡。

而宋清弥在这份疏离淡漠中，独独回想起温润的质感。

空气沉寂。

宋星宇一脸纳闷地看着两人。

宋清弥感觉要缺氧，一鼓作气，将两人都推了出去。

“砰”的一声，宿舍门关上。

宋清弥大口大口呼吸。

待到呼吸平缓，她鬼使神差的，抬手碰了碰嘴唇。

两年前。

一个如生命里所有夏天都别无二致的夜晚。

亚洲U18青年男子锦标赛，国家队主力球员接连受伤无缘赛场，外线吃紧。

江野临危受命，放弃NCAA赛程回国参加集训。

接风宴上，高朋满座。

省体育局的领导、男篮国青队主教练、江野父亲和旧时的国家队队友，以及整个宋家都在。

江野父亲江宏涛是被誉为“中国男篮黄金一代”的国家队球员，司职小前锋。

如今二十年过去，黄金一代运动员都已退役，以教练、解说员甚至CBA（中国男子篮球职业联赛）球队经理的身份继续为中国篮球事业奋斗。

那时候的宋清弥还太年少，丝毫没有意识到，能将这些散落在行业不同领域的篮球人聚集起来是因为当时国青队确实面临着巨大的困难。

她只当是江野排场很大，甚至有些嗤之以鼻。

那天，江野、宋清弥以及宋星宇这些小辈被安排坐在一桌。

当时的宋清弥读高二，她在漫无边际的题海里偷得一点闲暇时光，见缝插针地重温《灌篮高手》。

宋星宇看到了，逗她：“还看手机干吗？真人流川枫就在对面坐着呢。”

在U13的比赛里，江野就已经崭露头角，是媒体眼里炙手可热的篮球天才。又因为外形条件和流川枫有几分像，因此，平江流川枫的名号也一直跟随着他。

但作为一名资深二次元，宋清弥怎么能让三次元人物染指纸片人。

她不喜欢有人叫江野平江流川枫，宋星宇撞枪口上了，迎来她一通胖揍。

等宋清弥发泄完，她再抬头，就撞上江野的视线。

莫名其妙地，她心头一颤。

他们虽然一起长大，但感情实在算不上好。

他们的人生除了“邻居”这个身份，也扯不上什么关联。

更何况，江野从来不是个温柔的人，在宋清弥眼里他是个脾气不好，性格一般，貌似有两分姿色，但在顽劣秉性面前不值一提，不好好打球以后就要跟她小哥宋星宇一起去工厂拧螺丝钉的邻居。

可今天对视一眼，完全不得了。

因为——

小时候的江野虽然也好看，但因为脾气臭还总是皱着眉头，有股故作老成的别扭感。

而在国外单打独斗的这些年，江野褪去了青涩，个子更高些，肩膀也越发宽厚，那双黝黑的眼睛里也更沉静。

他照旧是冷淡且难以接近的，但这些年独自在外求学的辛苦和成长令他的冷淡有了分量。那双足够好看的眼睛越发不在什么东西上停留，明明是跟人注视讲话，但依旧是游离不定、毫不在意的。

好像除了篮球，没有什么能入得了他的眼睛。

明明只是往餐桌前一坐，却像是有一束追光专门落在他身上，照得他线条利落的眉眼越发清晰。

黑发垂落，眸似星坠，鼻梁高挺，就连偏薄的嘴唇线条都恰到好处。

这种傲慢的气质太像流川枫了，甚至比流川枫还要生动几分。

那一刻，宋清弥感受到夏夜穿破钢筋水泥的暑气，整个人头晕目眩，心脏像是有无数只蝴蝶在振翅咆哮。

她低下头，慌乱中抓起旁边的水杯仰头猛灌一口。

一阵火辣刺激的感觉钻进喉咙，烧得宋清弥喉管、胃部一阵痛。

宋清弥被辣得直吐舌头："这是什么，这么辣嘴！"

她低头看了看，才发现自己不小心喝了宋星宇的饮品。

宋星宇疑惑地看她："饮料，你不认识字了？"

什么饮料会这么辣？宋清弥将信将疑地看了看饮料包装——原来这是一款含低度数酒精的饮料。

宋清弥皱了皱眉头，将饮料推远一点："好难喝。"

"娇气得很。"宋星宇给她叫了一瓶橙汁，也就没再管她，转过头和江照还有大哥宋维清打游戏去了。

只有江野为了篮球，不碰烟酒，不打游戏，在众人的喧嚣声里，戴上耳机闭目养神。

宋清弥后知后觉感到胃里不舒服，去了趟卫生间，可一吹风，她还是被影响到了，头晕乎乎的。

包间里喧嚣声正甚，她凭借残存的理智走回来，但回到自己的位置要经过江野。

她没说话，站在江野身边。

酒气侵袭，江野眉头微蹙，回头，跟她对视上。

他摘下耳机，偏过头，漆黑的眸色翻涌：“喝多了？”

他们之间本来不应该多话的，只是邻居而已，又有两年多的时间没见。

被他看着，宋清弥有点害怕，双手攥紧裙摆。

他的声线比较低，咬字很清晰，很好听。

宋清弥迟钝地点头，又摇头。

江野这会儿罕见地有耐心。

“那盯着我看干什么？”他慢悠悠地偏头，手指在太阳穴处点了点，“是我好看？”

宋清弥酒精上头，颜控本性尽显，吞了吞口水，又凑近了些，仔细观察他的五官。

江野没躲，大有随便她看的意思。

宋清弥挪开目光，小声嘟囔了一句：“真不要脸。”

她踢了踢凳子腿：“让让。”

江野抿唇，没起身，稍稍往后仰身子，留出足够宋清弥通行的距离。

宋清弥迈开腿，头一阵晕晕沉沉，整个人朝江野栽去。

江野手疾眼快，拉着她的手臂，想要将她扶稳，可架不住她浑身软绵绵的，朝他倒了过来。

瞬息之间，嘴唇擦过嘴唇。

宋清弥茫然地眨了眨眼睛，看到江野的嘴唇张合，可是她太晕了，完全没听清江野说了什么。

时间仿佛在这一刹那凝结，江照惊呼一声，所有大人回头看过来。

震惊、石化。

大家愣了一秒，然后飞快地扑过来将她拉开。

而当时的宋清弥已经不省人事，又安详地亲了老妈一口。

这件事的处理结果是，严禁宋清弥再碰此类饮料，没收手机到高考结束，扣三个月零花钱，并被宋建华押着去给江野道歉。

以及，逢年过节亲戚朋友聚会，这天的糗事都会被家人拿出来“鞭尸”。

丝毫没人关心，这是少女的面子，以及——

江野只是被亲一口，可她失去的是只有一次的初吻！

不过，直到现在，宋清弥也不明白。

当时她确实是发昏了，可江野是清醒的，他为什么不躲！

以及——

江野到底对她说了什么。

江野能说什么？

比起当时说了什么，明显是他刚刚抿着嘴唇说她“欠他”东西更耐人寻味。
他还记得当初那个有些尴尬的吻吗？
还是说，在两人从前不算多的日常交往里，她真的亏欠过江野什么？
宋清弥整理行李的时候心不在焉，心里总是揣着事。
思来想去，她还是给宋星宇发了消息，让他帮忙向江野打听一番。
因为这关系到整个暑假期间，她和江野的相处方式和态度。

宋星宇敷衍地应着自家妹妹，直到对面说要送他一个 PS5（游戏机），他才匆忙结束游戏，滑着椅子到江野身边。
他抬手替江野暂停平板上的金融课程，示意请求交谈。
江野看向他，言简意赅道：“说。”
“我妹欠你什么了？”宋星宇开门见山。
作为江野和宋清弥之间恩怨的见证人，他其实也有几分好奇心。
江野优哉游哉地转着签字笔。
他的手指修长且骨节分明，长期拍球的指腹有层略微粗糙的薄茧。
“她啊，”江野拉了个长音，吊足胃口，“欠我一模型。”
“就一破模型你还惦记？”宋星宇说，“你还挺记仇。大不了我帮小幺儿还了。”
“那行。”江野掏出手机，点开收款码，“歼 -11 模型，按照市场价，你估计个数，然后打钱给我。”
宋星宇立马做了个给嘴巴上拉链的动作，滑着椅子后退两步：“当我没说过。”
那个模型宋星宇记得。
是龙怀婷女士在科研所的朋友送给江野的礼物，不公开发售，全球存有量不超过十个。
宋清弥把模型摔坏后，江野难过得两天没吃饭。
可不就是有市无价，别人不能帮忙还嘛。
因此，收到宋星宇刺探来的军情时，宋清弥安然进入黑甜梦乡。
毕竟，歼 -11 模型和那个吻。
她哪个都还不起。

翌日，球队训练正式开始。
今年由于有老师外出开会，运动康复专业硬生生是全校最晚完成期末考试离校的。
而篮球队早已在活动中心驻扎了几天。
近年来提倡大力发展全民健身运动，不少中小学校和单位响应政策，在暑假举办夏令营。

平江活动中心场地爆满。

整个暑假，平大篮球队和华清篮球队统一规定，运动员要保持每天2～3练。

每天上午六点晨跑，七点半早餐，八点半开始训练，中午十一点半训练结束，十二点午饭，下午一点到三点午休，三点半到六点半继续训练。

晚上有国家队教练以及自家教练进行赛场实战的分析复盘。

训练的时候不仅有教练、体能师、训练师，队医也要全程陪同，做好后勤保障。

没有双休，起得比早八还早。

宋清弥平常早八上课都比较随缘，今天更不出意外地起晚了。

篮球馆在活动中心的中间，食堂和宿舍分别在两边。

宋清弥站在宿舍楼下，看着没有一辆共享单车的停车场，沉思了一会儿，放弃买早饭，饿着肚子一路狂奔到篮球馆。

球馆内。

距离训练开始还有几分钟，运动员们都围在一起聊天。

人群以江野为中心，逐渐向外扩散开去。

江野的身高只有一米九，在篮球运动员里算不上顶级，但他身上有种莫名的吸引力。

他往那儿一站，就像是太阳系本能吸引小行星绕着转。

宋清弥走进去的时候，不由自主被他吸引，瞧了两眼。

而这群小行星又分了两拨——穿蓝白球服的是平江大学队，平大篮球队成绩相当一般，因此各位运动员视江野为救星，目光里甚至还有点崇拜。

穿黑色球服的是华清大学队。

作为CUBA劲旅，华清大学的运动员就比较按捺得住了，跟江野保持着疏远但仍能窥探的距离。

而努力维持一切平衡的，则是江野的好友、华清队的主力小前锋，宋星宇。

“又起晚了是不是？”宋星宇很快注意到她，“瞧你小脸蜡黄，就知道没吃饭。”

宋星宇嗓门不小，一说话，旁边的江野也跟着看了过来。

江野静静地看着她，目光寡淡。

从前的玩伴长成如今这样高大挺拔的男生，这种反差令宋清弥一时间有些难以适应。

她稍稍偏开脸，咕哝一声：“我哪里小脸蜡黄了……”

宋星宇还想说些什么，有位穿着黑色运动装的男人从更衣室走出来，边走边喊：“集合集合，准备热身。”

那是负责本次集训的教练。

一群高大的男生闻言慢慢地挪动脚步。

宋清弥也察言观色，往场外走。

“弥弥。”一道男声在背后响起，声线是介于熟男和少年之间的，清澈干净里夹杂着低哑。

宋清弥有些晃神，回头，一道白色抛物线朝她奔来。

她赶紧伸手接住。

两个包子和一盒脱脂牛奶。

她懵懵然眨眨眼，看向罪魁祸首。

江野已经开始带球热身。

牛肉包子的香气勾起宋清弥肚子里的馋虫。

她咽了咽口水，趁江野换动作的间隙，见缝插针地问：“这个，”她晃了晃手里的包子和牛奶，小声询问，“是给我的吗？”

少女的眼睛很圆，盯人的时候眼睛总是瞪得大大的，有种少女的娇俏天真。

江野耷拉着眼皮，语气淡淡：“留着中场休息充能的。”

话音刚落，宋清弥的肚子不争气地叫了两声。

江野嘴角淡淡一扬，用十分勉强但算了的语气说：“不过现在——

“你吃吧。”

“上午这么一会儿训练还要充能？”宋星宇记得江野的体能没这么差，嗤之以鼻道，“行不行啊，细狗。”

江野蹙了蹙眉头，忍无可忍，将一颗篮球砸了过去。

“闭嘴。”

“顾昱行人呢？真把篮球队当自己家了？说不见人就不见人？”

教练的嚷嚷声淹没在篮球敲击地板的声音里，江野没有丝毫停顿地投入训练当中。

后撤步、抬手、进球，动作一气呵成。

宋清弥看了看手里的包子，才敢确定，刚才短暂的交集不是在做梦。

卢鸣教授虽然是名誉队医，但还在外面度假，要过些天才归队。

卢鸣教授显然忘了她这个被抓壮丁抓来的学生，队伍里并没有人带她。

宋清弥不知道自己要干什么，拖了个垫子找了个地方猫起来，吃了江野扔过来的包子和牛奶，开始发饭晕，上下眼皮打架。

而队里也没有因为一个人的缺席耽误进度，很快，篮球馆里不断响起篮球的拍打声和球鞋与地板的摩擦声。

宋清弥小时候没少往篮球馆跑，别人听着刺耳的噪声对她而言就是摇篮曲。

她不住地点头。

好无聊。

好想吃午饭。

好想睡觉。

宋清弥逐渐什么声音都听不清了，整个人往一侧栽歪过去。

半睡半醒间，她仿佛听到球馆中爆发的一阵声潮。

“顾大 MVP，你还知道训练啊！”

“这都午饭时间了，你干脆吃完午饭再来得了。”

好吵。

宋清弥不耐烦地皱了皱眉，决定翻个身，胳膊在腿上打个滑，她整个人朝地板上磕去。

预感中的疼痛没有到来，一条有力的手臂将她提溜起来。

“我说妹妹，在球馆睡觉多冷，”顾昱行看着面前的少女迷茫地眨眼，长睫在白净的脸上投下一片荫翳，轻佻的眼神里莫名有些真诚，“赶紧把我的外套披身上吧。”

宋清弥的瞌睡醒了大半，盯着面前这双陌生的桃花眼，嗫嚅了两下，不知道说什么。

下一秒，一只宽大、带着湿漉漉的汗的手掌紧紧拉住她另外一条手臂，狠狠一拽，宋清弥就到了那人身前。

周围的球员都在按部就班地训练，篮球拍击地面声和球鞋摩擦声交错响起，中央空调的冷风继续吹。

只有一颗上面刻着“江野”名字的篮球孤零零地在地板上弹起、落下，再弹起。

宋清弥感受到熟悉的呼吸喷洒在头顶，而被人攥着的那块肌肤逐渐生出细微的战栗。

“江野？”顾昱行收回错愕的目光，对着来人打招呼，“久仰大名了哈。”

第二章

防止宋清弥“早恋”

Shishui

xiaoluluanshuang

江野的喉结飞速滑动了两下，四目相对，空气里仿佛闪过微弱的电流。

汗水从他的脸颊滑过，溜进轮廓起伏的胸膛。

良久，他从顾昱行身上收回目光，淡淡地回了一声“久仰”，然后对宋清弥道：“困了可以去医务室睡，明医生也不在。”

宋清弥胡乱地“嗯”了一声，抬头看他。

江野不动声色地放下攥着她手臂的手，朝左边抬了抬下巴：“医务室在那儿。”

“好。”宋清弥有些机械地朝他指的方向走。

她心里莫名有些乱，以至于都没和顾昱行道谢。

接下来几天，宋清弥渐渐适应了跟队实习的生活。

每天，她跟着队伍一起训练，训练完回宿舍看动漫，每天盯着食堂里喜欢的饭菜……

这天，队伍解散的时间晚了一些，宋清弥风似的赶去食堂，但还是和最后一份糖醋排骨擦肩而过。

阿姨的大盘子里空荡荡的，最后一份糖醋排骨甜滋滋的香气萦绕在鼻尖。

宋清弥很没志气地努着鼻子努力嗅了嗅。好香，可惜不是自己的。

她遗憾地摇了摇头。

端着糖醋排骨的那人轻轻笑了一声，调侃道：“妹妹，想吃糖醋排骨了？”

声音年轻，语气懒散，带着地道的京腔。

宋清弥稍稍仰头看那人，没有搭话。

那人说：“我把我这份给你？”

宋清弥感觉他的声音有点熟悉，但实在想不起来在哪儿见过，还是连忙摆手拒绝了：“不了不了，这多不好意思。”

“咱俩还有什么不好意思的？”那人很自然地说，“那就一起吃吧，你去拿筷子，我去找位置。”

两分钟后，两人面对面坐在同一张餐桌前。

宋清弥虽然理智上不是很情愿，但行为却朝着追求排骨跑。

那人大大方方地介绍自己：“我是华清大学的顾昱行，你呢？”

宋清弥这才回忆起来，这位就是前两天她睡着不小心要摔倒时来扶她的男生。

华清大学主力一号位，跟江野的风格有些像，某种意义上来讲，未来很长一段时间里，两人都会是对手。

意识到这层关系，再联想起那天，江野忽然将她拉了过去的行为，一切似乎都解释得通了——

这两人球场内外都较着劲儿呢。

“喂，妹妹！”见宋清弥出神，顾昱行在她眼前摆了摆手，“怎么了？”

“没、没什么。”宋清弥回神，朝他勾唇笑笑，“我叫宋清弥，是平大的实习队医。”

“平大还有这么漂亮的队医呢？”顾昱行夹了两块小排骨到她碗里，语气很正常且热络，“来，多吃点儿，瞧你瘦的。”

同一间食堂里。

宋星宇在江野对面坐下，对着一盘牛肉旋风吸入。

运动员运动强度大，又要保持身体对抗能力，因此饭量都不小，吃饭时也就比较狼吞虎咽，不知道优雅为何物。

江野不同。

他身高腿长，坐着的时候腿向外伸出一截，为了匹配食堂餐桌的高度，背有一点儿弯，面前餐盘里食物简单，都是碳水蛋白质组合，他吃得慢条斯理，丝毫没有体能不支后的急躁。

他边吃边在食堂里环顾一圈，然后侧过脸，轻咳一声。

宋星宇抬头看过来："怎么了？"

江野屈指点了点桌面："你妹妹呢？"

"你们学校的人我还帮你看着？"宋星宇说。

江野："这不看她是你妹妹嘛，几天没见，为了你的生活费，我多关心一下。"

宋小幺儿是全家的宝贝疙瘩，她在集训基地好了坏了，直接影响宋星宇的家庭地位和生活费。

被江野提醒，宋星宇终于抬起头，目光在食堂看了一圈，最后定位，眉毛一扬，"哟嗬"一声："这么快就交到新朋友了，不愧是我妹。"

江野顺着他的目光看过去，随意道："嗯，正是恋爱的年纪，少男少女之间话题肯定不少。"

宋星宇心里顿时警铃大作，从餐盘里抬起头："你说什么？"

"少男少女，恋爱的年纪。"江野重复了一遍，然后特别无辜地抬头，"怎么了？"

宋星宇"啪"地撂下筷子，一点胃口也无。

怎么了？

还能怎么了。

宋清弥年纪还小，青春期都对着纸片人流川枫犯花痴，感情到目前为止还是一片空白。

她看着就是脑袋傻傻又有钱，长得漂亮还好骗的类型，宋星宇都看到有人对他家的小白菜伸出魔爪了。

"这事儿不行，"宋星宇说，"咱俩得制止一下。"

"制止什么？"

"你平时挺聪明的大脑怎么就不转了？"宋星宇压低音量，"制止他们谈恋爱呗！"

江野慢条斯理地吃着菜，语气不疾不徐地道："青春男女，谈恋爱不正常吗？"

就是因为太正常了才不放心。

"体育生什么德行你不知道吗？"宋星宇说，"十个里面八个是渣男，剩下两个也好不到哪儿去。"

江野双手一摊："这话可别捎带上我。"

"对对对，"宋星宇直点头，"您是出淤泥而不染的白莲花。"

"得，"江野撂下筷子，双手抱在胸前，"这事儿免谈。"

"别啊哥哥，"宋星宇双手求饶，做小伏低，"宋小幺儿是我妹妹，四舍五入就是你妹妹，你忍心看着你妹被猪拱吗？"

江野不置可否，眉毛一扬：“人家顾昱行也是一表人才。”

“我呸！”宋星宇说，“我俩是队友，他跟我比也是个不遑多让的主儿，他的前女友估计和他 CUBA 积分一样多。”

江野：“不太想讨这个嫌。”

“我求求你了，帮帮我。”宋星宇急得如热锅上的蚂蚁，但不敢自己亲自出马。

毕竟两人是兄妹，逢年过节总是要见面，若棒打鸳鸯被宋清弥记恨上，她随便在长辈面前参他一本，他的生活费就会大幅度下降。

但要是真的一点不管，老宋家的白菜让外人拱了，还是在他宋星宇眼皮子底下，这事儿更大。

江野慵懒道：“理由。”

宋星宇深呼吸，视死如归地喊了一声：“哥哥。

“哥哥，好哥哥，我给你洗一个月衣服你看行不？”

“一般般吧。”江野低低地笑了一声，胸腔微微颤动，“怎么帮？”

宋星宇看了看那头分吃糖醋排骨的两个人，又看了看江野那份没怎么碰的糖醋排骨，小声密谋了下。

宋星宇认为，当前主要任务是先把宋清弥和顾昱行分开。

为了达成目的可以不择手段，甚至必要时让江野发挥一下美色。

江野表示不择手段可以，但靠美色是另外的价钱。

宋星宇咬咬牙，答应每天给他洗衣服。

交易成功。

江野端着糖醋排骨慢悠悠地走过去。

身后，宋星宇看着他盘子里的糖醋排骨，咕哝了一声：“不吃你打什么，狗东西。”

“宋小幺儿。”江野扯过一个椅子，大大方方地在宋清弥旁边坐下，然后把餐盘往她眼前一推，“吃。”

宋清弥愣了一下。

她没心眼儿，顾昱行自来熟，并且了解很多女生喜欢的话题。两人相见恨晚，正聊得开心，却莫名被江野打断。

宋清弥跟江野对视了几秒，还是不理解：“你在说什么？”

江野用下巴指了指糖醋排骨：“给你吃。”

宋清弥心想，这人怎么奇奇怪怪的？

虽然江野的行为令她丈二的和尚摸不到头，但糖醋排骨是实打实的香，宋清弥不争气地咽了咽口水：“你没下毒吧？”

江野不说话，宋清弥也实在忍不住，拿起筷子大快朵颐。

顾昱行朝江野翘起嘴角，神态揶揄。

挑衅、找碴、质疑。

江野刚到美国打球时遇到太多了，他预感这些将会一直伴随着他的职业生涯。

他无所谓地朝顾昱行耸了耸肩。

江野对面，宋星宇朝他伸出大拇指，给予“棒打鸳鸯计划”阶段式胜利的赞赏。

宋清弥专注于食物带来的味蕾享受，根本没发现三个男生暗藏心思，以及江野和顾昱行之间的暗潮涌动。

吃过午饭，她揉了揉肚皮消化食物。江野告诉她，明文良队医下午会归队。

躺平计划失败，宋清弥被迫满血复活。

下午，她在球馆里游荡，训练开始前，顾昱行递给她一颗篮球，怂恿她试一试。

宋清弥站在三分线外，拍球，三步上篮。

宋家勉强可以算是篮球世家，即便她是唯一的女孩也不可避免地被送到篮球训练营挖掘天赋。

只不过她没有天赋，预测身高也才一米七左右，宋建华才放弃让她走上职业篮球的道路。

她对准篮圈，出手。

“铛”的一声，球打篮板，弹回来了。

再出手，三不沾。

继续出手，继续不进。

…………

看来当年的教练真是独具慧眼，清清楚楚看出她没有打篮球的天赋。

她丧气地把篮球一扔，白净的脸上都是挫败。

顾昱行抬手拍了拍她的肩膀：“没事儿……”

安慰的话还没说完，顾昱行的肩膀就被人猛地一搭，宋星宇贱兮兮地说：“兄弟，陪我热热身。”

顾昱行没好气地道：“你有病啊？”

“就是没病才防着你。”宋星宇在顾昱行耳边压低声音，仗着身材高大，硬生生地将他拖走。

临走之前，宋星宇还回头朝身后挤眉弄眼。

怎么连哥哥也莫名其妙起来？

宋清弥见状也好奇地跟着回头。

午后的阳光透过窗子，斜斜地洒在球馆地板上，那颗没投进篮圈的球滚到一双蓝白色球鞋边。

江野俯身捡球，把球放在食指上转圈，慵懒的目光看了看篮板，又看了看宋清弥。

“想扣篮吗？”他用“今天天气好好”的口吻，问了一个几乎不能实现的问题。

虽然在NBA、CBA的赛场上，扣将比比皆是，但是由于男女身体差异，女性篮球运动员里，能扣篮的屈指可数。

“怎么扣？”宋清弥努努鼻子。

江野嘴角微勾：“你想就能。”

宋清弥双臂在胸前打叉：“禁止唯心主义。”

她表情很认真，嘴唇抿着，眼睛圆圆的。

“不是唯心，”江野挑了挑眉，眼里荡漾着坚定，“是我行。

“你信我，我就行。”

话音落下的那刻，江野似乎偏了下头，阳光在他脸上切割出明显的阴影，宋清弥好像看到他眼里的小傲慢。

这是什么热血少年漫情节。

她一时间忘了和江野的恩怨，咽了咽口水，小声道：“也不是不行。”

话落下，江野就把球传了过来。

她手疾眼快，双手把球抱住。

紧接着，她感觉腰间突然多了一种干燥温热的触感，甚至还有一点薄茧透过薄薄的衣料摩擦着她的肌肤。

她双脚离地，飞起来似的，从三分线到篮下，高度也往篮圈贴。

“投。”江野低沉地命令，气息都不乱一下。

宋清弥气都不敢喘一下，赶紧抬手，把球放进篮圈。

进了。

大脑还蒙蒙的。

球馆好热。

扣篮的视野好爽。

思绪一点点回笼，她感觉有点儿不对劲，往下看，自己双脚离地一米多，而身后，江野却松了手……

以她的专业知识来看，她强行松手跳下去非得崴个脚。

宋清弥不解地看着江野。

江野双手一摊，后退了两步表示无奈。

而另外一侧，宋星宇步步靠近。

“放……放我下去。”宋清弥搞不懂这两人在搞什么鬼，可挂在篮圈上的双臂逐渐发酸发软，她一张小脸憋得通红。

“宋小幺儿，”宋星宇走到她面前，双手环胸，语气里带着威胁，“以后你都陪江野训练。”

宋清弥不解，用尽全身力气吼过去：“为什么？”

宋星宇眉毛一扬：“不同意就吊着吧。”

宋清弥：“呸！我不同意，我就是不同意！”

“行，你有种。”宋星宇嘉许似的点头，然后，转身就走。

手臂越来越酸，越来越握不住，整个人摇摇欲坠。

宋清弥不想真的进医院，赶紧滑跪，朝着宋星宇的背影喊道：“听听听，我都听你的，放我下来。”

计谋得逞。

宋星宇冷笑一声，转过身单只胳膊将她抱了下来，顺便还帮江野解释了一句：“别怪阿野，都是我的主意。”

而被点名的江野正偏头，扬了扬眉，一脸无辜的样子。

宋清弥不知道宋星宇存的什么心思，气道：“我要跟爷爷奶奶告状，你生活费没了！”

宋星宇：“你确定？”

宋清弥：“确定以及肯定。”

宋星宇朝江野招手：“阿野，过来帮我一下。”

江野挑了挑眉，宋清弥代为发问：“干……干什么……”

宋星宇：“把你再挂上去。”

两秒钟后。

宋清弥鞠躬，掷地有声：“哥哥，我错了！”

兄妹二人的恩怨解决，已经进入训练状态的江野适时地扔了一个篮球过来。

宋清弥不情不愿地接过球，小跑过去，垂头丧气地道：“江野学长，其实我陪你训练这件事，就像给鱼买自行车。”

江野：“嗯？”

宋清弥：“一点用处也没有。”

“宋星宇的意思是给你找点事做，”江野说，“我没期望你有用。”

下午，训练正式开始。

炎热天气的下午，大家情绪都恹恹的，球场里气氛也闷，大家按部就班地训练。

华清队那边，宋星宇缠着顾昱行，像连体婴。

宋清弥和江野这里就大不相同。

江野这种在 NCAA 赛场上有稳定出场时间且成绩稳定的球员，水平高出绝大多数 CUBA 运动员一截，训练计划也相对特殊。

他上午参加集体训练，下午根据自身短板进行针对性训练。

作为外线球员，江野突破能力一绝，内线对打中锋都能凭借个人能力进球。但他的短板也很明显，三分球命中率低。

因此，他每天下午的训练是三个小时的三分投射训练，从左右侧底角开始，到左右侧四十五度角，再到弧顶，五个位置全部训练到位。

一场训练下来，大概要出手三百次，平均一分钟将近出手两次。

如此高的效率就需要篮下有人帮忙捡球。

宋清弥就是这个倒霉蛋。

她本来以为捡球是个很简单的活，但要跑去捡球、传球再捡球，如此循环往复，非常消耗体力。

江野一旦摸上球，眼里就只有篮圈，出手速度很快，篮球就像从麻袋里散出的黄豆似的蹦跶得到处都是。

宋清弥几乎忙得双手双脚都用上了。

江野投篮时每次发力，手臂上的肌肉线条随着动作贲张，流畅且好看。

就真的，很像，流川枫。

冷漠、专注。

拥有很多鲜花和掌声，也受到无尽的谩骂和诋毁。

上赛季 NCAA 季后赛，江野一场比赛狂砍 35+10+10 的成绩，赛后采访，记者疯狂输出激动心情，这人却眉毛一扬：“这就惊讶了吗？”

他用纯正的美式发音说：“后面会更精彩。”

他的篮球生涯才刚刚开始，少年意气，不敛锋芒。

赛后采访传回国内，连带着比赛录像在国内互联网上火爆，大家都赞誉他是天才少年。

但宋清弥知道，江野不算是天才，至少在很长一段时间内不是。

媒体不吝赞美的天才，是拿百分之两百的汗水兑现天赋。

江野的父亲是前国手，国内很多“球二代”从小就长在篮球氛围里，江野也不例外。

他七岁那年测骨龄，结果显示，他的身高最多能长到一米八。这样的身高对于普通职业足够，但对篮球运动员来说，相当于宣告不及格。

况且，他那时运球上篮都平平无奇。

他的母亲龙怀婷竭力反对他打篮球，平江队青训教练、江宏涛曾经的队友也很委婉地说，这孩子打篮球天花板太低。

江野篮球生涯的开始伴随着否定。

江野和宋清弥的家挨着。宋清弥打小就是个夜猫子，半夜不睡偷偷起床跑到房子外面，总能听到外面微弱的拍球声。

她胖乎乎的小手扒着围墙看着江家后院。

江野站在黑暗里，重复地持球、运球，不停地练习。

龙怀婷坚定地认为，在天赋上存在缺陷，篮球运动只会浪费他的时间，因此强烈反对他打球；而江宏涛想他继承自己在国际比赛尚未完成的理想。

两人因为江野的问题总是吵得不可开交，每个人都需要他站队。

江野想爸爸妈妈都开心，所以白天在学校里努力学习，当最优秀的学生。

晚上回家，他偷偷练习篮球，不让爸爸失望。

宋清弥对童年的很多记忆都感到模糊，但是她还能记得那年盛夏，家里后院那棵榆树上不断响起的蝉鸣声；隔壁院子里，手电筒发出的那束微小的光芒；夜里，那双比星子更闪亮、更夺目的眼睛。

穿越过多年荒芜的时间，那眼神依旧坚定。

当年夜里起伏的篮球声，又响在了十年后，响在宋清弥的耳边。

最后一个弧顶三分投出，在篮圈上绕了两圈，稳稳进球。江野不拘小节地掀起衣服下摆，擦了下脸上的汗水。

剧烈运动令他胸腔起伏偏大，但依旧没有很喘，他朝宋清弥打了个响指："休息了。"

得到解放，宋清弥松开怀里的篮球，一头扑倒在旁边的瑜伽垫上。

"别躺着，"江野出于运动员的专业素养，强行给她拉起来，"做一下拉伸，免得肌肉痛。"

宋清弥摆烂："不拉伸明天疼，拉伸我现在原地累死去世。"

江野将一瓶充能糖饮料递给她，皱着眉毛咕哝："体能这么差。"

柠檬味的，刚好是她喜欢的。

宋清弥拧开饮料灌了两口，小声说："我又不打篮球，我体能好有什么用。"想了想，又问，"我该不会整个暑假都要给你捡球吧？"

江野嘴角弯了一下："你对暑假有具体的展望吗？"

意思就是说，如果她没啥干的，那就捡一个暑假球吧。

宋清弥彻底没了盼望，再次咸鱼躺回瑜伽垫上，手蒙着脸，闷闷地说："我是来当实习队医的，不是陪你训练的。"

先不说欠的那个还不起的模型，还有当年那点小意外……

宋清弥想到就一阵尴尬。

最主要的是，两人的关系，也没那么好。至少没好到能天天待在一起还不互相厌烦的程度。

"别垂头丧气的。"江野说。

宋清弥："所以，我可以不陪你了吗？"

江野抿了抿嘴，眼里闪过一些宋清弥没看懂的情绪。

"跟这个没关系，"他用下巴指了指正在哼哧哼哧"抡大锤"配合宋星宇训练的队医李立，“就算正式队医，也得陪着训练。”

宋清弥沉默了。

其实不只是队医，缺少人手的时候，队务甚至保洁都会辅助训练。

门口，她的大师兄兼带教明文良先生姗姗来迟，一手拎着公文包，另一手还给飞过来的篮球扔回去。

江野回头看她，明知故问：“有安慰到你吗？”

宋清弥咬牙：“我真谢谢你啊。”

江野：“不用这么客气。”

训练结束。

江野膝盖有旧伤，要去找队医用冰袋冰敷。

明文良处理过太多运动员伤病，看了看江野的病历，问题不大，简单地给他捆了个冰袋。

忙完之后，明文良又招呼宋清弥进来，递给她厚厚的一沓文件：“这是球队现役球员的身体情况表，从备赛开始每周都记录一次，你先看看，并结合课本上学到的知识，对大家的康复优化提点意见。”

宋清弥愧疚地脸红了下。

她一个运动康复大二的学生，居然敢当着专业队医的面对运动员的身体状况提意见，这不是关公面前耍大刀嘛。

“我不行吧？”她不太自信。

明文良道：“师父他老人家相信你，你放开手做就行，一个本科生，做出什么来都不丢人。”

宋清弥：“但可能会让师兄你，还有师父丢人。”

明文良想了想：“要不你还是好好努力吧。”

咸鱼宋清弥接下烫手山芋离开了。

虽然是男女混寝，但大抵是运动员白天训练太累，楼内晚上一直很安静。

星子密布的晚上，北方夏夜的风清凉地吹过，树上的知了一声起起伏伏。

宋清弥洗漱结束后，一边敷面膜，一边阅览明文良医生给的资料。

资料里，平大篮球队各位运动员的身体情况一目了然。

平大篮球队水平很一般，CUBA 一级联赛上，能打进分区赛就算发挥不错。

队里只有一位中锋身高过两米，但体重只有七十五公斤，在需要高强度身体对抗的比赛里，简直就是细狗。

剩下的运动员，身体条件勉强可以，但伤病不少。

以江野的水平，直接去CBA球队当个替补，甚至弱队首发后卫也不是不可能，不知道为什么偏要在平大这个修罗场带着一帮残兵败将厮杀。

图什么呢。

这么想着，宋清弥翻到江野的资料时，没忍住多看了两眼。

身高 193 厘米，体重 80 公斤，臂展 2 米，摸高 3 米，身体素质还算不错，就是伤病也密密麻麻写了一页。

足底筋膜炎、右侧膝盖积液……

虽然都是一些无伤大雅的小伤病，但宋清弥从小也算是在篮球环境里摸爬滚打的，知道小病缠身有多难受。

江野真不是天赋型运动员。

他的成绩都是靠着努力和牺牲身体才得到的，和宋星宇这种先天优势叠满但从不努力的人完全不同。

小时抓周，宋星宇面前摆着篮球、篮圈、账本、家里产业的公章、毛笔……一堆零零碎碎的东西，最后他偏偏抓住了旁边小姐姐的裙子。

他老爹气得差点儿揍死他。

三岁看老，他抓周现场就是未来十几年人生的写照——永远在换漂亮女朋友，以及就是不打篮球。

宋星宇小时候测骨龄，身高至少能长到两米，是个打篮球的好苗子，然后他跑去打乒乓球了。

乒乓队人才济济，他身高没有优势，被省队退了回来。

家里人想着这次他终于可以踏踏实实打篮球了，他又非要跑去踢足球，但是跟球队教练理念不合还大打出手，在他老爹的撺掇下，被足球队开除了。

眼瞅着就要高考，他这个成绩上个大专都是问题，家里也摆出一副随便他折腾绝对不会管他的态度，他迫不得已，只好选择走体育特长生的路子打篮球考大学。

然而就是这么一个半吊子选手，在华清大学还是首发。

世界很多时候就是残酷的。

有天赋的人就是赢得轻松，但那些没有天赋仍旧努力的人，更令人敬佩。

宋清弥盯着江野的身体报告，内心莫名激荡，曾经学过但根本不进脑子的知识居然逐渐清晰起来，就连分析报告都隐约有了雏形。

她打开电脑，针对不同的运动员和伤病列出应对措施，并且用数据模型说明在平大篮球队实施的可能性。

忙完一切，已经是凌晨一点钟。

室友明悦网上冲浪发来消息，是艾特她看江野的视频。

宋清弥点了个赞。

明悦：还没睡？

MIMI：嗯，写论文。

明悦：[？？？]

明悦：咸鱼姐，哪阵风给你吹翻身啦？

那个身影毫无预兆地飘进脑海，宋清弥混沌的思绪忽地清明。

她赶紧摇了摇头，晃掉那些可以细想的东西，然后匆忙关掉手机，进入梦乡。

翌日，是进入集训后的第二个周末。

顾昱行约宋清弥去市里吃饭逛街看电影，被前天晚上的情绪影响，宋清弥只想快点换个环境换个心情，不假思索地同意了。

市中心新开了一家不错的网红店。

宋清弥是那种比较小资的姑娘，喜欢打卡网红店，逛街买买买。

顾昱行则是纯骚包潮男，打卡网红店还要打卡拍照发附带精致自拍的朋友圈。

等待游戏开局的宋星宇顺手刷朋友圈，看到顾昱行经典九宫格配自拍，笑骂了一声："骚包。"

他再点开图片，放大——

他顿时警铃大作。

"阿野！"宋星宇猛地咆哮一声。

正在上经济学网课的江野回头，宋星宇说："哥们儿需要你的帮助。"

宋星宇滑着座椅靠过去，把放大后的照片放到江野桌子上，敲了敲桌面："看看。"

江野随意扫了一眼："甜品不错。"

宋星宇急了："不是看甜品，看这只手！"

一截纤细白皙的手腕，上面有一颗黑色的圆形小痣。

江野眯了眯眼睛。

"这是宋小幺儿，"宋星宇解释道，"宋小幺儿在和顾昱行约会。"

江野抿了抿嘴唇，表情有些冷硬："嗯。"

宋星宇："跟顾昱行！"

江野："嗯。"

宋星宇急了："那可是顾昱行，他什么人品我还不清楚？"

也不知道江野是真听不懂还是假听不懂。

"小幺儿十九岁了。"江野下意识地反驳。

宋星宇："那也不行，我得想个办法。"

半个小时后，宋星宇和江野出现在平江商业中心。而宋清弥和顾昱行已经从甜品店出来，在商场里逛街。

某运动品牌新出了一款卫衣，顾昱行要上身试一下，宋清弥则随便逛逛，随便买买。

从小到大，宋清弥在物质方面的要求都被尽可能地满足。

小时候想吃国外的糖果，宋建华就立马让人带回来，看上的漂亮公主裙也必须拿下。

唯一没被满足的就是有一次去动物园，她看上了吃竹子的大熊猫。

逛街半个小时，她已经拎了满手的购物袋。

最近她在实习，没有在家躺平或者出去疯玩，在宋建华眼里算是个积极向上的形象。

老爹一开心，今天逛街的活动经费多批了点儿。

宋清弥不花完闹心，突然感觉手腕上的手链太细，决定进店买条新的。

顾昱行不愧是潮男，审美对直男简直碾压，此时荣升为宋清弥的第二闺密。他不仅能对手链造型提出建议，甚至还能说出不衬肤色这类的话。

宋星宇带着江野追踪到两人的时候，顾昱行正在帮宋清弥戴项链。

少女低着头，墨黑的长发垂在胸前，越发衬得面如凝脂，眉目灵动。那节脖颈也白净，上面有着一层细小的绒毛，弯出好看的弧度。

顾昱行的外形条件也很养眼，两人说说笑笑，跟真情侣别无二致。

高级商场的冷气太足，江野感觉有细微的冷从脊背蔓延，逐渐席卷全身。

“我的天。”宋星宇看着那两人，吐槽了一声。

他也感觉冷，是脖子被爷爷拿刀逼着的那种冷。

宋家人不想让宋清弥谈恋爱是有原因的。

宋清弥从小到大都被家里保护得太好了，大家都没对她有什么期待，只希望她平安快乐就好。

谈恋爱结婚也不需要找门当户对，毕竟她家有钱。

但恋爱结婚的对象一定是要家里人过眼并且满意的，品质、能力都要一等一的好。

顾昱行显然不符合这个标准。

宋星宇给了江野一个眼神，江野心领神会。

他们是截然不同的性格，但能做最好的朋友，相识二十几年，一个眼神就知道对方在想什么。

按照之前的套路。

宋星宇过去招呼顾昱行：“哟嗬，老顾也在呀。”

江野懒洋洋地走过去跟宋清弥打招呼：“好巧。”

怎么出来逛个街还能遇到这两人？

宋清弥努力地挤出微笑：“好……巧。”

“真的好巧呢。”顾昱行看到江野，淡淡地挑了挑眉。

“我和宋小幺儿来这里买首饰，你们来干吗？”顾昱行皱着眉，毫不留情地戳破涌动的暗潮。

宋星宇和江野对视一眼，面不改色道：“买戒指。”

“你们两个？”宋清弥思考片刻，“买对戒吗？”

否则真不知道大男人还要人陪着逛街的理由。

江野和宋星宇双双沉默。

话是宋星宇说出来的，他忍痛买了枚戒指离开。

四个人的气氛有点诡异，宋清弥浑然不觉。

出了首饰店，走路的排列逐渐从宋星宇、顾昱行走在前面，宋清弥、江野走在后面，变成顾昱行和江野在前面沉默，而宋星宇跟宋清弥慢悠悠地跟在后面。

而且，距离越拉越远。

等到前面两个男人拐进甜品店，宋星宇突然拉住宋清弥。

“宋小幺儿，你跟顾昱行保持距离，”他讳莫如深地说，“他不是什么好人。”怕妹妹不信，还像哄小孩儿似的夸张道，“渣男，可渣可渣了。”

他们是队友，配合默契互相信任，私生活互不干涉，但扯上宋清弥，那就不一样了。

宋清弥不明所以，感觉哥哥有点奇怪，懵懵然道：“我知道呀。”

“知道你还走那么近？”宋星宇瞳孔地震，祈求自己妹妹还没“恋爱脑”到顶峰，认为自己可以拯救一个浪荡的灵魂。

“近一点儿怎么了？”宋清弥说，“我又不打算跟他谈恋爱。”

两人就是有很多相似的兴趣爱好，能玩到一起去，如果没人玩，集训的这些日子该有多无聊。

“你还是太小了，”宋星宇摸了摸她的脑袋，“渣男没收网的时候你只是他鱼塘里的鱼。”

宋清弥算是明白宋星宇要表达什么了。

这是说她交友不慎，遇到渣男，会被骗财骗色？

她今年十九岁了，不是九岁陌生人给糖果就会跟着跑的小屁孩。

宋清弥脸色冷了下来，没有好气地问道：“所以你今天也是故意来打断我们的？”

宋星宇：“我也是为你好。”

“莫名其妙，我们还是不要继续谈了。”

她转身要进甜品店，宋星宇却不罢休，拽住她的手腕：“小幺儿，你听话，哥还能害你不成？”

心脏和太阳穴开始猛跳，宋清弥要压制不住自己的情绪了。

她确实比较咸鱼，没有梦想没有爱好，但这不代表她是什么都不行的废物，连交友这件事都做不好。

家里人是很爱她关心她，但有时候，这份爱也太紧绷了，像是一道令她没有理由挣脱的枷锁。

她深深吸了口气，往前走了两步，刚好撞上端着甜品过来的江野。

今天的江野穿了件干净的白色T恤，下面是黑色运动裤和板鞋，干净清爽的样子。

“宋小幺儿。”江野喊了她一声，语气隐约有关切。

可正闹情绪的宋清弥没有发现。

宋清弥顿住脚步看他，怎么就忘了还有这么一个罪魁祸首。

从头到尾，江野和宋星宇也没什么不同，都要以亲人的名义，监督她的生活。

当初是，现在还是。

“我跟什么人谈恋爱跟你关系很大吗？”宋清弥仰起头，盯着那双敛着但饱含震惊的眼睛，怒火成了没有方向的炮弹，随意向他轰炸，“你是我什么人？为什么整天想着管我？”

宋清弥看着天真，但在一派天真的外表下，却有着直观且一针见血的洞察力。

能做到每一句话都往人心窝子上戳。

江野嘴巴动了动。

没出声。

冰激凌化得很快，顺着杯壁流下来，黏了他一手。

那件事，好像被岁月揉碎的一张纸，但或许是时间并不久远，宋清弥还能记得其中很多细节。

宋清弥高二那年，在对流川枫的喜爱加持下，她进入了学校的学生会。

那时候的学生会会帮助老师做一些学生事务。

学校承办了一场联谊性质的篮球比赛，作为学生会的人，宋清弥负责一些后勤保卫工作——比如看管矿泉水，在保洁阿姨到来之前简单扫扫地，组织啦啦队等。

在比赛的过程中，她认识了一位本校高三的学长，学长是参加比赛的球员，眼睛有点小，但个子高，性格也好，和宋清弥一样喜欢流川枫。

宋清弥和他每次见面都讨论《灌篮高手》的剧情，随着比赛的进行，两人偶尔还互送一些周边产品。

不止他们两人熟悉，校球队的其他人和学生会的人也颇为熟稔。

比赛结束后，大家约着去聚餐。

聚餐结束后，宋清弥才想起来一向接送自己上下学的司机今天孩子生病，请假了。

她家住在别墅区，环境好，但偏僻。

学长问她住在哪里，她说在北边，靠山的地方，学长自告奋勇送她回家。

刚好她之前买的新周边最近又漂洋过海到货了，她也想给学长看一看，便接受了学长的提议。

到了家门口，宋清弥邀请学长进去，学长却说什么都不肯。

宋清弥被搞得一头雾水，拉着学长的手臂："看看吧，就看一眼！"

学长伸手扒住大门，硬是不往里进："不不……不了。"

宋清弥没注意到学长脸上的不自在和有些自卑的眼神。

"宋小幺儿。"一声既陌生又熟悉的声音稳稳降临，宋清弥回头，看到了江野。

那是江野出国的第二年。

夕阳照在少年愈见开阔的肩膀上，宋清弥看到他个子拔高了不少，应该早早超过了预测的身高一米八。

眉眼也褪去了青涩，锐利起来。

就连身上的气质，也更淡漠。

时隔两年再看到江野，宋清弥内心是欢喜的，可是对上江野那双冷淡又复杂的眸子，她张了张嘴，不知说什么才好。

就在互相僵持的时候，江野双手插在兜里，眉毛微微上挑，语气稍带严肃："松开人家。"

宋清弥没说话，江野优哉游哉地迈着长腿走过来，明明面无表情，但还是给人一种不好对付的冷淡劲儿。

"松开她。"江野这次是朝男生说的，眉眼也更冷峻几分。

宋清弥刚想质问一句人家凭什么听你的，学长一把挣脱宋清弥，往后退了一步。

"宋清弥，再见！"学长说完，一溜烟地跑走了。这里是别墅区，他跑了好久好久，也没见到一辆车。

看着学长的背影，再看看江野，宋清弥气不打一处来："你干什么？"

她问江野。

江野抿了抿嘴唇，未发一言，走回了自家院子。

暴力狂！神经病！

宋清弥搞不懂江野到底抽了哪门子风。

她在微信上发了长篇小作文控诉他的卑劣行径，并且拉黑、删除一条龙。

周一开学，学长果然不再理宋清弥，并表示他们不适合做朋友。

宋清弥一直没想通两人怎么就不适合做朋友了，想来想去，都是江野那天的行为吓到了学长，一切都是江野从中作梗。

再然后……

“宋小幺儿。”

一口冰激凌塞进嘴里，绵密的冰沙在唇齿间一点点融化开，宋星宇抬手在她眼前挥了挥：“想什么呢？”

刚吵完架，宋清弥还感觉有点儿尴尬，淡淡地道：“没什么。”

她胡乱地舀了一勺沙冰，目光不自觉地瞟向江野。

江野对甜食不感兴趣，正闭目休息，双臂环在胸前，看着冷淡又安静。

冷静下来，宋清弥认为自己刚才将对宋星宇的怒火发到江野身上的行为十分无耻且不讲理。

诚然，没开始就结束的初恋是被江野搅黄的，但如今干预她和顾昱行接触的是宋星宇，江野充其量算是帮凶。

宋清弥自觉理亏，但要是让她道歉，她又较着一股自己都不知道哪儿来的劲儿，不肯先低头。

她心烦意乱地抓了抓头发，恰好江野睁开眼，漆黑的眸子落在她的脸上，平静且淡漠。

宋清弥匆忙低头戳沙冰，躲开他的视线。

“吃完了？”江野淡淡地问，跟什么都没发生过似的。

顾昱行替她点了头：“差不多了。”

江野站起身：“走了。”

回去的路上，四人坐江野的大 G。

宋星宇不想顾昱行和宋清弥坐在后排，于是押着宋清弥坐在副驾驶座。

一路无话。

顾昱行给宋清弥发消息：对不起，让你和星宇关系变差了。

宋清弥回了一个问号：别装绿箭。

顾昱行的态度立马一百八十度大转弯：这个人，脑子有病吧。

宋清弥第一次发现，顾昱行这个人和自己太合拍了。

之后，两人花了十分钟将宋星宇从头骂到尾，顾昱行还想连坐江野，宋清弥却是不搭言。

转眼周一，卢鸣终于姗姗来迟，往篮球馆里一站，眯了眯眼睛，然后朝宋清弥招招手：“宋清弥，来。”

大夏天的，小老头穿了一件格子的 POLO 衫、西装裤，衣摆扎进裤腰里，皮带系得很紧，大头皮鞋擦得铮亮。

上午的训练已经开始，宋清弥躲着球踉踉跄跄地过去，跟他站在一起。

卢鸣不说话，她也不敢说话。

耳边是虽然很吵但听久了依旧催眠的篮球撞击地面的声音，运动员训练中虽然有声音，但动作比较死板，看久了，宋清弥越来越困，接连打了几个哈欠。

卢鸣看了她一眼。

宋清弥硬是把打了一半的哈欠收了回去，十分真诚地请教：“老师，我要做点儿什么吗？”

教授老神在在地用下巴点了点球场，蹦出一个字：“看。”

宋清弥不理解：“看？”

“对，我们需要观察。”卢鸣说。

宋清弥挠了挠脑袋。

“给你一个观察对象，”卢鸣高深地抿了口小茶水，用下巴点了点人群里最耀眼的那个，“江野。”

宋清弥内心：呃……

因为公事去看他，不能说明什么，宋清弥暂且压下尴尬，认认真真地观察江野。

她隐约感觉自己看出来点什么，又感觉好像什么都没看明白。

训练结束，卢鸣问：“看出什么没？”

宋清弥摇了摇头。

卢鸣拍了拍她的肩膀：“慢慢来。”

接下来一周的时间，宋清弥上午再也不能摸鱼，跟在卢鸣身边观察江野。

江野似乎也注意到了她的“格外关注”，偶尔也会看回来。

因此，每天下午陪江野训练时，为了表明立场，宋清弥的眼睛绝不往他身上扫一眼。

在如此诡异的“疯狂观察”和“毫不在意”里，宋清弥不出意外地什么都没观察出来。

周五上午的训练结束，哨声响起。

宋清弥比 AI 还要精准，立马将目光从江野身上挪开，揉了揉一团糨糊般的脑袋，打着哈欠要去食堂吃饭。

身后，卢教授老神在在地下令：“江野、宋清弥，跟我走一趟。”

为什么突然要把他们两个一起留下？

宋清弥跟在两人身后走到医务室，不解地看着卢鸣，而卢鸣在看江野。

江野擦干脸上的汗水走到卢鸣面前，再张口，震惊宋清弥一百年。

“卢伯伯。”他毕恭毕敬地叫了一声。

“你小子还知道叫我伯伯？”卢鸣面色沉郁，指了指旁边的床，命令道，“躺下。”

江野是一个很不服管教的人，现在又有成绩傍身，宋清弥害怕这个浑球顶撞老师。

结果，这人沉默两秒，乖乖走到床前躺好。

卢鸣看向宋清弥："发现这小子有哪儿不对劲吗？"

宋清弥脑子转了转："太听话了？"

卢鸣："我说身体！"

宋清弥有些迟疑："那是脑子……大概、可能出问题了？"

卢鸣带过不少学生，还是头一次这么尽心尽力地带本科生。

学生不开窍不是学生的问题，说明他还没有教育好。

他捏了捏鼻梁，再抬手向宋清弥指了指江野："你去摸摸他。"

"这不太好吧。"宋清弥瞳孔地震。

先不说男女授受不亲这种封建话题，他俩目前的状态和冷战差不多了。

代入一下江野视角，帮兄弟管教一下妹妹，不是共犯也不是主谋，结果这姑娘不服管教，主谋没有伤亡，他一辅助莫名被冲。

搁谁能咽下这口气？

成年人了，面子重要。

还没握手言和，就上手摸人家？宋清弥不想。

这么想着，她偷偷瞄了一眼江野，发现他也在看自己。

他眼神很平静，眼底有一层比较锋利的凉薄在，那是种懒得敷衍的凉薄，大概没有想要"报仇"的心思。

宋清弥清醒了，思路回归正事，大脑一点点运转。

刚刚卢鸣这么生气还让她上手，一定是因为江野身上有伤。

而让她上手摸，是锻炼她的实战能力。

宋清弥回想了下看过的江野的身体报告。

好消息：江野的伤只在下半身。

坏消息：能影响到职业生涯的伤也都在下半身，比如跟腱断裂、半月板断裂。

国内国外都有很多篮球运动员因为跟腱断裂而断送职业生涯。

宋清弥走到江野面前，目光赤裸裸地在他的下半身扫视一遍。

没看出来什么。

她犹豫了一会儿，然后直接上手——

反正江野也是人，她用点力气，按到痛处，就不信他不叫出声。

抱着这个心思，宋清弥下手越来越重，还时不时观察江野的表情。

从上而下俯视的死亡角度，居然没有对江野的颜值造成什么影响。

紧绷且线条清晰的下颌线，高挺的鼻梁，那双黝黑且锐利的眼睛看着天花板，无论宋清弥多么用力，他的表情始终淡淡的。

沾着汗液的皮肤有些濡湿，触感有些黏腻，从大腿开始，宋清弥一路向下。

动作却忽然在他的膝盖处顿住。

倒不是因为江野有什么痛苦的表情，而是病处的手感实在特别。

他的膝盖很肿，捏上去像是一个软的皮球。

宋清弥不知所措地眨了眨眼睛。

“摸到了？”卢鸣问宋清弥，把江野当成教学工具。

宋清弥点头。

“你感觉是什么病？”

宋清弥也算学到了一些知识，思考片刻回答：“膝盖积液？”

卢鸣满意地点了点头：“通常这个病都是由于不科学的训练，过度使用身体造成的。”

说到这里，他反手敲了一下江野的脑袋：“一个集训而已，又不是有什么大型比赛要背着我们参加，训练那么多干什么！”

江野牵起嘴角笑了笑，看上去态度很好，但坚决不改。

卢鸣发泄完不满，用手捏了捏江野的膝盖，到底有几分怜爱地说：“还没有肿起来，初步判断积液应该不多。”

卢鸣：“积液不多的情况下可以保守治疗，如果积液太多，就只能开刀。”

卢鸣从随身携带的医疗包里掏出来一份弹力绷带，对宋清弥说：“你学着点儿，以后你帮他包扎。”

宋清弥指了指自己：“我？”

卢鸣：“怎么，不愿意？”

宋清弥虽然不是很愿意，但也不能当着老师的面说出来：“我比较怀疑自己的能力。”

卢鸣说：“没关系，你虽然在专业能力上有所欠缺，但综合个人能力和工作难度还有时间上，你比较有优势。”

翻译一下——谁让你比较闲，这活儿又没什么难度。

宋清弥：“……那我还挺荣幸的。”

她认真地看卢鸣打绷带，卢鸣也一边打一边讲解，要点和法门都倾囊相授。

这种简单的包扎在随队队医中算是很简单的技能，宋清弥脑袋瓜很聪明，一学就会。

卢鸣让她用江野的另外一个膝盖演示一遍。宋清弥刚刚才学了个大概，还得一边包扎，一边接受指导。

“还得紧一点效果才好。”卢鸣说。

“嗯。”宋清弥专注起来，轻轻应声。

膝盖上，一双柔软冰凉的手逐渐用力，江野的感官世界开始虚幻空白，只有胀痛的膝盖昭示着宋清弥的存在。

宋清弥对着江野的膝盖折腾了好一会儿，卢鸣这才满意地点了点头。

即便是咸鱼如宋清弥，学习一项新技能也会开心，她翘起一侧嘴角，有些小得意地笑了笑，然后轻快地起身。

一缕乌黑的长发从她耳后落下，宛若一只灵巧的蝴蝶，刚巧扫过江野的鼻尖，上面有清新的栀子花香。

江野突出的喉结飞速滑动，默不作声地起身。

卢鸣心满意足地摸了摸下巴，再次嘱咐江野："最近要减轻训练强度。"

今天一直很听话的江野听到这句话终于有了点叛逆，他辩白道："卢伯伯，我的问题不严重。"

"现在看是不严重，"卢鸣语气莫名严肃下来，"你爸爸当时也不严重，我劝他休息休息，国家队的荣誉很重要，但自己的身体也很重要，他不听，结果呢？"

提到江宏涛，江野眼角微微垂下，没说话。

而江宏涛运动生涯的结局是什么？

国际赛场重大失误，次年跟腱断裂。

当年江伯父出事的时候，宋清弥还太小，只记得江家门口围着水泄不通的记者，甚至还有人上门扔臭鸡蛋扔烂菜叶。

江伯父和龙怀婷不敢让江野回家，将他安置在宋清弥家里，就连幼儿园的学生都会因此嘲笑他。

谈到江叔叔，宋清弥有一点难过。

这种难过的情绪持续到夜晚，夜深人静，她一个人对着电脑写论文。

卢鸣又给她发消息：弥弥，在吗？

这么客气肯定不是好事，宋清弥没敢回。

但她还是太年轻，怎比得过老油条。

卢鸣直奔主题：你的基础太差，为师想让你快些进步，以后下午训练结束来解放广场，为师给你开小灶。

宋清弥沉默了。

解放广场在城市的最东边，活动中心在最西边，坐地铁去要一个半小时。

宋清弥现在每天晚睡早起，上午观察运动员，下午陪江野训练，晚上写论文，本就忙得连轴转，哪有时间一天坐三个小时地铁。

思索了一会儿，她问：为什么是解放广场？

卢鸣：因为我在这里跳广场舞。

宋清弥：[省略号.jpg]

卢鸣：爱徒，听为师解释，运动康复这个专业不免要走向实训，而跳广场舞的老年人比较多，适合作为观察对象研究身体损伤对运动的影响。

宋清弥提炼了一下重点：坐一个半小时地铁去看老年人跳广场舞。

她：婉拒了哈。

卢鸣回了一个哭泣的表情包：那还有一个选项，江野是咱们平大队的希望，他最近状态不大好，你多跟他接触接触，预防他抑郁。

跟江野说说话，可比穿越整个城市欣赏广场舞好太多。

宋清弥想都没想就接受了。

然而，半夜她才想起鲁迅爷爷的一句话：中国人的性情是总喜欢调和折中的。譬如你说，这屋子太暗，须在这里开一个窗，大家一定是不允许的。但是如果你主张拆掉屋顶，他们就来调和，愿意开窗了。

卢鸣这老头从来没想过让宋清弥看他跳广场舞。而是他的宝贝球员最近状态不太好，需要她这个廉价劳动力陪着。

宋清弥追悔莫及，决定敷衍对待。

翌日，宋清弥想出去改善伙食，她象征性地给江野发了一条短信，然后一个人骑着小电驴离开活动中心。

晚风轻吹，七月末，夜晚的余热没有那么强烈。

宋清弥自在地驾驶小电驴在宽阔又没有什么车子的路上，哼着小曲。

她视线不经意间往旁边一扫，发现一个车牌号是6666的大G。

这么嚣张，跟宋建华的8888有得一拼。

骨子里的八卦劲儿让她放慢车速，准备悄悄看下车主的脸。

脸还没看到，她就听到了一道莫名有些熟悉的声音，以及比较劲爆的消息——

“江野，我真的很忙，以后没要紧事就不要见了。”

第三章

撞见江野的秘密

Shishui

xiaoluluanshuang

宋清弥立马手脚并用地刹车，第一反应是她撞见了江野的恋情。

可这声音虽然好听干脆，但很明显不属于年轻少女。

又或许不是女朋友？

宋清弥脑子转了转，道德感告诉她偷听人讲话不太好，可人总有不太道德的时候。

“你爸爸的后事还有财产我都处理好了，”那道女声说，“有我在你大可以不必担心什么，所以我实在不能理解你回国的意义。”

提到江宏涛，宋清弥将这道声音和脑海里的人脸贴在一起，恍然大悟。

是龙怀婷。

江野的妈妈。

最反对江野打篮球的那个人。

龙怀婷是做金融相关行业的，做事最讲究投入产出比。

身高不够意味着天赋不足，在别的行业也许后天努力还能弥补天赋不足，但篮球运动中，天赋决定努力能发挥作用的上限。

龙怀婷认为江野选择篮球，就是在浪费时间。

可江野坚持打篮球。

于是，龙怀婷女士生了二胎。

江照是一个完全对篮球不感兴趣、从小就立志好好读书的乖孩子。而龙怀婷也从一开始对江野的怨怼逐渐转变为不理不睬，所有心思都放在小儿子身上。

小时候，宋清弥被妈妈管着，不可以吃糖，不可以吃雪糕，于是她就特别喜欢去江野家里。

因为江野家的冰箱里，永远有无数好吃的雪糕，柜子里也有很多很多糖果和小零食。

那会儿的江宏涛负责平江俱乐部的青训，经常在外面出差，龙怀婷的工作也让她几乎没有时间照顾江野。

江野几乎是和保姆阿姨住在一起。

宋清弥去江野家，就可以敞开肚皮吃糖果，吃冰激凌。

吃到她长了好几颗蛀牙，她还要感慨："江野哥哥，我好羡慕你哦。"

那时候的江野，不揍她的时候还是蛮讨人喜欢的，他摸了摸她毛茸茸的小脑袋，小声说："我也羡慕你。"

宋清弥从一堆糖果里抬起头："我妈妈可凶了。"

江野没说话，只是拍她脑袋的动作有几分心不在焉。

童年时期的江野没有一颗蛀牙。

江野那么乖巧听话，但也并没有比她这个整天闯祸学习不努力还总是扯着嗓子哭的小孩儿得到的关爱多。

晚风浩浩，将江野的声音吹到宋清弥的耳朵里，思绪也因此被拉了回来。

"爸爸的后事辛苦您了，"他语气客气得像是对待陌生人，"不过我回国有我自己的理由。"

龙怀婷继续说道："我猜你爸临终前肯定要你继承他的遗愿，为中国篮球出力。"

江野没有说话。

她笑了一声，得体的西装配上干练的短发和红唇，令这份笑意里有几分轻蔑："不要说我自私，他的行为也没比我好到哪里去。

"我还是那句话，你在篮球运动上是没有天赋的，不到基因突变的程度，永远没有办法做到最好。"

在他的记忆里，从小他跟妈妈的关系就并不亲密，对她的一切也都不太熟悉，但妈妈否定他做运动员否定他梦想的言论，他熟悉到可以倒背如流。

他用了十年的时间都没让龙怀婷肯定他，如今也不再需要她的肯定。

他平静地说："不是所有事情都只有做到最好才有意义，我只是想把我可以做的做到最好。"

龙怀婷始终不明白篮球这项运动到底给江家父子二人下了什么蛊，或许从前明白，但从江宏涛在国际赛场上失误后球迷对他们进行攻击开始，就完全不明白了。

“你所谓的意义只是弱者自我安慰的托词罢了，”龙怀婷掷地有声却冷漠至极，“而篮球带给你什么？成绩在哪里，不过一身伤病罢了。”

江野嘴唇抿得很紧，并没回答她。

龙怀婷忽然发现他似乎长高了许多，远远超过了当年预测的一米八，她跟他对视需要仰头。

她放弃谈话，抬手看了眼腕表，时间刚刚好。

“我要走了，今天还要飞纽约。”

见面一共半个小时，没有好好地谈一谈生活，没有坐下来吃一顿晚餐，也没有关心对方。

好在这么多年，江野已经习惯了。

他微微颔首，声音很低：“一路顺风。”

龙怀婷走向旁边的奔驰，开车门的手一顿，又说了一句：“我看到你选修了金融学。

“金融不是可以浅尝辄止的学科，你既然选择了篮球，就放弃金融吧。”

一阵夜风吹来，停靠在路边的奔驰扬长而去。

气氛沉寂。

空无一人的马路上，宋清弥躲在树后，不知道是该直接离开，还是应该跟江野打个招呼。

直接离开吧，偷听人家谈话本来就尴尬。

可不打招呼……

宋清弥有种直觉，现在的江野需要人陪。

晚风里，江野的肩膀有些佝偻。

跟至亲见面像打仗，普天之下应该没有多少人能和他命运与共了。

他抬手，揉了揉胀痛的太阳穴。

下一秒，身后传来一阵电动车的鸣笛。

宋清弥拧着电动车油门向他冲过来，装作刚刚见到的样子，露出八颗牙齿的微笑，招呼道：“江野，好巧！”

晚风和她的笑容混合在一起。

江野忽地笑了一声：“嗯。”

气氛好尴尬。

宋清弥抓了抓头发：“我找了你好久。”

江野迟疑了一下。

宋清弥晃了晃手机："找你吃饭。"

江野拿出手机，刚巧看到一条短信横在锁屏上：我今天想改善一下伙食出去吃，你去不？

发件人的备注是MIMI。

他们之间没有微信，个中缘由两人都清楚，又都颇有默契地没有提起。

江野扫了一眼短信，看向她的眼睛，勾唇，回答："好啊。"

傍晚的余晖落在他的脸上，令他格外好看，宋清弥莫名心里一颤。

江野总会笑，但笑容总是礼貌且疏离。

而这次，她甚至要怀疑自己看错了。

江野真的在笑，眼下鼓了一点卧蚕出来，不显女气，路灯的光芒落在他的眼睛里，宛若揉碎的星河，温柔又耀眼。

宋清弥匆忙收回目光，看了看自己的小电驴，又看了看江野的大G，抬手指了指："那……"

江野："开你的车去吧。"

小电驴停在路边容易丢，大G则不然。

宋清弥感觉很有道理，做好骑车的准备，江野迈开长腿，十分自然地坐在她的后座。

少女粉色的小电驴在他的长腿之下，越发显得促狭。

背后是他轻如羽毛的鼻息，热气不规则地穿透衣服，抵达肌肤。

宋清弥想不了太多，拧紧油门，带江野出发。

活动中心实在太过偏僻，附近的商场也没有多少人，将小电驴停好后，江野的呼吸仿佛还留在后背，宋清弥抬手在脸前扇了扇，讪讪道："今天好热。"

江野："今天降温。"

"是这样吗？"她装模作样地点开手机看天气预报，确实在降温，继续笑，"那可能是体感温度高吧……"

江野没搭话。

两人一起往商场里面走。

宋清弥的脑子永远慢两拍，坐电梯的时候，手机息屏时显示的时间突然闪回脑海——

农历七月初三。

农历七月初三是什么日子？她怎么感觉这么熟悉。

宋清弥飞快转动大脑。

农历七月初三啊！

江野生日！

虽然她不知道都多少年了为什么自己能记住这串平平无奇的数字，但就是真的记住了。

而江野在自己生日这天，没人给他庆生就算了，还再次被亲妈否定。

代入一下，宋清弥感觉江野心态差一点儿跳江都正常。

进了火锅店，宋清弥找了个借口出去一趟，躲在厕所里给宋星宇打电话。

宋星宇这人最近不喜欢恋爱，改打游戏了。接了电话，他就听到妹妹劈头盖脸一通质问："我问你，农历七月初三是什么日子？"

宋星宇盲猜："你生日？"

宋清弥内心闪过一排省略号。

宋星宇："我婶婶的生日？"

宋清弥内心：呃……

宋星宇："那我叔叔的？"

宋清弥忍无可忍："是江野的啊！"

宋星宇愣了一下，然后平静地"啊"了一声。

他们男生真的不怎么过生日，宋星宇和江野貌似从来没给对方庆祝过生日。

虽然现在的江野也有不少的粉丝，但大家都庆祝阳历生日，而江野真正在过的农历生日，反而显得黯淡无光了。

宋清弥问："你给江野准备礼物了吗？"

宋星宇："怎么可能，我们男生之间不看这个。"

宋清弥感觉不对劲儿："那你为什么年年都问我要礼物？"

宋星宇："就是为了宰你一顿嘛。"

宋清弥直接挂断电话。

这都什么事儿啊。

还得看她。

十几分钟后，宋清弥华丽归来。

两人对坐涮火锅。

第一盘毛肚下锅后，浓郁的香气飘出来，两人都有些饥肠辘辘。

突然，眼前有诡异的红色和绿色的光闪过。

江野抬头，一贯平静的眼里写满错愕。

工作人员举着灯牌鱼贯而来，上书：祝江野大帅哥生日快乐。

后面，还有人推着一个巨大的寿桃蛋糕走来。

江野还没回过神，只见面前的工作人员高声齐唱："祝你生日快乐，祝你生日快乐！"

江野小的时候，家里老人都要求他过农历生日，他想要反驳，老人就说什么阳历生日是洋鬼子过的。

他不想爷爷奶奶不开心，就开始过农历生日，但每年计算一次很麻烦，他不想小朋友把他的生日给忘了。

可邻居家有个小妹妹，一百以内的加减法都搞不明白呢，但每年都能准时送上生日礼物。

有时是一块小饼干，有时是一本儿童读物……只有一年，江野没有收到她的礼物。

因为那年大家去逛动物园，她看上了吃竹子的熊猫，想让她爸爸买下来送他。

虽然年年送的礼物也不怎么走心，但江野逐渐也就接受了这个每年都要计算一次的日子。

后来在美国打球时，队友搞不懂阴历、阳历的，慢慢有了名气、有了粉丝后，所有人都按照护照上的出生年月日给他庆生。

他真正在过的生日反而被遗忘了。

每年农历七月初三那天，他都当平常的一天去过。

江野一直清楚，自己不喜欢太过喧嚣、太过热闹的环境，更不喜欢在篮球之外的环境下被太多人注视。

所以当店员出来的瞬间，他本能地皱起眉，第一反应是礼貌地出声打断他们的行为。

可他的眼前骤然出现一张放大的笑脸。

宋清弥脆生生、甜滋滋的声音响起："江野！生日快乐！"

她不知道从哪里搞出来一副造型夸张的眼镜，没等他反应过来，就架在了他高挺的鼻梁上。

"吹蜡烛！吹蜡烛！"宋清弥在寿桃上插了几根蜡烛，十分有仪式感且不容置喙地说，"许愿。"

江野是坚定的唯物主义者，他认为所有自己想要的都得靠自己努力得到，如果得不到的，那就算了。

因此，他摇了摇头。

"你就许个愿嘛。"宋清弥皱着眉头，晃了晃他的手臂，似乎忘记两人前阵子的不愉快了。

凑热闹是人类的本性。

有不少路人都在旁边起哄：

"许个愿望呗。"

"对啊，就是拿个好彩头。"

起哄的人多了，宋清弥胆子也大了起来，摇他手臂的幅度更大，央求着说："就许愿，多简单，快点啦。"

在无数关爱里长大的少女，在不知不觉里已经使用上了撒娇的手段。

江野忽地笑了一声，没说话，但是闭上了眼睛。

头顶好像被人碰了一下，一个生日帽被歪七扭八地戴上，眼前一片漆黑之前，最后的画面，是少女笑容洋溢的脸。

喧闹声里，江野许下了成年后的第一个愿望。

眼前突然白光一闪。

江野平静地睁开眼，烛光在他眼里，闪烁出晶莹的光泽。

面前，宋清弥举着拍立得，将胶片拿出来反盖在桌子上，兴冲冲地问道："你许了什么愿望？"

旁边的大哥搭茬："老弟，千万不能说，说出来就不灵了。"

神仙至少是在某一刻听到过他的发愿。

江野朝大哥礼貌一笑，然后看着宋清弥，说："已经实现了。"

"啊？"宋清弥不信，"这神仙给你办加急了吧，实现得这么快。"

想了想，她又恍然大悟："你该不会是没许愿吧？"

"许了，"江野耸了耸肩膀，"骗你干吗。"

也是，他要是不想做的事情，宋清弥感觉自己无论怎么要求他也不会去做的。至此，生日的整个流程差不多走完，她对着自己临时发挥出的作品，满意地点了点头。

跟服务员说了谢谢之后，两人切了寿桃蛋糕，继续涮火锅。

江野看得出来这个蛋糕是临时买的蛋糕店里的成品，便没提这个蛋糕的造型诡异。

还没吃两口，刚才围观的大哥扭扭捏捏跟个小媳妇似的凑过来，猫腰小声问江野："你是江野不？"

宋清弥没敢说话。江野好歹也算是一个公众人物，在公开场合不想被认出来很正常。

一旁的江野倒是点头，大方地承认："我是。"

"哎呀妈呀！"大哥激动起来，"江野，我可稀罕你了。你在 NCAA 的比赛我都翻墙去看，之前 U18 的比赛你也太厉害了，"大哥激动得满脸通红，说话声音也没办法控制，"就是你咋回国了呢？"

江野为什么回国了呢，而且还决定打 CUBA 联赛。

宋清弥也好奇地看着江野。

但后者抿着嘴唇，脸上挂着礼貌的笑意，没打算回答这个问题。

怕大哥太激动继续问下去，宋清弥只好打哈哈转移话题："大哥，您是江野的粉丝吧？"

大哥点头："对对对。"

宋清弥举起手机晃了晃："你要不要和他合照？"

大哥一拍脑袋："我怎么把这事儿忘了。"然后掏出手机，问江野，"能跟你合照吗？我老婆也老喜欢你了。”

江野跟宋清弥对视了一眼，淡漠的目光里有感谢。

“可以。”江野点头。

宋清弥立马自告奋勇，帮两人拍照。

江野有着一张不输明星的脸，小头宽肩，五官立体，相当上镜。

打发完大哥，两人继续坐下来吃饭。

毛肚在火锅里滚了好几分钟早就老了，宋清弥赶紧给捞出来。

刚嚼两口，又过来一个小迷妹跟江野打招呼：“江野哥哥，你好，打扰你了，能……能和你拍个照吗？”

没道理厚此薄彼，江野又点了点头。

宋清弥也放下筷子，继续帮忙拍照。

到了最后，也不知道到底是谁泄露了江野在商场的事情。

本来都没有几个人的商场突然来了一堆球迷，排队问江野要签名合照，不明真相的路人还以为是哪个大明星来了，也跟着排队凑热闹。

江野在对待球迷方面，还是十分客气有礼貌的，只要不是拿单张白纸的，都会给签名。

宋清弥跟大明星旁边的工作人员一般，一直帮忙拍照。忙到最后，她腿都酸了。

等人散去，两人往回走的时候，已经晚上十点多。

出门之前本就饿得慌，结果饭也没吃好，宋清弥欲哭无泪，小电驴都骑得不开心。

风吹起她白色 T 恤的衣摆，大片白色飘在江野眼前。

他稍稍仰起头，就能看到一截肤色白皙、绒毛干净的脖颈。

等红绿灯的时候，宋清弥问他：“江野，我今天是不是做错了？”

江野摇了摇头，但意识到她看不见，便开口：“不会。”

宋清弥并没有被安慰到。

江野抿了抿嘴唇，罕见地多解释一句：“你出发点是好的。”

宋清弥：“所以，你建议我别出发？”

江野：“我建议你少上网。”

虽然江野自己好像不在意，但宋清弥心里却还是有点愧疚的。

有种好心办了坏事的感觉。

大家都忽视了江野的生日，于是她想给他一个“惊喜”，可她忽略了江野是公众人物，她在火锅店大张旗鼓拉横幅唱《生日快乐歌》的行为，完全是在拿着大喇叭告诉别人——

篮球明星江野过生日啦，大家快来看，快过来看！

最后的效果也确实如此，严重扰乱了商场的秩序，还要安保人员出面才维持住人群。

给好多人添了麻烦。

少女安静地骑车。

这辆电瓶车太小了点儿，江野的腿都要放不下，拘束地把腿摆好。

感觉到少女的落寞，他沉吟开口："我今晚很开心。"

"啥？"宋清弥紧急刹车，惯性作用下，江野身子往前倾了下，宋清弥身上馥郁的栀子花香冲鼻而来。

意识到自己实际上不用这么激动的，宋清弥又慢慢提速，小声说："你开心就好了，虽然我做得可能不太好，但毕竟我只做一次嘛。"

江野沉默了一下："嗯？"

"嗯？"宋清弥不解地反问。

江野顿了顿："为什么只做一次？"

宋清弥语气坦荡："以后我未必有机会给你过生日了呗。"

毕竟两个人离开集训队以后，就桥归桥路归路，各自过各自的生活。

即便他们是邻居是发小，但这两个身份都不意味着亲密。

成年后的世界，能有今天的交集已经很可贵。

坐在她身后的江野没有出声。

"不过，"宋清弥沉吟了一会儿，"从今往后很多球迷都知道你过农历生日，之后你的生日也就不差我一个了。"

夜风里，她没有再听到江野的声音。

江野停在路边的车子被贴了条。

他风轻云淡地撕下违停单，然后提起宋清弥的车子塞进后备厢。

宋清弥感到很抱歉，挠了挠头："对不起……"

江野偏头看她："为什么道歉？"

"车子。"

江野单手游刃有余地打方向盘："你有什么好道歉的。"

宋清弥无言看他，半晌，系好安全带，抿了抿嘴："但如果我没出现，你也不会把车子停在这里，我会愧疚也纯属人之常情。"

前面红灯，江野轻轻踩刹车，车子幅度很小地缓缓停下，令人有种他于世间万物都松弛且游刃有余的错觉。

"别人的选择你来愧疚？"江野沉吟开口，语气稀松平常，"何必呢。"

月光照在江野的脸上，勾勒出好看的轮廓，如此沉默，如此冷淡。

这貌似是江野个人的人生哲学。

他不妄想别人为自己的选择买单的同时，也不愿意为别人的选择负责。

冷淡且严谨。

就恰如一个写好了简单程序的算法，他只专注自己，尽可能地删除所有旁逸斜出的情绪，然后将所有精力都放在打篮球一事上。

他这样的人，说出这些话并不奇怪。

可他这样的人，当初为什么会管自己交友的事？

宋清弥想不明白，敲了敲晕乎乎的脑袋，趁着夜风偏头看他。

路灯顺着窗口扫进来，他手臂上月牙形状的疤痕映在她眼里。

那是宋清弥小时候留在他身上的痕迹。

很小的时候，江野和天底下大多数的小男孩一样臭屁傲娇。

她刚启蒙的时候，一加一等于几掰着手指头算了半天也不懂，求救似的看向在一旁玩小赛车的江野。

江野抬起好看的眼睛，不情不愿地给她描口型：“2。”

“知道啦，”宋清弥眼前一亮，立马回答，“一加一等于耳朵！”

江野推了推宋清弥的小脑袋，小大人一般吐槽：“笨死了。”

那时候的宋清弥就初显咸鱼气质，并不认为笨是什么很差的品质，摇着脑袋笑嘻嘻的。

然后，她趁江野不注意，咬了他一口。

后来，在漫长的童年时期，两人一直处于针锋相对的状态，这块小小的疤痕也是在她反复啃咬下越发深刻，成了永远待在他身上的印记。

它静静地印在江野的手臂上。

仿佛天生如此。

而江野性格的转变，也不是一瞬间的。

如果非让宋清弥回忆一个时间，应该是在他七岁那年，医院那张骨龄测试报告单拿回来，他被宣判最多长到一米八。

一米八的身高，对于一个想走职业篮球运动员的人来说几乎算是宣判死刑。

江宏涛想让他继续打球，努力就会有希望，或许江野就是下一个蒂尼·博格斯呢。

龙怀婷则想让他放弃篮球将精力都放在学习上。

而江野本人，学习成绩和篮球都很好，可仍旧无法阻止父母每天不间断地争吵。

“在想什么？”直到江野在她面前挥挥手，宋清弥才恍然回神。

手机上的时间指向 23 点 59 分，两人此时处于活动中心停车场，江野已经停好车子，准备下车。

“没想什么，”宋清弥低头解安全带，脑子里有个念头闪过，“哎，江野……”

她的声音有些急切。

江野开车门的动作停顿，回头看她。

时间以秒为单位流过。

“我是不是还有什么没对你说？”宋清弥因为着急，脸上染了红晕。

江野的喉结缓缓滑动：“什么？”

零点即将来临，他的生日就要过去。

“生日快乐，”宋清弥说，“祝你……”

她卡了一下：“算了，后面的等我过生日许愿再说。”

她一副十万火急的样子，江野被她逗笑了，嘴角勾了勾：“其实也不用着急说这么一句，没说的留着等明年吧。”

宋清弥想到自己说的，以后可能就不陪他过生日了。

她莞尔一笑：“好。”

万籁俱寂，褪去炎热的空气里有几分寂寥，两人下了车，并肩走在安静的夜里，脚步声分外清晰。

“江野。”宋清弥又喊他。

江野侧头看她，语气平静：“怎么了？”

宋清弥看着那双淡漠的眼睛，深深地吸了一口气，小声说道：“那天我不该对你发火的，对不起。”

宋清弥不是小肚鸡肠的性格，他们之间，之前的恩怨是之前的，和这次没关系。

江野垂眸看她，宋清弥注意到他的喉结缓缓滑动。

半晌，她才听到他哑声开口：“我也有问题。

“你不是小朋友了，想和顾昱行谈恋爱，我和宋星宇都不应该拦着。”

宋清弥沉默了一会儿：“谁要和顾昱行谈恋爱？

“你别听宋星宇瞎猜，他喜欢谈恋爱就默认所有人都喜欢谈恋爱。”

江野不置可否地耸了耸肩膀：“你不喜欢他？”

“当然！”宋清弥斩钉截铁地回答。

江野扬了扬眉，语气似乎轻快了一些：“那我帮你跟宋星宇解释一下，走吧。”

路面上，一双人影不断交错又分开。

缠缠绵绵。

因为第二天是周末，宋清弥在宿舍睡到日上三竿，全天吃外卖，等到傍晚，太阳不再毒辣，她才按照和江野的约定，优哉游哉地出门。

江野的膝盖积液总是反反复复。

训练的强度太大，他又没那么爱惜自己的身体，对身上的一些小伤不以为意。

宋清弥担心他可能不到三十岁就因伤病退役结束运动生涯了，边走路边打字，在微信上跟卢鸣告状。

消息刚发出去，手机忽然一阵剧烈振动。

几乎是差不多的时间，好多人给她发消息。

空气里还有几分燥热，宋清弥加快脚步走进体育馆，坐在篮球架下面，好奇地点开大家的消息。

明悦：我的天，我怎么不知道江野是过阴历生日，粉丝群好像都不知道！

明悦：你去给他过生日了？呜呜呜，我的宝宝你就是天使。

明悦：怎么感觉你俩谈了。

接着，明悦还发了很多图片过来，全部是平大表白墙的内容。

昨晚，江野在火锅店过生日时偶遇了不少球迷，很多球迷都将合照发在了微博上，词条也上了体育新闻热搜榜。

平大校园里也有很多江野的球迷，而江野也是平大难以忽视的风云人物，不少人把照片转载到了表白墙。

很快，就有人眼尖地发现了表白墙上常常出现的女生——宋清弥。

宋清弥漂亮，在平大也小有名气，也是表白墙上的常客。

至此，关于两人关系的猜测已经开始了，有些人认为两人是单纯的同事关系，有些人则认为，两人肯定谈了。

理由呢？

△信我，这两人绝对谈了，你看江野看女生的眼神，都要拉丝了。

△楼上说得对，上次看到江野这个眼神还是亚青赛时他看篮球。

△别单说江野，这姑娘也超爱好吧，你们仔细看，好多张照片里她眼神都要黏在江野身上了。

△我是“恋爱脑”，我证明我们喜欢一个人就是时时刻刻看他的状态哈。

表白墙也从最开始的八卦，变成了两人恋爱痕迹的侦探活动，宋清弥微博上以及平大篮球队官方的照片都被扒了出来。

再然后，大家不由分说地开嗑。

宋清弥腹诽，这都什么跟什么。

宋清弥大概扫了一眼，回明悦：这都什么跟什么，就是我给他过一个生日而已。

明悦：不好意思，我怎么也觉得你俩好嗑。

宋清弥：[?]

明悦甩来一张照片：虽然知道你俩不是真的，但你不觉得很好嗑吗？求求你了，你努力把你俩变成真的吧。

宋清弥点开了那张照片。

昨晚人很多，这张应该是别人无意间抓拍的。

隔着不算多的人，江野和宋清弥对视，烛火照在他的眼睛里，令他那淡漠的双眸沾上不可多得的温柔，他嘴角稍稍翘着，多了几分少年意气。

宋清弥呼吸一顿。

似乎，似乎很久很久，都不曾在江野的脸上看到这样纯粹的快乐了。

明悦又发来一张截图，都是校友“造谣”两人谈恋爱的言论，宋清弥随意地点开。

“宋小幺儿。”背后突然传来冷幽幽的声音，“在干吗？”

江野不知何时绕到她的身后，居高临下地看着她。

宋清弥被吓了一跳，手一抖，手机径直摔了下去。

但江野的动作比手机自由落体还要快一些，他矮下身子，伸出手臂。

宋清弥想到现在表白墙上的内容，脸上“唰”地红了起来，连忙阻止他：“不要！”

手机被江野稳稳握在手里，手机屏幕的冷光在并不明亮的环境里越发刺眼，江野眯了眯眸子，歪头看她：“那我松手？”

宋清弥连忙接过手机：“不、不用了。”

江野收回手，眼神却还落在她身上。

他有一双极其好看的眸子，眼皮上方皮肉单薄，双眼皮形状偏窄内收，但痕迹明显。

看人时锐利，如一把锋利的刀子，不着痕迹地将人看透。

四目相对。

宋清弥咽了咽口水，决定先发制人：“都……都看到了吗？”

“看到什么？”江野说，“没看到那个挂科的人有没有找到老师联系方式。”

宋清弥低头检查手机，原来是在校友八卦两人关系的间隙，还有一位专业课考了 59 分的校友跪求老师联系方式。

她放心地出了口气：“没、没什么。”

说罢，她连忙往后两步，开始整理医疗箱。

江野耷拉着眼皮看着她，半晌，慢悠悠地道：“如果是说咱们两个处对象的话。”

江野挑了挑眉：“那看到了。”

宋清弥心想，这么一段话，有必要大喘气吗？

她视死如归道：“你别在乎，都是假的。”

江野：“我本来没在乎。”

他向前走了一步，高大的身躯压下来，颇有攻击性地反问：“倒是你脸红什么？”

宋清弥连忙抬手摸了摸脸，凉凉的，丝毫没有红热的意思。

意识到江野在开玩笑，她一把将冰袋盖在他现在积液的膝盖上。

江野猝不及防，闷哼了一声。

宋清弥快意地翘了翘嘴角。

她就是这样，没有什么心思，情绪也来得快去得快。

球馆的灯没有全开，昏黄昏黄的，头顶一盏灯高高吊在棚顶，散发出微弱的光芒。

宋清弥用手压住江野的膝盖，手肘不可避免地蹭着他小腿的肌肤。

他刚运动过，体温偏高，皮肤触感温热，宋清弥一触即离，但少女肌肤的质感停留在身体上，江野不自在地动了动。

怕冰袋捆得不紧，宋清弥连忙按住他的上半身。

两人呼吸一滞，同时看向对方，四目相对。

江野的训练强度很大，身上的篮球服已经被汗水浸湿，布料显得越发薄透。

隔着一层薄薄的布料，宋清弥的手掌感受到他腹部腹肌的轮廓，随着呼吸的起伏，不断填满手心，还像火炉一样热烘烘的。

而江野被人按住腹部，喉结飞速地滑动两个来回。

宋清弥这次感到自己脸上真的热了。

她匆忙将手缩回去，眼神胡乱瞟了瞟，然后蹲到盛着冰块的桶前，抬手在里面搅了搅。

冰块碰撞的声音在空荡荡的球馆里响起，荡漾开。

“你别乱动了。”她没回头，语气不善地对江野说，“捆得不严又要肿了，你肿起来卢教授还得批评我。”

昏昏的光线下，只露出少女半张侧脸，莹润的肤质，流畅的脸型，嘴巴不开心地噘着，蹲在那里活脱脱一个受气包。

江野说：“好。”

空气又安静下来，这份安静令她不太舒服。

“在学校里做项目给卢教授当狗，现在来实训给你当狗，”宋清弥吸了吸鼻子，慢吞吞地吐槽，“实习工资分文没有，还得我倒贴钱的。

“《忠犬八公》下一部找我去演好了。”

江野沉默了。

昏黄的灯光在他耳朵上染上一层类似红晕的颜色，他躺在瑜伽垫上，下半身没敢动，微微偏了偏头。

“姑娘家家的，别动不动就当狗。”

宋清弥回味了下刚才说的话：实训给你当狗。

她咬咬牙，怒怼道：“心脏的人才看什么都脏。”

冰敷的时间差不多了，江野坐起来，一边拆冰袋，一边问：“我看什么脏了？”

宋清弥：“狗是多么可爱的小动物啊，你在国外亲太多洋嘴才能将它理解出别的意思。”

话音落下，江野忽地按住她的手，剪弹力绷带的动作顿住。

肌肤相接，宋清弥背部蹿上一股电流，懵懵然抬起头。

“为了我的清誉，我必须解释一下，”江野认真地缓缓说道，“我，没亲过洋……外国姑娘。”

“哦，那你就亲国产嘴儿，”她语气和神态一样冷漠，锐利评价，“爱国。”

江野一副欲言又止的表情。

宋清弥：“《战狼 3》没有你，我高低得给吴京致个电问问他怎么回事儿。”

江野彻底无话可说。

见他哑口无言，宋清弥感觉浑身舒畅，在他膝盖上打出一个完美的蝴蝶结，然后嘴角一勾，抬头，挑衅道：“你怎么不说话了？”

刚巧江野低头，两人的目光在空气里短兵相接，就连额头与额头之间的距离也只剩一点点。

宋清弥感觉心脏狂跳了一下。

空气再次安静下来。

江野咽了咽口水，默不作声地往后撤了一点。

“篮球馆越来越抠了，冷气都不给开足。”宋清弥低头整理医疗箱。

“嗯，”江野也别开目光，“我也觉得。”

♥

第四章

你的心率一直高于 120 次 / 分

Shishui

xiaoluluanshuang

回宿舍的路上，两人之间的气氛有些奇怪。

宋清弥跟在江野后面，踩着他的影子，一会儿走得快，一会儿磨蹭着。江野就跟随她的速度，优哉游哉地前进。

宋清弥问他：“一会儿你要干吗？”

江野：“看两场比赛分析，有空就再看看科比纪录片。

“你呢？”

宋清弥本来想回答重温一遍《灌篮高手》，但因为面对的是江野，她把到嘴边的话咽了下去。

“我可能回去看看书吧。”

“嗯？”江野的语气充满了不信任。

宋清弥说：“你要相信我，我总是学习到凌晨两点钟呢。”

江野：“嗯，这几天分布在考试的前两天。”

两人进了宿舍电梯。

宋清弥决定扳回一城，问道：“你见过凌晨四点的洛杉矶吗？”

江野沉默片刻：“没见过。”

宋清弥：“科比那么厉害都是凌晨四点还在训练，你进 NBA 了？怎么还没人家努力？”

江野用看傻子的眼神看她：“因为我在普罗维登斯。”

宋清弥：“好吧！”

电梯“叮”一声，停靠在二楼，缓缓开门。

老旧的宿舍楼，照不到光的墙角有些墙皮剥落，江野往前走了两步，又顿住。

他回头看宋清弥，沉吟开口：“今天的事……

“要解释一下吗？”

很真诚的询问。

宋清弥思索片刻：“不用了吧，大家都很忙，今天吃吃瓜，明天就过去了。”

江野颔首，这也是他一贯的处事原则——不向外界解释什么，也不给自己设限。

他永远是自由的。

“嗯。”他回过身，走出电梯，电梯门缓缓合上之前，他又轻声说道，“你有任何顾虑，都可以和我说。”

宋清弥倒是觉得不必。

都是普通人而已，生活里没有那么多观众。

大家今天无聊八卦一下嗑嗑 CP，明天就换个话题。

不过，当然还是有人在乎的，回到宿舍，宋清弥掏出手机，明悦发来的消息几乎要把她手机塞爆炸。

明悦：人呢？你该不会生气了吧，那以后我就偷偷嗑好了。

…………

宋清弥回她：刚才在忙呢，我没生气，不过我和江野从小就认识，真没有那方面的感情。

明悦：我求求你了，你现在跟他往那方面培养一下吧。

宋清弥：[省略号.jpg]

宋清弥：你不是他迷妹，还想嫁给他吗？

明悦：我想嫁的人多了，想嫁只是表达喜欢的程度。

宋清弥：[省略号.jpg]

明悦：我也很喜欢你，面对两个我都喜欢的人，我会说——请你们务必结婚。

宋清弥：晚安吧。

明悦：晚安！我会造谣到你们真谈了为止。

宋清弥隐隐有种把明悦删掉的冲动。

翌日，宋清弥到篮球馆的时候，球员都和往常一样站在篮球架下，见到她进来，立刻爆发出一阵欢呼声。

为首的平大中锋杭晗日朝她鞠了一躬，音色洪亮地喊道：“嫂子！”

接下来不少男生起哄：“嫂子好！”

“你们别乱喊啊！”宋清弥连忙阻止，“我和江野有没有事儿，别人不知道，咱们朝夕相处还不知道吗！”

杭晗日说：“谁知道你们背着我们干啥了……”

这帮男生比明悦还要八卦，还能起哄，宋清弥根本说不过他们，只好求助似的搜寻宋星宇和江野的身影。

宋星宇的队友孙浩更来劲儿了，问她：“找人呢？”

宋清弥正感觉大事不妙，就听他气沉丹田，大吼一声：“江野呢？江野！你的绯闻女友找你。”

宋清弥跳进黄河都洗不清了。

“别瞎叫。”医务室门被推开，江野冷脸打断孙浩。

孙浩耸了耸肩，转头调侃宋清弥：“你绯闻男友出现了。”

宋清弥一时间哑口无言，看了看孙浩，又看了看江野。

江野抿了抿嘴唇，朝她招了招手：“进来。”

“哟嗬。”孙浩他们在后面起哄。

“这都不背着人了。”

“就是啊，不过说真的，兄弟们真心嗑到了。”

听着男生们一声高过一声的起哄，宋清弥不自觉地脸上发烫。

进门的时候，江野在她头顶说：“别搭理他们。”

江野的膝盖积液情况已经缓解了很多，虽然昨晚换过绷带，但今天还要换一次。

宋清弥让他躺在床上，将他之前的绷带拆下来，重新打了一个。

卢教授抱着保温杯过来检查，老神在在地给宋清弥竖起大拇指，说：“不错。我的徒弟，果然悟性很好。”

悟性这种东西很虚无缥缈。

宋清弥完全可以理解成她身上实在是没有什么优点，老头绞尽脑汁地想出了一点能夸的东西来。

就像小学家长会，老师会夸班里一些成绩很差还调皮的小男孩很聪明、智商很高一学就会那样。

宋清弥两眼弯弯，互相吹捧回去：“还是老师教得好。”

闻言，卢教授“哈哈”笑起来，胖手拍了拍肚皮：“那你愿不愿意接着跟我学习啊？”

宋清弥回答：“那肯定愿意。”

卢教授就在这儿等着她呢，开始切入正题：“十月份基层赛就要开始，你的实习也继续？”

坦白地讲，跟着卢教授，确实能学到很多东西。

但宋清弥感觉自己躺平也挺好的。

她没直接回答：“我得考虑考虑，还有课要上呢。”

卢教授也没想马上有答案，朝他俩挥挥手：“你们忙去吧。”

今天平大篮球队合训。

江野是一号位，队内所有核心战术都是围绕他布置的。

球队本来就缺能打的一号位，原来的一号位是今年升大二的学生。

篮球这项运动实际上比较讲究论资排辈，江野今年大三，打首发一号位，没有任何问题。

按照能力，他在 NCAA 的成绩也足够了。

华清队的教练给大家放了个假，美其名曰观战，实际上就是看江野的水平和发挥。

宋清弥作为实习队医，虽然教授没给下任务，她也自觉地做起了观察。

运动员的伤病都能反馈到肢体动作上，有些伤病虽然不至于上不了赛场，但仍能影响竞技状态。

就比如手指肿胀不是什么大病，但如果双方比分咬得很死的情况下，有人干预投篮，运动员就可能失去准头。

这个失误可能就是赛点和转折，也是随队队医在规划全队人员配置时不可忽略的重要因素。

训练开始。

江野作为归国球员，大家不免都把目光放在他身上，试探他的深浅。

宋清弥也认真起来，一边看一边做笔记。

半场休息时，她拿出响了很久的手机看了看。

明悦：两个小时不说话，是跟江野约会去了吧。

明悦：小情侣，果然很甜蜜。

宋清弥发了个无语的表情包：你能不能克制一下，我们在训练。

明悦：不信。

宋清弥：[省略号.jpg]

她陷入自证陷阱，为了证明自己，打开相机。

趁江野侧身上篮，她手疾眼快，按下快门。

“咔嚓”一声，闪光灯闪烁，照亮小半个球场。

空气里安静了。

运动员、教练，齐刷刷回头。

宋清弥想把手机收起来，却急得找不到口袋。

而江野本人，汗水从额角顺着下巴流下来，运动过后一脸意气风发，嘴角的笑容弧度刚刚好。

有不训练的队友看着两人互动，立马起哄上了。

“宋清弥和江野不背着人了哈。”

宋清弥的脚趾抠出三室一厅。

刚巧训练结束，她帮明文良队医给大家发充糖饮料。

轮到江野的时候，她看到江野在自拍。

有点名气的运动员都会运营自己的社交平台，偶尔发一发自拍也正常。

宋清弥递给他一瓶饮料，然后接着往下发。

忽然，手机振动，跳出来一条消息：是否接受江野的空投。

宋清弥点击接受，下一秒，江野那张没有死角的脸在面前放大。

live 图里，在江野按下快门的瞬间，宋清弥弯腰将饮料递给他，她半张脸在镜头里掠过。

那个角度有点刁钻。

看着就像两人脸贴着脸。

刹那间，当年不小心碰到江野嘴唇的感觉在脑海里逐渐清晰起来，那些因为酒精而麻痹的感官此时正一一复苏。

宋清弥突然感觉球馆里特别热，热到她所有血液都涌向脸颊。

“偷拍我干吗？”

身后，一道慵懒的声音响起，熟悉的气息喷洒在敏感的耳后。

运动过后，江野的身上并没有难闻的味道，只有磅礴欲出的荷尔蒙气息将人团团环绕。

他稍稍挑起英气的眉毛：“想看我就直接看。”

“没……没想看……”

不知道是不是受了明悦和运动员胡乱起哄的影响，宋清弥的手不自觉攥紧了裤子，有点语无伦次。

江野扬着眉毛，好整以暇地看她。

宋清弥手腕上的智能手表突然跳出提醒：

> 你似乎处于非活跃状态，但从 16：26 起的十分钟内，你的心率一直高于 120 次 / 分。

宋清弥落荒而逃。

时至今日，她不得不承认。

她，就是一个色胆包天之人。

她会因为江野身上说不清道不明的气质而肾上腺素飙升。

她无精打采地回到宿舍，随手拿了一本书覆盖在脸上。

油墨香气馥郁。

一呼一吸之间，宋清弥逐渐放松下来，开始复盘“抓马”的一天。

她偷拍江野，被江野抓到了。

而江野的解决方式是给她一张自己的照片。

她看到这张照片的时候耳根通红。

江野的行为很好理解：作为一个公众人物，对偷拍的事情深恶痛绝。

而她被抓包，不自觉脸红。

嗯，很正常，很好理解。

宋清弥花了几分钟时间自我安慰一下，不管真相到底是什么，只要自己复盘出的逻辑让自己信服就可以。

渐渐地，傍晚空气凉爽，宿舍楼里安静异常，宋清弥逐渐倦意来袭，沉沉睡过去。

夜里，平江市下了一场大雨。

暴雨撕扯得绿色叶子，发出如火车鸣笛般轰鸣又无法阻挡的声音。

一场秋雨过境，降温很多。

宋清弥在大雨里做了一个噩梦。

梦到许多年后，她坐着轮椅去平江市监狱看望一个人。

而坐在玻璃墙后面、穿着囚服戴着手铐的赫然是江野。

还没开口说话，寸头江野桀然一笑，阴森恐怖地看着她：“你居然敢色胆包天亲我，当年我就应该把你腿打断。”

宋清弥十分震惊地低头看向自己的腿，试图在空荡荡的裤管里找到腿的存在。

“不是这样的，你听我解释！”

她气沉丹田地朝江野吼了一声，然后猛然惊醒。

手机居然接通了电话。

那头，江野平淡冷漠的声音里带着一丝困惑：“喂，宋小幺儿？”

宋清弥抬手挂断电话，盯着天花板上的流川枫海报，陷入一种迷茫与混沌之中。

她又半睡半醒了半个小时。

宋清弥逐渐转动大脑，想起来看通话记录，居然是江野拨给她的，但自己在梦里接了电话，而且通话时间并不短，足足有五分钟。

宋清弥想问他为什么大早上给她拨电话，但语言组织不顺畅，索性按住语音条，一张口，才发现自己的嗓子哑得不成样子。

她再抬手摸了摸额头，滚烫滚烫。

她发烧了。

而现在的时间已经是上午十一点钟。

这就是对男人犯花痴的现世报吗？

宋清弥痛苦地哼唧两声，决定洗心革面，重新做人，打开网盘，删掉里面珍藏多年的少女漫。

然后，她坚强地起床，洗漱。

虽然卢教授和明文良都没有找自己，但宋清弥有好好工作的自觉。

刷完牙，她隐隐听到宿舍门口有声音。

“宋清弥同学，你在吗？身体不舒服吗？”宿管阿姨敲了敲门。

没听到房间里有动静，阿姨还在跟同行的人商量道：“你确定她真的不太舒服吗？

“再等等，再等两分钟不开门，我直接开门进去。”

宋清弥看了一眼自己的大嘴猴睡衣，赶紧披了一件外套，然后过去开门。

“阿姨，我没事……”她只露出一个小脑袋，头发乱糟糟毛茸茸的。

话说到一半，她才注意到阿姨身后站着江野，顿时不再说话，静悄悄地看着他。

毕竟这层是女生宿舍，即便只有宋清弥一个人住，江野也有自觉和礼貌，眼睛看着地面，不乱瞟。

宋清弥一开门，一双笔直白皙的细腿就猝不及防地闯进他的视线里，细条条的一截在宽松的睡裤裤管里晃荡。

冷空气下显得苍白又无力。

他的目光微微颤抖，不断上移，移到宋清弥脸上的时候，眯了眯眼睛。

“发烧了？”他问。

宋清弥不可置信地摸了摸额头：“这么明显吗？”

江野“嗯”了一声：“脸很红。”

宿管阿姨只需要保证所有人不死在宿舍就行，见宋清弥没啥大事，长出一口气。

“现在晚上凉了，睡觉要记得盖好被子。”宿管阿姨教育道。

宋清弥点了点头。

“量了体温吗？”江野问。

宋清弥摇了摇头：“没有体温计。”

江野若有似无地叹息了一声，抬手，就在宋清弥感觉他是要放在她额头上量体温的时候，他的手臂却突兀地垂下，抿着嘴唇问：“吃药了吗？”

宋清弥摇头：“没有药。”

江野抬起手，按了按眉心。

他从小就生活在男生很多的环境里，又都是运动员身体倍儿棒，第一次接触这种吹了点风就能蔫儿吧唧的姑娘。

“穿好衣服，我陪你去医院。”他思索了下，开口。

宋清弥努努鼻子：“不用这么麻烦吧？”

“我也不想这么麻烦，”江野浓黑的眉毛压着，语气很凶，“但你是卢伯伯的爱徒，卢伯伯吩咐我务必照顾好你。”

他将“务必”两个字咬得特别重。

宋清弥不知为何，就想起了他在监狱里坐牢，而自己没了双腿的噩梦。

浑身起了鸡皮疙瘩，宋清弥抖了抖身子，连忙应道：“Yes sir，马上！”

江野沉默两秒，嘴唇稍勾。

两分钟后，宋清弥换了长衣长裤，长发拿一根皮筋绑在脑后，又戴了鸭舌帽，跟着江野出门。

一路无话。

车上，江野将空调温度调到刚刚好，宋清弥缩在副驾驶座，压低鸭舌帽，双手插兜，主打一个一言不发。

江野在等红绿灯的时候，屡次回头看她。

每看一次，宋清弥就往帽子里缩一次。

江野单手敲了敲方向盘，犹疑地问：“我很吓人？”

宋清弥越来越矮的身体瞬间笔直：“没……没啊。”

江野反手摘掉她的鸭舌帽，语气不善道：“那你躲着我干吗？”

谁叫你要这么打破砂锅问到底。

宋清弥说：“我不想见人，只是生性害羞。”

“行，”江野有两分咬牙切齿，又把鸭舌帽扣在她脸上，“继续害羞去吧。”

怎么感觉，这话从他口中说出来就不对劲了，就跟她面对他害羞似的。

宋清弥攥了攥手指，选择将帽子拿开。

江野从后视镜里看着她的动作，无声哂笑一下。

“不是我说，”他拉着绵长的调子开口，“是你先偷拍我的，现在你又搞得像我对不起你一样。”

“对不起，是我不对，”宋清弥心想都到这个程度了，还是解释一下吧，“我有一个朋友……”

话音刚落，江野轻笑。

宋清弥本来发烧就红的脸蛋现在更红了，像是在锅里被煮了半个小时的螃蟹：“不是，我真有一个朋友，是你的球迷，因为她心脏不好休学半年，所以知道你回学校注册学籍才让我去问你要签名。”

导航提醒进入左侧车道。

江野慢条斯理地打转向灯，然后转着方向盘。

“所以，是她想嫁给我？”他语气明显不屑。

“昨天我偷拍，也是她想看看你。”宋清弥一鼓作气说完，视死如归一般靠在椅背上。

“所以你都是为了朋友忙咯？”江野说。

宋清弥点头。

江野不再说话，下巴绷得很紧，一副心情很差的模样。

空气里彻底安静下来。

抵达医院，江野陪她挂号验血吊水开药，然后给她买了午餐补充体力，都是些清淡的小菜。

两人默默吃完，然后一起看着点滴瓶里的药水滴下来。

一滴、一滴、一滴。

像是催眠符咒一般，宋清弥的小脑袋很快跟着一点一点的。

高烧退下去，困意来袭。

宋清弥醒来的时候，点滴瓶里还有最后一点残留的药水。

而自己半张脸都贴在江野的肩膀上。

她悠悠转醒，擦了擦嘴角，发现没有口水，才放心地盯着天花板。

江野动了动近乎麻木的肩膀，眉毛轻扬：“醒了？”

宋清弥还没想好怎么开口，是说谢谢呢，还是道歉。

输液室的护士过来给旁边的大爷换水，看到她睁开眼睛，用一副嗑到了的表情笑眯眯地道：“小妹儿你可算醒了，你靠着你对象肩膀有两个小时了呢。”

两个小时，那得多酸啊。

宋清弥朝江野不好意思地笑了笑。

江野敛着眉毛，没吭声，只是不停地揉肩膀，把宋清弥搞得更愧疚了。

一时间，两人都忘了反驳护士他们不是情侣。

高烧退下，宋清弥的皮肤是更上一层楼的好，之前是剥了壳的鸡蛋，现在白里透粉，细腻柔软。

她精神也好了不少，也很感谢江野对她的照顾，便说：“我请吃饭吧。”

“算了吧，”江野道，“我还是先送你回家。”

在她靠着他肩膀昏睡的时候，他就已经向卢鸣教授给她请过假了。

宋清弥说：“那多不好意思，总是欠你人情。”

“你欠得还少了？”江野拎起药袋，“慢慢还吧。”

说到“欠”和“还”，宋清弥猝不及防想起她来到集训基地的那天，他舔了舔嘴唇说她欠他东西……

关于那次意外，他到底还记不记得？

如果是记得，那还在乎吗？

宋清弥想不清楚，并且一想起就会心烦意乱。

江野在她面前打了个响指：“走了。”

家门口。

“醒醒。”江野在宋清弥面前打了一个响指。

宋清弥睁开眼，就看到那张贴得很近的清隽面孔，日光不偏不倚地落在江野脸上，他脸上细小的绒毛都清晰可见。

宋清弥屏住呼吸，轻轻“嗯”了一声，解开安全带，问他：“进去坐坐？”

即便是江宏涛去世，两家人的交情也还在。

“不了，”江野说，“回去还要训练。”

宋清弥这才反应过来，他是占用了自己的训练时间去陪她吊水，她有些感动，又道：“谢谢。”

“快进去吧，”江野嘱咐道，“有事再联系我。”

宋清弥点了点头：“嗯，有事我给你发短信。”

“短信？”江野修长的手指敲了敲方向盘，“短信费太贵，沟通成本太高了。”

宋清弥腹诽：那我们之前怎么联系的，现在嫌沟通成本高了。

因为他赶跑高三学长那事，宋清弥单方面删了他的全部联系方式。

这么多年，他应该也发现自己的微信被她删了，今年见面后，他们都默契地没提这件尴尬的事，一直是打电话或发短信，很原始。

现在他暗戳戳挑个头，明显是要戳破这层窗户纸……

删人微信这事宋清弥自觉幼稚、理亏，她干脆直接装作听不懂：“不高吧，一条一毛钱而已，大不了我给你报销。”

江野偏头看她：“我是差这几毛钱？”

“你不差还说短信沟通成本高。”宋清弥反驳。

“该省省该花花，”江野不再多言，干脆地点开微信，“行了，早点把我微信加回来，然后早点回家吧，你妈等你呢。”

刚才迂回来去，现在又坦坦荡荡，宋清弥被搞得里外不是，随手一扫，推门下车。

回家后，江野又在微信上询问了两次她的身体状况，并没有额外聊天。

倒是宋清弥，检查了他微信三件套，很冷淡的风格。

顾昱行评价：不是真深沉，就是装深沉钓妹妹的渣男。

宋清弥问顾昱行为什么这么了解，他大言不惭地说自己就是后者。

在家休养，宋清弥精神恢复得很快，每天睡到自然醒，逗逗猫，改改论文。

她的论文被选中刊登在平江市的运动期刊杂志上，宋建华终于看到一点“望子成龙”的苗头，特开心地给她转了一大笔钱。

周末，宋清弥照例睡到自然醒，吃了个牛油果，准备让司机送自己去商业中心逛街。

出门之前，手机进来一通电话。

是卢鸣教授打来的："弥弥，你在家吗？"

这群老教授说话貌似都很喜欢拐弯抹角，宋清弥回答："是啊。"

"我去B市参加研讨会了，"卢鸣语气犯难，"我现在联系不上江野，你帮我联系试试？"

宋清弥说："可能是他在忙没看手机吧。"

卢鸣："应该不太可能，他最近请假回家了。

"最近突发流感，江野好像也生病回家休息了。他家的情况你也知道，就他一个人在家，他要是发烧温度过高……"

"那我去看看吧，"宋清弥打断卢鸣，"反正我今天不太忙。"

她想了想，给江野发微信：在？

半个小时都没回复。

宋清弥又打电话问宋星宇："江野最近是请假了吗？"

宋星宇在游戏里战斗正酣，没空搭理她："好像是感冒，怎么了？"

"他在家？"

"我怎么知道？"

"你俩不是官方认证好兄弟嘛。"

宋星宇："他又不是我官方认证的对象，我关心他那么多干吗。"

宋清弥想了想，还是决定自己去找一下江野。

银月湾是平江市最早的独栋别墅群。

宋清弥从自己家到江野家，如果不翻墙，距离也没那么近。

她从客厅踩上滑板出发，滑过假山水榭，滑过草坪，滑出大门，滑到江野家门口。

也不知道是不是高档小区治安给了他安全感，他家大门都没锁，宋清弥双手轻轻一推，直接就进去了。

院里的草坪看上去已经很久没人打理过，有种凄凉的光景。

在江宏涛去世之前，这座偌大的院子就只有他一个人住，他忙于为俱乐部青训挑选人才，个人生活上不拘小节，不在乎居住环境。

正门倒是上锁了。

宋清弥拨了一个电话过去，江野仍没接听。

江宏涛去世后，家里的住家保姆换成了小时工，因此，现在家里可能只有江野一个人。

想到这里，宋清弥不禁着急。

思索片刻，她抬手输入密码，按下确认，门应声而开。

没想到这密码十来年就没换过。

宋清弥心里有些感慨，将滑板靠在另一侧门上，自己走进去。

进门之前，她还是象征性地跟江野在微信里解释了一下。

MIMI：卢教授说你很久没回消息担心你的安全，叫我来探望你，你家大门没锁，我直接推门进来了，正门密码我随手试出来的，正在犹豫进不进。

MIMI：给你三分钟，三分钟内回我消息我就不进，要是不回，我就进了哈，别怪我撞见你的什么秘密。

她阅读一遍，自认为没什么问题，就连标点符号都运用得没有任何问题，堪称严谨。

然后，她点击发送。

宋清弥坐在台阶前，数着时间。

时光倒流，半个小时前。

卫生间内，江野将三大桶冰块倒进浴缸，然后赤着身子走进去。

他手里举着相机，拍到小腿及以下的部分。

经纪团队有运营社交账号的需求。

江野的心思都在打球上，哪有闲情逸致管社交账号的内容输出。

对此，经纪人表示也行，那就团队提供选题，然后团队协助拍摄，每周拿出一天的时间拍这玩意儿。

团队提供的选题也都是这些平台上的热点，比如什么跟路人王打球，什么光剑变装，他都没太大兴趣。

刚巧今天要冰浴，他便随手拍了个视频，然后用邮件发送给团队敷衍他们。

发完，他就将手机关机放在一边，用浴室里自带的电视机，选择了一部某NBA明星的纪录片，慢慢观看。

宋清弥给了江野五分钟时间。

整整五分钟，都没有回复。

她坐不住了，直接推门而入。

小时候，宋清弥、江野，还有宋星宇总是在一起玩耍，从这家闹到另外一家。

因此，她对江野家的布局很清楚。

将军门推开是一楼大厅，大厅连接的是西式厨房的开放岛台，西式厨房里是封闭中厨，厨房往左拐是保姆间。

江野的房间在二楼角落，宋清弥犹豫着要不要上楼。

不经允许就到人家里，怎么说都不太好。

宋清弥拿起手机，犹豫要不要再发一条消息，某个短视频软件跳出来一条提醒：江野站在冰桶里。

其实冰浴对于运动员来说是一个不错的放松手段，在冰冷里会让全身肌肉放松下来。

她老爹去年还斥巨资给平江篮球俱乐部购入了一个冰桶设备。

宋清弥紧绷的神经终于放松下来：江野还活着，不仅活着，手还能发视频呢。

但她一看视频时间，二十分钟前。

她心里“咯噔”一声——

什么冰浴要二十分钟？

冰浴十分钟就能达到最好的放松效果；如果坚持二十分钟，估计浑身肌肉都僵硬了。

宋清弥回想起卢鸣说他好像正在发烧的话，忽然心急起来。

她“噔噔噔”上二楼，推开江野的房门，走到卫生间门前，气沉丹田，用力一推。

门缓缓打开。

宋清弥脑子里忽然跳出一个不合时宜的想法——

江野冰浴，可能、大概、应该，会穿裤子吧？！

浴室门在力的作用下晃了晃，隐隐露出浴室内部的风光。

宋清弥赶紧抬手，盖住眼睛，但又因为真情实感地担忧江野的状况，手指中间露出一条缝隙。

短短的瞬间，她的脑海里闪过很多问题。

江野要是没穿裤子晕倒，她进去把他捞出来是算见义勇为还是猥亵少男？

江野要是没穿裤子晕倒了，给他捞起来后是不是还得给他穿裤子？

人能闭着眼睛给别人穿裤子吗？

男生的内裤需要分正反面吗？

以及“我是谁，我为什么要在这里”的哲学话题。

浴室门前后摆动三次后，在她眼前稳稳敞开。

宋清弥的目光顺着指缝，落在浴缸里。

没有人。

她放下手，整理一下情绪，走进去仔细观察。

浴缸，淋浴区，都空空如也。

宋清弥一时间有些懵懵然，没忍住，将手伸进浴缸，扒拉了两下。

确定浴缸里只有冰块没有其他人体组织后，她才放下心来。

“你怎么在这儿？”

诡异的气氛里，身后突然传来一道声音，吓得宋清弥猛然回头。

江野双手环胸站在卫生间门口。

不回头还好，一回头，宋清弥感觉心跳更快。

因为，江野现在的模样，对她来说并不比没穿裤子好多少。

江野确实是刚刚洗完澡的状态，头发湿漉漉的，被他抓起来，露出干净的额头，完整地露出一张骨相上没有死角的脸。

皮肤是那种略微带有红润光泽的颜色。

颜值上给宋清弥这位资深颜控暴击就算了。

也正因为他刚刚洗完澡，所以，他上半身根本没穿衣服，露出的肌肉线条清晰，宽肩窄腰比例简直完美。

不是健身房里吃蛋白粉吃出来的类型，他的肌肉散发着磅礴的力量感。

最重要的是，他下身，只围了一条浴巾。

腹肌和人鱼线线条延伸至浴巾下面，令人遐想联翩。

宋清弥匆忙挪开目光，小声说："你怎么在这儿啊？"

江野微微偏头，慵懒地说："不然呢？"

语气里充满了"这里是我家，我不在这里还能在哪儿"的质问。

宋清弥忽然感觉他说的居然有几分道理，不敢说话。

江野往前走了两步，本来空间很大的卫生间因为这位"庞然大物"瞬间变得逼仄起来。

宋清弥感觉脸上不断涌上热气。

江野在离她还有两三米的位置站定，下巴朝浴缸扬了扬，饶有几分嘲弄地说："我应该在这里？"

话音落下，她的脸"轰"地红了起来。

宋清弥预备逃离，试图从江野和浴缸之间的缝隙里，离开这个是非之地。

可刚迈出一步，她脚下一滑。

宋清弥以极其诡异的姿势摔倒，两脚一起离地。

"啊——"

她惊叫了一声，本能地想去拉江野找个支撑。

但江野上身光溜溜的，除了围在下面的浴巾外根本没有着力点。

如果去拉他的浴巾……

宋清弥绝望地收回求援之手。

江野再伸手去拉她已经来不及了。

"铛"的一声，宋清弥以极其诡异的姿势掉进装满冰块的浴缸。

这些冰块是用了专门的机器制作的，质地坚硬异常且不容易化开。

落水后，冰块随着她的身体下陷，不断盖在身上，冻得她短时间内手脚发麻，感官不明。

“别乱动。”江野低沉地喝了一声，弯腰上前，快速伸手去捞她。

从宋清弥的视角看去，视线完全被那抹围住腹肌和人鱼线的浴巾占据。

这她哪里还敢跟江野接触。

江野往前，她赶紧后退。

“铛——”

“啊——”

又是两声同时响起，宋清弥的脑袋撞到浴缸拐角。

又痛又凉，一时间，她手脚都不知道怎么摆，但还是摆出一个“暂停”的手势对着江野：“别过来！”

江野懒得理她，抓着她的手臂给人往外拎，而宋清弥死死抓着相反方向的浴缸边缘：“你别动！”

江野眉毛一挑，大掌轻轻一松。

宋清弥整个人没了支撑，再次摔进了冰里。

冰块之间，以及冰块和人的碰撞声再次响起，凉意直冲脑门，宋清弥直接打了个寒战。

江野双手环胸，冷冷地勾着嘴角，一副要把好戏看到底的模样。

宋清弥：心已死。

十分钟后，宋清弥安详地趴在江野怀里。

她几乎要冻傻了，没有力气自己从浴缸里爬出来，江野这才慢悠悠出手，给她拽出来。

今天宋清弥本是准备出门逛街的，她穿了一件蕾丝小吊带加短裙，清清凉凉的装扮，这会儿碰了水，面料更没有什么存在感，紧紧地贴在皮肤上。

而江野本人还赤裸着上身，他身上的温度贴在她的身上，有些发烫。

宋清弥怕江野说不管她就真的不管，双臂跟峨眉山的猴子似的紧紧挂在江野的肩膀上。

一抬头，她就能看到江野比她人生规划还要清晰的下颌线条，还有如小山一般的喉结不疾不徐地滑动。

宋清弥不自在地在他怀里动了一下，马上就感觉到江野扫射过来的锋利的目光。

宋清弥面上发烫，但依旧先发制人，颇有几分诡辩地说：“你怎么不穿衣服？”

江野面不改色：“因为我在家。”

宋清弥：“在家就可以不穿衣服了吗？”

这不是纯属抬杠嘛。

“您说得对，大小姐。”江野给她放在床上，然后掀起被子给她蒙起来。

江野的被子是和他身上同款的清新的薄荷香气，宋清弥呼吸微微停顿，就听到江野戏谑的声音隔着被子传来。

“以后我在家穿羽绒服戴脸基尼，坚决不让突然闯进来的女人看到皮肤的一丝一毫。”

宋清弥觉得有必要解释一下，在被子里蠕动了半天，找到被子的边缘，将脑袋从里面钻出来。

毛茸茸的碎发耷拉在耳边以及锁骨上，她眨了眨明亮清澈的眼睛，对着江野认真地道：“这样就对了。”

江野：“嗯？”

被冰水泡一下是不是影响到智商了？她是要解释自己为什么会出现在这里的好不好！

但是开弓没有回头箭，宋清弥忍受着尴尬，继续说道：“贞洁是男人最好的嫁妆，就算是夏天，男人也不可以袒胸露乳，这样的男人是没人要的。”

江野低头瞧了一眼自己的腹肌，再抬头，眉毛一扬：“是吗？”

宋清弥蹭着被子点头：“嗯！”

江野“啧”了一声：“我瞧着你挺爱看的。”

宋清弥吸了吸鼻子，彻底破罐子破摔：“让你好好穿衣服，就是防着我这种人。”

她的坦荡反而让江野一时哑然。

他欲言又止地收回目光，走到衣帽间拿了一件自己的衬衫给她：“换身干爽衣服。”

宋清弥“嗯”了一声。

江野放下衣服，转身要离开。

“江野，”宋清弥喊他一声，“你干吗去？”

江野顿住，回头，语气略显揶揄道：“给大小姐您洗手作羹汤。”

宋清弥：“我……”

江野：“反正我这没了贞操的男人也嫁不出去，只好自备手艺当嫁妆。”

宋清弥：“你……”

“要不大小姐，您凑合凑合收留我得了。”

宋清弥：“欸，你……”

今天的江野怎么有点反常……

不，是最近都有点反常。

像是在孔雀开屏似的在言语上花枝招展，又像是在试探她什么，猫捉老鼠似的。

按照宋清弥对江野的理解，他指不定憋着什么坏呢。

宋清弥决定小心应对。

后知后觉关心兄弟的宋星宇因为回家取东西，顺便想起来兄弟，索性顺道过来关心一下。

江家大门以及正门密码他知道，他没打招呼就堂而皇之地进来了。

江野正在厨房煮姜汤，桌面上摆了两个碗，宋星宇扫了一眼，顺口问："江野，你家里来客人了啊？"

江野往苏打水里放入几个冰块，小抿一口："嗯。"

宋星宇八卦之心大起："女的？"

江野没说话，给宋星宇也递过去一杯冰水。

直觉告诉宋星宇，江野可能有情况了。

宋星宇不仅喜欢谈恋爱，还喜欢撺掇别人谈，自己看热闹。

宋星宇脸上的表情变得贱兮兮的："哟嗬，你这一出手就玩个大的啊，直接给姑娘带家里来了？

"干了什么？

"不是，你们什么时候勾搭上的啊。"

他聒噪得如同唐老鸭，江野别过脸，示意他很吵。

江野越不搭理，他越开心，叨叨个没完。

"江野哥，我怎么没找到吹风机？"

下一秒，一道熟悉的声音响起，带着沙哑和鼻音。

宋星宇回头看去，宋清弥穿着江野宽大的衬衫短裤，濡湿的头发搭在肩膀上，从发尖滴落的水珠晕开一片衣襟。

很清秀俏丽的模样。

宋星宇脸上的八卦变成风干的面具，嘴角的笑容定格。

第五章

原来江野有喜欢的人了

Shishui

xiaoluluanshuang

空气里有一瞬间沉寂。

江野手腕轻轻用力，冰块触碰杯壁，发出叮当的响声，他的怡然自得令空气平添一丝浮躁。

宋清弥看着一脸菜色的宋星宇，嘴巴动了动，感觉有必要解释："不是，那个……"

宋星宇深吸一口气，左边是好兄弟，右边是好妹妹，这两人要搅和到一起，简直不敢想，血压直接飙升一百八。

"宋小幺儿，你先出去。"宋星宇拎着她光秃秃的后脖颈，跟拎只小鸡崽子似的将她扔到门外。

"砰"的一声关上门。

关门之前，宋星宇留下阴森的不带一点好情绪的声音："我和你江野哥哥，有话要说。"

江野瞧他一副气儿不太顺的样子，颇为贴心地将放了冰球的白水往他面前推了推。

妹妹都要被人偷家了，宋星宇哪里有闲心陪他演淡定自若的戏码，气得脑袋和胃一起疼，捂着肚子朝他摆手：“别跟我来这一套。”

“有病？”江野见鬼似的瞧他。

宋星宇在屋子里转了两圈，然后板正地立在江野面前：“好兄弟，你跟我如实交代，”他单手捂着肚子，“你都给我气得肚子痛了。”

江野也不知道是真没听懂还是假装没听懂，扬了扬眉毛：“痛经？”

宋星宇也奓毛了：“你乱说啥呢！我还没问你是怎么回事儿呢，跟宋……宋小幺儿光天化日，闭门造车……”

“闭门造车”这个词是这么用的？

江野根本没空反驳，宋星宇那头已经倒豆子似的列出他种种罪行，并且越说越气，最后脸红脖子粗，语气铿锵地总结反问：

“我把你当兄弟，你把我当什么？”

江野喝了口白水，喉结滑动：“反正没有当人。”

宋星宇被噎得脸一阵红一阵白。

“淡定点儿，”就在宋星宇再度奓毛之前，江野四两拨千斤地象征性地解释了两句，“宋小幺儿在卢教授那里听说我生病了，来看望我一下，不小心掉浴缸里了，我将她捞出来扔给她一身衣服。”

他抬眼看宋星宇：“有问题？”

“等会儿……”宋星宇感觉自己要长脑子了，绕了好半天才问出来，“还能一不小心掉浴缸里？”

双腿双脚齐全，浴室又是平底。

摔进别人家浴缸的概率比走在路上被狗踢一脚都小吧？

江野眉头紧紧皱在一起，反问了一声：“我怎么知道？”

江野悠悠补充：“我这黄花大闺男被人强闯浴室，还没地儿说理呢。”

“你一个男的吃点亏怎么了，”宋星宇说，“你抓紧谈个恋爱就知道自己这身皮囊不值什么钱了。”

江野眯眼笑了笑：“嗯，我抓紧。”

又反复问了两遍，确认两人真没什么，宋星宇放下水杯：“行了，看你还好好活着我就放心了，我先走了，你好好休息。”

宋清弥销假回活动中心那天，刚好赶上合训。

球馆里的气氛明显比平时热闹，平大和华清举办了一场小型比赛。

虽然比赛小，但裁判、教练，甚至摄像和主持人都一个不少。

平大有个队员没上场，不知道从哪儿搬来一个音响和麦克风，放的BGM（背景音乐）是凤凰传奇的《最炫民族风》。

宋清弥进去的时候，刚巧赶上江野投进一记三分，球馆里传出一阵掌声和呼声，以及玲花中气十足的“你是我天边最美的云彩……”。

声浪扑在脸上，她猫腰慢慢挪步到边缘位置，把小小行李箱靠在墙上，一边等着馆内冷气将身上的汗水吹干，一边转着眼珠把馆里的人都打量了一遍。

江野仍旧是大家的视觉中心。

经过一个月的集训，江野三分球命中率明显高了不少，即便平大队除了江野，全员被华清队按着打，但教练脸上很轻松，脾气也没坏到哪儿去。

华清队教练也盯着江野，想探探他的真实水平在哪儿；摄影师也在抓拍江野；卢教授则老神在在地捧着装茶水的保温杯，视线不知道落在了哪里。

宋清弥身边站着的女生是名记者。

宋清弥扫了一眼她身前的工牌：平江电视台实习记者，裴宁。

裴宁是那种很有气质的女生，披着的乌黑长发柔顺，穿着白色衬衫，下面是米白色西装裤，很职场白领的装扮，此刻正一脸认真地观察着球场上的变化。

宋清弥能看出来裴宁这身衣服料子廉价，光泽走线都很差，但仍然干净，而且被熨得很平整。

裴宁也很瘦，是那种弱柳扶风的类型。她手里攥着一份采访提问稿，但因为太用力，纸张在拇指边缘皱了起来。

宋清弥凑得更近了些，跟她招呼道："今天天气很热呀。"

裴宁意识到有人搭讪，浓密的睫毛颤了颤，然后转向宋清弥露出一个拘谨的微笑："嗯，挺热的。"

有了开头的一句话，剩下的交流就交给宋清弥负责。

她甜甜一笑，嘴角呈括号的形状："你们这么热的天气还要出来采访，好辛苦。"

"不辛苦。"裴宁下意识地看了一眼球场。

宋清弥继续发问："你们是要报道这场训练吗？

"两个大学训练的事情也够资格占报纸版面吗？"

宋清弥虽然比裴宁高出半个头，但因为是人畜无害的类型，聊天起来也没心眼，裴宁愿意跟她多说两句："嗯，体育局和教育局都很重视平大篮球队，而且……赛后还要采访江野。"

"啊？"宋清弥满脸问号。

江野到底是有多大排场，一个 CUBA 的非职业球员，能有这么大关注度吗？前几天甚至还去拍摄了杂志封面。

她还没说话，就听到有人喊她："宋小幺儿，过来帮忙。"

中场休息，但因为她这个打杂的不在，充糖饮料还没兑好。

宋清弥跟裴宁说了一声抱歉，匆匆回到平大队伍里，帮忙兑充糖饮料。

教练针对上半场大家的表现提出攻防意见，没水喝的运动员一个个渴得跟牛似的。

宋清弥虽然人咸鱼，但动作什么的可不慢，三下五除二兑好饮料，跟着明文良队医给运动员们发。

到了江野那里，宋清弥故意递给他一瓶他不喜欢喝的草莓味饮料。

江野皱了皱眉。

宋清弥当没看到，继续往前走给其他运动员发饮料。

队友杭晗日“啧”了一声：“野哥怎么惹到我们小队医了？”

江野笑了一下，语气不咸不淡：“谁知道。”

杭晗日说：“那就为难你多喝点香精饮料吧。”

这些充糖饮料里，草莓味是公认的难喝，一股子香精味。

虽然宋清弥的身份只是个实习队医，但她很多时候也有生杀大权。

比如决定给他们冰敷的时候用多少冰，按摩的时候用多大力度，递给球员的充糖饮料是什么口味。

没有绝对标准的事情，她都有可大可小的发挥空间，全看她开心不开心。

为了报那天掉进浴缸但他不及时来救之仇，宋清弥小小地报复了下江野。

下半场比赛很快开始，宋清弥和裴宁重新坐在一起。

在宋清弥的强势社交下，她知道裴宁是平江大学大三的学姐，暑假在平江电视台实习。

今天出任务的本应该是她的带教老师，但带教老师的孩子临时生病，任务才落在她的头上。

宋清弥还从裴宁嘴里得知，江野虽然人很冷淡，但面对记者时很友好，而且言之有物，有可以挖掘的东西，只要不是太过分的话题他都会正面回答，在业界口碑很好。

江野在业内算是口碑比较好的运动员？

宋清弥对此表示疑问。

他浑身上下就跟友好没有半点关系！他的头发丝都写着“小爷不耐烦”和“生人勿近”。

宋清弥还记得小时候江野揍她，是真揍，给她扛起来，按在桌子上使劲儿揍。

虽然她忘了自己为什么挨揍，但虽然过了这么多年，宋清弥依旧记得屁股开花的感觉。

没想到这小子居然还有两副面孔。

一声哨响。

比赛结束。

没有任何意外地，平大输了。

平大这些球员本就不如华清大学，大赛经验也少，输了也是正常。

不过值得肯定的是，有江野在的平大不至于被华清剃秃头，最后比分停留在 123:97，不算太难看。

而且华清的顾昱行在队友协防很好的情况下，也没从江野身上占到半分便宜。

比赛结束，大家依次握手，退场。

轮到江野和顾昱行握手的时候，宋清弥感觉眼前有火花乱溅。

宋清弥毕竟是实习队医，需要帮队员们做赛后运动，而裴宁一会儿要采访江野，她便直接招呼裴宁跟她过去。

“阿野真是个好苗子，来平大是屈才了，搞得我这一把年纪突然感觉技术不到位了。”教练徐斌感慨。

卢教授“哈哈”笑两声：“要是没有阿野，老头子我今年就退休了，在家陪老婆逗外孙女多清闲。”

上场的运动员都换下鞋子，各自拿出瑜伽垫做赛后拉伸。

宋清弥听卢教授这么说，看江野就更不顺眼了，一边蹲在旁边装冰袋，一边跟裴宁说：“学姐，这是咱们学校运动康复专业的卢教授，也是这次训练的首席队医，你可以先采访他。”

她努努鼻子，装成不开心的样子：“问问他为什么只为了江野留校，她的爱徒宋清弥不好吗？”

裴宁跟卢教授打过招呼，卢教授过来拍了一下宋清弥的脑袋：“你这小脑袋瓜是除了知识什么都装，跟江野吃什么醋？”

宋清弥说：“那你都是为了江野，我是多余的呗。”

说着，宋清弥将装好的冰袋使劲儿缠在江野的腿上。

被动挨枪的江野咬牙，语气淡淡的，隐隐有些笑意：“跟我有什么关系？”

“没有关系，”宋清弥狠狠道，“那我不是不敢动教授嘛！”

无理取闹，但光明正大。

一群人看着她对江野上下其手，“哈哈”笑了出来。

有些人总能轻而易举地搞活氛围。

这种能力是天生的，大概率是跟生长环境有关，毕竟在书本上学不到。

裴宁听着大家的笑声，一边感觉有趣，有趣之余，也有一层低落如灰尘般的心思一点点覆盖在她的心里。

“您是记者？”江野绑好冰袋，坐起身子，仰头和裴宁打招呼。

居高临下的姿势倒让裴宁不自在了，她脸色不由得涨红，手不知道往哪里摆，胡乱应付道：“嗯……是、是我。”

江野在篮球之外的领域算得上迟钝，并没看出裴宁的慌乱和期待，只是礼貌地说：“您要等我一会儿，我先去洗个澡，抱歉。”

时间差不多，江野独自解开冰敷袋子去更衣室洗澡。

宋清弥递给裴宁一瓶矿泉水，然后去整理其他用品。

裴宁身上的气质很淡，像是兰花，不浓重但想让人亲近。

说白了，就是很沉稳。

因为宋清弥不是这种性格的人，做不到沉稳大气，因此本能地被这类人吸引。

采访之前，裴宁反复地对稿。

其实能问的话题并不多，像江野这种有团队的运动员，非赛后采访，一般都要团队人员看过采访方案。

裴宁还是认真准备了一番，她的采访稿有关于技术层面的问题，也有关于江野对归国选择看法的，甚至还有为了数据问的与私生活相关的问题，采访稿之前已经给江野的经纪团队看过，他们没有任何异议。

采访本身也相当顺利，江野回答流畅，裴宁的各个问题环环相扣，逐渐深入。

问到回国打球的理由，江野很自然地说："我有自己更重要的东西要去追求。"

裴宁："这份追求在篮球之上吗？"

江野没有正面回答："这份追求比篮球梦还要不切实际，但我得试一试。"

采访最后有球迷私信问答环节，江野的私生活隐藏得很好，八卦他感情生活的人也因此比比皆是。

平江体育公众号采访征集里，第一条就在说，想问问江野的感情状况。

而这个几乎被问腻的问题，也在江野经纪团队的同意范围内。

江野一成不变地回答："单身。"

握着录音笔的手忽然放松下来，裴宁抬头，直视江野的眼睛，小声地追问："那有喜欢的人吗？"

江野沉默半晌，点头。

宋清弥忙完卢鸣教授安排的工作再出来时，就见篮球队的人都挤在更衣室门口，见到她，全部是同样的欲言又止。

宋清弥直接问孙浩："怎么了？"

孙浩绷不住了，嘴唇抖动了两下："宋小幺儿，我们对不起你。"

语气相当之严肃，宋清弥吓了一跳："啊？"

旁边的队友杭晗日给了孙浩一拳，直截了当地说："江野有喜欢的人了。"

"这么直接干什么！"孙浩不乐意。

"直接不直接，宋小幺儿早晚不得知道？"

"什么？"宋清弥还以为听错了。

杭晗日重复一遍："江野说自己有喜欢的人了……就在刚刚采访的时候。"

江野接受采访时，队友们好奇，蹲在门口，无意间听到的。

宋清弥不知为何，晃神了一瞬："他这个年纪，有喜欢的人也算正常吧。"

孙浩说："我们天天在一起，也没看他有这个苗头，手机一天都不怎么刷几下。”

“对，”杭晗日也帮腔，“其实我们倒也不在乎野哥到底喜欢谁，我们就想看你俩处对象。”

宋清弥实在忍不下去，扒拉着两人的脑袋，手动暂停对话：“我的意思是我根本不喜欢江野。”

杭晗日眨了眨眼睛：“那你努力一下喜欢他啊！”

孙浩也点头：“我支持。”

也真亏了学校表白墙上出现了两人的照片，有人带头嗑 CP，篮球队的人感觉两人在一起也挺好的，郎才女貌般配养眼，当作无聊打发生活用，就玩笑似的撮合两人。

宋清弥还想解释两句，更衣室的门被缓缓推开。

裴宁和摄影师先一步走出来，江野漫不经心地走在最后。

黑色碎发耷拉在眉间，挡住凛冽锋利的眉眼，他身上是洗过澡后的薄荷清香，黑色背心下露出一截肌肤干净、线条清晰的手臂。

右侧手臂下方，有青色文身，是他父亲在国家队时的球衣号码。

宋清弥将目光落在他的文身上。

再然后，更衣室门被江野轻轻一勾，浅浅合上。

“嗒”的一声里，他抬头，清淡的目光缓缓扫过，对上宋清弥。

宋清弥忽而心尖颤动，垂在腿侧的手指不自觉抠了下裤线。

嗯……

不得不承认，这人确实有几分美貌。

好在江野的目光如云影般轻飘飘掠过，最后定格在杭晗日和孙浩身上，冷淡开口：“编派我什么呢？”

杭晗日嘴巴张了张，旁边的孙浩抢先回答：“不是，野哥，你喜欢谁啊？”

宋星宇刚洗完澡出来，顺便接话：“赶紧谈，我挺着急的。

“不过你藏得挺深啊，从什么时候喜欢的，我怎么什么都不知道。”

“你要是注意到就有鬼了，”江野迈开长腿，越过人群，轻飘飘地回答，“高中。”

宋星宇连忙小跑跟上去，跳起来勾住他的肩膀：“高中同学？你才在高中待了几天？哪个女同学，跟我说说，我去给你打听打听近况。”

江野脚步一顿，偏过头看向他的手，冷淡的眼神里露出一股嫌弃，用两根手指将宋星宇的手从肩膀上挪开。

然后，江野头也不回地往外走。

“阿野，哪儿去？”孙浩在背后喊。

江野头也不回：“吃饭。”

体育生之间虽然有很多为外人诟病的问题，但队内大多数人感情都还不错。

江野不太喜欢说话，不过在队内人缘也算不错。

“哎，你等我会儿啊。”杭晗日拎包跟上。

随着几道男声远离，周围的人也散了。

到了吃饭时间，大家如小鸟般各自觅食去。

“晚上吃啥？”宋清弥向前两步，问宋星宇。

她这一动，宋星宇也跟着动，目光刚巧落在乖巧站在一旁的裴宁身上。

裴宁黑长的头发自然而然地垂落，偏头跟摄影师讲话，脸上的表情温柔恬静。

宋星宇注意到她，额角忽然跳了一下。

似乎有什么记忆倒流回脑海，如晨曦揭开雾霭围绕。

“走啊，宋老三。”宋清弥催促。

“啊……好……”宋星宇含糊应和。

往外走了两步，宋星宇忽然顿住脚步，抬头一拍脑袋：“宋小幺儿，那个女生我认识啊。”

宋清弥被吓了一跳：“真的？”

宋星宇：“那是我高中同学啊！”

他似乎陷入回忆里：“高中时个头好像不高，白白净净的，不太爱说话，但成绩不错……”

“江野！”想到这里，宋星宇气沉丹田地喊了一声。

前面的江野脚步一顿，微微偏头，神色里有几分冷漠地看着他。

宋星宇：“宋小幺儿说晚上一起吃饭。”

话音落下，江野似乎若有似无地挑了挑眉。

被拿出来挡枪的宋清弥一脸无辜，刚要反驳，宋星宇撑了撑她胳膊肘，又挤眉弄眼威胁着，宋清弥没有办法，硬着头皮说：“啊……对……”

江野脸上的表情没变，稍稍偏了点头，仿佛在问：为什么？

宋星宇解释道：“这不马上就集训结束了嘛，咱们华清的还有平大还没在一起好好聚过，宋小幺儿的提议很不错。”

好一个冠冕堂皇，挑不出问题的理由。

队友之间互相看看，表示可以，江野这才点了点头。

得到肯定回答，宋星宇转过身看还在更衣室门口的裴宁，礼貌一笑：“裴记者，还有刘摄，咱们一起呗。”

突然被点到，裴宁有些错愕，连忙摆手拒绝：“不……不用，谢谢。”

宋星宇又用手肘碰宋清弥示意她说话。

宋清弥对裴宁笑了笑：“学姐，你也来吧，我们是校友，再说，可能之后的 CUBA 系列赛还是你来采访，大家先熟悉一下也挺好。”

体育圈，特别是体制内管辖的运动，多少都沾点论资排辈，也讲究人脉资源，和校方还有运动员提前熟悉，对以后工作是有益处的。

裴宁咬着嘴唇思考，倒是刘摄心动了，委婉道："今天确实没什么忙的了。"

宋星宇也跟着帮腔："更何况咱们还是老同学，好几年不见，还能跟江野和我叙叙旧。"

终于，这段话里有什么东西彻底打动了裴宁，她咬了咬嘴唇，点头道："嗯，好。"

宋清弥弯着眼睛笑了笑，扫了眼裴宁身边摄像大哥的工作牌，不动声色地邀请："刘哥，你也一起吧，今天辛苦了。"

生在宋家这样政商体育三界都有涉猎的家庭，宋清弥对于人情世故方面耳濡目染无师自通。

宋星宇也是。

在两人的张罗下，很快就把华清和平大的运动员都招揽到了一起。

人员多就需要大场地，宋星宇热情邀请大家去自己家自助烧烤。

一些人要先去买菜，一些人先去宋星宇家。

作为东道主，宋星宇自然是先带人回家，宋清弥带着大家去买菜。

路上，宋清弥感觉胸口一阵闷，不断让开车的江野调低空调温度。最后，杭晗日问了一句："宋小幺儿是不是生病了？"

她讪讪地笑了笑，重新窝回座位，拿出手机向宋星宇兴师问罪：[？.jpg]

宋星宇反问：[？.jpg]

宋清弥：你想请大家吃饭为什么要打着我的名义？

宋星宇：如果不是女生攒局，感觉裴宁不会来。

落脚点居然在裴宁身上，宋清弥悄悄抬眼看了看坐在自己身旁的裴宁，咬了咬嘴唇，又问：为什么？

宋星宇：江野不是喜欢自己的高中同学吗？

宋清弥不理解：你认为是裴宁？

宋星宇：我觉得未必，但她是文化课考生，对学校对同学肯定更了解，没准能多打听出来消息。

宋清弥皱眉：你怎么这么关心江野的情感生活了？

宋星宇：毕竟是好兄弟，总不能看他一直单身，其实有个人陪着江野也挺好的，他现在孤家寡人的。

宋清弥将目光落在最后那几个字上，心里泛起细密的不舒服。

宋星宇又问：你不太愿意？

让江野过得幸福舒坦一些，总归是没错的，毕竟他们是从小长到大的朋友，即便感情没有多好。

良久，宋清弥回答：没有。

“到了。”

江野将车停好，轻声启齿。

后排的杭晗日和裴宁率先下车，宋清弥点开备忘录上的购物清单，也跳下车。

太阳的余威犹在，宋清弥把手放在额头上挡太阳，朝三人扫了一眼，就明白这三个人都不想动脑只想被分配任务。

她又想到宋星宇的话，心里有了答案。

“我和杭晗日去买木炭和啤酒饮料，江野和裴宁去买肉和蔬菜，行吗？”

她抬头朝大家眨眨眼。

裴宁静静地看着她，眼神又忍不住往旁边扫。

宋清弥见没人反对，可以拍板决定的时候，江野淡淡地开口：“不好。”

宋清弥：“你有什么高见？”

“木炭和啤酒饮料，”江野斜睨竹竿似的杭晗日一眼，语气淡淡，“他拎不动。”

男人最忌讳被说不行，杭晗日一下子奓毛：“我能拎得动！

“不就是几个啤酒瓶子吗？小爷体测推举 50 公斤不在话下。”

江野淡淡回答：“小心再脱臼。”

杭晗日沉默了。

江野：“下赛季内线没有你不行，你要先养好身体，抓紧时间增重。”

杭晗日是平江队现任最出色的中锋，必须高且壮。

他是传统篮球选拔体系下，被教练相中的好苗子，开学才大二，身高就已经二米一，就是太瘦了。

上赛季 CUBA 赛场上，跟同为华东赛区的工大比赛时，身体对抗时，杭晗日被对方中锋撞到，导致胳膊骨折，养到现在才好。

被江野这么一说，杭晗日瞬间感觉自己肩膀上的担子相当重。

他眼神坚毅，右手恨不得举起来给江野敬礼了，语气严肃道：“保证完成任务！”

江野从喉咙里淡淡地“嗯”了一声。

杭晗日立马将目光转向裴宁：“学姐，咱俩去买肉和蔬菜吧。”

裴宁倒没说什么，点了点头：“嗯。”

宋清弥望着两人远去的背影，感觉自己莫名轻松了很多。

江野没注意到她多变的情绪，扬了扬下巴：“走吧。”

夏日傍晚最后一点阳光落在江野的脸上，衬得他面容上有着极为浅淡的笑意。

介于笑与不笑之间，嘴角是向上的姿态，但唇是抿着的。

宋清弥抬头瞧他一眼，并不算猛烈的太阳光照在眼睛上，瞳孔紧了紧，匆匆低下头。

江野的视线宛若羽毛，在她身上轻轻掠过，再然后，率先走进超市大门。

宋清弥没理江野，自己推着推车往炭火区去，根据自己多年的烧烤经验，选择了一款价格适中的果木炭，然后就往酒水区走。

走近了，看着花里胡哨的酒瓶堆砌在货架上，宋清弥这位酒量堪忧的少女挠了挠脑袋，一阵犯难。

什么老雪、清爽、淡爽、哈啤、青岛都一样，统称为黄啤。

剩下那些看着好看又花里胡哨的酒又统称为另一种。

“喝老雪。”

清淡低沉的声音从身后传来，温热的鼻息若有似无地拂过耳垂，宋清弥浑身起了一层小小的战栗。

她紧绷着后背，一动也不敢动，就看到一截肌肉纹理清晰的手臂从她肩膀上方掠过，弧线是向上的，修长的手指钩住罐身绿色的啤酒。

太近了，江野的衣摆蹭着她赤裸在空气中的手臂，带来一阵阵细致的痒。

宋清弥怔忪在原地，圆圆的眼睛瞪得老大，看着江野的动作。

做决定时很干脆，真正挑选起来却又很纠结。

江野放开绿色罐身的老雪，手腕微微向左边挪，去拿旁边的哈啤，就在宋清弥以为这样暧昧的姿势很快就要结束的时候，他又把手臂往右侧带了带。

温热的肌肤若有似无地扫过宋清弥的头发，他身上那股淡淡的薄荷香气氤氲在她的鼻尖。

宋清弥自认色胆包天，抵挡不了男色诱惑，用气声喃喃问道：“还没选好吗？”

江野低头，是居高临下的姿势，细碎的刘海挡住锋利的眉眼，喉结上下动了动：“选好了。”

旋即，他手指用力，钩出三瓶青岛放在购物车里。

再稍稍往后退了退。

压迫感消失。

宋清弥松了一口气，抬头看着江野问：“就买三瓶吗？”

江野抿了抿嘴唇，没有说话。

宋清弥没有意识到有什么不对劲儿，傻傻地说道：“还是拿箱装的比较划算吧？”

见江野沉默，宋清弥反问：“难道不是吗？”

江野抬手揉了揉鼻子，语气有些不自在：“或许吧。”

宋清弥一看他也不能确定，立马推着小推车，去看堆在路中间的箱装酒的价格。

“24 听 109，零售一听 5.1……”她一阵头脑风暴。

江野冷眼看着她计算，又觉得太没效率，悠悠补充：“整箱买便宜。”

宋清弥横了他一眼：“那你刚才去拿单瓶的？”

江野耸了耸肩膀：“不差这 5 毛 5 分的。”

宋清弥：“这又不是你计算电话费的时候了？”

为了一点点电话费决定加微信，现在又说不差这点钱，不觉得自相矛盾吗？

江野倒是不觉得有什么，漫不经心地说：“该省省该花花。”

什么理都让他占了，今天宋清弥气儿不顺，非要找补回来不可。

“这是 5 毛 5 分的事情吗？”她有些发泄的意味，跟江野据理力争，眼睛瞪得圆圆的，“这是 5 毛 5 分乘 24！”

“所以，”江野剑眉一挑，“这是多少？”

数学本来就是她的短板，虽然数目很小，但她计算起来也得算一段时间，好在她反应快：“这不是计算问题。

“你能不能节约点，今天敢浪费几块钱，明天就敢浪费几百万。”

见他哑口无言，宋清弥心情顺畅不少，转身就走。

“喂！”

身后传来江野急促的声音。

宋清弥根本不理会他喊自己，像小母鸡似的昂首挺胸。

下一刻——

“铛——”

“啊——”

“哗哗哗——”

巨大的声音响起。

眼前的啤酒塔像小山一般轰然倒塌，易拉罐做成的瀑布向宋清弥倒下来。

她完全被眼前的状况吓到了，双腿如灌铅一般钉在原地。

可想象中的痛感没有到来，宋清弥只感觉自己落入了一个温暖的怀抱。

薄荷味的清香在鼻尖萦绕，本来还没来得及紧张的心脏在对上江野那双漆黑眸子后，不自觉漏掉半拍。

酒瓶砸在江野的胳膊上、手指上，还有仍旧有积液困扰的膝盖上。

“我的天啊。”终于反应过来的售货员哭丧着一张脸走了过来。

江野忍下痛楚，缓缓松开宋清弥，朝赶来的售货员道歉：“对不起，损失由我们来赔付。”

语气冷淡，但不失礼貌。

面对这样一张俊颜给自己道歉，售货员脸上的表情好看了一点，摇了摇头拒绝道：“没关系，你们走吧。”

她小声吐槽：“早就跟店长说这样摆不行，这已经是啤酒节活动开始后，被撞倒的第八次了。”

江野顿了顿，再次道歉：“不好意思。”

宋清弥这才从刚才的事故和江野的拥抱里回神，看了看江野的膝盖，也往前走了两步，小声道歉：“姐姐，对不起啊……”

售货员已经没有精力理他们了，垂头摆了摆手。

给人添了麻烦，宋清弥很是愧疚，连忙搬了两箱啤酒放在购物车里，然后双臂用力，咬牙将推车推走。

她一路往前，两人继续买东西，江野又拿了一些饮料。

宋清弥想了想，停下脚步，对江野说：“把你手里的东西都放进来吧。”

江野纳罕地扬了扬眉：“这么好心？”

宋清弥不说话，抬了抬下巴。

江野静默一会儿，把手里的饮料放在宋清弥的购物车里，膝盖不再受力，舒服不少，皱着的眉头也不自觉松开了。

宋清弥咬牙，一边费力地推购物车，一边回答：“倒也不是好心。”

排队结账时，宋清弥用下巴点江野跟上。

江野站过去，宋清弥计谋得逞似的扬了扬眉毛，眼睛里都是狡黠的笑：“我是怕你腾不出手付钱。”

作为篮球运动员，他们很多时候是不喝酒的，但偶尔有一次喝酒的场合，小酌一些也无所谓。

回到宋星宇家里，江野轻车熟路地将车子开进地下车库，车子刚一停稳，宋清弥就打开车门，跳下车，给宋星宇发消息：我们到了，赶紧带人下来接我们。

宋星宇很多时候还是相当宠妹妹的，非常听宋清弥的话，立马放下游戏手柄，抬手招呼其他人：“你们谁跟我下楼，接江野他们上来。”

孙浩嗤了一声：“江野是林黛玉啊，那么点儿东西都拎不上来。”

宋星宇顺口编派他：“他来‘大姨夫’了。”

车上，江野猛然打了一个喷嚏，他透过后视镜，看到一双纤细的、飞舞的手臂。

宋清弥拍了拍后备厢：“开门！”

杭晗日“啧”了一声：“她还挺有精力。”

可不是嘛，元气满满、生龙活虎的。

江野轻嗤一声，按下开后备厢的按钮，然后跳下车，只是动作太快，膝盖猛然受力，痛感令他的肢体动作有些变形。

宋星宇带着几个人飞快赶来，宋清弥让他们赶紧把后备厢里的东西都搬出去。

杭晗日也不是偷懒的人，也在帮忙搬东西。

一群二十来岁的年轻人在一起，总是叽叽喳喳谁也停不下来。

“就这么一点儿酒？”孙浩开始叽叽，“都不够养鱼的呢。”

杭晗日说：“野哥不喝。”

宋清弥拍开江野的手，从他面前旱地拔葱一般将一整箱啤酒搬起来。

酒箱太重，她重心不稳，晃了一下。

江野手疾眼快地将她扶稳：“我来吧。”

宋清弥摇头拒绝：“不必。”

“怎么？”江野挑了挑眉，语气有几分玩味，“大小姐还有什么账单要我付吗？”

“大小姐”这个称呼，有着浓厚的打趣意味。

宋清弥白眼一翻，踩着小碎步离开，留下一道纤细倩丽的背影：“大小姐的事儿你少管！”

说着，她走到宋星宇身边，还踹了他一脚：“走！”

宋星宇莫名其妙地挨枪子儿，回头瞪了江野一眼：“你惹她了？你又惹她干吗？”

江野无辜地耸了耸肩膀，再准备帮忙时发现后备厢里的东西都被搬空了，只有站在旁边有些手足无措的裴宁。

裴宁虽然也是平大的学生，但新闻专业和这群运动员属实没有多少交集，况且她还是那种沉默安静的性格，不喜欢主动跟人搭话。

这会儿摄像大哥没跟出来，她自己一个人，有些孤零零的。

四目相对，江野出于礼貌问道：“一起上去？”

裴宁放在身前的双手不断绞在一起又分开，明明只是一个简单的音节，却像是用了全部力气才说出来。

“好。”

江野微微颔首，待裴宁上前两步，跟他并肩，才迈开腿，朝通向一楼的电梯走去。

电梯间还是太小了，小到貌似装不下裴宁的心事。

电梯上升的时间只有几秒，而裴宁的青春空白了很多年，她决定努力一下，轻声开口：“江……江野，很高兴能再次见到你。”

语气在江野逐渐疑惑的眼神里渐渐变得干瘪低哑。

江野皱着眉，似乎在思考两人什么时候见过。

裴宁苦涩地勾起嘴角，自我介绍：“我们是高中同学……”

电梯在一楼停靠，开门声响起。

江野终于开口，在并不算印象深刻的高中生活里，找到了关于裴宁的一点蛛丝马迹。

“你是英语课代表？”

裴宁眼里忽而闪起光芒，还想多说两句时，就注意到江野的视线并不在自己身上。

她顺着江野的视线看过去，那边坐着一位少女。

一楼客厅后门往外走，刚好是一片草坪。

大家在这里烧烤，有人支起烧烤架，有人在给肉串成串，有人把啤酒放进装满冰块的桶里。

宋清弥悠闲地坐在藤椅上，手指在冰桶里扒拉着，跟宋星宇讲话：“我哪是偏心江野？那么多啤酒砸下来，要不是他帮我挡一下，我现在估计都得脑震荡进医院了。”

宋星宇用卫生纸给果木炭点火，“哼”了一声，说：“你也不用殷勤到帮他搬啤酒吧？”

江野在他俩不远处听着他们的对话，三两步走过去：“在背后编派我什么呢？”

宋清弥翻了个白眼，把双腿跷到藤椅左侧扶手上，身子扭着将脸转到没有江野的另一边，一副不想交流的模样。

“说你细狗呢，”宋星宇一开口就没好话，“连一箱啤酒都搬不动。”

江野也不反驳，挑了挑眉：“这不是宋小幺儿非要帮我搬嘛。”

听闻此话，宋清弥猛然回头，看着他说：“请江学长不要过分想象！”

江野拖着另外一把藤椅过来，大剌剌地坐在宋清弥旁边，长腿伸出来一截，很是扎眼。

“啧，”他悠悠开口，“我还以为宋小幺儿学会知恩图报了呢。”

宋清弥：“我当然会知恩图报，但你也不能挟恩图报吧？”

江野悠闲地用脚尖点着草坪，慢悠悠地回撑：“对不起啊，我们体育生没文化。”

宋清弥：您还好意思承认哦。

“那个成语什么意思？”江野挑眉，目光挑衅，“我听不懂。”

“我来给你们翻译，我来！”

杭晗日像窜天猴似的跳出来，在两人之间相当礼貌地举手发言：“知恩图报是中华民族的传统美德。”

杭晗日看着宋清弥：“宋小幺儿，该报的咱们还是得报。”

宋清弥愣了下神。

“咱们中华民族还有一个美德，也不为难你，”杭晗日说，“就以身相许吧。”

什么时候以身相许算是中华民族的传统美德了？

宋清弥无语凝噎。

“宋小幺儿，你说句话啊。”杭晗日居然还好意思催促。

宋清弥的白眼都要翻到天上了，不打算理他，但杭晗日还在计划：“我看你们真的非常合适，郎才女貌。”

宋清弥：“你这是在嗑 CP 吗？”

杭晗日点头。

宋清弥：“什么都嗑只会害了你。”

杭晗日：“什么都嗑只会让我吃得饱饱的。”

宋清弥：这孩子脑子里都是些什么东西啊！

杭晗日：“说真的，你考虑一下吧。”

他是真心感觉宋清弥是个天真可爱脾气又好的姑娘，正适合江野这种看上去根本没有什么情绪的人。

“考虑？”一旁的宋星宇不乐意了，屁股一撞给杭晗日撞飞，“宋小幺儿的脑子考虑不了东西，烤个鱿鱼还差不多。”

宋清弥懒得跟这几个男生聊天，去餐桌那里拎了一小袋肉和一把竹扦，捞了个板凳坐下来，开始串串。

杭晗日摸了摸脑袋，仍旧不死心，将目光投向江野：“哥，要不看看小幺儿家里接不接受入赘呢？”

“什么……”

“你嫁给宋小幺儿，其实也行。”

江野额角青筋直跳，半晌，从喉咙里吐出一个字：“滚——”

没事儿跟人家姑娘说什么嫁不嫁的，这不是脑袋有病嘛。

“好嘞。”杭晗日乐呵呵地滚了。

小小的插曲差不多过去，江野也不习惯在别人干活的时候自己闲着，看了一圈，凑巧就宋清弥那里没有人。

他腿长，用脚勾着一个小板凳过来，坐下帮忙。

一阵薄荷气息来袭，宋清弥抬头看了他一眼，没说话，继续干活。

江野看了看她的劳动成果，眉毛皱了一下：“怎么都是肥牛卷金针菇？”

宋清弥往旁边挪了挪，回答：“因为我爱吃。”

“你躲我？”他看着她的动作，不解地发问。

宋清弥想立马反问：知道你还坐过来？

可一想到两人都是在一个球队共事，同事之间靠得稍微近一点好像也没什么。

宋清弥不知道自己到底在别扭什么，但她不内耗自己，只会从别人身上找问题。

她放下手里的肥牛卷，圆润的杏眼认真打量着江野，上下扫视，努努鼻子：

“还不是你身上有很大的香水味儿？”

江野：“有吗？”

宋清弥：“骚包。一个运动员把自己搞得这么香，不是骚包是什么？”

江野似乎被她这段完全没有道理的发言逗笑了，胸腔浅浅地起伏了一下：“没喷香水，就是沐浴露的味道。”

宋清弥：“不信。”

看到裴宁在对面帮着支桌子，她朝裴宁招手：“学姐，你来一下！”

裴宁看了看两人，深吸一口气，不疾不徐地走过来。

宋清弥用两根手指扯了扯江野的衣袖：“学姐，你来闻一下，江野身上是不是特别特别香，喷了香水。”

江野浓黑好看的眉毛始终皱着，但是并没表现出一点不开心，嘴角始终挂着淡淡的笑。

裴宁感觉，江野不仅不讨厌，还挺喜欢看宋清弥闹下去的。

“学姐！”见裴宁没理自己，宋清弥的语气里不自觉就带了一些撒娇的味道，“你就来闻闻嘛，一下，就一下。”

她还以为裴宁是嫌弃江野，还补充半句：“他是香的，真的不臭。”

“嗯。”裴宁这才回过神。对着宋清弥那双清澈又充满恳求的眼睛，她根本做不出拒绝的动作。

裴宁轻轻往前一步，捂着领口，微微低头，对着江野的视线，将鼻尖轻轻靠近他的白色半截衣袖。

那双漆黑的眸子是毫无情绪的，可年轻男人身上的薄荷香气夹杂着一点阳光晒过的妥帖感，形成一种很难形容的又莫名令人迷恋的气息，在瞬息之间，就从鼻尖钻进，直达心脏。

空气仿佛霎时热了起来。

“学姐，是不是特别香？勾引人似的。”

宋清弥还沉浸在幼稚的对江野的攻击里，扯着他的袖口没有松开。

裴宁猛然回神，急忙直起身，双手挡在额头上，妄图不让大家看到她已经烧起来的脸。

“没……没闻到。”

她的声音越来越小，几乎气若游丝。

“啊？”宋清弥完全不信，又抻着脖子在他手臂上嗅了嗅，喃喃道，“就是很香啊。”

裴宁随便拿出个借口搪塞：“我最近有些感冒，鼻塞。”

江野挑了挑眉，漆黑的眼睛只看向宋清弥，语气有几分得意地问：“就一点儿沐浴露而已，怎么就你能闻到？”

宋清弥说：“那是你给自己腌入味了才闻不到！”

江野“啧”了一声：“你还诋毁我勾引人。”

江野停顿片刻，慢慢将脸靠近：“怎么，勾引到你了？”

宋清弥：骚包！

江野的人设怎么能是这么一个大骚包！

放在几年前，宋清弥完全不敢想，江野那天王老子来了都不带看一眼的性格会这么反客为主，跟妖精似的。

她伸出食指戳了戳他的胳膊：“还不好说。”

“不过，”她用手指戳了戳他肩膀，“你再靠近一点儿，就坐实了。”

“啧。”江野坐直身体，不咸不淡地道，“你还挺好勾引。”

两人的脸上表情都是相当坦荡，以朋友的名义，看不出任何旖旎的成分。

可是陷入自己世界的两人，似乎都忘了被叫来的裴宁。

裴宁咬了咬嘴唇，看到一旁的人在架桌子摆餐盘，赶紧过去帮忙了。

孙浩顺着裴宁走过来的方向，见江野和宋清弥两人在一起，你一言我一语，互不相让，轻笑了一声：“见笑了啊，野哥跟宋小幺儿就是喜欢拌嘴吵架。”

裴宁弯起嘴角笑了笑。

说到这里，孙浩似乎也感觉有些纳闷：“不过野哥虽然话少，但脾气也不算差，也不知道怎么了，就跟宋小幺儿非要论出个子丑寅卯。”

宋星宇也想不通，不过这两人从小吵到大，这样挺好的。

想到这里，宋星宇抻长脖子，朝着两人猛喊一嗓子：“你俩磨蹭什么呢，过来吃饭了！”

话音落下，宋清弥抓到救命稻草似的，“嗖”地从江野身边窜出去，来到宋星宇旁边。

肥牛卷金针菇还没放上烧烤架，宋清弥眼神在烧烤架上掠过一圈，有一闪而过的失落。

“跟江野聊什么呢这么开心。”宋星宇压低语气，半威胁地问。

宋清弥反问：“你是怎么看出开心的？”

江野端着摆好肥牛卷金针菇的托盘慢悠悠地走过来，把烧烤架上其他肉串往旁边挪了挪，然后把肥牛卷金针菇放上。

宋清弥看着他的动作，闻着肥牛在烧烤架上散发出的香味，眼珠发直。

江野用修长的手指将肥牛卷金针菇拿起来，在烧烤架上刷了点儿油，继续烤。

他的动作利落，干什么都一板一眼有模有样，最简单最有烟火气的动作他做起来都跟谪仙似的好看。

宋清弥看着他和小烧烤，咽了咽口水，小声道：“您这打篮球可惜了。”

江野：“嗯？”

宋清弥：“卖新疆羊肉串也能发家致富。”

江野也没生气，反而慢悠悠地问她：“不是让我去演《战狼 3》？”

宋清弥：“技多不压身，您都行。”

江野轻嗤一声，用下巴指了指烧烤架：“烤好了。”

宋清弥盯着烧烤架两眼放光，刚要去拿，下一秒，江野将一把肥牛卷金针菇送到旁边已经开始喝酒的队友那里。

“那是我串起来的串儿！”宋清弥朝着江野的背影喊道，据理力争。

“哦，”江野的声音懒洋洋的，“这是我烤的。”

宋清弥气得咬牙，江野就是故意的吧！

不就是说他骚包嘛，怎么这么记仇。

此时，“宋江夫妇”的 CP 粉粉头杭晗日同学发言：“都是你俩一起的劳动成果，那你就过来跟我们一起吃呗。”

宋星宇也赶紧打断两人的打闹：“赶紧来吃，再不吃都凉了。”

宋清弥本来是想相当有骨气地拒绝他们，摆明和江野划清界限的态度：“我才……”

“咕噜咕噜……”

饿肚子的声音响起，宋清弥积攒的那点儿态度和骨气瞬间消失殆尽，咬了咬牙，一不做二不休，昂首挺胸地走过去。

刚刚江野烤好的肥牛卷金针菇已经被大家洗劫一空，江野点了点自己面前的那份，示意她来拿。

宋清弥坚决不向他低头！

可是这群运动员的食量确实不小，现在已经没有没被吃过的了，宋清弥想了想，只好拿了江野的。

杭晗日又开口：“你干脆就坐这儿呗。”

被他这么一提醒，宋清弥抬头看了看，这张大大的桌子几乎已经坐满了。

裴宁是除了宋清弥外唯一的女孩，她又有些内向，所以她身边的位置是空出来的，江野过来时，就坐在了她身边。

但两人并没有靠得很近，中间挤一挤还能坐下一个人。

裴宁和江野几乎同时往旁边挪了挪，刚好给她挪出地方。

宋清弥坐在两人之间，白了一眼江野：“不吃你拿什么？”

江野反问：“吃你怎么不烤？”

宋清弥心想，不是我不烤，那不是因为你在那儿非说我被你勾引了吗？谁能受得了这种污蔑！

她努了努嘴，换了个攻击方向：“你不是不吃肥牛吗？”

说什么肉腥味很重来着。

小时候，因为宋清弥十分喜欢肥牛但江野相当讨厌肥牛，宋清弥曾经多次以此为借口跟江野大打出手。

当然，是宋方挑衅在先，江方不得不迎战。

话音落下，江野沉默。

宋清弥以为自己这个理由足够完美，撑得江野哑口无言，她傲气地哼笑了一声，举起肥牛卷大快朵颐。

周围的气氛沸腾。

有人在聊比赛，有人在聊游戏，也有人在讲那些不涉筋骨的奇葩恋爱。

江野却很平淡，像是风浪不平的海洋上，一艘被系住的船。

他转着手里干净的酒杯，有一搭没一搭地听大家讲话。

平江队的老队长蒋川注意到他不在状态，问道：“阿野，喝酒吗？”

江野平日里是不喝酒的。

他不仅不喝酒，作息规律，也不抽烟，没有任何不良嗜好，为了保持身体素质以便在篮球行业更好地发挥，放弃了很多俗欲。

宋清弥以为江野会拒绝的，他却点了点头：“来一杯。”

蒋川给他倒上。

啤酒是黄色的，上面泛着一圈白色的泡泡碰撞着杯壁，不断消失，发出细小的声响。

江野用两根手指轻飘飘地拿着酒杯，用手腕的力量晃了晃，始终没把酒杯放在嘴边。

杯壁稀释出的水珠沾在他呈现透粉色质感的指腹上，然后滑过手掌，流向手腕。

宋清弥看着那些争先恐后的水珠，感觉稍微有些口渴，她从地上拿起一瓶青梅绿茶，倒在杯子里。

青梅绿茶的颜色跟黄啤非常像，放在一起足够以假乱真。

“阿野，你怎么不直接进 CBA 联赛呢？”喝了一点酒，众人微醺，话题终于向深处挖掘。

蒋川拍了拍江野的肩膀，高大的身躯因为有些酒精过敏而泛红，眼里似乎闪着泪光：“你能选择平大我真没想到，咱们学校 CUBA 的成绩你也知道……

“最开始我还以为你是怕进 CBA 联赛露怯，你在国外有热度，但真实水平如何谁也不知道。”

蒋川打了个酒嗝，接着说：“可是回国集训，我能看出来你水平很不错，去个 CBA 弱队甚至可能混到首发，你居然选择了平大……

“我家庭困难，本来华清也能上的，但平大给了我全额奖学金，我想去华清啊，去华清大学四年就有可能拿冠军，可是当时我妈生病要用钱，我想了一宿，一宿没合眼。”

“第二天我爸跟我说，我大学学费也没几个钱，家里的事不用操心，想去哪里就去哪里，我一看我爸脸上的皱纹，”酒喝多了，话也多了，蒋川眼眶红着，

"我就说，我去平大，反正在哪儿都是打球。"

确实在哪儿都是打球。

可在平大，就算蒋川是个相当有实力的大前锋，但也无法单核带起整个球队。

蒋川的冠军梦，已经遥遥无期。

即便每个 CUBA 运动员都能打 N+1 年的篮球，但以蒋川的家境，毕业后应该会选择立刻参加工作。

江野知道他想说什么，抬手拍了拍他的肩膀，声音不大不小，但很坚定："队长，还有一年时间，一整个赛季，冠军有希望的。"

一支队伍的成功与否，并不完全取决于队内有多少球技精湛的队员。

教练的调教、团队内前后勤的策应、球员的配合程度，以及每次比赛抽到的对手……

要素太多。

蒋川在这支队伍待了三年，也有过不断努力逼着自己单核带队拿成绩的幻想，但每次跟强队交锋时的败北，他的勇气早就消失殆尽。

"我走到这一步，从来不后悔，"蒋川说，"平大篮球队的未来要交到你手上了。"

江野却很认真地说："CUBA 的冠军，我们会有的。"

他说话的时候很平静，却给人一种游刃有余的松弛感。

让人感觉，即便前方是悬崖峭壁，他也要去看看万水千山。

蒋川似乎被他话里的某些东西触动，攥着酒杯的手掌不断用力，再然后，仰头喝了很多酒。

杭晗日拼命地往嘴里塞肉串，宋星宇笑他："你别撑死！"

杭晗日说："我得增重。"

他技术好，但是身体对抗太差，在大比赛里根本没有优势。

"嗯？"宋星宇没懂。

杭晗日声音变得很小很小："我总得给队长拿个冠军再毕业。"

他们这些运动员，都是为了一个篮球梦，走上同一条路，成为队友，也是密友。

寒光终将散尽，前方会有曙光。

酒劲儿上头，众人微醺，有人开始纵情放歌。

他们唱许巍的《曾经的你》。

曾梦想仗剑走天涯
看一看世界的繁华
年少的心总有些轻狂

有人用筷子敲着桌面打节拍，也有人拍座椅。

江野双手环胸，膝盖此刻有些不适，他寻了个舒服的姿势，看着未来并肩战斗的战友和CUBA赛场上最有实力的劲旅，脸上只有浅淡的笑意。

他融入了热闹的氛围，但他身上仍旧有着一以贯之的冷淡。

宋清弥感觉，她和江野感受到的不是同一个世界。

她一向平静是因为自己的人生波澜不兴，早早就被安排好，而江野的人生足够精彩，仍未尽兴，但能用最平静的心态对待。

这份平静并不是放弃抵抗，而是兵来将挡水来土掩的松弛。

宋清弥不得不承认，自己很羡慕江野的游刃有余，忍不住偏头去看他，刚巧对上他那双浓黑如墨般深沉的眼睛。

“看什么呢？”江野歪头，手肘撑着桌面，食指在太阳穴上点了点。

偷看被发现，宋清弥有些底气不足：“看……看你有根白头发。”

江野“啧”了一声，没当真，也没戳破。

他反而朝宋清弥勾了勾手指，当真像男妖精似的，宋清弥鬼使神差地把脸凑近了点儿。

江野嘴角挂着浅淡的笑意，热息扑在她的耳边：“宋小幺儿，这么多年了，你怎么还记得我不喜欢吃肥牛卷？”

或许，他是在问，你是于时光之前，潜意识里就对我格外关注。

不是质问，也不是闲聊，是试探，带着不容忽视的掌控感。

宋清弥瞬间理解他话中的深意，猛然抬头，恰好对上他蛰伏一旁的视线。

夏日的白昼在西边消失，剩下的一点晚霞是紫红色，团在天边，像是一颗来自童年的棒棒糖。

江野那平静的眼神，似乎也从童年穿越过来。

带着记忆的痕迹，轻而易举地将她贯穿。

宋清弥不清楚自己是怎么了，只感觉心脏猛跳，乱糟糟的。

她慌乱地挪开眼睛，举起杯，猛灌一口饮料，但过于紧张，很快咽进喉咙，根本没有品尝到滋味。

江野还在看她，眼底的颜色晦暗不明，半晌，艰难地开口：“弥弥。”

宋清弥看着他。

“你喝的是我的……”江野默了默，判刑似的吐出一个字，“酒。”

“对……对不起。”宋清弥在凌乱中道歉。

江野表情僵硬了一下：“没关系。”

你倒是没关系。

喝醉酒的不是你，一会儿很有可能耍酒疯的不是你，可能会社死的人也不是你。

宋清弥知道自己酒量有多浅，生怕醉酒干什么蠢事，刚刚电光石火间升起的复杂情绪和氛围，此时都因为一杯酒消失殆尽。

宋清弥眼神四处搜寻垃圾桶，想催吐，手指伸进嘴巴，压着嗓子眼。

“干什么？”江野手疾眼快，大力攥住她的手腕，将她的手指抽出来，眼神跟夹杂了冬风似的，冷冰冰的。

宋清弥感觉他似乎有些燃烧起来的怒火，缩了缩脖子，嗫嚅道：“我……我酒量很浅。”

对面无言静默。

她继续补充：“一杯就倒，会耍酒疯。”

似乎等了那么一会儿，被江野握着的手腕处已经隐隐发烫，他才好整以暇地抬眉，漆黑的眸子似乎翻涌了某些情绪。

江野松开她，轻飘飘的语气融进风里：“没关系。

“反正也不是第一次了。”

宋清弥：原来你还记着这点事呢！

他顿了顿：“还乱亲人。”

宋清弥不自在地笑了两声：“呵呵，我有在控制了。”

“是吗？”江野重新给自己倒满啤酒，修长的两根手指捏着酒杯晃了晃，啤酒花在杯壁上爆炸。

“我怎么感觉你还挺想再醉一次的。”

宋清弥可不想让江野生出任何猫捉老鼠的戏弄感，咬了咬牙，转过头，按住他提着酒杯的手腕。

四目相对。

“怎么总是抓着这个问题不放，”宋清弥硬着头皮反问，“难道是你想让我再醉一次。

“然后对你做点什么？”

桌面上的孜然混合着软烂的肉香一起冲进鼻尖，大家的插科打诨声一浪高过一浪。

江野的眼神似乎跟宇宙和时间都没有关系，安静沉寂。

宋清弥看着他的双眼，忽然感觉手心下的那截肌肤分外发烫，心神慌乱了一瞬。

她匆忙抽开手，又给自己脸颊扇了扇风。

她真是喝醉了……

怎么敢什么话都对江野说，不要命了。

“来来来，真心话大冒险！”

周围的沸腾向他们扩散开来，蒋川扔过来几个骰子砸在桌面上，扰碎眼前的沉默。

江野笑不达眼底地勾了勾嘴角，没理会宋清弥，将骰子放进蛊里，大臂用力，摇了两下。

“谁先开。”

游戏时间正式开始。

宋清弥看着他，皱了皱眉头。

在两人仅有交集的那些年，江野几乎都在过着学校、篮球馆两点一线的生活，这种声色犬马的娱乐是什么时候学会的？

不过转念一想，她不也会这些嘛，成年人必备的社交技能罢了。

而且！

好奇他干什么。

跟自己有什么关系吗？

这么一想就想通了。

宋清弥屁股蹭着板凳往裴宁那边凑了凑，问：“学姐，你会不？”

裴宁低着头，很轻微地摇了摇头。

宋清弥捞过骰子，大手一挥：“那我教你！”

“游戏人数 +1 起叫，要不在点数上 +1，要不在骰子数上 +1，要是你感觉对方没有这些骰子，就可以开他。”

宋清弥的声音轻轻柔柔的，一缕头发散在脸颊上，她说话时嘴巴总会稍稍翘起来，很可爱，很好看。

裴宁对着这样美好的女孩，微微有些愣神。

“学姐，我讲清楚了吗？”见她不讲话，宋清弥抬手在她眼前晃了晃。

裴宁回神，羞赧地笑了一下：“听懂了，谢谢你。”

宋清弥：“小意思！”

说完，她又扭着凳子坐回原处。

裴宁拨弄着手里的骰子，本来皱巴巴的心像是被人拿着熨斗熨烫过。

刚上大学那会儿，参加社团活动聚餐，有人逼着裴宁摇骰子。

她不会，几个男男女女面面相觑一脸尴尬，裴宁不想因为自己扫了大家的兴致，连忙说自己可以不玩。

社团的“团结”要维持，那几个人为了裴宁一个人换了游戏项目。

她心里很感激，可去卫生间的时候，就听到那两个女生在洗漱台前补妆，自然而然地八卦：

“可真是个土包子，跟她一起真扫兴，什么都不会玩。”

“你看她穿的，家里应该挺穷的，听她班同学说她还在申请贫困生，家里有低保……”

丝丝缕缕的声音像刀子似的刺进耳朵。

裴宁知道自己的家境不好，也不想承担社团隔三岔五的聚餐费用，也就和大家越来越疏离。

久而久之，也没有人再喊她出去玩，她就又像在高中时那样孤零零的一个人了。

游戏开始。

规则就是三次真心话一次大冒险，如果真心话不想回答，自罚一杯，大冒险不想做，就自罚三杯。

宋清弥喜欢社交，虽然不会喝酒，但摇骰子上凭借自己的聪明才智还是挺有天赋的。

连续玩了一圈都没开到她，宋星宇不乐意了，单腿踩着凳子，叭叭道："怎么开不到宋小幺儿啊，大家开她，别让她太好过！"

杭晗日抻着脖子瞅两眼："宋小幺儿这是什么好运气。"

"开她，开她。"

宋清弥翻了个白眼："就不能是我脑子好吗？"

宋星宇斩钉截铁："不！可！能！"

"开开开！"宋清弥觉得得向便宜哥哥证明自己。

全场十六个人，宋星宇一开始就喊十六个一，一下子不能再喊一。

杭晗日他们纷纷配合宋星宇，按照人头喊点数，就是为了到宋清弥这里很离谱，百分之百能开她。

顺时针的顺序。

到了江野那里，大家都等待他出声，然后就能轮到宋清弥，然后开她。

"野哥，抓紧时间。"

江野盯着骰盅，修长有力的手指敲了敲桌面，在大家屏声静气的时候，平稳出声："四十个六。"

大家都沉默了。

"野哥你疯了？"

"你喝多了？"

"都没有一了上哪儿凑这么多六？"

宋清弥跳起来，兴奋地道："开！

"宋星宇，手别乱动，别作弊。

"杭晗日，你也快点儿！"

她害怕这群男生作弊，甚至走下桌子，挨个人监督，使用手机计算器计算六的个数。

"三十七个，不够，"算完，她满面通红，"嗖"地窜到江野面前，扬了扬下巴，像一只高傲的小孔雀，“你输了。”

不过开江野也挺有意思的，大家直接将重点放在江野身上。

“第一次输，真心话，宋小幺儿开的，宋小幺儿问。”

宋星宇敲了敲桌子，提醒道：“问点劲爆的。”

在大家热切的目光期盼中，宋清弥感觉自己下岗多年的红领巾此时越发鲜艳，大脑皮质受到刺激，晕乎乎有些兴奋。

她浅浅打了个嗝，继而开口：“你的内裤什么颜色？”

“你管这叫劲爆？”

“啥颜色我们住男生宿舍不随时就看了吗？”

杭晗日在起哄方面颇有一套，打断大家：“那不宋小幺儿看不到嘛，就不允许人家小姑娘好奇了？”

全场响起统一的起哄声。

宋清弥没理会大家的调侃，目光看向事件中心人物。

江野单手撑在桌面上，整个人身子舒展，挺阔的面料勾勒出健硕且肌肉起伏的身材，侧脸线条在昏暗的光线下越发清晰，喉结像隐匿在大雾里的小小山丘。

他仍旧是松弛的态度，抿了一口啤酒，抬头看着宋清弥，不轻不淡地回答：“黑色。”

分明是分外平静，但宋清弥还是被他语气里的揶揄搞得有些不自在，她耸着肩膀坐下，小声咕哝着：“谁想知道呀，喊。”

江野的耳朵灵得很，往她这边侧了侧身子，鼻息喷在她耳边：“不是你问的？”

…………

这点短暂的插曲很快过去，游戏继续，对于宋清弥的制裁也还在继续。

夜色暗了下来，几颗星星藏在藏蓝色的天幕里，冷清的月光照得树影幢幢，宋星宇家的阿姨跟爸爸过来给草坪上添了夜灯，派对氛围更浓。

游戏继续，江野又输了一次，大家又是一片哀号。

还是宋清弥问，又问了一个大家很关心，但是已经知道答案的问题：你有喜欢的人吗？

答案是有的。

宋清弥又被大家笑话了一阵。

酒劲儿来袭，她单手撑着脸，没有说话。

游戏又过了几轮，宋清弥已经不能思考，但好在没有输过。

游戏也轮到过裴宁两次，大家都是问些很基础的问题，不冒犯，比如有没有喜欢的人啊，上次恋爱是什么时候。

后来又轮到江野，杭晗日微醺，大着舌头问：“那你喜欢的人在哪儿呢？

在咱们学校不？能给打个电话不？”

江野语气淡淡：“已经三个问题了。”

宋星宇接话：“那你就告诉我是哪个大学的吧！”

他就不信自己打听不出来这个人是谁。

话音落下，大家瞪大眼睛，等着他回答。

宋清弥也很感兴趣，撑着脑袋看他。

江野拎起啤酒，给自己倒满，一饮而尽，在大家格外屏声静气的环境里，轻声回答：“咱们学校的。”

人群先是一阵静默，随即爆发出一阵震惊声：“我的天，那这近水楼台，不是马上就谈了？”

“就是啊，谁有野哥高中同学录，搞过来让我看看到底是谁在咱们学校。”

宋清弥感觉更醉了些，想闭眼，想逃跑。

她缓缓起身：“我有些醉，先去歇歇，你们玩。”

一旁的裴宁连忙站起来扶她，关切道：“我送你回家吧，大晚上一个女生不安全。”

宋清弥迟缓地摆了摆手，拒绝道：“没事，我先在宋星宇家歇一会儿。”

裴宁嘴巴嗫嚅，还想说什么，身后的宋星宇开口道：“裴宁，你让她自己去吧。”

宋清弥对宋星宇家当然很熟。

同一时间交付的别墅，房间布局都大体相似，她轻车熟路地坐电梯下到地下一楼。

地下一楼有影音厅，很昏暗，又很安静。

在电梯口遇到宋星宇家的保姆刘姨，刘姨“哎哟”了一声：“小幺儿又喝酒了？不是不能喝吗？等下我去厨房做碗醒酒汤端给你。”

宋清弥哼哼应着，一脚迈进影音室，随手播放一部电影，然后将自己埋在沙发上。

酒劲儿上头，宋清弥难受地哼唧一声。

厚重的大门被推开，照进来一束光。

宋清弥看过来，就见光芒中央，有一道颀长挺拔的身影。

“刘姨？”她含糊地问了一声。

身影越来越近，带着清冽的薄荷香，瓷碗和大理石桌面轻轻碰撞，发出清脆的声响。

“是我。”

宋清弥费力地将眼睛睁开：“奥特曼要打小怪兽？”

江野拍了拍她的脸：“真喝多了？”

宋清弥：“我没喝多，你不信我还能给你走两步。”

说着，她就挣扎着要起来，江野赶紧将她按住，有些无奈地说：“你还是先喝醒酒汤吧。”

宋清弥：“你还是还我肥牛卷金针菇吧。”

居然还能对话。

江野给她从沙发上拎起来，将醒酒汤举到她唇边：“肥牛卷金针菇还是我给你烤的呢，你怎么不知恩图报。”

宋清弥立马倒下。

可倒了一半，江野又给她扶了起来。

他打篮球，核心强，单臂将她撑起来毫不费力。

四目相对。

宋清弥惺忪的眼神微微眯着，有些松散地看着他。

“你喝了我的酒我也没怪你，”江野挑了挑眉，心情愉悦，“你看看是不是要知恩图报？”

话音落下，他再看宋清弥，虽然是坐着的，但双眼闭着，脸颊红扑扑的，好像睡着了。

江野叹了口气。

而宋清弥虽然人睡着了，但脑子还在动，江野的话翻译起来就是“巴拉巴拉巴拉巴巴拉巴，抱一下，巴拉巴拉巴拉”……

在江野准备给她脱鞋换个好的睡姿的时候，她忽然抬手揉了揉眼睛，语气有点不服气地咕哝了一声：“哦，抱就抱。”

“什么？”江野没明白。

下一刻，他的脊背陡然紧绷，腰身环上柔软的力量。

第六章

弥弥，这么多年，你都没有变

Shishui

xiaoluluanshuang

“抱……”

少女清浅的鼻息声穿透夏季轻薄的衣服面料，一点点打在肌肤上，声音在醉意的熏染下，越发轻柔软绵。

江野本身只是怔忪在原地，逐渐随着宋清弥的呼吸声而身体僵硬，脊背酥麻，举着醒酒汤的手腕泄了力气。

白瓷碗在空气里划出一道漂亮的弧线，然后悄无声息地摔在昂贵的地毯上，白色的汤汁在地毯上游走、浸润。

“知恩图‘抱’，现在就抱……”宋清弥脑袋蹭了蹭，咕哝一声，本来就很少的棱角和小任性全部被酒劲儿冲散，只剩下娇憨和柔软。

她头发乱蓬蓬的，不少发丝贴在脸颊上，黑发如黛，面若凝脂，配上红润的嘴唇，专属于女人的气息对冲掉一些少女感，莫名诱惑。

江野喉结动了动，不自觉似的抬起手，又于半空中顿住，手指渐渐蜷缩起来，又无声落下。

他不动，只轻声说：“你喝醉了。”

宋清弥明为反驳，实则现身说法：“我没醉。”

江野："知恩图报的报和拥抱的抱，怎么能一样？"

宋清弥用脸在他身上蹭了蹭："通假字。"

江野："我还不至于没文化到这个程度。"

宋清弥好像清醒了几分，抬起如水似的双眼，看清面前的人，深知这人文化水平有一些，不太好糊弄。

她装模作样地打了个嗝，闭嘴，不说话。

江野哪里肯放过她，反而兴致高了起来，轻咳两声："差不多行了。"

"抱多久了，还真想占哥哥便宜？"宋清弥这才反应过来自己还抱着他，讪讪地松了手。

江野居然有暗暗的失落，皱着眉头说道："喝醉就乱抱人，什么本事。"

"谁说的？"宋清弥最讨厌被人刺激，干脆地反驳，"我还会亲人呢。"

在暗处，江野勾了勾眉毛："嗯？"

"就这样！"以为他不信，宋清弥便要证明自己。

她单手撑着沙发，上半身往他面前凑了凑，抬起食指勾了勾。

江野："干吗？"

宋清弥："我给你演示一下。"

江野揽住她的腰，防止她从沙发上摔下去，同时也拉开两人之间的距离。

"在外面少喝酒，"他的声音有些沙哑，"也别乱亲别人。"

宋清弥头脑晕乎乎的，慢吞吞地问："你也是外人吗？"

投屏正在播放的是老电影《泰坦尼克号》，Jack 和 Rose 正在夕阳余晖中，对着浩荡的海面相拥。

投屏的光线打在他纹丝不动的身体上，令他的轮廓看着有些寂寥，眼里似乎也有复杂的光芒闪烁。

像是一座山。

沉默的山，在悄无声息地哗然。

那是宋清弥看不懂的情绪。

混沌中，又亲又疏，又近又远。

"我不是。"江野放在她腰间的手掌似乎蜷缩起来，垂着的双眸里有着看不清的情绪。

"但是，也不可以乱亲。"他轻轻地说。

宋清弥吸了吸鼻子。

江野拍了拍她的头："你醉了，睡吧。"

喝醉的宋清弥不仅会耍酒疯乱亲人，很多时候也像是洋娃娃，安静听话。

"好。"她点了点头，往后一仰，直直地躺回沙发上。

"睡着了？"他故意问。

宋清弥："嗯，睡了。"

江野笑了一声：“先别睡，容易感冒。”

“江野，干吗呢？”影音厅的门被宋星宇推开。

江野回答：“给宋清弥送醒酒汤。”

“她喝了？”

“打翻了。”

一串脚步声响起，宋星宇走过来，打量了宋清弥一会儿，“嘿”了一声：“这点酒量还是一如既往啊。”

有了当年的事情在前，宋家对宋清弥的酒量是相当有信心，换句话说谁也没希望她这辈子能喝明白一杯酒。

“甭理她，叫她睡，”宋星宇说，“外面大家还等着你呢。”说着就要走，见江野纹丝不动，又顿下脚步回头，纳罕地看他。

江野指了指空调出风口：“有点冷，给她盖条毛毯。”

宋清弥只听到宋星宇“啧”了一声：“你还挺细心。”

可能是喝了点酒，宋星宇话有些密：“我记得小时候宋小幺儿就更喜欢你些，说你对她好。”

倒是江野耸了耸肩膀，对这个观点不置可否：“我怎么记得她小时候挺讨厌我来着。”

“也是。”宋星宇说，“我妹被叔叔婶婶骄纵坏了，那个狗脾气，路边路过一只狗只要没对她摇尾巴她都得上去踹狗一脚。”

江野沉吟片刻，对宋星宇的观点表示赞同：“对咱俩就是不喜欢和更不喜欢的区别。”

宋星宇点头：“就别五十步笑百步了。”说完，还咂摸了下这个词，自夸道，“哇，我这么有文化？”

江野的语气有些催促：“快点儿拿毛毯去吧你。”

“哦。”

宋星宇嘟囔着翻箱倒柜找出一条毛毯拿了过来。

江野把毛毯摊开铺在宋清弥身上，那动作很细心、很柔和，薄荷香气随着他的动作越发浓郁。

昏昏欲睡的宋清弥在清醒与真醉的边缘摇摇晃晃，时而清醒，时而迷茫。

就在半睡半醒间，有一道声音如春日的第一道雷雨般清晰可辨、不容忽视。

“弥弥，”江野的声音很低，将她小名唤得很好听，他又默了默，不疾不徐述说一个古老故事一般，缓缓道，“这么多年，你没有变。”

“嗒”的一声，投屏的光芒熄灭，空气骤然安静，只有衣料摩擦声和脚步声交错响起。

这么多年。

像是少女漫里主角打开回到过去的魔法咒语，穿越过无尽黑暗，前尘往事一幕幕在脑海里浮现。

影音厅的大门被稳稳合上。

宋清弥翻了个身，在酒精的催促下，做了一个完整的梦。

梦里，是一段陈年的记忆。

在青春的过程里，总觉得自己所有的经历平庸、简单，是一本和别人差不多的书。

直到远离青春许久，许多关于青春的真相才能浮现。

关于学长的那件事，周一开学，学长果然不再理宋清弥。

宋清弥心里闷闷的，隐隐感觉不只是因为学长，但她想不明白还为什么。

她一向是个不求甚解的人，想不明白就不想了。

放学之后，宋清弥看到江野家的大门，内心的怒火就跟小炮仗似的被点燃。

她翻过宋、江两家别墅的院墙，平稳地落在江野家。

在江野十五岁那年，由于江宏涛执意送江野出国打球，江野妈妈龙怀婷和他爸爸离婚带着弟弟江照离开了江家。

别墅的草坪已经很久没有人打理，院里略显荒凉。

“江野！”宋清弥用尽声音去喊江野。

江野出门的时候，只穿着白色背心、短裤、拖鞋，乌黑的发丝有些凌乱，刘海不服帖地搭在额头上，一副睡眼惺忪的样子。

她莫名其妙被人断崖式断联，而他这个罪魁祸首居然能在这里安安稳稳睡大觉？

宋清弥气急败坏，蹲下来抠着枯山水的石头，去砸江野。

她只是随便扔的，为了发泄，有些小石头落在江野脚边，有些落在他的身上。

“你凭什么管我？”宋清弥眼眶红红像只兔子，“我碍着你什么事儿了！”

江野站在那里，任凭石子落在身上，半晌，沙哑地开口：“我是你哥。”

宋清弥感觉江野特搞笑、特双标。

小时候揍她的时候不说他是哥哥，一声不吭就出国的时候不说自己是哥哥，现在管她了开始摆哥哥的架子。

“呸！”她气极反笑，“你算我哪门子哥哥？我有宋星宇当哥哥，才不缺你一个。”

说完，她又扔了一把石子，天女散花一般砸在他的肩膀、腹部、小腿上。

简直像孩子般无理取闹。

江野突然笑了——微微牵起一侧嘴角，面皮上露出一点笑模样，实际上并没什么内容。

他笑得很淡很淡，几乎要和落日融合在一起。

也就那么一瞬间，他身上有着宋清弥看不懂的情绪，她莫名没那么气了，站起身，倔强地抿了抿嘴。

她看着他的眼睛，极尽认真地道："江野，我最讨厌你了。"

最后一颗石子被她随手一抛，砸在了江野的额角。

鲜血像小蛇一般在他脸颊上欢脱游弋。

宋清弥倒吸一口气，愣在原地。

而江野只用拇指抹了下额角，红色的血在眉毛上方划出一道痕迹。

"你没事吧……"宋清弥后悔了，她可以耍脾气，但绝对不可以伤人，"对不起，我不是故意的，不……不好意思……"

江野不等她把话说完，就步步紧逼，直到墙角，将她按在墙上。

"他有那么重要吗？"江野突然暴躁起来，语气很差，眼神很凶。

宋清弥的肩膀被他握疼了，但还是犟："他就是很重要！他喜欢流川枫，会打篮球，会买周边！跟他一起玩我很开心。"

江野的眼神逐渐黯淡下来，他松开她，往后退了两步，夕阳照在他脸上，竟然也没令他生出几分温暖。

"你们不适合当朋友，"江野的声音很低，语速也很缓慢，"他也没想和你当朋友。"

那时候的宋清弥还太小，根本不明白这句话。

可她害怕了。

她看着江野的额角血流不止，一点点划过眉毛，粘在又黑又长的睫毛上。

"江野哥哥……"宋清弥嗫嚅着张口，到底是什么也没说。

关于青春、关于江野的很多细节，宋清弥已经记不太清。

但这一天，江野额头上的血迹，锋利如一把自戕刀子的眉毛，还有他干燥的气息，像是拿印章盖在她的脑海里，会褪色，但一直有痕迹。

她想逃避、想掩盖，就越发欲盖弥彰。

耳边隐约有游戏声传来，猫主子在床上蹦迪。

宋清弥睁开眼睛，就陷入大片的天光里，小猫感觉到她的苏醒，身手敏捷地从床上跳到床头柜，端坐上面打量着她。

宋清弥看了看周围的环境，确定自己是在家里，又效仿看过的偶像剧，掀开被子检查一下，身上的衣服完好无损，才长长出了一口气。

小猫朝她叫了一声。

宋清弥还在梦里没回过神来，小声嘟囔道："不想起。"

游戏厮杀声由远及近，房间门被一脚踢开，宋星宇手捧游戏机，恶霸似的靠着房门，喊道："宋小幺儿，太阳都晒屁股了你还不起来。"

昨天一整晚都在做梦，感觉自己虽然身体睡了，但大脑还没休息过来，宋清弥睁着惺忪的眼睛看了宋星宇两眼，被子一盖，人又躺回床上去。

猫主子不满意地“嗷呜”一声，往她身上一跳。

五脏六腑错位一般，宋清弥揉着胃，痛苦地哀号一声。

宋星宇沉默了一下，捂着肚子“哈哈”大笑。

宋清弥不满意地眯了眯眼睛，将小猫抱进怀里，坐起来质问道：“大早上的你怎么在我家？”

宋星宇：“不然你以为你怎么回来的？”

宋清弥一愣：“你送我回来的？”

兄妹二人从小长在一起，两人在对方眼里就是一块肉，即便男女有别，但清晨刚睡醒的环境里还是不在意的。

宋星宇大剌剌地走进房间，在床对面的沙发上坐下：“不然呢？”

宋清弥说：“我在你家影音厅睡得好好的，你没事儿挪我干吗？”

“还成我的毛病了？”宋星宇从游戏里抬头，看着面前这个事儿精，“要不是江野说影音厅冷气太足担心你感冒，我才懒得理你。”

江野。

这个名字敲在心头，被搁置的问题又重回心头，宋清弥太阳穴跳了跳，询问道：“他是用什么语气说这种话的？”

宋星宇不假思索地回答：“三分冷漠、三分凉薄，还有四分漫不经心。”

宋清弥：“你能不能多打篮球少上网。”

宋清弥正色：“我认真问的。”

宋星宇认真地回答：“就普普通通的语气呗。”

宋清弥沉默。

“怎么？”宋星宇放下游戏看她，“你有点失望？”

某些方面来讲，她现在迫切地希望江野能通过言行举止透露出他的情绪，普普通通毫无变化就是毫无破绽的意思，确实令她失望。

脑袋里灵光一闪，宋清弥眼睛都跟着亮了起来：“小哥，昨天我去睡觉后，你们还玩游戏了吗？”

宋星宇理解不了少女跳脱的思维，回答：“玩了呀。”

“那你们真心话还问了什么？”

“什么都问了，”宋星宇嗤之以鼻，“就是江野这货后来压根儿没输过。”

摇骰子，是运气游戏，也是比试心态，但也蕴含着一些简单的计算问题。

这些运动员从小都是在体育竞技的氛围里成长，并不愿意在这些方面动脑，江野想赢他们确实很简单。

说到这里，宋星宇忽然想到正事：“哦，对了，你还记得江野说自己喜欢的人在平大吗？”

宋清弥迟缓地点了点头。

宋星宇：“我怎么感觉这个答案很快就要浮出水面了，高中校友，大学是平大，肯定能找到啊！”

宋清弥无奈地说：“你知道我们学校同年级有多少人上了平大吗？”

平大是省内最好的大学，每年在省内招生人数不少，实验高中是平江最好的高中，自然有不少同学都来了这个学校。

宋星宇又仔细回想了下，江野那时候就不太喜欢理人，所以要真说跟哪些女生扯上关系，还是班级里的人更有可能一些。

“我还是先看看班里谁上了平大吧。”他说。

宋清弥看他一脸严肃的表情，心里有点不是滋味，坐回床上抱着膝盖，不情不愿地问：“你干吗总关心江野的私事？”

宋星宇感觉今天的妹妹十分奇怪，她平时喜欢看看聊聊八卦，曾经也帮好朋友在互联网上当大侦探，用蛛丝马迹找到证据抓获好友男友出轨。

怎么这会儿就对江野的事情表现得没有任何兴趣，并且还一副不太愿意让他去管的样子。

宋星宇默了默：“你酒还没醒？”

宋清弥：“不懂你为什么这么问。”

“江野的八卦你也没兴趣？”宋星宇皱眉，“你真的很奇怪。”

宋清弥避开宋星宇的眼神：“他关我什么事？”

“但跟哥哥有关，”宋星宇强行给她拉起来，强迫她去思考，“你们文化生毕业之后是怎么知道大家去向的？”

宋清弥努努嘴，心不在焉地说：“打听呗。”

这让宋星宇去哪里打听？

他毕业之后跟班里的同学几乎没什么联系了。

宋星宇抓了抓脑袋，继续问：“一个一个打听也太麻烦了，你们就没统计个什么名单之类的……”

声音越说越小，越说越小，宋星宇恍然大悟似的一拍脑袋：“我们还真有。”

宋星宇对这个名单记忆很深刻，原因是，当年高考结束后，他老爸给他换了一个当季最新的十分昂贵的游戏本儿。

他简直爱不释手，每天打游戏到昏天黑地，直到有一天，他游戏结束后切出页面，看到班主任在班级群里发送了一个毕业生去向的文件。

虽然班里的同学他还没认全，但八卦还是要八卦的。

宋星宇点开文件，再然后……

电脑直接进病毒了。

重新做系统之后，因为这个文件保存在WPS的云端，就一直还在，宋星宇也就一直留着了。

“好妹妹，”宋星宇站起来，欣慰地拍了拍宋清弥的肩膀，“把你电脑给我用用。”

宋清弥不想他查，顾左右而言他：“你确定真的能找到吗？”

“肯定的啊！”宋星宇激动地说。

“你回家用自己的电脑呗，我电脑里都是学习资料，怕你给我误删。”

“哎哟喂，我是体育生又不是傻子！”

看她磨磨蹭蹭的，宋星宇不问自取，捞起桌上的平板电脑，开机登录自己的 WPS 账号。

宋清弥努努嘴，语气很差：“你着急什么，又不差这一时半刻，不知道的还以为是给自己找对象呢。”

“兄弟的幸福也很重要。”宋星宇说得冠冕堂皇。

账号登录成功，云端同步完毕，宋星宇直接把光标滑到最低端，翻出那个 1× 届 3 年 15 班毕业生去向表。

宋星宇按照“平江大学”搜索，点击 Enter，映入眼帘的是个熟悉的名字。

他“啧”了一声。

宋清弥心头一跳：“找……找到了？”

宋星宇颔首，又摸了摸宋清弥的头：“帮哥哥一个忙，撺掇一下他俩。”

“谁？”宋清弥感觉都听不到自己的声音了。

宋星宇：“裴宁。”

宋清弥稍有诧异地抿了抿嘴，平日里最爱晃荡的两条又细又长的美腿，此时像没有生机的蝴蝶，安分地搭在床沿。

她拿过电脑，将表格里关键字从“平江大学”缩减成“平大”重新搜索一次。

屏幕上仍旧有且只有一个名字，刺目且显眼。

她的手指漫无目的地敲了敲触摸板，半晌，轻轻叹息一声，将电脑推开。

“就她一个人，不用再看了，”宋星宇说，“高中喜欢的，在平大，很有可能就是裴宁了。”

“万一不是你们班的呢？”宋清弥又问。

宋星宇被噎了一下，回答道：“咱们用排除法，就当这个人是我们班的。”

宋清弥：“可你这个推断也太没有依据了。”

宋星宇沉默片刻：“他俩高中还真有交集。”

他把电脑搁在茶几上，灌了两口牛奶润了润嗓子：“其实你知道，虽然我和阿野都是体育生，但我纯纯是文化课混子，几乎都不太回班里上课，但江野不一样，他训练外的时间都在教室里学习，理论上来讲，他虽然没在高中待上三年，但跟同学的接触比我多。”

宋清弥点头，表示明白。

“我注意到裴宁是因为我总不去上课嘛，一回来桌面上就堆了一堆卷子，我不爱看，就直接卷起来扔垃圾桶。”宋星宇难得语气安静，似乎也陷进那段记忆里，“后来学校检查教室卫生，班主任嫌我们体育生的桌子上不干净，就找同学帮忙整理卷子收好放进桌肚里，我的卷子就是裴宁帮忙整理的。”

“谁想听你跟裴宁的同学史啊，”宋清弥有些不耐烦，“讲重点！”

宋星宇到嘴边的话硬生生地噎了下去，两米来高的壮汉跟小媳妇似的委屈，深深叹了口气，开始把话题引到重点。

因为帮忙收拾卷子的关系，宋星宇和裴宁有了一些接触。

在跟全班同学都不熟悉只熟悉裴宁的情况下，裴宁自然成了宋星宇在班级里理所当然会注意到的那个人。

有一次，他回班，看到教室里乌泱泱乱糟糟的。

前排倒了几个桌子，垃圾袋破开一个口子，不少写过的卷子和零食袋漏在地上，水房打水用的白色水桶倒在了一旁。

一片狼藉的景象。

作为一个从小不学无术的少年，宋星宇几乎一瞬间就反应过来，是有人打架了。

全市最好的高中的重点班居然还有人打架？

抱着看乐子的心态，宋星宇挤进前排观看。然后，他震惊到下巴掉在地上。

正跟人打架的是江野。

其实也不是跟人打架，是江野单方面碾压。

江野打篮球，个子高，身体素质也好，一身肌肉，十五六岁的小男生根本不是他对手。

江野几乎是不费吹灰之力地拎着一个男生的衣领。

那个男生也不服气，毕竟青春期，都冲动，都有狠劲儿，学不会人在屋檐下不得不低头。

“跟你有什么关系？我的事你掺和个屁！”男生梗着脖子跟江野对着干。

江野不屑地冷笑一声，攥着对方衣领的手更加用力，男生的脸逐渐涨成猪肝色。

“不想管你的屁事，”江野眼皮都不抬一下，一副完全没把人放在眼里的态度，冷声放话，“但你欺负女生，我看着犯恶心。”

“我欺负她什么了？”男生仍然不服气，“她妈就是一个臭摆摊的，天天推着车站在学校大门口，上下学大家都能看到，我就说了怎么了！”

江野根本懒得跟他争论，只歪了歪头，压迫感层层袭来：“道歉。”

“凭什么？”男生不服气。

男生的好兄弟围在人群最前面，面面相觑，没有一个人敢上前。

而正处于事件中心的女主人公，则被人挤在人潮外围。

裴宁穿着并没有修改过的宽大校服，头埋得很低很低，宋星宇看了她好几眼，都没看清她脸上的情绪。

顾不上猜测女生的想法，宋星宇赶紧站到人前，对那个男生说：“你爸也就是一个卖海鲜发家的，职业不分高低贵贱，人家妈妈摆摊不是一件好事嘛，没有那些摆摊的，我们放学吃什么？”

“你……”

只是这句话还没说完，从监控里得知班级乱象的班主任和教导主任姗姗来迟，门神似的站在门口，点兵点将一般，手指头一动，将那个男生、江野、裴宁，还有在拉架的宋星宇都叫到了办公室。

那天的最后，他们被喊了家长，班主任和稀泥，还让每人写一份检讨。

宋星宇委屈死了，自己本来就看个乐子，顺便拉架，居然也被当成参与者，他把写检讨的任务推给裴宁。

而江野……

在宋星宇的记忆里，不出意外，直到江野去美国打球，都没有把那份检讨交上去。

江野认定自己没错，那就没有人可以用任何方式逼他认错。

表面功夫也不行。

从回忆里抽身，宋星宇感慨道：“其实江野不是一个冲动的性格，不知道你有没有感觉，他其实挺冷漠的……”

所以，给一个素昧平生的女同学出头，简直是石破天惊的大事。

再加上前一晚摇骰子真心话大冒险，江野一反常态的反应，宋星宇有理由相信，江野似乎、有可能、大概……是暗恋裴宁的。

“那他为什么不说呢？”宋清弥感觉自己胸口闷闷的，仍旧不愿相信。

宋星宇叹了一口气：“你说呢？”

宋清弥跟他的眼神在空气里交汇一下，心领神会，也跟着唉声叹气。

江野的家庭环境实在是算不上好。

父母本是少年相识，恩爱夫妻，却为了前途各奔东西，在分开之前也不体面。

从小在这样的家庭环境里成长，江野一定会对感情这件事比较警惕，甚至畏首畏尾吧。

此时，小时候被江野揍过的委屈似乎全消失了，宋清弥忽然对江野起了怜爱之心。

他应该是一个挺孤单的人吧……

宋清弥心里莫名泛起一阵柔软，眼神落在电脑屏幕上的那个名字。

“所以，”宋星宇顿了顿，凑到宋清弥面前，用很严肃的语气说，“为了江野的幸福，我觉得你有必要帮忙撺掇他俩。”

宋清弥想也没想地拒绝：“为什么是我？你愿意去你去。”

“我倒也想，但这不马上就开学了，我得回去上课了。”宋星宇说。

宋清弥不听：“可是我和江野关系又不好，人家也未必愿意我管这些事。”

说来说去，都是推托。

“你真的不管？”宋星宇看她和自己不是一条心，咬咬牙威胁道，“我怎么想起来去年你用班级排名冒充专业排名骗叔叔来着。

“还有你打碎了家里一个琉璃花瓶，你骗叔叔说是你家猫弄坏的。

“哦，对了，我再提醒江野，别忘了问你要歼 -11 模型。”

“停！”宋清弥闭上眼睛，欲哭无泪，“我帮你还不行吗？”

威胁有效，宋星宇勾了勾嘴角：“这才是我的好妹妹。

“你搞来裴宁的微信，然后尽量先让江野和她加上联系方式，再给他俩安排两场约会……”

“撮合”江野和裴宁，宋清弥没那个心思，也不想干。

她随便找人打听了下裴宁的联系方式，想着没要到就算了，敷衍地跟宋星宇交了差。

宋星宇倒是没多说什么，只是提醒她要她上上心。

令她意外的是，裴宁主动来加了她微信。

两人礼貌地打过招呼后，裴宁说：学妹你好，之前我对江野的采访被社里打回来了，主编的意思是让我深挖一下，但我这里联系不到江野，你能帮我约一下吗？

宋清弥放下手机，当没看到。

等到了晚上，她准备睡觉时，又点开对话框，裴宁大概也清楚她不回答就是拒绝，所以便没再发来消息。

宋清弥内心挣扎了一会儿，一狠心，把江野的微信推过去：抱歉，我才看到消息，这个就是江野，你们忙。

裴宁很快回复她：谢谢你。

宋清弥按灭手机，将被子蒙在脸上，长出一口气。

忽地，手机“叮咚”一响。

江野：[? .jpg]

宋清弥盯着屏幕上的问号，感觉体内瞬间有一股无明业火从指甲盖燃烧到大脑。

她深呼吸两次，平静地回复：[? .jpg]

江野：不要随便把我的联系方式给别人。

他在美国那会儿，就有人通过他参加集训时的朋友要来他的联系方式，都是一些体育公司的工作人员，想跟他签经纪约。

还有一些品牌方，通过私人方式得到他的微信后，请他做推广……都是以朋友推荐之名叨扰私人微信，江野不胜其烦。

然而宋清弥不知道这些，她只知道江野得到了暗恋女生的联系方式还在找碴。

她指尖狠狠地戳在屏幕上：好的呢，我注意，下次有人问我要你的微信，我先给你打个报告，抄送到校体育部一份。

江野：[省略号.jpg]

宋清弥：篮协用不？

江野发了一个阴阳怪气的系统自带黄豆笑脸：又阴阳怪气上了。

宋清弥：哪敢呢。

江野：你什么不敢？

…………

对话逐渐发展成没有任何意义的小学鸡斗嘴，在她第N次夹枪带棒地回击后，以江野不再回消息为信号，宣布这场战役鸣金息鼓。

宋清弥冷静下来也觉得自己这阵无名业火没个来头，显得自己好小家子气，认真解释了一通：这人是裴宁，上次的采访有地方不合格，想要对你再进行一次深入采访。

很快，聊天框上方从备注变成“对方正在输入”。

手机屏幕上跳出一行字，宋清弥差点儿气得吐血。

江野：那你不早说。

还怪她？

很快就到了平江大学开学的日子。

篮球队继续集训，学校单独安排球员的学籍注册时间，但宋清弥不享受这种便利，只能跟着其他学生一起回学校，进行学籍注册。

离开活动中心那天，宋清弥喊来了家里的司机，将宿舍里所有的东西一次性打包好，装进后备厢。

她毫不留恋地坐进副驾驶座，头也不回地走了。

恩师卢鸣教授发来微信，语气很好地询问：弥弥啊，CUBA一级联赛也很快就要开始了，咱们学校还有一个实习队医的名额，为师要不就留给你？

宋清弥心情不佳：再说吧！

学校的篮球馆已经装修完毕，集训的篮球运动员回来后，在这里开始新的训练。

这个赛季的CUBA联赛预计九月中旬开始。

关于篮球的消息总是被迫塞进耳朵，宋清弥脑子里就四个字：关我屁事。

这么想着，室友孟佳佳用手肘捽了捽她，宋清弥大梦初醒，眨了眨明亮黝黑的眼睛："怎么了？"

郑时雨无奈地叹息："宋姐，你看一眼工作群，老卢让你把论文打印好送到北区篮球馆。"

下午最后一节课，宋清弥满脑子都在猜测晚上食堂会不会有锅包肉，上周三倒是有锅包肉，但却是用鸡肉充当的猪里脊，她已经向学生服务中心和校长窗口投诉这种以次充好的行为了。

希望今天的食堂可以改正。

思绪很艰难地从锅包肉转移到工作群上，宋清弥瘪了瘪嘴："为什么是我？"

郑时雨笑了一声："就跑个腿，我们本科生不就干这个的嘛。"

室友孟佳佳一边看着教材，一边冷漠地补充："研究生了也得干。"

宋清弥欲哭无泪。

郑时雨安慰她："这几天卢教授在跟运动员的训练，等到晚上七点钟左右，外面凉快了，你扫辆单车，没几分钟也就送到了。"

不是凉快不凉快的事情，宋清弥只想早点跟CUBA运动员跟江野脱离关系，一百个不想去，朝郑时雨眨着无辜的大眼睛卖萌。

郑时雨的表情看上去很快就要答应了，顾诗云恰好路过，翻了个白眼："大小姐就是矫情。"

宋清弥咬牙："去就去！送个文件而已，记得让老卢报销打印费。"

宿舍没有电梯，宋清弥懒得上楼再下楼，在食堂吃过晚饭，就踩着自行车去了新的篮球馆。

不愧是翻新扩建的场馆，冷气很足，地板都是用的国外进口材料，还效仿了国内CBA的风格，把球衣和球员画像挂在了墙上。

江野的画像并没有挂在最中间的位置，但宋清弥还是一进门就看到了他的画像。

漆黑的、耷拉在眉毛上的头发，配上一双锋利但淡漠的眼睛，因为挂得很高，不可避免地有些俯视角度。

被这样的目光盯着，宋清弥有种被看穿秘密的尴尬，加之冷气一吹，她浑身起了鸡皮疙瘩。

"宋小幺儿？"准备进行晚训的运动员一起姗姗来迟，杭晗日打头，亲昵地拍了拍她的肩膀，语气里有几分迟疑。

宋清弥回头看他，透过余光，看到江野趿拉着拖鞋戴着耳机，上手插在上衣口袋里，迈着长腿踱天踱地地走了过来。

她收回目光，举起手里的论文晃了下："我给卢教授送论文。"

卢教授老了，不喜欢看电子文档，学生的论文为了方便还能勉强看看文档，自己的研究，那就是能勉强学生就勉强学生、能麻烦学生就麻烦学生打印并运送纸质版。

“哦，”杭晗日对卢教授那些研究并不关心，毕竟都是些还无法实现的理论研究，他更喜欢八卦，“我还以为你在看江野呢。”

宋清弥沉默了。

队长蒋川一向沉稳，不喜欢拿队员的私生活说事，很罕见地接话：“我走进来看到有姑娘看江野的画像，还以为阿野又多了一个追求者呢。”

宋清弥觉得，好像不承认没在看是不行了。

“我确实在看呀，”想到那天他在微信上凶自己，宋清弥夹带私货并且破罐子破摔，“咱们这个篮球馆在风水上是有什么讲究吗？”

杭晗日：“何出此言呢，宋小幺儿？”

“是不是场馆位置不好怕冲到什么东西要辟邪。”

宋清弥用下巴指了指江野的画像，狠狠道：“否则为什么要挂这么个臭脸怪上去？”

大家面面相觑，谁都没有接话。

宋清弥的声音没有半分收敛。

江野耳机里的音乐恰好停下，一字不落地将这段话听进耳朵。

在众人沉默的间隙，他相当有存在感地“啧”了一声。

宋清弥看过去，就对上他那双冷漠又锋利的眼睛，眼尾轻轻勾着，有几分玩味的味道。

四目相对，江野不恋战，平静地收回目光，从口袋里拿出手机，将手机音乐暂停，然后点进微信，找到对话框，发送消息。

“叮咚”一声，宋清弥手机一响。

江野单肩背着大大的运动包走去篮球架下，路过她的时候打了个清脆的响指：“看微信。”

宋清弥疑惑地点进微信，最上方赫然是江野发来的消息。

明明都在一个场馆里，有什么话不能说，她腹诽着，点开对话框。

江野发来的是一张照片，准确来说，是他们两人的合照。

上次裴宁代表电视台来采访，为了新闻素材拍摄了很多照片，但最后新闻稿发出来的照片几乎都是运动员的高光时刻。

宋清弥唯一一张出镜的照片还是像个小迷妹似的，在江野进球之后，在观众席上拍手狂欢。

作为一个实习队医，她的存在和作为完全没有被新闻稿表现出来。

宋清弥还跟裴宁吐槽来着，裴宁很抱歉地说：“主编说你在工作时的照片不太符合整个稿子的基调。”

她认认真真地学习工作，怎么就不符合体育新闻调性了？

宋清弥在心里骂了主编很多遍。

而江野发来的照片，恰好就是正在工作的宋清弥：

球员席位上，中场休息，江野正在喝粉色的充糖饮料，汗珠和水珠一起顺着他如小山般凸起的喉结滚滚而下。

宋清弥正半跪在他面前，趁中场休息的时间用冰块给他膝盖进行冰敷。

平江活动中心篮球馆的灯光恰逢其时地照在两人头顶，在两人身上落下一层很浅很淡的光辉，也不知道是不是进行了后期处理，总之照片上的两个人跟整个球馆都呈现出两种氛围。

——像偶像剧。

着实不太符合体育竞技充满紧张刺激的基调。

宋清弥感觉脸上一热，抬手把本来已经拉下去的防晒口罩重新戴好，走到江野跟前，问道："你这是什么意思？"

正在给自己绑腿的江野淡淡地抬头看她，语气波澜不兴："你不是有个朋友想要我的照片吗？"

宋清弥：这个时候怎么说起这件事了。

江野："这次就不麻烦你偷拍了。"

想到上次偷拍但不小心打开了闪光，宋清弥银牙咬碎："那我替我朋友谢谢你，感谢你八辈祖宗。"

最后一条肌贴沿着大腿肌肉纹理贴好，江野站起身，高大的身躯给宋清弥莫名的压迫感。

"也不用这么客气，"他稍稍抬了抬眉，"记得让你朋友把照片打印出来，贴在墙上。"

宋清弥就觉得这人没憋什么好话。

"毕竟，"江野顿了顿，弯腰从地板上拾起一个篮球，在右手指尖转了两圈，"辟邪。"

宋清弥默默往后退一步："何止呢，二食堂兰州拉面家的小孩儿天天总哭，我把你照片贴他家窗口。"

江野用眼神示意她说下去。

"小孩儿立马不哭了，"宋清弥大胆诋毁，"还以为妈妈说的熊瞎子真来抓人了。"

…………

两人在这里有一搭没一搭地吵架，卢鸣教授抱着保温杯从大门缓缓进来。

卢鸣教授环视球场一圈，夸张地"哟"了一声："小宋来了？换了裙子都认不出了。"

经过卢鸣的提醒，本来心大的运动员终于又把目光放在了宋清弥身上。

之前跟着球队训练，宋清弥的穿着都是以舒适实用为主，一直都在穿宽松的 T 恤和长裤，而如今回到学校上课，穿衣风格就更学生风一点。

上面是白色衬衫，下面是蓝白相间的短裙，露出一双笔直但骨肉亭匀的长腿，肤色很白，像羊脂玉。

众人在跟宋清弥一整个暑假的接触中，多少有点模糊性别，就差称兄道弟了，见到宋清弥此番模样，都有一种如坠仙境的不真实感。

杭晗日从不吝啬夸奖，语气坦坦荡荡：“原来没仔细看，宋小幺儿居然这么漂亮。”

大家都很坦荡地送上夸赞：“是啊，原来都没注意。”

“你多高啊？”

“啊？一米七腿都能这么长？”

…………

众人称赞里，只有江野默默挪开目光，把那颗用于训练的篮球放在手里转了转。

闭眼，投篮。

篮球砸在篮板上，又在篮圈上转了两圈，最后稳稳进球。

宋清弥注意到他根本不再看自己，也没了被夸赞的开心，随便客套客套，应付大家几句。

“老师，论文我打印好了，您先忙。”她把论文递给卢鸣。

卢鸣也不着急，接过论文就放在了桌子上，“咕噜咕噜”喝了口保温杯里的温水，小声问：“宋清弥，你总盯着江野干吗？”

宋清弥撒了个小谎：“我看他挺不合群的，这种人打篮球，不会被团队孤立吗？”

前半部分是随口胡诌，后半部分是她故意加的。

因为她知道，江野在球队里蛮有话语权的，主要还是因为技术很强。

卢鸣教授却笑了笑，语气里有熟稔的关系和失落，格外认真地回答她：“阿野不是不合群，他啊，从小就一个人，习惯了。”

宋清弥不解：“这也能习惯吗？”

卢鸣：“那当然，习惯孤独的人很难适应热闹。”

晚上八点过后，夜色渐深。

平江大学基础设施很好，平坦宽阔的校园马路两侧，高大繁茂的银杏树叶摇曳，太阳能路灯将主路段照得亮若白昼。

宋清弥站起来用力蹬单车，吹着校园里呼啸的夏季晚风，自由畅快。

路边偶尔有姿态各异的学生路过，没有人在乎一个女大学生在校园内、在夜晚，合情合理地宣泄。

晚风簌簌吹过，宋清弥的脑海里闪过很多很多从前的事。

那些关于江野的记忆似乎都被卷成了纸飞机，被她从很多年前发射，如今又飞回她身边。

不同时代的篮球运动员都有自己不同的偶像。

90 后的偶像多半是乔丹，95 后的偶像则多半是科比。

江野也不例外。

2012 年，科比中国行到了平江站。

龙怀婷不允许江野去看，江野不想爸爸妈妈因为自己的问题吵架，于是拜托宋清弥家的司机赵叔帮忙买票，他甚至没告诉宋星宇这件事，自己偷偷去见了科比。

宋清弥会知道这件事，是因为当时的她也被老爸强迫进行体育文化熏陶，为了见到这位篮球精神领袖一般的人物，宋建华早早就托关系给宋清弥和宋星宇准备了 VIP 票。

她被科比指导打球，还拿到了签名的球衣球鞋。

体育馆里座无虚席，球迷振奋的欢呼声简直要掀开球馆屋顶。

宋清弥作为唯一一个女孩子，英文也不好，站在球场内，感觉自己像是动物园里被观赏的猴子。

她不开心，随便往观众席上看，就看到了江野。

青春期的江野就已经初初长出锋利的眉眼和淡漠的气质，在一众欢呼声里，他一动也没动，一直安静地看着自己的偶像。

那样沉默的气场让宋清弥不自觉看呆了。

后来，宋清弥屁颠儿去找江野献宝，向他展示自己得到的他偶像的签名球衣和篮球，还十分无耻地威胁他："你要是不露出羡慕的眼神，我就跟龙阿姨告状，你偷偷去看了科比中国行！"

江野对她幼稚的把戏置之不理，替她把篮球收好，球衣贴好："你自己留着就好。"

宋清弥说："我又不喜欢篮球。"

甚至因为宋建华强迫她参加科比中国行的活动，她现在还怄着气。

"向上，"少年柔软的手掌轻轻贴在她的脑袋上，处于变声期的嗓音有些沙哑，"拼搏的力量在所有领域都是共同的，体育是这样，科研、艺术也如此。"

他太认真了，有着跟年纪不相符的成熟。

宋清弥困惑地看着他。

江野缓缓道："你当然可以不喜欢篮球，也可以不喜欢音乐和艺术，但你要记得，你曾经见过一个为了梦想拼命的人，他是积极阳光的，你也要积极阳光地面对生命里的所有事情。"

那时候的江野十二岁，宋清弥十一岁。

两人尚且没到关系水火不容的年纪。

可这些话很长，道理又很大，当时的宋清弥听过就忘了，如今再想起来，居然莫名有种来自兄长谆谆教诲的温柔。

而江野本身，也不应该是个孤单并且享受孤单的人。

他的偶像不是科比嘛，偶像是有力量的，要向着偶像出发。

积极一点，乐观一点，向梦想去，向热闹去。

宋清弥骑车冲下一个陡峭的坡，耳边凉爽的晚风呼啸而过，将过去的只言片语吹得更为熟悉和热烈。

向梦想去，向热闹去。

江野的声音还残留在耳边。

还有江宏涛过世后，奚霞语重心长地对她说："江野这孩子太孤独了，你要多陪陪他。"

宋清弥心跳如鼓，飞快地跳动着，她猛然间用力拉紧刹车。

一阵急促的刹车声响起，她不太平稳地停下来，从口袋里摸出手机，手指不自觉颤抖地点进微信，找到江野的对话框：周末一起看个电影？

江野还在训练，没有及时回复。

她在宿舍楼下停好单车，与此同时，宋星宇的消息又进来了：宋小幺儿，你能不能抓紧，争取今年过年不让江野一个人过了，行不？

宋清弥莫名一阵烦躁，心不在焉地拐了个弯儿去水果店买了半个西瓜。

她想回宋星宇，既然你不想他一个人过年，你就把他带回家过年呗。

反正都是熟人，也不差一个人。

可她又明白，如果不是正确的人，或许他也没有那么需要人陪。

最后的最后，她点开裴宁的聊天框：学姐，周末有时间吗？

周六下午三点。

市中心的恒隆购物中心七楼电影院内，国庆档之前，影院的排片很一般，因此就算是周末，候影大厅里的人影也是寥寥。

裴宁在电影开场前十五分钟抵达影院，环顾四周，并没有看见宋清弥的身影。

她并不着急，放下双肩包，抿了几口保温杯里剩下的温水，顺便去洗手间洗了洗脸和手臂。

未施粉黛的一张脸，淋过冷水后，越发娇俏美丽。

本是周末，但原本今天值班的同事家里老人生病，作为实习生，她首当其冲，被领导喊到报社加班，完成同事没有完成的稿件排版工作。

好在工作不是很忙，她工作效率也不低，很快就完成了任务，并没有耽误她赴宋清弥的约。

想到这里，她给宋清弥发微信：学妹，我已经到了。

宋清弥没有立即回复，她把手机放进口袋，走出洗手间，准备重新坐回刚才坐着的地方。

拐了一个弯，裴宁往那里看了一眼，忽然呼吸一顿。

江野居然也来了这里。

他正坐在自己刚刚坐过的位置上，穿了简单的白色衬衫配黑色短裤，越发衬得他肩膀开阔平直，露出的手臂上，线条清晰明确。

头发茂密浓黑，有种未经修饰的随意，柔柔地搭在眉毛上，眼睛也是低垂着，看着手里的手机屏幕。

她心里有些雀跃，又不敢往前，也不敢后退一步。

江野：人呢？

MIMI：不好意思，我才起床，不能陪你去看了，回来请你吃饭！

江野：[？.jpg]

MIMI：对不起。

面对宋清弥的不靠谱，以及临时放鸽子，江野内心有情绪翻滚着，一点点愠怒，一点点失望。

不过既然是宋清弥，那就让让她。

他抬起手指捏了捏眉心，来都来了，就当放松一下，他打算自己去取票入场。

再一抬头，他就跟面前的女生四目相对。

是一张有些熟悉的脸，但他不记得在哪里见过。

对方眼神很温柔，甚至有几分怯懦和试探，江野想，这个人会来跟自己打招呼，于是抿了抿嘴唇，准备迎接一场社交。

“江……江野。”果然，女生双手握着双肩背包的背带，三两步走上前打招呼，“好久不见，在……在这里遇到，好巧。”

声音也是平静柔和的。

江野这才想起来这位是他的高中同学，现在的校友，在报社工作，前些日子还对他进行了采访，她叫裴宁。

他微微颔首，礼貌地打招呼：“好巧。”

空气一时安静，两个本就不喜欢社交的人待在一起确实会造成这种尴尬。

“真的很巧，”裴宁深吸一口气，绞尽脑汁地找话题，“这里离学校不算近，居然都能遇到。”

江野很真诚地回答：“朋友约我来这里看电影。”

“那你朋友呢？”问完，裴宁咬了咬嘴唇，意识到两人不是很熟，问这种问题过界了。

好在江野不介意："没来。"

话题又抛给裴宁，她不知道要说什么，只好扯两人都认识的人讲："是宋清弥约我来的，但她也没来，临时被老师喊去打工了……"

话音还没落下，江野倏地抬起头，那双漆黑如墨的眸子定定地看向她，眼里满是锐利的光芒。

裴宁吓了一跳，连忙收声："怎、怎么了？"

"没事，"瞬息之间，江野收回眼神，起身，用下巴点了点取票机，"我们进去吧。"

裴宁没反应过来："啊？"

江野："我也是宋清弥叫来的。"

既然三个人的电影，一个不来看，剩下两个分别坐开，岂不是辜负了那个人的美意？

江野没忍住，冷嗤一声。

而裴宁却被突如其来的状况吓到了，缓了好一会儿，才跟上江野的脚步。

下午三点四十分。

正是电影开场的时间，想来两人已经入场。

宋清弥时不时看一眼手机，江野并没有再发消息过来，她裹着被子在床上龙卷风似的翻了两圈。

"铛"的一声，被子把床头柜上的牛奶杯碰到地上，碎成两半。

小猫警惕地竖起耳朵，很快又继续舔自己的爪子洗脸。

今天怎么诸事不顺？她都想哭了，闷在被子里喊了一声："妈——"

"妈妈妈，一天就知道喊妈！"奚霞人没到声先至，不耐烦地推开门，看到地面上的一片狼藉，脸色又是一变，"你又在家里搞什么名堂？"

今天周六，按照国际惯例，宋清弥依旧是在周五的最后一节课结束就坐上了回家的汽车。

"赵姐，拿吸尘器过来，再拿两个垃圾袋，宋小幺儿这欠不登又打碎一个杯子。"

宋清弥赶紧跳下床，想当一次二十四孝好女儿，蹲下来要帮忙收拾玻璃碎片。

"哎哟，用不着你。"奚霞毫不留情地拍开宋清弥跃跃欲试的"爪子"。

宋清弥仰起脖子讨乖："我帮忙。"

"我可用不着，"奚霞起身，在微信上转了两千块钱给她，"你还是打车出去玩吧，想买什么没钱就给我打电话。"

宋清弥现在像只虚弱的小鸡仔："我就不能在家陪陪你吗？"

"小祖宗，"奚霞一边说话一边给她推进衣帽间，"我虽然需要女儿陪，但你从回来就满脸不高兴，还不如自己出去乐呵乐呵。"

宋清弥在妈妈的催促下，换了衣服，还扑了粉底、扫了眉毛、抹了口红，在家里司机的接送下，被送进了恒隆商场。

电影开场已经有一个小时，不出意外还有四十几分钟两人就要出来了。

宋清弥突然又克制不住地想，他们两个会聊天吗？感情会突飞猛进吗……

那部片子没什么看点，是宋星宇专门挑选的烂片，这么好的聊天加吐槽机会，两人现在的感情应该突飞猛进了吧。

她越想越胸口发闷，就算是商场的冷气已经很足了，但她还是感觉有些喘不上来气。

电影院里，IMAX 厅正在放一部要惊悚没惊悚，要悬疑没悬疑，要特效没特效，要演技没演技的鬼片。

江野和裴宁两人并肩而坐，电影的前三十分钟，他们都还在想一定是自己没有看明白这部电影，但逐渐被离谱的剧情搞得耐心全无，以一种"我倒要看看还能多离谱"的心态，在陆陆续续有人离场的情况下，坚持没有离席。

江野做什么都很专注，就算是观赏烂片，都能做到注意力集中，眼神几乎没有往别的地方瞟一眼。

因此，裴宁也清楚地知道，他从来没有看过自己。

他身上的香水味很好闻，很少年气，不隆重，他的头发是精心修饰后的，他对今天的约会，给足了尊重。

只是……

本来这个约会对象并不是自己罢了。

裴宁叹了口气。

好在她在长久的人生里，经历过不断的失去后，领悟了一个道理：对不属于自己的人和事物，不要有占有欲。

电影结束，两人离场。

时间卡得刚刚好，下午五点多，刚好是一个吃晚饭的时间。

听闻裴宁还要坐一个多小时的地铁回学校，江野礼貌地提出可以载她一程。

两人并没有约饭的打算。

顺着扶梯下楼，楼下某家以服务闻名的火锅店门口已经排起了长队，预计等待时间在一个小时左右。

宋清弥今天比较失败，在社团群里还有宿舍群里呼唤了很多次，大家纷纷表示有约勿扰，不能陪她共进晚餐。

她悲伤地买了个小熊，决定让自己的小熊陪自己排队，陪自己做一个简单的纯色美甲。

跟着运动员集训这两个月，她都忘记了在容貌上雕琢自己，如今决定从容貌的改变带给自己好心情。

好不容易排到自己，她跟美甲师沟通了一下想要的款式和颜色。

美甲师正在拿指甲刀准备给她的指甲修出一个好看的圆形甲，就感觉眼前的光线被人挡了一下。

她一抬头，就看到一位帅哥站在她前面，低着头，沉着脸，眉目压着。

不被欠百八十万应该没有这个表情。

“宋清弥，”江野声音低哑，有些愠怒地喊她大名，甚至还有些咬牙切齿，“不是在帮卢教授干活吗？”

宋清弥满脑子都是两个字：糟了。

江野浑身都带着刺，没给她任何解释的机会，直接问道：“怎么，卢教授连吃饭都得别人代劳了？”

第七章

我想要什么，你永远不知道

Shishui

xiaoluluanshuang

江野略带愠怒的眉眼向她压过来，宋清弥脑子一瞬间宕机：“等一下，你听我狡辩。

“不……

“是解释。”

江野冷嗤一声，冷冷且玩味的表情显然是不信，他拖过来一旁的椅子坐下，翘了翘嘴角：“好啊。”

一副“我看你要怎么编”的态度。

宋清弥咽了咽唾沫，随口应付：“我提前完成任务，老师放我先走了。”

江野修长的手指在桌面上敲了敲，“哦”了那么一声，摆明了不信。

宋清弥索性摆烂，往座椅靠背上一靠，随意敷衍道：“我忘了行了吧？”

语气相当不好，态度相当恶劣。

江野的脸色逐渐如同雷雨天那般沉，宋清弥觉得他真是莫名其妙，干脆地别过头，不再看他。

“学姐，”她看向裴宁，“电影怎么样？”

裴宁愣了一下，很快回答：“还好，一……一般般。”

江大少爷该不会是因为电影难看才生气的吧？

宋清弥很有阿Q精神地想："那下次换一部更好看的吧。"

"下次？"

这话却引得一旁的江野很不痛快，他上半身往前微微贴近了些："下次还要约我们出来看电影，然后放鸽子？"

"你今天吃枪药了？"宋清弥虽然理不直，但气壮，抬高音调跟他叫板，"不就鸽你一次嘛！"

江野冷嗤一声，语气骤然严肃："到底怎么回事儿你心里清楚。"

"那你就别瞎问。"宋清弥也不知道到底哪儿来的勇气，持续叫嚣。

出乎意料地，江野没有再说话，表情欲言又止，半晌，只听到他从喉咙里发出轻哼声。

不屑的，深感荒唐的。

宋清弥不懂他这是什么意思，刚要开口继续说，就被裴宁打断："那下次我请你们看电影。"

声音及时而干脆地打破宋清弥和江野之间的剑拔弩张。

宋清弥愣了一下，旋即回过神来说："好呀。"

裴宁朝她露出一个很温和的笑，然后看向江野，等待回答。

江野稍稍抬眼，漆黑的眸子在她身上停顿两秒，毫无情绪地回答："嗯。"

简单的一个字，裴宁的手指不自觉地绞在一起。

这是她有些手足无措时的习惯性举动。

她有种很奇妙的第六感，就是江野明明是礼貌的，并没有攻击性的，但她仍然感觉他周身有着拒人千里之外的冷漠，温和礼貌都是表象，他并没有想让任何人走入自己的内心。

可偏偏他对着宋清弥剑拔弩张，甚至冒着显而易见的怒火时，他的冷漠才融化一点，变得生动起来。

这也因此令江野和宋清弥之间有一种十分神奇的气场，虽然针尖对麦芒，但排他者，不接受其他人的加入。

裴宁深感自己就是这个"其他人"，跟他们两个格格不入，再待下去也没意义。

"室友还要我帮忙买东西回去，我……我先走了。"

宋清弥哪里肯让她走，连忙道："我们一起吃完饭再走吧，现在是晚高峰，坐地铁打车都很多人。"

面对挽留，裴宁不是一个会轻易拒绝别人的人，犹豫了下："嗯……"

虽然是借口，但今天她要采购生活用品回宿舍也是真的。

她很难习惯跟江野还有宋清弥在一起时的氛围，忙不迭补充："那我先去负一层超市买东西，然后再回来找你们。"

话都这么说了，再执意留她就很奇怪，宋清弥努努嘴：“好吧，那学姐要快点哦！”

跟裴宁说话的时候，宋清弥眉毛、眼角都扬着，有种很自然的愉快。

江野不动声色地瞧她一眼，又嗤笑了一声。

只剩两人，气氛比裴宁在的时候还要差。

从在外面排队到吃饭，宋清弥感觉到属于江野的那种阴湿的满含怨念的，甚至有着呼之欲出怒火的目光一直黏在背后，令人十分不快。

宋清弥不理解他眼神里的含义，但看看裴宁对江野的态度，貌似没有很热络，姑且就认为是他在对她发泄“一颗少男真心付出但没有回报”的不满。

哦，还有一点。

像江野这么自大自我狂妄的人，喜欢一个人不敢说出来，大概是怕被人拒绝后没面子，宋清弥这种让他们两人被迫单独约会的行为就像是在对江野挑衅。

因此，他不满、幽怨，脾气臭到离谱。

宋清弥发现了他的不开心，但她自己情绪也不好，所以并不试图解决他的情绪问题。

她对着四宫格锅底下了一点鸭血、一盘羊肉、一点油麦菜，自顾自开涮。

直到裴宁双手拎着一个被撑得满满的购物袋回来，尴尬的气氛才被撕开一个小小的口子。

“买这么多东西？”宋清弥语气夸张。

“嗯，”裴宁解释，“我们宿舍每周都要做一次大扫除，比较费生活用品。”

更重要的原因是，室友们貌似都很习惯了裴宁的好，因为大三课程少，裴宁一周有三天都在外面实习，有两个室友准备考研，每次都让她帮忙带东西。

“我还买了雪糕，配火锅刚刚好。”裴宁从购物袋最上面拿出三支可爱多。

草莓味的，香草味的，还有原味的。

她示意宋清弥和江野先挑。

江野拿走原味的，宋清弥毫不犹豫地拿走香草味的。

裴宁的目光追随着江野，欲言又止。

倒是宋清弥“哇”了一声表示喜悦：“学姐怎么知道我最喜欢吃香草味的可爱多！”

“我随手挑的，”裴宁说，“江野不喜欢香草味吗？”

这话倒是让江野一愣。

在两人为数不多的接触中，江野印象里从来没听到过裴宁进行已经有先决条件的反问，包括她的采访稿里，几乎都不会出现这类带有攻击性和引导性的提问。

同时这问题也让江野感觉奇怪，他摇了摇头：“还好。”

宋清弥“哼”了一声：“他对这些甜的冰的都不喜欢。”

全部不喜欢吗？

裴宁脑海里闪过很多记忆，如潮水般涌现。

那个傍晚，那个午后。

那个少年，那个香草味的冰激凌。

简单到单调的元素，是她全部的青春。

裴宁笑了笑：“我后来也很喜欢香草味的可爱多。”

宋清弥捕捉到她脸上一闪而过的温柔和失落，只不过并没看懂：“后来？是之前不喜欢吗？”

话音落下，裴宁脸上的表情有一瞬间怔忪，咬着巧克力脆皮没有说话。

就在宋清弥以为她不会回答的时候，才听到她闷闷的声音：“嗯，因为一个人喜欢的。”

宋清弥蘸着白糖麻酱小料吃了口牛肉：“我也会这样，之前我就很抵触篮球场，但看过《灌篮高手》后被流川枫治愈了。”然后又夹了根油麦菜，根本没注意裴宁话音落下后，朝江野飞快投去的目光。

隔着袅袅上升的雾气，对面传来某人冷飕飕的一声轻嗤。

宋清弥正无语，就又听到裴宁说：“江野是我们学校的流川枫呢。”

确实有这种传言。

因为发型，因为球风和性格。

宋清弥噎了一下，猛灌了一口水，然后将杯子掼在桌面上：“他也配！”

江野立马冷笑一声，反问：“我也想？”

中间明明是冒着热气的火锅，但温度立马降了下来。

“不想就别占着称呼蹭纸片人热度。”想到当年的事情，宋清弥不自觉有几分恼火。

江野显然也没惯着她的臭脾气。

“是我主动说自己像个根本不存在的人？”明明是在火锅店，明明周遭都是人，面前是一张摆满美食的餐桌，但他那双幽深的黑眸里都是冷冰冰的光芒，“嘴长在别人身上，我能管得了他们怎么评价？”

他的嘴角忽然咧开一个笑，弧度很淡，却一点开心的成分都没有：“就像我能管得了你怎么做？”

宋清弥感觉自己“噌”一下就被点燃了，也不顾裴宁还在，直接撑回去：“我做什么了？难道不是你想要的？

“自己得不到就在自己身上找问题，往别人身上扣黑锅算什么！”

她语气很差，情绪很激动。

周围的食客陆续投来好奇的目光，又很快挪开。

香草味的可爱多在她手里化开，绿色的冰激凌液体顺着她白皙的手腕蜿蜒而下，比江野的言辞更令人不舒服。

就在她以为今天避免不了跟江野大吵一架的时候，却只听到他嘲弄似的笑声。

“我想要什么你根本不知道。”

虽然话并不好听，但语气里有些落寞，全然没了刚刚准备吵架时的气焰。

宋清弥也一时间泄了气，那些在脑海里盘旋着的有些激烈的话语，也被憋了回去。

裴宁想，她或许适合去居委会工作，专门调节社区居民的矛盾，被迫当局外人。

她努力露出一个温和的微笑，打趣道：“你们吵架就像小孩子，还是认识很久忽然跟对方生气的那种。”

江野终于挪开停留在宋清弥身上的目光。

一时无言。

气氛维持在一种诡异的沉默中，直到江野开车将裴宁送到宿舍楼下，变为真正的沉默。

周末夜晚的校园内并没有很多人，江野开车行驶在主路上，速度照旧很慢很慢。

慢到即便是开着窗，有初秋的冷空气时不时吹进来，仍旧让宋清弥感觉十分窒息。

江野住的男生宿舍在宋清弥的宿舍对面，而宋清弥宿舍右侧才有停车场。

江野一路从裴宁住的北区开回南区停车场，在倒车入库的时候，宋清弥的手就已经搭在了门把手上，随时准备下车。

江野刚给车子停稳，还没熄火，宋清弥就推开车门要下车。

“弥弥。”江野忽然唤她小名，声音暗哑。

宋清弥跳下车，回身仰头看他。

天空中没有月亮，星星也十分暗淡，乌云浓重地铺盖着，昭示明天大概不是一个好天气。

四处灰蒙蒙的，江野的脸也藏在暗处，看不清情绪。

“我跟裴宁，”久到宋清弥以为那声短促的呼叫只是错觉时，才听到江野低哑的声音，“没有你想的那种感情。”

他忽然开口，猝不及防又简短地向她解释。

宋清弥震惊了一下，然后如释重负地喘了口气，心底甚至泛起莫名的愉悦。

“哦。”

隔了一会儿，两人都没再说话，停车场外有学生的脚步声和私语声。

宋清弥认为可以告别了：“那，再见。”

刚开口，江野的声音再次降临："你也别再操心我的事。"

宋清弥被说得脸一阵红一阵白："我也是为你好。"

"但以你的领悟能力，"江野的语气忽然变差，不再平和，有种在宋清弥看来很莫名的焦躁，"大概永远也不知道给我什么才是对我好。"

"你以为我愿意管你？还不是……"

还不是被宋星宇逼的。

他只知道在这里凶自己，难道就不能动脑想想宋星宇都干了什么吗？

宋清弥瞬间烦躁起来，深深吸了一口气："以后我才不管你，反正也不想管。再见！"

月亮撕开乌云的一角，有银色的光照了下来。

宋清弥看到江野正在看自己，那双平日专注而冷漠的眼睛在月色下说不出的黯淡。

她转身，借着并不明亮的灯光，头也不回地走出停车场。

九月中旬一到，平江大学就又热闹了起来。

CUBA 一级联赛基础赛如约而至。

小组赛按照地域划分，每组有四到六支球队，进行单循环赛，每组前两名的球队进入淘汰赛，淘汰赛采用单败淘汰制，共两轮，第一轮决出 16 强，第二轮 4 强晋级全国赛。

小组赛采取赛会制，根据中国大学生体育协会的要求，平江地区的比赛安排在平江大学与平江理工大学。

因此，自从 CUBA 比赛开始，校园内总能看到一群身材高大背着运动背包身穿篮球服的运动员如飞鸟过境般掠过，同时还有很多穿着美丽妆容整齐的啦啦队随之出现。

那天之后，宋清弥跟江野再也没有说过话。

宋清弥拒绝了卢鸣教授的挽留，没有继续留在篮球队当队医，她和江野的关系似乎又回到了冰点，但仔细一琢磨，跟小时候没什么差别。

宋清弥开始本学期的咸鱼摆烂生活，每天能不去上课就不去上课，能在宿舍绝对不出现在图书馆，能在床上躺着绝对不在椅子上坐着。

"三绝不"原则下，虽然咸鱼，但日子过得有滋有味。

晚课的时候，室友发来消息：弥弥，晚上英语老师要点名。

手机振动，宋清弥一个鲤鱼打挺从床上坐起来，再用眼神丈量一下从宿舍到教学楼的距离，鲤鱼变咸鱼，再次躺回去。

MIMI：帮我答到，感谢。

室友：我尽量。

MIMI：我这一生行善积德，菩萨保佑我。

室友：[省略号 . jpg]

在室友无语的回答里，宋清弥继续心安理得地看《灌篮高手》。

这部动漫虽然她从青春期到现在看了不下十遍，漫画也收藏了一箩筐，但仍旧是她心里的白月光。

白月光的动漫有白月光的纸片人老公。

“一年（10）班，流川枫，身高 187 厘米，体重 75 公斤，毕业于富丘中学，我没有特定的位置……”

《灌篮高手》第七集，流川枫进入湘北中学篮球部，在活动室里做自我介绍。

宋清弥的眼神从屏幕上特写的黑色头发转移到冷淡的眼睛上，再配上懒洋洋的声音，她第 N 次坠入流川枫的爱河了。

她眼里冒着粉红泡泡，胸口小鹿乱撞，抱着被子在狭窄的单人床上滚了一圈，呜咽道：“呜呜呜，好帅——”

“真的太帅了！”门被猛然推开，室友明悦三步走到她床前，摇着她的爬梯，惊叹道，“太帅了，帅疯了，帅炸了。”

宋清弥内心：呃……

有没有一种可能，她们说的根本不是一个人？

宋清弥从床上坐起来：“你没去上课？”

明悦：“我病假还没销呢，不计入考勤。”

明悦这学期身体好了不少，已经回学校开始上课，身体也已经通过评估符合住宿条件。

“那您老又去哪里潇洒了？”宋清弥问。

明悦：“体育馆啊！”

说完，明悦坐下来喝口水，由衷地感叹：“太帅了，真是帅疯了，帅得前无古人后无来者。”

“谁啊？”问完，宋清弥恨不得抽自己一嘴巴子。

果然，明悦说出她不想听的名字：“江野呗！”

说完，明悦还用那种已经拉丝勾芡的眼神看着宋清弥，满脸写着“你们两个当初背着我到底有什么勾当还不速速交代”。

宋清弥一噎，嘴巴嗫嚅了两下，躺板板似的重新躺了回去。

今天的比赛是平江大学对阵平江体育学院。

虽然平江体育学院在不少体育生眼里已经是不错的选择，但在平江大学面前，实力还是差了一截。

更何况平大最近来了江野。

江野加入平大后，最近几场小组赛循环赛内，平大根本就没输过，今天大获全胜后，以小组第一的成绩进入了淘汰赛。

明悦作为江野的小迷妹，虽然秉承着“可远观而不可亵玩焉”的原则，并没有通过宋清弥进行一些“私联”行为，但还是场场比赛都去看，看完还要跟宋清弥口播复述：“今天江野扣了一个大风车，全场炸了。”

宋清弥看着手机屏幕里的流川枫想也不想地回答：“炸了就报警，我解决不了什么。”

明悦：“你就扫兴吧！”

宋清弥摘下耳机，单肘撑在床上看她：“我说真的，你追星就追一个离自己远一点的，这样总能看到，慢慢就会想得到。”

“偏偏，”她顿了顿，“江野不是那么容易得到的。”

她说这话时有着很严肃的表情，明悦先愣了一下，然后“扑哧”一笑：“你这么了解他？”

宋清弥默了默：“一般吧，至少比你们了解。”

“你们”指的是江野的一群校内迷妹。

要说有哪个大学生运动员能在东北赛区出尽风头，当之无愧就是江野。

虽然他回国之后热度就没低过，但自从 CUBA 比赛开始后，江野的名字在学校表白墙、贴吧、微博实时话题里经常刷屏，总是有很多人在对他表白。

他去上课的时候，教室里绝对座无虚席，甚至有人还要站到门口，校方不得不出了一条禁止非选课人员进教室上课的规定。

在如此追捧的氛围里，江野呢？

他照旧每天打篮球、训练、上课、回宿舍，愣是没有人加上他的联系方式获得他的青眼。

那天，江野说宋清弥永远给不了他想要的。

后来，她想了想，他这人大抵是六根清净，想要的不是什么感情，而是拿 CUBA 冠军，拿 CBA 冠军，拿奥运会冠军……这些可不就是宋清弥给不了的吗？

“那你想过得到他没？”明悦问。

宋清弥哼一声：“他以为自己是什么香饽饽吗？谁都要来一口。”

每次提到江野，她都是一副抵触的神色。

“又应激了你？”明悦调侃道，“不知道的还以为你们俩爱过又恨过。”

“纠正一下，”宋清弥在床上伸出手指，“没有爱，只有恨。

“而且——

“是进行时。”

明悦习惯了宋清弥对江野的针锋相对，沉吟道：“那你估计得忍着点了。”

“怎么？”

“周崇今天不小心扭到脚，我回来的时候童老师说啦啦队现在缺个人。”

宋清弥心里大叫不妙。

明悦说：“童老师说让你明天去啦啦队报到，你不到就给辅导员打电话。”

宋清弥绝望地趴成一条咸鱼，然后对着天花板发出悲哀的咆哮。

之后每天被压在舞蹈室跳啦啦操的时候，宋清弥脑子里都飘着几个大字：因果轮回，孽力回馈。

大一上学期，宋建华给她制订了“学分兑换现金”的游戏规则。

为了金钱，宋清弥被迫卷起来到处刷学分，啦啦队给的学分比较高，她就来报名，实际上，啦啦队训练任务重还得去比赛。

宋清弥虽然没什么篮球天赋，但跳啦啦操居然还不错，就算很少来训练，但在比赛的时候还是跟团队一起拿了省内第一名。

后来结算学分，宋清弥缺席率太高，她去求童老师，童老师居然跟宋建华认识，给她送了满分学分。

因此，宋清弥也从宋建华那里拿了不少奖金。

这就成了童老师拿捏她的关键。

跟着节奏跳完一段，宋清弥上气不接下气，坐在地板上大口喘着粗气。

从活动室二楼往外望去，体育馆灯火辉煌，热闹极了，宋清弥一想到有朝一日自己要去成就这份热闹，就很不开心。

“宋小幺儿，你要多练啊，还有十天就比赛了，你现在体力太差了。”童老师嘱咐。

宋清弥直接躺在地板上，气若游丝地吐槽：“想要体力好的为啥不让替补运动员上来跳呢？反正有些看饮水机也几乎不上场。”

童老师踢了踢她的小腿示意她起来：“他们来跳你去看饮水机？”

这话逗得大家哈哈大笑。

“行了行了，干正事，再跳一遍解散！”

宋清弥被迫爬起来，再跳了一遍。

训练结束后，刚好赶上体育馆里比赛的最后一节。

今天是平江师范大学和平江文理学院的比赛，文理学院的成绩一直很不错，队内颜值也很高，学校里有很多校外来看他们比赛的学生。

“宋清弥，去看不？”有人问。

宋清弥摇了摇头：“饿了，我去吃饭。”

方娜夸张地道：“你吃胖了童老师又要训你！”

宋清弥：“我脸皮厚，不怕。”

宋清弥在食堂里大快朵颐吃了一大份茄子盖浇饭配一个大鸡腿，顺便喝了一瓶大可乐。

吃饱喝足，她决定顺便去操场上散个步。

走着走着，感觉身边多了两道热风，她一抬头，就看到两个穿着大 T 恤背着运动背包的高个子男生站在自己两侧。

宋清弥粗粗打量了两人一眼，总结出了两点：

一、不认识。

二、这两人是体育生。

宋清弥满脸疑惑，这两人找自己有事？

左边的男生用一种很冒犯的眼神盯着她的脸看了一会儿，单侧嘴角一勾，做出一个自认为很帅的笑。

“美女，”他掏出手机，“加个微信呗？”

“为什么啊？”宋清弥经常被搭讪，但通常都会这么问。

“认识一下呗。”

对方通常都这么回答，她就会拒绝：“不好意思，微信人满了。”

一句并不算委婉，只需要稍稍动脑就能听出的拒绝。

但眼前这个男生并没有动脑，甚至扬了扬单侧眉毛，笑得有点痞坏：“那就删个微商，把我加进来呗。”

宋清弥都要怀疑这人面部神经有问题了，否则干吗只动半张脸？

她不再说话，径直往前走去。

身边两道脚步也跟着动，并且逐渐往自己身体方向靠近，成了包夹的趋势，令人很不舒服。

她停下脚步。

右边的男生立马道：“就是啊，美女，别这么小气，我们杨哥很帅，很多人追的。”

宋清弥：“我不是没追吗？”

两人面面相觑，似乎从来没有见到过在自己帅气外表攻击下拿不下的女人。

其实被拒绝走掉就好了，可被叫作杨哥的男人看周围陆陆续续有人围了上来，脸色变了变，眉头皱着。

他怕丢人，因此继续纠缠：“哥给你一个追我的机会。”

宋清弥一脸问号，油腻男居然在她身边。

“谢谢，给别人吧还是。”

说完，她正准备离开，左边胳膊突然被人拉住。

杨哥低头看她，那双本来用来耍帅的眼睛里此刻盛满了愤怒：“美女，加个微信。”

语气也没了最开始的荡漾，变得很差。

宋清弥心里一惊，朝人群里看了看，妄图找一个能帮自己脱困的人。

天黑了，很难准确搜索目标。

忽然间，右手手腕被一股干燥的热量笼罩。

又被人拉住了，她无奈地回头，就撞见一双漆黑如夜色般的眸子。

此时此刻，那双眸子掠过她，看向她左边的方向，眼里结着一层冰霜，态度强硬。

“她不想给你微信你听不懂吗？”

江野的声音和眼神一样寒冷且带有威慑力。

杨洛看清来人，僵硬的脸上扯出一抹不自然的笑：“野哥的妞啊？不好意思啊。”

说完，他就松开了抓着宋清弥的手要离开。

手腕一轻，宋清弥转身示意江野也松开，就见他眼里的冰霜迅速凝结成一层显而易见的愠怒，怒火毫不遮掩地冲着杨洛的方向：“你嘴巴放干净一点儿。”

虽然从小到大，宋清弥自认为没少惹江野生气，但他如此怒火中烧，宋清弥还是第一次见。

她扯了扯江野的衣袖，用眼神示意他冷静。

江野垂眼看她，然后朝杨洛说：“道歉。”

杨洛脸色变了变，本就一张有着戾气的脸上充满了不耐烦，但语气还是好好的：“至于嘛，就开个玩笑。”

旁边的男生也帮腔：“就是啊野哥，咱真不知道这就是嫂子。”

他们的目光重新回到宋清弥身上。

那是一种高高在上带着审判的凝视，不是在看一个人类，而是看一个物品，一个附庸在男性身上可以随意审视的物品。

令人极其不舒服。

江野先于宋清弥皱起眉头，好看的脸上隐隐露出一股烦躁的杀气，向前朝杨洛逼近一步。

宋清弥真怕他们之间起冲突，连忙松开扯着他衣袖的手，然后跟着他的脚步往前走了一些。

江野注意到了，但脚步没停。

两人马上就要撞在一起，宋清弥手疾眼快，立马给人拦腰抱住，双手交叉在他身后，抱得很严实。

她抬头，认真地道：“江野，我没事儿，你消消气。”

江野感觉怀里一阵温热，随后身体一紧，呼吸有些粗重。

他低头看了一眼，怀里是一颗毛茸茸的脑袋，宋清弥眨着一双干净温和的大眼睛看着他。

这是可以消气的事情和场合吗？

有些玩笑可以开，但有些玩笑绝对不能开。

瞧他也看着自己，宋清弥开始乖乖等待回答。

良久，头顶覆盖上柔软的重量，江野掌心用力，宋清弥的小脑袋瓜就迫不得已被按成低头的姿势，高高的鼻梁首当其冲，隔着夏日衣衫轻薄布料，贴在他柔软温暖的胸肌上。

鼻尖钻进来熟悉的清冽薄荷香气。

这在江野身上已经司空见惯的洗衣液味道在人体温度的发酵下，并不那么气质高冷，反而有种莫名的蛊惑。

宋清弥的脸“腾”一下红了起来。

头顶传来江野平稳但逻辑缜密不容反驳的话语：“让人感到好笑的才是玩笑，你们的话让我不舒服，也很羞辱宋小幺儿。

“凭什么我们只是站在一块儿，你就可以先入为主想当然地认为我们是在恋爱。”

他怀里的宋清弥：道理我都懂，但这么抱着是不是太亲密了点儿？

这吵架的场合她居然满脑子都是这个，宋清弥感觉自己不清醒了、疯了。

杨洛显然没想到江野会针对这个问题揪着不放，围观的人已经渐渐多了起来，大家都在看他，他面子上挂不住，脸色越发阴沉难看。

“就是一点儿玩笑，你这都开不起吗？”他眯着眼睛瞧江野，顺便决定从宋清弥入手，“小姐姐，我就跟你开个玩笑，你不在乎吧？”

宋清弥抬不起头，但仍旧反驳：“我很在乎。”

虽然宋清弥不想放大冲突，但现在说自己不在乎才是对江野的背叛吧？

“我不觉得好笑。”宋清弥加大音量，“并且你需要道歉。”

看不到的地方，江野扬了扬眉，有些暗爽似的。

“听到没？”江野说，“道歉。”

杨洛跟队友面面相觑，满脸都是两个字：怒了。

队友先开口：“就是一个玩笑的事情，没必要搞这么犟吧？”

杨洛跟着补刀：“就是在你们平大欺负我们是外校生呗。”

“你们这眉来眼去搂搂抱抱的不会真是我说的那种关系吧？”杨洛陡然抬高音量，像是说给别人听的，“不正当男女关系？恼羞成怒了！”

宋清弥从没见过这么无耻的人。

下一秒，江野突然攥住她的手腕，将她拉到身后。她正欲说什么时，只见江野拎起杨洛的衣领，冷厉的目光紧紧相逼：“你再说一个试试？”

江野语气挺低挺淡的，但莫名让人感觉到一股寒意。

“你想动手是吧？”杨洛的队友也赶忙冲了过来。

见江野动手，属于体育生的好动天性蠢蠢欲动，杨洛梗着脖子不服输。

宋清弥小时候带着小伙伴没少干招猫逗狗的事，但面对肢体冲突，特别是几个人高马大的年轻男性的肢体冲突，还是本能地害怕，她一时间慌了神，定定地站在原地。

她努力地想开口劝江野，再给他拉开，但用尽力气调动双腿，发现自己根本走不动。

好在很快，又有一拨人冲开围观的人群站在他们面前。

杭晗日一把抓住跟江野叫板的男生衣领，高高瘦瘦的身体爆发出惊人的力量：“怎么回事儿？在我们平大还这么嚣张。”

气氛僵持着，蒋川作为队长出来维护秩序，目光在他们中间扫了扫，说道：“有话好好说，都放手。”

杭晗日看了眼江野，江野没放，他也不放。

蒋川：“阿野。”

江野对队长很是尊重，动作停顿了两秒，放开手。

杭晗日也跟着松了手。

一旁的杨洛敢怒不敢言地扭了扭脖子。

“怎么回事？”蒋川问。江野偏过目光，没回答，蒋川看向宋清弥。

宋清弥一五一十地把整个过程讲了一下。

蒋川听后默了默，然后对杨洛说：“这件事是你们不对，咱们就事论事，你得给宋清弥道歉。”

篮球这项运动有独属于自己的体育文化，在他们圈层里很讲究论资排辈。

蒋川是队长，很适合出来主持公道。

杨洛依旧不服气：“凭什么？”

蒋川闷声一笑：“小杨，讲讲道理。”

杨洛看这些人不爽，但现在是在平大的地盘，动手对自己也没好处。

他咬牙切齿，不情愿地走到宋清弥面前，含糊道：“对不起，我不应该拿你开玩笑。”

语气全是不服气，哪有悔过的意思。

江野锋利的眉毛再次皱在一起，宋清弥连忙朝杨洛不自然地笑了下：“知道了，下次注意。”

杨洛“哼”了一声，回头朝队友扬手：“我们走。”

他队友也是满脸不服气，叽叽歪歪跟了上去。

没走两步，杨洛又猛然停下脚步，回头对着江野说：“你给我等着。”

宋清弥清楚地察觉到两人之间有远超过今晚的恩怨。

江野好看的眼睛垂着，撩起眼皮朝他轻飘飘看了一眼，无所谓道：“哦，那我等着。”

语气跩天跩地。

宋清弥内心：被你装到了。

目送两人逐渐远去的身影，在宋清弥开口之前，江野在她面前打了个响指：“走吧，我送你回去。”

还没等宋清弥走到宿舍，关于“外校生在操场骚扰平大女生，江野挺身而出制止”的英雄事迹就已经传开了。

宋清弥甚至还接到了远在华清的宋星宇的问候。

她把今晚的事情跟宋星宇说了一遍，顺便问了下江野和杨洛到底有什么私人恩怨。

宋星宇：五百。

MIMI：你怎么不抢钱呢？

宋星宇：八百。

坐地起价。

宋清弥不屑他见钱眼开的行为，但八卦之火熊熊燃烧：成交。

宋星宇：你知道江叔叔其实在圈里风评不太好吧？

宋清弥愣了一下，然后宋星宇就讲了一段她并不了解的过往。

杨洛本来是平江篮球俱乐部下属青训的球员，负责青训的教练就是江野的爸爸江宏涛。

杨洛当时有从青训二队升到一队的机会，但是那场比赛江宏涛并没给生病的杨洛很多出场机会，导致杨洛并没有升队。

后来U16的比赛里，江宏涛也压缩了杨洛的上场时间。

杨洛当然很不乐意，刚好这时候平江文理学院朝他伸出橄榄枝，他就离开平江青训队，跟着当时的文理学院篮球队教练打球。

紧接着就传出江宏涛作为平江青训队教练打压新人、收礼、独断专行的流言蜚语。

MIMI：那江叔叔为什么不给杨洛出场机会？

宋星宇：其实第一次是因为杨洛半月板损伤，这病你也知道，不要命，但是不可逆，他当时也就十四五岁，肯定要养好，江叔叔的训练方案很保守，怕影响他职业生涯，坚持不让他上场。但杨洛铁了心认为江叔叔是更喜欢他们队里另外一个球员故意打压他。

也是因为这次没有顺利升到一队，杨洛整个人在对教练的猜忌和不信任里变了。

第二年，江宏涛发现杨洛在一些大型比赛上开始使用一些药品。

这完全违背了体育精神，江宏涛跟他谈过几次，但杨洛屡教不改，也因此在球队的上场时间减少了很多。

后来，杨洛遇到了文理学院的教练陈立。

陈立跟江宏涛有些陈年恩怨，并且跟杨洛一样，手段不太干净。

江宏涛从退役开始名声就不是很好，直到去世之后，也时不时有负面谣言传出来，跟这对师徒脱不开关系。

MIMI：所以江野讨厌他？

宋星宇：江野也没把他放在眼里啊。

杨洛恨江宏涛，当然也不可能喜欢江野。

尤其是后来几次大型比赛里，杨洛每次都被江野爆捶，估计内心的不甘和怨怼疯狂发酵，于是把江野当成了假想敌。

宋清弥有些感叹。

当晚的事情她并没有很在意，丝毫没想到后来发酵的方向逐渐奇怪起来。

起因是作为CUBA本赛季黑马，学校融媒体部门拍了一组平江啦啦队训练时的视频放到了某音平台。

因为蹭到了热点话题，并且啦啦队队员颜值很高，还上了热门，有几万的点赞量，评论区里也都是欣赏的声音——“姐姐好美我好爱”“幻肢起立”“学习暂停，有事去一趟平大”。

结果在视频发布的三天后，居然有人针对宋清弥在造谣。

△总能在学校里看到这个女生跟篮球队的运动员混在一起，不知道是不是在谈恋爱。

有人问：跟一个运动员谈恋爱就算了，还能跟全部运动员谈吗？

知情人士回：你真单纯，非得谈恋爱吗？

总之，网上将宋清弥的身份以及跟球队的关系说得越发暧昧。

事情不大不小，但事关学校，球队的人都知道了。

当天，运动员正在体育馆里进行训练，而啦啦队也在同一时间跟着在体育馆排练比赛时的表演项目。

休息的时候，孙浩喜欢看看短视频，刚好就刷到了这条视频，宋清弥身高腿长乍看只是好看，但一对比起来骨相的优势很明显，很是上镜。

在视频里众多美女的对比下，宋清弥仍旧好看得脱颖而出。

孙浩给视频点了个赞，顺便去看了眼评论区，就看到这出荒唐的言论。

孙浩气得浑身发抖，一下子蹦了起来，吼了一声：“这是谁啊，这不是有病吗？”

声音不仅吸引了队友，还把教练招来了。

“大呼小叫干什么！能不能有点比赛前的紧张感。”教练一通训斥。

孙浩可不服气，直截了当地把手机伸到教练面前：“教练，这有人故意造谣宋小幺儿和我们球队。”

运动员包括正在训练的啦啦队都被声音吸引了过来，在孙浩的告知下，大家纷纷去看学校官方某音账号。

△这女生跟平大新来的那个江野关系很近，总能看到他们在学校里一起走，瞧她穿的就不像是什么好东西。

△但江野不是这种人吧？

△送上门的不要白不要呗。

△哦，再透露一下，这女的还跟篮球队很多人都走得很近，学校正常上课的女生能集邮似的都接触的体育生吗？

△啧，现在的小姑娘可真不简单。

话说得都很难听。

宋清弥在评论区翻了翻，几乎没有勇气再看，虽然明知道这些人是在造谣，但还是被明晃晃的恶意中伤，脸色有一瞬间的苍白。

大家显然也不忍心多看这些恶毒的词句，一个个放下手机，被气得脸色通红，蒋川骂道："这些造谣的人贱不贱啊。"

杭晗日也很气："宋小幺儿原来是队医，不跟我们走得近，难道跟他们走得近？"

江野在评论区里看得久一些，抬头往宋清弥的方向看去时，刚好对上她投来的茫然目光，像一只无助的小兽。

他不动声色地看着她，抽丝剥茧地冷静分析："这个人显然知道一些球队的内幕，但可能知道得不多，所以有的事他只说对了一半。"

毕竟，宋清弥跟球队在开学后也就见了三次。

一次是她来给卢鸣教授送论文，一次是前两天在操场，还有一次是今天。

蒋川沉静地道："你的意思是熟人作案？"

江野点了点头，却是对着宋清弥说的："很有可能。"

"不应该啊，"宋清弥疑惑地挠挠头，"我又没得罪谁，况且对我情况了解的人也不多。而且这人表面上是骂我，话里话外也在说你们球队风气差人品恶劣……"

说到这里，她猛然想到什么，倒吸一口凉气，看着江野，眨了眨眼睛："这人，有可能既是我得罪的，也是你们得罪的？"

话音落下，全场一片安静。

江野朝宋清弥投去赞同的目光。

杭晗日平时不太使用的大脑此时缓缓转动，爆发出一声惊呼："是是是……杨洛！"

宋清弥打了个响指："我也就是这么一猜。"

地毯式搜索的工作全靠啦啦队这群可爱的女生完成，方娜凭借自己的细致，迅速看了下这些带节奏的账号。

"最早说宋小幺儿的这几个账号，都是小号，IP都在平江，还都点赞过同一个野球王的视频，而且都不喜欢用标点，很有可能是同一个人。"

但究竟是谁还值得研究。

"那这个人什么意思？有话就当面讲，在背后冲着女生耍这些手段有什么用！"孙浩气愤道。

"为了让我们不能好好打球，"江野语气平稳，下命令一般，"今晚就是比赛，你们别瞎想，先训练，这件事交给我。"

一直没开口的教练终于老神在在地说："阿野先去处理私事，其他人开始训练。”

进入淘汰赛，采用的是单淘汰赛制，每一场比赛对于能不能拿到分区赛入场券都至关重要。

但这群运动员仍旧忧心忡忡地看着江野，一动没动。

江野已然有了球队核心的作用，宽慰道：“既然他们不想要我们赢，我们就得赢给他们看。”

给队友们上了强心针，江野才背起背包准备离馆。

宋清弥见状，忙不迭跟了上去。

“喂！”她一路小跑跟在江野后面，秋天的紫外线仍旧不轻松，照在脸上有些疼。

江野顿住脚步等她，她就跑得更快一些，气喘吁吁道：“你要干吗去？别是打架吧？”

江野默了默：“不会。”

宋清弥也沉默：“那是干吗去？”

江野如实回答：“去见经纪人，找律师，起诉。”

宋清弥一脸震惊。

江野继续往前走到车子面前，宋清弥在背后亦步亦趋。

“怎么了？”见她始终跟着，江野颇有耐心地问，那语气像一缕很和煦的春风，将她脸上的燥热吹散了很多。

宋清弥脑袋有一瞬间宕机，不加掩饰地道：“没想过你们打篮球的还知道用法律的武器保护自己的合法权益。”

“我们只是打篮球的，”江野说，“不是生活在原始社会的野人。”

宋清弥讷讷地道：“其实，你可以比赛完再去，也不差这几个小时了。”

“差，”江野斩钉截铁道，“你被污蔑，我很介意。”

他的语气很平静，平静到像是两人在路上遇见点头之后擦肩而过，但分量那么重，重到宋清弥要很用力才能将这段话托起。

她咬了咬嘴唇，一时间不知道如何回答。

江野没想过等到她的回答，从背包里掏出衬衫外套扔在她的头顶，替她挡住狠毒的太阳，轻声道：“外面晒，你先进去吧。”

动作熟稔，藏在动作里的关切是那样深沉。

他还记得自己紫外线过敏……

宋清弥目送江野走远，又回到体育馆，继续排练。

中场休息的时候，她重新看了眼视频评论区，那些冒犯她的评论都已经消失不见了。

江野始终没有出现，直到赛前热身。

今晚的比赛在CUBA基层赛里是很有看点的。

本赛季黑马平大队对阵东北赛区劲旅平江文理学院，又有江野这张脸坐镇，体育馆里上座率相当之高，拉横幅的、举灯牌的，气氛好不热闹。

宋清弥又见到了杨洛，作为文理学院的主力，他额上戴着防止汗液流下来的头带，站在罚球线外练三分，百发百中，观众席里球迷一片欢呼。

然后，杨洛转过头，朝在球场一旁坐着的宋清弥吹了声口哨：“哟，美女，忙着呢？”

那赤裸裸的带着凝视的语气让人浑身不舒服。

“我呸！”还没等她发作，队友已经代为表达讨厌。

杨洛一脸无辜的表情：“美女这是怎么了？”

明知故问，宋清弥翻了个白眼，恰好一颗篮球从不知名的方向投来，在宋清弥和杨洛中间跳了跳，最后奔着他的下巴弹过去。

杨洛不设防被砸，骂了一声。

那颗比普通篮球重一些，上面印着“JIANG”的特质训练篮球旋即被人用右手稳稳扣在手里。

江野踩着三分线，对着篮圈抬手，投篮，命中。

篮圈轻轻晃了下，他任由那颗篮球滚远，才撩起眼皮看杨洛一眼：“不好意思。”

杨洛冷笑一声，还没等说话，江野朝后指了指宋清弥：“有事朝我来，别惹她。”

“怎么，”杨洛也放下球，“江少爷也跟你爸一样喜欢袒护熟人？”

江野眉毛一扬：“拿我爸激怒我？”

杨洛没说话。

江野：“当年的事情究竟如何，有很多人同你解释过，事到如今你仍旧耿耿于怀，是不肯承认是自己心理阴暗会错教练的意，还是不肯承认离开我爸的教导后，你的球技并无进步？”

“你……”被戳穿心事，杨洛的脸顿时涨红。

江野懒得继续说：“训练吧，一会儿别擅长了十几年的三分球一个都投不进去。”

江野和杨洛同为控球后卫，在球场上有很多对位时刻。

谁更技高一筹，很快就见真章。

杨洛的队友喊他，他面色不善地过去了。

江野没动，跟宋清弥四目相对。

宋清弥脑海里还盘旋着他那句霸道发言：有事朝我来，别惹她。

她嘴角咧出一个大大的笑容，眼睛弯弯的：“忙完了？”

见状，江野也笑，眼睛弯弯的：“嗯。”

两人沉默了下。

“加油，”宋清弥说，“一会儿打爆杨洛。”

江野问：“这么不想他好？”

宋清弥不加掩饰：“我讨厌他。”

“那有什么奖励？”江野兀自问。

宋清弥蒙了：“啊？”

“我说，”江野拉长音调，重复道，“打败他有什么奖励？”

“你想要什么？”

“不知道，”他接过杭晗日扔过来的球，走向中线，“赢了再问你要吧。”

一声哨响，比赛开始。

跳球阶段文理学院拿到球权，控球后卫杨洛开始运球，向平大队篮下发起进攻。

场内欢呼雀跃声随着比赛的开始而越发清晰，体育馆内是一片热浪的海洋。

文理学院是东北赛区的劲旅，攻击力不容小觑，平大队本场重点在于防守，开局就采取了紧逼策略。

杨洛攻不到篮下，球几次传给队友，又被传回来，24 秒要到了，他看了一眼计时器，只好站在三分线外干拔三分。

江野就在眼前干扰，他手上失了准头，投了个三不沾。

球权被蒋川收下，随后传给江野，江野给队友讲好站位，然后发起进攻。

江野的球风强势，基本功又扎实，平时那么高大的一个人，运起球来相当灵活，游鱼一般晃过对方防守队员，在文理学院篮下，顶着高大的中锋反手上篮。

球进。

全场欢呼。

从第一个球开始，江野不仅带动了球队的气势，也调动起全场热情。

因为个人能力出众，江野是平大最有得分能力的外线球员，因此掌握着很多球权，平大的技术特点也很单一：拿到球权，然后交给江野组织进攻；进攻队形被打破的时候就靠着突出的个人能力防守。

因此，三投三中后，比分 6:0，开局不到两分钟，文理学院立马喊了暂停。

请求暂停的哨声一响，全场欢呼声一阵高过一阵，就连很多文理学院的死忠粉也为之震撼。

“好稳的球风。”

“这就是 NCAA 运动员的实力吗！”

“太帅了，我一个男的都心动。”

江野是个人能力很突出的球员，也是很有观众缘的运动员，总能轻而易举地抓住在场观众的目光。

暂停回来后，文理学院改变了防守策略，由原本的两人防守江野改为了四人。防守强度相当之大，要知道一个球队上场的才五个人！

在高强度的防守下，江野的进攻效率有所下降，但随之而来的后果是，文理学院在防守上用了太多人力，导致进攻效率也下降。

第一轮结束后，平江大学和平江文理学院的比分是 26:24。

休息阶段由平江大学啦啦队进行表演。

啦啦操是从美国流传进来的一种文化，主要是表现身体健康美的，青春靓丽的女孩子在场上跳着活力四射的啦啦操，将本来气氛趋于平淡的球馆又拉向高潮。

第二轮开始，文理学院被迫放弃多人对江野的紧逼防守，开始了一波快速进攻，将比分拉开。

不过很快，平大队适应了比赛节奏，逐渐找回状态，接着打出一波小高潮，双方比分仍旧咬得很死，比赛的紧张感拉满。

随着中场休息的结束，下半场比赛开始，由于过早地使用快进攻，文理学院球员体能下降，进攻防守速度也跟着下降。

机会重新给到平大队，内线有蒋川坐镇，篮板球几乎都能拿到手，拥有二次进攻的机会。

只要一有机会，他们就把球权给到江野，江野带球进攻，文理学院在整个东北赛区都出了名的固若金汤的防守队形，总会在他如游鱼般灵巧丝滑的进攻下像白纸般不堪一击。

第三节结束，比分彻底拉开。

“杨洛跟江野还是有差距，平江最好的后卫易主咯。”

“你发没发现，杨洛跟江野的打法很多时候都很像？”

“你不知道吗？其实他俩是一个师父教出来的徒弟。”

“什么？”

“都是江宏涛教练的弟子啊！”

离球场最近的观众席内，有几位年纪稍长的男士在对他们进行点评。

杨洛目光凛冽地朝他们看了一眼。

江野从他旁边走过，冷冷笑了一声。

“江野，”杨洛叫他，“如果你不是教练的亲儿子吃多了小灶，我现在未必不如你。”

闻言，江野没忍住笑出声来。

当初他练球都是背着龙怀婷偷偷摸摸进行的，江宏涛一心为国家寻找打篮球的好苗子，在青训上投放的精力可比在他身上多多了。

但这些他并不打算解释，反而扬了扬眉：“所以，你是在承认你不如我？”

江野疼得“嘶”了一声。

“现在知道疼了？”宋清弥话说得狠，但手上动作轻了些，“知道疼你跟他打架干吗？”

少女一截白皙的手腕如羊脂玉般在眼前轻轻晃荡，江野稍稍抬眼，就看到宋清弥尖尖的下巴颏。

她生气的时候嘴巴不自觉噘起来，看着能挂两斤腊肉。

江野勾了勾嘴角：“看他不顺眼。”

“你看不顺眼的多了去了，哪个都得打一下？”

江野：“我倒也没有那么愤世嫉俗、特立独行。”

还敢顶嘴？

宋清弥手上下狠功夫，疼得江野眉头紧皱。

“是不是他说什么激怒你了？”宋清弥预感到江野不会说实话，直接将话堵死，“我看到你俩对位的时候，他嘴巴在动。”

江野默了默，“嗯”了一声表示承认。

“提江叔叔了？”

“没。”

“那是什么？”宋清弥不解，弯了点腰平视他的视线。

江野嘴巴抿成一条直线，打断这个话题：“好了没？真疼。”

最后两个字是在服软。

“快好了。”宋清弥没再继续追问，用无纺布包了药，小剪子剪下来，贴在他的伤口上。

包得有些厚，江野抬手摸了摸。

“那就是在说我。”宋清弥忽然开口，用了一个不容置喙的肯定句，“因为今天的事。”

江野睫毛一颤，但薄唇依旧抿着，没开口的打算。

宋清弥咸鱼、没上进心、二次元社恐不爱跟人打交道，但她内秀机敏，人情世故在心里都有一把算盘。

可任凭她怎么计算人情世故，现在的江野她却看不懂。

平日里冷漠高傲得像一座可望而不可即的山，所有人都知道他有目标且唯一的目标就是篮球。

因此，她何德何能，让江野在自己最在乎的目标面前这么冲动。

她想不通，越想越难过，越想越气。

她气自己还是气江野已经分不清了，等她反应过来的时候，已经朝江野的手臂上狠狠挥了两拳，语气也是颤抖的：“你有病啊！为了这么点事就不好好打球了？你知道你今天的冲动会有什么后果吗？大学生体育协会的惩罚、禁赛、罚款……”

我知道，我都知道，但……

江野想安慰宋清弥此时的慌乱，但一抬眼，就看到面前的少女眼里蓄满了晶莹的泪水。

那样亮，像天上的星星。

不，天上的星星也不如。

他张了张嘴，喉咙处像是被什么堵着，大道理都讲不出来了，伸出手一把握住少女的手臂。

宋清弥往外扯，没扯动："你松开我！"

江野纹丝不动，宋清弥挣扎得更厉害。

"别打了，"他哑着声音说，"我头晕。"

"要不要紧，脑震荡？杨洛打着你头了？"宋清弥陡然紧张起来，哪里还顾得上生气，咬牙切齿似的，"敢在姑奶奶面前放肆，我找人卸了他爪子！"

"不碍事，就是晕了点儿。"江野另一只手搭在她肩膀上，用力给她按坐在长椅上，"休息一会儿就好了。"

宋清弥四处看了看，条件简陋，也不太适合让他休息，只好拍了拍自己的肩膀："那……你靠会儿？"

江野装作一副很为难的样子："也行吧。"

还勉强上了。

江野的头发湿漉漉的，刚洗完澡的关系，身上那股薄荷清香很浓，宋清弥闻着也平静了不少。

她稍稍偏头低眉看过去，江野双目闭着，高挺的鼻梁像一座滑梯。

他拥有一张经得起细看和琢磨的脸，此时像文艺复兴时期的雕像。

最后，宋清弥的目光又落在他额角的伤口上，所有欣赏都变成一声微微的叹息。

她抬起手，想去摸一摸他的伤口，又兀自在半空中垂下。

冷静。

冷静。

宋清弥心里这般告诉自己。

"江野……"少女的声音是柔软绵长的，"我觉得还是去医院看一下吧？"

一根手指竖在她嘴唇前，那样近，撩拨着她的心跳。

"让我靠一会儿，"江野似乎真的在休息，声音很平静，"就一会儿，乖。"

于是，宋清弥便不出声了。

更衣室的灯光惨白，外面月亮好亮。

不知道过了多久，外面传来运动员窸窸窣窣的声音，江野的头离开宋清弥的肩膀，顺手抄起一旁的背包，并在宋清弥面前打了个响指："走了。"

宋清弥有点蒙："嗯？"

江野说："不是要去医院吗？"

怎么又要去了？宋清弥搞不懂，挠挠头："……哦。"

跟运动员们擦肩而过的时候，大家争先恐后地跟江野打招呼："野哥没事吧？你可吓死我。"

"现在干吗去？"

"去医院。"江野问，"赢了？"

杭晗日眉毛一挑，嘚瑟道："那当然，大比分肯定赢啊！"

"就是……"

知道他要说什么，江野拍了拍他的肩膀："处分明天说，今天赢球大家好好庆祝一下。"

虽然第四节因为江野跟杨洛动手超出了很多人预期，但抛开这段插曲，今天的比赛把教练安排的战术全部打了出来，失误率很低，是一场值得庆祝的胜利。

"那野哥你来不？"杭晗日问。

江野指了指头："大概没时间。"

确实也是如此。

在宋清弥的强烈要求下，江野放弃自己驾车，改成打车去医大附属医院。

他们挂了急诊，做了全身检查。

宋清弥强烈要求做个脑部 CT，对医生说："麻烦您好好帮忙看看，会不会脑震荡或者出现其他并发症，他这人还挺需要脑子的。"

医生被逗得笑了起来："你这姑娘，有谁不需要脑子。"

"不是一回事儿，"宋清弥说，"他本来脑子就不够用，再摔坏可不得了。"

医生瞧她有趣，乐得插科打诨："实在不行，你给你男朋友买点儿猪脑补一补，脑子不够用可不归我管啊。"

宋清弥脸一红，急忙摆手："我们不是男女朋友。"

医生哼笑了一声，一副"你别害羞我都懂"的架势，笑着把 CT 片卷起来，放在袋子里递给宋清弥。

宋清弥轴上了，还准备再解释两句，江野拿着腿部磁共振的片子过来了，跟医生点头示意了下，然后喊她："宋小幺儿，走了。"

医生见到宋清弥口中"脑子不太好"的这位，轻笑一声："你可算来了，再不来你女朋友非得让我把眼睛看穿咯。"

医生指了指 CT 片。

不知道江野是对医生话里的称呼充耳不闻，还是听到了但照单全收，也跟着笑了下。

"是吗？她就是轴，您别放心上。"

"这么轴可容易吃亏。"

江野勾了勾宋清弥的肩膀："没事儿，有我护着呢。"

两人一言一语，宋清弥懵懵然就被带出急诊室了。

回去也得打车。

时间不早了，秋日晚风带着刺骨的寒意，朝两人吹了过来，两人站在路边等车。

宋清弥不放心，拿出江野的其他报告对着路灯看。

头顶传来他的哼笑声："能看懂吗？"

宋清弥横了他一眼："不看怎么知道？"

瞧瞧这脾气，江野做了个耸肩的动作："那您好好看。"

他服软，宋清弥却泄气了，轻轻叹息一声。

"怎么？"江野问，"大小姐又不满意了？"

宋清弥没有理会他的调侃，说："我有点怀疑我的专业和能力了。

"我们专业比较偏运动康复理论，跟临床医学更没什么关系了。"

所以，她看不懂头部 CT。

当时选这个专业，一是宋建华和奚霞喜欢，其次是对比了其他理工科专业，运动康复比较简单。

江野："没关系，能学懂理论知识也很厉害了。"

宋清弥："你是在安慰我吗？

"谢谢，我更难受了。"

江野沉默了。

少女的思绪跳脱，从上了出租车开始，她抱着江野的 CT 片，整张脸呈现出一种迷茫的神色。

那个愁容满脸的模样，江野丝毫不怀疑，短短的十几分钟，她把自己的前半生都质疑了一遍。

他刚想出口安慰一下，蓦地目光一沉，抬起宽厚的手掌在她面前晃了晃。

宋清弥似乎有感应一般，身体摇晃了下，靠在江野的肩膀上。

……睡着了。

还真是，年轻没烦恼。

江野笑了一声，或许是笑声带动了胸腔的震颤，宋清弥脑袋一顿，从他的肩膀上滑了下来。

他刚要抬手去接，但咸鱼少女坠落的轨迹不偏不倚，刚巧砸在他的腿上。

江野往旁边挪了挪，宋清弥蜷缩着的身子抻开了。

月色阑珊，世界安静。

宋清弥的呼吸声很浅很浅，胸腔的起伏也很小很小，像是一只可爱的小猫咪。

江野拨开她额头上的碎发，露出一张干净的脸蛋来。

他保持这样的坐姿一动没动。

司机在平大正门口停车，江野有些不忍心喊醒宋清弥。

司机大哥看两人磨蹭，操着大嗓门提醒道："平大，平大到了啊！"

宋清弥一激灵，猛地坐了起来。

她意识到自己刚才睡着了，并且是睡在江野的腿上，第一反应是抬手擦了擦嘴角。

江野将她的小动作看在眼里："没流口水。"

宋清弥一顿。

江野又说："也没打呼噜，没磨牙。"

宋清弥奇怪了，她心里想的，他怎么都知道？奇了！

"那你知道我现在在想什么吗？"她刚睡醒，脑袋不灵光，问了一句。

前排司机："你现在应该想下车了。"

平大正门离两人的宿舍并不远，步行不过十几分钟的距离。

宋清弥到宿舍楼下，江野站在距离楼下台阶几步距离的位置跟她挥手道别："晚安。"

宋清弥忽然傻笑了一声，头也不回地跑进宿舍楼了。

在宿舍门口告别，好像小情侣哦……

分明这是她之前最讨厌的行为，那些搂搂抱抱的小情侣伤害到单身狗的心了！

她就这样一路跑到宿舍。

明悦和孟佳佳齐刷刷地看着她："脸这么红，你坠入爱河了？"

宋清弥沉默一会儿，抱着脸盆去水房洗漱。

夜晚熄灯后，宋清弥感觉自己的床突然晃了起来，腿上还压了一道重量。

她吓得赶紧坐起来，就看到明悦和孟佳佳排队爬上她的床，两人清澈但愚蠢的眼睛里闪烁着八卦的光芒。

"你……你俩干吗？"

明悦："'宋吧啦'你现在出名了你知道吗？"

孟佳佳："今天江野在球场为你出气的事已经在校内流传开了。"

等会儿！

宋清弥问："你们怎么知道是为我出气的？"

明悦和孟佳佳对视一眼："看来是真的了。"

"只是有很少人这么猜，说江野和杨洛为了争夺你大打出手。"明悦踢了踢宋清弥，让她坐起来往里缩缩，"不过作为江野的铁杆球迷，我相信他不会因为这点小事在球场失控。"

孟佳佳推了推眼镜，补充道："再想到今天下午学校账号下面关于你的评论，也就不难猜了。"

宋清弥感觉心又开始"怦怦"乱跳起了，反问："这就能证明？"

"嗯！"明悦说，"江野他超爱。"

真的吗？

宋清弥猜不透江野的想法，一把把被子蒙在脸上，号叫一声："啊啊啊啊啊啊，我也搞不懂是不是真的。

"我现在希望他别受到大的惩罚，虽然我看到有人造我谣我难受，但是如果他因为我而不能打篮球，我会更难受。"

江野的惩罚是第二天上午下达的。

禁赛两场，校内记大过。

而与此同时，宋清弥还在宿舍享受早八没课的赖床时光，宿舍门从外面被"砰砰"敲响，震耳欲聋。

宿管阿姨喊她："宋清弥，你们辅导员喊你跟她去趟行政楼。"

宋清弥一脸蒙："什么？"

宿管："你辅导员说你妈来了。"

显然，奚霞的到来不仅让宋清弥，也让辅导员摸不着头脑。

对辅导员来说，一个一声不吭直接来学校找到校长的家长，着实让人心里犯嘀咕。

一路上，辅导员都在询问宋清弥这段时间的学习生活如何。

宋清弥也答得不用心，到了办公室，她敲了敲门，就被奚霞喊到身边。奚霞拉着她手左看右看，确认没有瘦了黑了不开心了，才微微放心。

"郑叔，不是我来给你压力，好歹我们家老宋也给学校捐了一栋实验室，我跟老宋只想小幺儿在国内本科过渡四年，没想着她受到什么优待，但您也不能看着学生欺负人！"

奚霞伶牙俐齿，不疾不徐地抱怨着："这网上的舆论怎么说小幺儿的！校内舆论又把小幺儿跟阿野传成什么样了？您也不管管。

"老江走得早，龙姐心思没放在阿野身上，但他不是没人管，你们不管我跟老宋也得管！"

奚霞一声声的，看得宋清弥一愣一愣的，根本没有发言机会。

门又被敲响了。

校长松了口气："进。"

江野推门而入，环视一周，招呼道："郑伯伯，三婶。"

郑校长有着上位者和长辈的威严，朝江野颔首表示招呼："过来了？你先坐。"然后指了指奚霞和宋清弥的方向。

现在只有辅导员一个人尴尬地杵在旁边，宋清弥朝辅导员投去“对不起我很心疼你但我也无能为力”的目光。

年轻的辅导员对自己的学生露出一个苦笑。

江野进来是个短暂的插曲，奚霞还要继续刚才的内容，刚要开口，就被郑校长打断：“小霞呀，小幺儿和小江的情况我也是刚知道，这件事学校肯定有责任，等我把篮球队负责人和教练都叫来，先了解一下情况。”

奚霞保持着一丝不苟的姿势，跷着二郎腿，双手交握放在膝盖上，勉强点了点头。

气氛相当尴尬。

宋清弥用眼神问江野：什么情况？

江野也一头雾水地耸了耸肩。

——我妈现在好可怕。

明明是跟江野传递眼色，可奚霞突然回头甩来一记冷冷的眼风，宋清弥吓得浑身起鸡皮疙瘩。

很难想象，妈妈在家庭之外居然是这么强势的人。

其实也不怪奚霞生气。

奚霞睡前有刷短视频的习惯，昨天平江大学某音官方的视频号推送到她这里，她看着屏幕里青春活力的宋清弥，像是欣赏一件自己的珍宝和杰作。

然而，她点开评论区，不仅没有看到预期的对女儿的夸奖，反而有很多讽刺的人，用宋清弥的站位“左三”称呼她，还说了一些奚霞听不懂，但看大家的语气和表情就不太好的话。

她气得血压飙高，宋建华赶紧给她找了降压药，并且咨询律师如何取证。

没一会儿，球队教练和负责人都来了。

一排人乌泱泱地站在一起，本来宽敞的办公室一时间都拥挤了不少。

每个人都说了一下自己了解的情况，校长也跟着安慰了奚霞和宋清弥、江野。

到最后，奚霞从包里抽出一沓厚厚的复印文件，扔在桌子上，示意大家看：“这些就是网络上对宋小幺儿和阿野的不实流言，我已经全部取证，一会儿就去公证处公证，”她有种不怒自威的状态，“希望你们以后可以在舆情控制上更关注一些。”

话说到这里差不多就是说完了。

校长着急给这位侄女送走，赶紧道：“一定一定。”

奚霞抿了抿嘴唇：“麻烦郑叔，麻烦你们了。”

体育圈就这么大，宋建华是平江篮球俱乐部唯一的赞助商，宋家人分布在体育各界，大家很难不认识奚霞、无视她对女儿的舐犊之情。

教练和辅导员也跟着赔上笑脸，但奚霞的注意力已经不在他们身上了，转头看向宋清弥和江野："你们有课吗？"

宋清弥的辅导员愣了下："宋清弥妈妈，您要是有事就带宋清弥走吧，科任老师那里我去送请假条。"

教练也给江野批假："阿野，跟你婶儿先走吧。"

于是，这两位学生分别被自己的老师打包送给了奚霞。

车内。

奚霞驾驶车子，载着两人去一家很有名的本帮菜餐厅，车里放着欧美田园风音乐，宋清弥和江野坐在后面。

空气里很安静，只有导航的机械女声间或传来。

宋清弥对今天发生的一切还有些蒙。

奚霞认为她和江野受了委屈，一大早就赶过来，给两人主持公道，从上到下给了学校压力后，然后给两人接出来吃饭，哄小孩儿一样。

虽然有人撑腰的感觉很好，但宋清弥隐隐想叫嚣：我已经是大人啦！

还没等她开口，奚霞从后视镜里往后看了一眼："阿野回来后吃过平江小馆没？他们家换新厨师了，但味道没怎么变。"

江野眼皮颤了颤："还没。"

奚霞有些惊讶："你小时候很喜欢这家店呀？"

怎么能忍着不来呢。

江野偏头看了宋清弥一眼："那会儿是小幺儿爱吃。"

宋清弥："啊……"

"她爱吃？"奚霞愣了下，"我都没印象了。"

江野："她想吃老式锅包肉和拔丝地瓜，但有龋齿，您不太带她来。"

于是，宋清弥想起来了，好像是有这么一回事儿，小时候她喜欢吃甜食，但因为蛀牙的关系，奚霞对她的甜食掌控比较严格。

所以每次出去玩的时候，她很爱叫上江野，因为有了江野，奚霞一般都会让江野选择餐厅，而江野喜欢来平江小馆，她就跟着沾光。

因为当时的她认为这家店的锅包肉和拔丝地瓜是世界上最好吃的锅包肉和拔丝地瓜。

原来不是他自己喜欢吃。

宋清弥咕哝道："我还以为是你喜欢呢……"

奚霞也笑了笑："我也一直这么记着呢。"说着，不知道为什么又笑得更开心些，对宋清弥说，"你看，哥哥从小到大都在让着你。"

宋清弥反驳道："他不说是因为我，我怎么知道他不喜欢吃这家店，说得就像我不愿意让着他一样。"

面对她突如其来的脾气，奚霞愣了一下。

倒是江野浅浅笑了下，偏头瞧着旁边的人：“都是一些小事，我自愿的。”

短短的一句话，像是一片羽毛落在心尖上，宋清弥感觉自己那颗心脏又痒起来了。

她往靠近窗户的方向不动声色地挪了挪，躲开他的眼神，小声说：“那你都在满足别人，自己想要什么别人怎么知道？”

随口的一句话，没听到他的回答，宋清弥才好奇地看过去。

江野已经偏过头看着外面的风景，复制粘贴般的高楼大厦和城市绿化，平江处处可见的风景。

掩映在金黄树叶下的那张脸，有种说不出的落寞。

宋清弥恍然大悟，自己无心的一句话，却道出江野这二十年的真相：想要爸爸开心，想要妈妈开心，想要邻居家的妹妹开心。

自己开心不开心并不重要。

宋清弥心里忽然就有些酸。

到了店里，奚霞要了一间包厢，完全恢复了家长的姿态，让他们点菜。

“老式锅包肉、拔丝地瓜、大拉皮……”宋清弥先点了自己喜欢吃的菜，然后那本厚厚的菜单在她手里翻来覆去，从前翻到后又从后翻到前。

“纠结什么呢？你就只顾点，老妈付款。”奚霞说。

“我才不给你省钱呢！”宋清弥回答得很自然，然后又陷入迷茫。

江野喜欢什么呢？

好像从来没有见过他对什么表现出很大的兴趣。

或者说，在宋清弥仅有的记忆里，江野一直都在随她的意。

这个结论让她心里泛起一阵甜，又有些苦涩。

“再翻给人翻坏了。”

江野适时地从她手里接过菜单，给自己点了两道菜，都是少糖高蛋白的食物。

作为运动员，他在饮食上很自觉，不能轻易改变体重和体脂率。

宋清弥无趣地努了努嘴。

奚霞在两个小辈之间瞧了又瞧，感觉有些好笑：“你俩在我面前打什么哑谜呢？”

有吗？

宋清弥连忙否认：“怎么可能！跟体育生在一起正常说话他能听懂就不错了，还打什么哑谜呢。”

又是刻板印象了。

“解释一下，”江野敲了敲桌子，“虽然你也叫我哥哥，但，我可不是宋星宇。”

“那倒也是，”宋清弥想了想说，“要是他根本听不出来我在损他。”

江野点头表示赞成：“也是。”

奚霞在旁边露出一个笑：“哪有你这么损你小哥的。”

宋清弥努努嘴：“我最多算是重复一个事实而已。”

江野点头：“嗯。”

瞧这两个孩子一唱一和，奚霞心里有种说不出的开心，也就开开平辈的玩笑而已，她也没扫了他俩的兴。

这家店的优点就是上菜很快，宋清弥早上没吃饭，在办公室又被吓到，闻到菜香味才意识到自己饥肠辘辘。

服务员刚把菜摆上，她就转着桌子大口吃菜，风卷残云一般。

奚霞也不说她没规矩，就是感觉像恶犬扑食似的，捂嘴笑了笑。

宋清弥满嘴都是菜，指了指桌子：“你梦（们）西（吃）哇（呀）。”

不巧，奚霞的电话响起，是下属的消息，她拿着手机出了包厢，就留下两个人。

江野闷闷地笑了一声：“慢慢吃，没有宋星宇。”

小时候宋星宇就特别喜欢跟宋清弥抢饭吃，即便是没有多喜欢吃，但也一定要抢。

宋清弥咂着的嘴停下来，看向他：“你今天好像提了很多从前的事。”

江野默了默，似乎有一瞬间低落，但很快又冷淡地扬眉：“你不想？”

“不是，”宋清弥想也没想就回答，“只是感觉那些事情都距离现在很远了。”

“近的也有一些。”他说。

宋清弥想到很多事，连忙摇了摇头：“其实不提也挺好的。”

“我看也是，”江野颔首，“这些事儿我提起来，都像受害者在声讨。”

宋清弥心里“咯噔”一下。

他到底在说哪些事儿？

下一秒，下巴被受害人江野用修长而有力的手指狠狠嵌住，那张俊俏得有些过分的脸缓缓靠近。

包厢里光线昏暗，令他的神色和五官都有些模糊，只有那张唇形流畅的薄唇分外清晰。

红润，逐渐靠近。

宋清弥感觉胸口小鹿在蹦迪，撞得她呼吸乱了，脑子也跟着不清醒了。

她满脑子就剩下两个认知——

江野真帅啊！

以及小学时代的非主流语录：出来玩迟早要还的。

亲吧。

被帅哥亲亲不亏。

宋清弥狠下心来，视死如归。

然而，帅哥的嘴唇擦着脸颊过去。

江野往后挪了下，让灯光更好地照在宋清弥的脸上，再然后眉头皱了皱，仔细端详着。

宋清弥的耳根处被人狠狠搓了一下。

江野的表情有些嫌弃，把手举在她的面前：“宋小幺儿，你真行。

“吃饭能把汤汁甩在耳朵上？”

宋清弥看着江野飞快地抽出纸巾擦拭着手指，红着耳朵，恨不得找个地洞钻进去。

江野显然不给她机会，并且借此机会嘲讽她：“你要不参加个吉尼斯世界纪录。

“就比谁吃饭吃得脏。”

宋清弥翻了个白眼。

♥

第八章

青春的真相

Shishui

xiaoluluanshuang

“小幺儿……”

迷迷糊糊间，宋清弥感觉男人的呼吸声越发靠近，丝丝缕缕，宛若掺杂着药物一般，她不自觉地嘤咛一声，旋即回头看过去。

黑色的碎发，微微上挑的桃花眼，平时如墨色般深沉的眼里流露出一种浓重的，不容忽视的欲望。

像是隔着一层纱，又像隔着雾气，男人的面容影影绰绰并不清晰，她揉了揉眼睛，想要看得更真切。

她悄悄侧过脸去，贴近他的面庞。

……流川枫？

宋清弥刚要开口说话，却见他也看着自己，随后缓缓低下头，朝她吻了过来。

突兀的、不由分说的、绵长又有力的吻。

吻得宋清弥神魂颠倒又浑身紧绷，她攥成拳头的手不自觉攀在他的腰间。

他感觉到了，于是轻扬嘴角，下一秒，冰凉的手指如同小蛇般在光洁的皮肤上游弋。

“唔……”她瞧不清自己的情绪，本能地发出毫无意义的呜咽声。

身体陡然一凉，冰凉的手指捏着大腿，像是美人鱼的尾巴被刀从中间劈开，宋清弥宛若在红色的海洋里沉浮。

想拒绝，又承受，并享受。

“宋小幺儿——”

清冷的、带着几分戏谑的声音在耳边陡然响起，令人飞快地清醒，宋清弥抬头看去，哪有流川枫，只有江野玩味似的，看着她。

…………

“丁零丁零——”

一阵刺耳的手机铃声响起，宋清弥猛然从梦里清醒，睁眼盯着头顶的水晶吊灯，还有粉色公主床帷幔，胸口剧烈地起伏。

下午两点三十分。

宋清弥已经数不清第几次做有关江野的那个梦了，自从上次在饭店被他有意无意点出曾经她不小心用嘴唇触碰过他的嘴唇后，她就变了。

她面对江野再也没有纯洁的友谊了。

“喂？”宋清弥接起电话，明显不畅快。

“哟，谁又惹我们大小姐生气了？”宋星宇的声音还是那么熟悉、那么欠揍，“你哥我今天回平江了，你还不来给我接风洗尘？你江野哥哥也在呢。”

CUBA 一级联赛预选赛已经全部落下帷幕，平江大学队以省第一的成绩入围分区赛。

但分区赛艰难重重，比如劲旅以及去年冠军获得者华清大学队也在东北赛区。

比赛结束，华清大学队给队员休假，宋星宇迫不及待就回了平江。

虽然多日不见，但宋清弥并不想他，满脑子就一个想法：就为了这点事打扰我做梦？

宋清弥没睡好，气不顺，宋星宇就成了完美的出气筒：“哥哥哥哥哥，老母鸡下蛋的呢你。”

“这么大脾气呢？”宋星宇看了一眼来机场接他，此时正过机场高速 ETC 的江野，轻咳两声，“江野又不是外人，叫声哥哥怎么了？”

宋清弥：“那是你内人？”

宋星宇一头问号。

“撤回前面两条消息，”宋星宇开始不顾司机江野的死活，“江野这个傻子也在，你出来不？”

“我……”宋清弥说了一半，声音戛然而止。

正纠结着，就听到宋星宇利诱：“出来给你半个月零花钱。”

“呵呵呵，”宋清弥冷笑三声，“你知道我的零花钱有多少吗？”

宋星宇蒙了：“咱俩不一样吗？爷爷奶奶偷偷给你涨生活费了？”

宋家家风相对比较传统，信奉“穷养儿子富养女”这一套。

“哪里有偷摸涨？”宋清弥轻描淡写地道出一个真相，“我一直都比你多好吧！”

活了二十年，他居然都活在虚伪和假象里！

宋星宇默默挂了电话，转头向江野寻求安慰：“哥们儿，你听到了没，我被重女轻男区别对待了。”

江野无所谓道：“一如既往，只是你才发觉罢了。”

一句话让宋星宇回忆起很多悲伤的细节，他痛苦地哀号一声：“你说小幺儿一个二次元宅女要这么多钱干吗呀？按斤买漫画书都看不完吧，反倒是我，又得打球，又得打游戏，又得恋爱，又得社交请客……”

他倒豆子似的细数自己要花钱的地方。

“她不只是有钱呢，”江野专注地看着马路，轻飘飘一句话杀人于无形，“她还不听你话。

“甚至不想跟你见面。

“并且说不见就不见。”

卒。

此时此刻，高大的宋星宇悲伤成一个孩子：“我这个哥哥做得实在太失败了，一点威严也没有。”

“但可以有胃炎。”

“你可真幽默。”

“谢谢夸奖，”江野沉吟片刻，“那我支持你找回做哥哥的威严。”

宋星宇：“怎么找？我去宿舍给她提溜出来？”

“也行，”江野随口一说，“不过今天周末，她应该在家。”

“那就去她家！”宋星宇一拍大腿，狠狠道，“今天必须让宋小幺儿出来跟哥俩儿把饭吃上，坚持捍卫兄长的尊严！”

江野立马切换导航路线，在下一个红绿灯路口左转。

动作丝滑得跟练习过一样。

宋星宇挠挠头，感觉怪怪的，但想破脑袋也没想明白，就吃不吃饭的问题最后怎么扯到尊严之战上了。

还在床上“躺尸”的宋清弥丝毫不知道将有什么等待自己。

她在床上翻来覆去摊大饼好一阵，搞得头发乱蓬蓬、小脸红红的，再抬头看着满屋子的流川枫，一时间心情无比微妙。

她又想起来明悦问出的比较哲学的问题：流川枫和平江流川枫你爱谁呢？

其实她现在有点躲着江野，她总感觉，现在的江野不是她认识的江野了，现在的江野……有一点点……

像狐狸精上身。

那天在餐厅，他故意靠近最后擦掉她嘴角的汤汁、扔在她头顶的衣服，还有后来一些若有似无的接触。

不一样了，跟之前不一样。

宋清弥搞不懂这些不一样，导致最近见到江野的时候手脚都不知道要怎么摆，于是只能敬而远之，躲着他。

房门被敲响。

以为是阿姨来送水果，宋清弥闷闷地喊了一声："门没锁，进。"

门应声被推开，但没人进来。

她这才好奇地从乱糟糟的被子里抬头，再然后，内心疯狂咆哮。

床上是印着流川枫图片的被子，墙壁上大大小小的流川枫海报，桌上，一排流川枫的手办。

门口，"平江流川枫"江野推开房门，猝不及防地跟真流川枫四目相对。

宋清弥差点儿从床上蹦起来。

江野好看的眸子眯了眯，表情总有些欲语还休的味道。

宋清弥嘴角抽了抽，在他开口说话之前赶紧从床上爬起来跑到门前："你怎么来找我了，有事？"

她手按在门框上，气沉丹田，准备江野一退出去就关门。

江野纹丝不动，她那不靠谱的便宜哥哥姗姗来迟，嘴里啃着一枚从楼下会客厅顺来的黄桃。

宋星宇仗着身高，视线轻而易举地越过江野、越过宋清弥，将妹妹"闺房"一览无余。

"好家伙，"宋星宇一个猫腰，灵活地从江野和宋清弥中间挤进房间，领导视察似的背手走了一圈，站在流川枫手办前扒拉了两下，举起一个问，"小幺儿还喜欢这玩意儿呢？"

你第一次来我房间，喜欢不喜欢你还不知道？

当着江野的面故意的吧？

虽然这种事也不是第一次发生了，但因为最近宋清弥总做古怪的梦，自己反而先不自在起来。

她气得直跳脚，给宋星宇往门外推："你有病啊，刚回来不回家来我家晃什么！"

可体重 190 斤的宋星宇哪能这么好推动，现在的宋星宇已经"黑化"，宋清弥越急他就越稳。

宋星宇被推着慢悠悠往外走，到门口的时候，他还顺手把流川枫手办递给江野。

“阿野，你记得不？”宋星宇扬着嗓门，一脸坏笑，还不等宋清弥阻止就滔滔不绝地说，“当初小幺儿还把你当成这玩意儿，猛亲你来着。”

声音在空荡荡的别墅里飘荡、扩散、消失。

宋清弥傻了。

宋星宇今天心灵受伤，发疯似的继续补刀：“还亲了两口。”

宋清弥麻木转头，看向江野。

江野嘴角的弧度不断扩大，记忆在他脑海里走马观花，清晰无比，宛若雕刻。

江野“哦”了一声，小幅度地偏头，看向宋清弥，慢悠悠地从齿间磨出两个字：“是吗？”

宋清弥垂在两侧的双手紧紧握成拳头，深深地呼吸两次，将将压下怨气和怒火。

“不是。”

她上前一步，淡定地从江野手里拿回流川枫手办：“只亲了一次。”

她退回门口，手按门框，平静地解释道：“第二次，没亲到。”

“砰——”的一声。

话音落下，关门声响起。

价格不菲的门板微微颤抖了下。

宋星宇根本不罢休，看着紧闭的房门继续输出：“宋小幺儿，你怎么个子小小的，脾气这么大？

“不就是亲了江野两口嘛，人家被害人都不当回事儿，你还害羞个什么劲儿。”

宋清弥好想给她的冤种哥哥的嘴缝上，她和江野之间的问题关键，被她好不容易粉饰太平的事实，居然在这个平平无奇的下午，被无情地戳破。

江野看着倒是很平静，感觉宋星宇有点吵，捏了捏眉心，礼貌地提醒：“不是喊她晚上出去吃饭吗？”

话音落下，空气里一阵死寂。

宋星宇这才想起来此行的目的，再看看刚才干的好事，心里暗叫不妙，但还是保持着“哥哥”的“威严”，敲敲门：“你别不好意思了，晚上哥请你吃饭，咱们喝点小酒开心一下。”

宋清弥还是忍不住了，气贯丹田，朝着门口吼了一声：“滚——”

门好像又颤抖了两下。

宋星宇自知做错了事，后退两步，摸摸鼻子，睨了眼江野：“叫你滚呢。”

“不是你吗？”江野语气冷淡。

宋星宇：“我是她尊敬的、敬爱的哥哥。”

江野不忍心戳穿他，拍了拍他的肩膀，语气上扬："那也不可能是我。"

宋星宇质疑："凭什么？"

江野慢条斯理地摘下帽子，修长且指节分明的手指指向自己的脸，稍稍偏头，嘴角笑容分外嚣张了些。

宋星宇："因为你丑得像狗？

"确实，我妹心地善良，不会对狗大呼小叫。"

江野白了他一眼，最后瞟了眼紧闭的房门，右手插兜往楼梯方向走，边走边说："因为我天生丽质，人称平江流川枫。"

并且是被宋清弥亲过两口的平江流川枫，你拿什么比？

宋星宇立马闭嘴。

他回头朝宋清弥的门看了一眼，欲言又止，讪讪地走开了。

宋清弥真的气了，然而愤怒之外，更多的是慌乱。

很多事情，她理不出一个头绪来。

当年她不小心亲了江野是事实，她不愿提及，因为害怕江野会讨回来。

可如今的江野，总感觉他态度不明朗，对她总是有一种游离的好与坏。

明明他站在那里没有明确说过一个字，她却在这份若即若离的态度里不上不下飘飘然。

她不喜欢这种飘忽的心情，想要一个痛快。

她心里烦闷，向明悦诉苦。

明悦问她：那你现在想要江野在这件事上讨回来吗？

宋清弥无法回答。

她冥思苦想，翻来覆去，最后被一阵微信语音通话声吵醒。

宋星宇这厮阴魂不散。

她当年对不起江野，可没有对不起宋星宇，宋清弥恩怨分明，赏了他拉黑一条龙。

一分钟后，支付宝出现消息。

她收到一笔来自星宇的转账。

星宇：妹，别害羞了，哥请你吃饭。

今夜宠幸流川枫：郑重声明，没有害羞。

星宇：那别后悔了，我的仙女妹妹亲了丑江野，是他的福气。

这话说得中听。

今夜宠幸流川枫：那你等我一会儿。

有饭不吃白不吃，更何况干吗给宋星宇这玩意儿省钱。

宋清弥从床上下来，用清水冲了把脸，抓起手机下楼。

大门外，停着一辆很张扬的苹果绿色的奥迪，见她出来，按了下喇叭。

宋清弥直奔后排，开门，脚踩上踏板，抬头，愣住。

江野，居然也在。

他双手抱胸，闭着眼睛休息。

其实并不意外。

白天宋星宇打电话时说过和江野一起吃饭。

更何况宋星宇跟他好得像连体婴。

宋清弥心里很乱，决定夹起尾巴做人，悄悄绕过去，就当啥事都没发生。

然而，听到开门声的江野，慢悠悠地半掀眼皮，瞭了她一眼。

宋清弥有点心虚地朝他勾起嘴角笑了下，要绕到另一侧开门。

驾驶位上的宋星宇发话：“那头靠马路，不安全。”

理由充分。

江野这位爷终于舍得轻抬金臀，往旁边挪了下，留出一个人的位置。

宋清弥的脚趾工程又开始动工。

坐这里吧，有点尴尬。

去坐副驾驶座吧，又不太礼貌。

算了，硬着头皮上吧。

她叹了口气，踩着踏板，上车，关门，动作一气呵成。

宋星宇发动车子，江野毫无意外，继续闭目养神。

见江野没有要“声讨”自己的意思，宋清弥放松了些，可身边传来的热量确实无法忽视，像是一团火，热量越发浓重。

宋清弥被他的热量、呼吸，甚至味道团团围住，最近白天和晚上关于他的十八禁梦境一一在脑海里浮现，她逐渐如坐针毡、坐立不安。

“那个，小哥，”她吞吞吐吐地说，“开点窗吧？”

宋星宇没多问，照做。

几分钟后，宋清弥说：“再开一点吧？”

宋星宇从后视镜看了她一眼：“还开？大冷天的你是不是火大。”

宋清弥笑着承受了他的嘲笑。

可情况并没有转好，她逐渐衍生出双颊通红、手冒虚汗的状况。

“小哥，你再开一扇窗呢？”

这次，还没等宋星宇动手，身侧就传来窸窣的衣料摩擦声。

江野睁开眼睛，淡淡地看着她：“不至于吧。”

宋清弥耳根开始发烫，回头看向他。

江野：“我就让你尴尬一次，你却想冻死我？”

宋清弥挠了挠头，嘴角扯出一个人畜无害的笑容：“没有的事，怎么可能呢。听说你们男孩子火气重，我怕你睡着了会热。”

“哦。”江野淡淡地睨了她一眼，继续闭目养神，没戳破这尴尬又拙劣的借口。

前排的宋星宇难得没有插嘴。

车子驶进商场地下停车场，三个人顺着电梯到达七楼，进了一家炭火烤肉店。

周六晚上，商场内娱乐氛围正足，人群熙攘，店内坐满了人。

他们到的时候刚好换下来一桌，服务员引他们到位置上。

宋清弥走在最末尾，隔着氤氲空气看着她的两位哥哥。

宋星宇因为教练的要求又增重了些，如今走起路来像一堵移动的墙，虽然他貌似从来不缺女朋友，但宋清弥一向认为是那些美女眼瞎。

江野虽然高，但胜在肌肉匀称，颇为赏心悦目。

宋清弥在宋星宇身边坐下，扫进二维码点餐，页面刚跳出来，就看到宋星宇往购物车里点了好多肉。

她刚要提醒三个人是不是吃不了这么多，宋星宇就站起来，山似的挡住她的光。

宋星宇："点好了，我出去买奶茶。"

宋清弥更震惊了，他这个五大三粗的玩意儿怎么爱喝奶茶？

宋星宇也懒得跟她说话，直接拎小鸡似的给她拎起来，然后走出去。

"你等一下！"宋清弥喊住他，他走了不就剩她和江野尴尬地大眼瞪小眼了吗？

"我去吧，我对奶茶熟！"

宋星宇从来没见她这么乖巧过，心里美滋滋的，摸了摸她的头："有哥哥在怎么好意思让你花钱呢。"

宋清弥："那你可以把钱转给我啊！"

事出反常必有妖，宋星宇低头仔细看了宋清弥两眼，问："小鬼，你在憋什么坏心眼呢？"

宋清弥噎了一下："何出此言？"

本来走沉默寡言路线的江野此刻终于淡淡开嗓："因为——"他停顿了下，"你从来没有勤快过。"

随着宋星宇远去的背影，宋清弥的感官逐渐放大，江野的呼吸声、小动作都像是开了 1080P 般清晰起来。

没有提及当年那个吻的时候怎么都好，可那些记忆一旦在两人之间摊开，宋清弥就没办法做到无所谓。

顶着江野的目光，她开始如芒在背、如坐针毡。

服务员送来了茶水和前菜。

商场里暖气很足，江野脱了外套，随手摆了一下，小臂上青筋起伏，动起来略带性感。

他给自己倒了一杯茶水，小抿一口。

然后，他的手伸向对面。

宋清弥立马坐直身体，仿佛没写作业但等待被检查的小学生。

江野瞥了她一眼，接过她面前的杯子，帮她倒了一杯。

宋清弥赶紧双手去接：“谢谢，谢谢。”

态度无比好。

可在她的真诚之下，江野却漫不经心地改变了杯子的运行轨迹，直接搁在了自己面前。

宋清弥一愣。

江野缓缓启齿，叫她：“宋小幺儿。”

登时，宋清弥脊背发凉。

是要开始秋后算账了吗？

江野就跟玩弄老鼠的坏猫似的，喊完人名，却长久地停顿下去，反而将蘸料碟递到她面前。

宋清弥继续屏住呼吸。

她感觉江野那节手臂更靠近了些，斜着从面前经过，将最后一碟蘸料放在宋星宇的位置。

真不知道您还是位体贴的好兄弟呢。

江野掷地有声地抛下两个字：“躲我？”

音调偏低，无端有点儿严肃。

宋清弥赶紧摇头：“没有！”

“那最近为什么总也见不到你？”江野继续问。

宋清弥说：“学校那么大，我又宅，见不到很正常。”

江野：“可是听说你又拒绝了卢伯伯的实习队医名额。”

虽然当实习队医不是什么美差，但卢鸣教授手里有研究生名额，实习队医加学分也很多，没道理避之不及。

被戳中心思，宋清弥低下头用筷子戳烤肉干料，没说话。

江野瞧她两眼，兀自说下去：“我觉得你应该有话对我说。”

那是一副云淡风轻的态度，但宋清弥只感觉头顶那把悬着的刀终于落了下来。

她立马滑跪三连：“对不起，我错了，下次不敢了！”

江野太阳穴一跳。

他还没开口，宋清弥就完全不打自招：“对不起，我当初不应该喝了点酒就亲你，亲完第一次还想亲第二次，第二次没亲到还暗戳戳后悔的。”

话音落下，陆陆续续有人看过来。

江野低头抿了口茶水，躲避大众视线，疑惑道：“……后悔？”
水光在他唇上潋滟一片，又红又润，像是妖精。
吃人的那种。
小时候被他胖揍的惨痛经历涌上心头，她哪有心思去管江野为何这样，只顾着道歉：“您就大人有大量，原谅我这一次，实在不行你就把我当成管不住自己出去寻花问柳的男人……”
“寻花问柳？”江野抓住关键字眼，倏地笑了一声，声音低低的，有点颤，“那你这是……
“占我便宜？”
宋清弥拿着水杯的手一个不稳，呛了自己好大一口。
她猛咳一阵，准备解释：“不……”
江野继续说：“我很贵的。”
宋清弥震惊地睁大眼睛，摇着脑袋看了看周围确定没人关注他们，才悄悄问：“这是可以说的吗？怎么从来没听你说过？”
虽然乍一听像天方夜谭，但实际操作起来也不是不可能。
毕竟很多时候说他在训练，但谁看到了？
只不过学校知道吗？大学生体育协会知道吗？全网几百万的球迷知道吗？
她眼里露出八卦的光芒。
江野用“别以为我不知道你脑子里装了什么黄色废料”的眼神冷冷睨她，半晌，嗤笑了一声：“身价。”
宋清弥揉了揉鼻子：“……哦。”
宋清弥往前探了探身子，小手拢在唇边，小声询问商业机密似的：“多少钱？”
江野大大方方地举起左手。
五根手指。
“五……五十万？”
这可不少。
江野否认：“不是。”
“五万？”
这个价位也可以接受了。
江野本来是正经聊自己的出场费，被她反复误会，他干脆将计就计，眉毛一挑：“五百。”
宋清弥震惊。
一副“你也太不值钱了，早说你五百我能亲你八百口”的表情。
她从小到大长在象牙塔无菌环境里，有点天然呆，没感受过社会的毒打，所以想象力丰富得很，人不大但脑子里都是天马行空的玩意儿。

宋清弥消化了一阵，压低音量：“真的？”

江野面不改色地胡诌：“咱俩熟人，给你友情价。”

这么好？

“再加上你是学生，学生证打五折。”

真的？

“童叟无欺，业界良心。”

空气里沉默一秒。

宋清弥喝了口水压下震惊，由衷地感叹道：“价格好实惠。”

虽然，她是说虽然，江野也不差这五百块钱。

但是，当年不明不白地被亲了一口，好歹得找补回来一点吧。

宋清弥表示能理解。

更何况始作俑者是她，好歹有一起长大的情分，她又长大了，他不能像小时候那样揍她。

这五百块钱，就相当于……精神损失费？

既然他大度，宋清弥也不小气，大方地说：“我当时是亲了你两口，虽然第二口没亲到，那就算一百二十五吧。”

宋清弥计算了下：“两次加起来就是三百七十五，我转给你，微信还是支付宝。”

她满眼写着“给你转账可就不能再提这件事了啊”的表情。

江野：“微信。”

宋清弥立马解锁手机：“我直接转给你四百，不用找零。”

“叮咚”一声，转账提醒。

江野看了一眼手机，久久没说话。

宋清弥好奇地看着他，他抬起头。

“什么意思？”他将手机举到两人面前，“转我四千？”

确实是三个“0”，她刚刚手滑，点错了。

“你点退款我重新转就好了。”

宋清弥刚要说话，就见江野点了“接受”，然后，他若有似无地“啧”了一声。

宋清弥一愣。

“多转3625块，”他挑了挑眉毛，最近在他身上显而易见的浪荡气质越发明显，“怎么，还想再亲我14.5次？”

宋清弥沉默了。

江野：“都是熟人，我算你15次。”

宋清弥一脸蒙。

“如何？”

啊啊啊啊！

宋清弥的内心在咆哮，好在宋星宇姗姗来迟："你俩算什么呢，还有零有整的。"

江野收回步步紧逼的目光，朝他笑了下："计算服务卡使用次数。"

"什么服务卡？"宋星宇刨根问底，却被江野转移了话题。

江野指着奶茶问："都买了什么？"

宋星宇果然被带走话题："放心吧，不能买错。"

他买了三杯奶茶。他和江野是运动员，平时严格控制饮食，又处于非增重阶段，选的都是无糖。

只有宋清弥的是七分糖的桂花酒酿加芋圆。

她挠了挠头："酒酿？"

宋星宇："那才多少酒精，狗都喝不醉。"

也是。

宋清弥立马插进吸管，捧着奶茶瓶"咕噜咕噜"。

跟两个运动员吃饭，食欲都被他们带得好了起来，但牛肉也容易腻，宋清弥的奶茶很快就被她横扫一空。

吃过晚饭，将将晚上九点。

明天他们有训练，不便逗留，选择回俱乐部。

平江的冬日万物肃杀，车内开了暖气，热气逐渐上来，身上暖洋洋的。

可吹着吹着，宋清弥感觉有点儿头晕。

该不会是喝了一杯桂花酒酿就醉了吧？当年醉酒的德行还历历在目，宋清弥努力地捏自己手臂让自己保持理智。

车子七拐八拐，终于在宿舍楼下停下，宋清弥今晚回宿舍住。

江野和宋星宇下车，宋清弥却没动。

宋星宇拍了拍车窗："小鬼，干吗呢你？"

宋清弥岿然不动。

江野不可置信地道出内心的猜测："喝多了？"

江野试探着打开车门，宋清弥就跟液体似的随着车门往外倒。

江野手疾眼快地接住她，皱眉道："小心点儿。"

宋清弥的酒品实在是算不上好，此刻虽然自己没有意识了，但还忍不住要流氓。

她问："江野哥哥，亲亲服务卡，我现在能用一次吗？"

声音不大，但在静谧的夜晚异常清晰。

江野和宋星宇面面相觑。

整个晚上，宋清弥又在迷迷糊糊间开始做梦。

最开始，她梦到自己跟在流川枫后面亦步亦趋，但流川枫对她不屑一顾。

她太过伤心，提了一麻袋钞票去找流川枫平替寻找安慰。

亲一次二百五。

亲一次二百五。

也不知道亲了多少次，厚厚的一沓钞票就剩了十来张，她大手一挥，问他：“摸一次腹肌几百？”

江野宁死不从。

她干脆把所有钱都扔在了他脸上。

“丁零丁零——”

一阵电话铃声响起。

宋清弥猛然睁开眼睛，盯着陌生的天花板两秒，消化了那个尺度过大的美梦后，看了一眼来电显示。

宋星宇。

又是宋星宇！

宋清弥本来就有起床气，更何况美梦被打扰，接起电话，一通输出：“宋星宇，你有病吧，大早上打什么电话给我？我正做和流川枫的美梦呢，虽然是平替流川枫，但这不是重点！你知道以我的睡眠质量做梦多不容易吗……”

一口气太长，她停顿了一下，就听到电话那头传来克制过后的笑声：“宋清弥。”

叫她全名，字正腔圆。

宋清弥瞬间清醒。

这！是！江！野！

宋星宇的手机号码，江野的声音。

“梦醒了，你该起床了。”

内心咆哮了几秒钟，宋清弥终于问：“我起床你就能忘记我刚才的胡言乱语吗？”

对面沉默：“恐怕不行。”

宋清弥欲哭无泪。

江野：“要不这样，在你梦里的补偿金，我也收一下。”

宋清弥：“梦里你又没有受到实质伤害。”

“但梦里你把我当成流川枫平替，”江野的回答很是流畅，声音照旧冷淡又透着一种莫名的慵懒，“这挺叫我伤心的。”

他的声音像一缕羽毛落在宋清弥的心尖上。

宋清弥：“平替流川枫就只有你一个人吗？”

江野“哼”了一声：“你还想有几个？”

“你俩说什么呢？唠正事儿！”电话里突然传来第三人的声音，宋星宇接过手机，把话说完，“宋小幺儿别睡了，跟我们去食堂吃早饭。”

便宜哥哥的声音适当加入，斩断宋清弥分不清梦境与虚妄的沉默。

宋清弥这才注意到，明明来电显示是宋星宇，讲话的却是江野。

想来是宋星宇授意江野向她致电并约早饭，只是因为她接起电话就一通胡言乱语的输出，将两人的对话带偏了而已。

意识到这点，宋清弥大概猜测出来，昨晚宋星宇应该没有回家，而是在江野宿舍凑合了一夜。

“食堂早饭有什么好吃的？”宋清弥回过神来，开始找碴似的反驳他，“你在华清吃不到早饭吗？”

“这怎么能一样，”宋星宇说，“华清的早餐是华清的，平大的早餐是平大的，这是你和江野的母校，我可得好好感受一下你俩的校园生活。”

“适可而止吧宋星宇，”宋清弥直接戳穿他，“我在这个学校快两年，你才想起来感受我的校园生活吗？”

宋星宇沉默，然后放弃伪装：“你都知道是怎么回事还要问，真的不怕伤心？”

宋清弥立马挂断电话。

她再看一眼手机锁屏，早上八点钟。

时间还早，她决定继续睡下去。

然而再次闭上眼，半睡半醒间，她好像衔接上那段有些模糊不清的、关于昨晚在宋星宇车上的、有些不堪的记忆。

昨晚，她当着宋星宇的面公然询问江野亲亲服务卡可否就地使用，自己因为那点儿酒酿桂花已经醺醺然，不顾江野和宋星宇全然错愕的目光，径直朝江野吻去。

眼看着嘴唇就要贴近嘴唇，宋星宇终于从震惊的状态里惊醒，然后拎着她的衣领给她扔回座位上。

“这怎么回事儿？”

面对对方兄长的质疑，江野淡定地将事情的来龙去脉解释了一番。

宋星宇作为中立第三方，判定主要责任在宋清弥。

但转出去的账没有收回来的道理，可真让自家妹妹狂亲自己哥们儿，这也是万万不可能的，于是，宋星宇根据这 3625 元，划分出若干小型服务，并分别标价。

这些服务未来一个月内将由江野提供。

什么看着她吃早饭，看着她写作业，陪她去图书馆复习六级。

这哪里是哥哥，分明是爹！

此时此刻，宋清弥看着跟江野的聊天框里静静躺着的“价目表”，一时间有些欲哭无泪。

她感觉最近自己面对江野的态度有些奇妙，想暂时减少一些和他的接触。

可宋星宇玩这么一出，两人现在强行绑定了。

山重水复确实没有路，柳暗花明没看到村。

她躺在床上悲哀咆哮的那一秒，最后一点记忆归位。

时间倒退到昨晚，宋清弥被室友明悦接回宿舍之前。

车里，宋星宇点燃一支烟，边吸边对江野说：“你要制止小幺儿对你的行为，要知道，我妹妹对我哥们儿下手，这感觉很奇妙。”

江野挑眉：“亲上加亲？”

宋星宇垮脸：“像乱伦。”

“宋小幺儿。”

上午第一节课结束，宋清弥打着哈欠跟随人潮从通识课大教室里走出来，隔着无精打采乌泱泱的人群，一道清澈干净的男声传来，宋清弥的目光宛若摩西分海，划开人群，一眼锁定。

江野站在走廊角落，身后是有些生锈的栏杆，昨日刚下过雪，巍峨挺拔的松树上绿色纯粹，白色干净。

他比松树枝丫要高，凛冬时节，不怕冷似的，没穿羽绒服外套，只穿了一件版型挺阔的卫衣，下面是水洗蓝色直筒牛仔裤和帆布鞋，左手拿着水杯，右手仗着手掌大，还拿了平板电脑和教科书。

明明是最普通的大学生装扮，但他眉目深邃，身姿挺拔，瞧上一眼还是惊为天人。

明悦也被这声音、这身影吸引，看看江野，又看看宋清弥，叹息一声：“得，你那感情不好没有半点关系的非亲哥哥又来找你去图书馆了，我自己回宿舍睡觉去。”

关于“非亲哥哥”前面的那串定语，说的都是反话。

“我们感情是真的不好！”宋清弥连忙解释，却越发显得欲盖弥彰。

“哟哟哟，”明悦学着某男明星表情包的样子撇了撇嘴，“我们的感情真的不好。”学完翻了个白眼，挽起孟佳佳的手臂，“谁信呀！”

孟佳佳有样学样：“谁信呀！”

不等宋清弥再说话，她俩就手挽手随着人潮溜下楼。

等到人群散尽，宋清弥朝江野的方向看了一眼，点了点脚尖，没动。

可不是她约的江野，她可没有故意在这里等待呢。

将这些动作都收入眼底，江野轻笑了下，朝她走过来。

“你怎么又来了。”

直到江野卸下她空空如也的书包单肩背在自己身上，宋清弥才努努嘴，不甚满意地发话，找碴儿似的。

江野没在乎她语气里的不满，反而揉了揉她的头发：“因为你的充值卡还没消费完。”

毕竟要消费一个月，内容涵盖了早八电话叫醒服务、早八带饭、中午晚上一起吃饭、一起去图书馆学习、辅导宋清弥过英语六级。

以上内容，宋星宇这货能办到几个？

己所不欲偏施于人，宋星宇自己办不到就让江野逼着自己妹妹办到，并且已经逼迫小半个月了。

一听到学习相关，宋清弥欲哭无泪，反手勾住教室门把手，眨了眨大眼睛，努力“萌混”过关：“江野哥哥，我们能不去图书馆不？”

她是真不爱学习。

“不能。”江野斩钉截铁地拒绝，“这是你哥安排的任务。”

宋清弥立马眼冒金光：“那咱俩就当你做完任务了，一起瞒着宋星宇！”

江野义正词严地拒绝：“不能骗人。”

“啊啊啊，真的不行吗？”见怎么也说不动江野，宋清弥噘起嘴来，看着委屈死了。

江野默了默，想摸她的头，但手里已经被东西塞满，于是往前一步，离她更近一些：“叔叔想送你出国，但你现在的 GPA（平均学分绩点）不够还得刷一刷；英语也很重要，你现在的成绩考雅思……”

“停！”宋清弥把食指伸到他面前，让他闭嘴，“你开始讲大道理了，说的话没有一句我爱听的。”

江野垂眼看着唇前的那根白皙的手指，忽而笑了一声：“你想听什么？”

“听……”宋清弥思考了下，“比如说我漂亮可爱聪明脑子快，总之不能提学习成绩，还有出国的事让我焦虑。”

“好好好，”江野立马换了一套台词，“无敌可爱的宋小幺儿，你别美得太过分，这么聪明的脑子只要想学习，还不是想学会什么就立马学会了。”

“彩虹屁”吹得很完美，宋清弥满意地点了点头。

“开心了？”江野话锋一转，“开心就乖乖跟我去图书馆吧。”

课间时间只有短短的二十分钟，两人在这儿磨蹭了一会儿，有学生绕过他们进教室。

走进教室后，那个学生还不忘回头看他俩一眼，满眼写着“小情侣能不能换个地方谈恋爱”的不满。

宋清弥尴尬地松开门把手。

江野见状直接握住她的手臂，不容置喙道：“走了。”

江野参加的是 CUBA 一级联赛，参赛人员都是体育生，几乎都是以比赛为主业。

但是江野跟大家不同，他还辅修了金融专业。

到了学期期末，江野也得复习准备期末考试，他很专注很努力，日常看上去比宋清弥还要忙一些。

毕竟宋清弥一点都不着急学习。

平大的学习氛围还算不错，图书馆里座位虽不至于爆满到需要提前预约，但两人也是转了很久才找到座位。

江野一坐下就打开课本，对着老师发在课程群里的PPT开始复习。宋清弥打开英语六级真题卷，抠抠手指，想着已经冬天了，应该换一副新美甲。

江野屈指在她面前敲了敲。

宋清弥回神，讪讪地扫码开始听听力。

她英语成绩还算勉强，但因为高考时听力不算分数，就算是学校有意训练听力，她也学得不认真，高考听力部分还勉强，四级也凑合，但是到了六级，明显吃力。

听着听着，她就开始走神。

江野叹了口气："先做选词填空和阅读理解吧。"

宋清弥给卷子翻页，然后低头读题目，读着读着，感觉自己好困好困，完全就是一副不想学习谁催她都没用的咸鱼心态。

"别睡。"在宋清弥第N次要把眼睛闭上时，江野终于无奈地发话，"把这两道题目做完，我们就去吃饭。"

"真的？"宋清弥眼睛发亮。

"嗯，"江野点了点头，"顺便再聆听一下迟到的抱歉。"

写完一张六级卷子，宋清弥对着答案看了看，成绩还行。

但一想到期末还有那么多要复习，她又瞬间如同被喷了百草枯的小草，蔫了下去。

"慢慢来，"江野揉了揉她的脑袋，安慰道，"绩点不够大三重修就行。"

宋清弥咬牙切齿："真谢谢你的好建议。"

江野一边整理书包，一边礼貌地回答："不客气，小意思。"

两人走出图书馆，冷气瞬间扑上来。

江野抬手将她的帽子扣上。

帽檐很大，挡住了大半视线，宋清弥眯着眼睛，只能看到他线条清晰的下颌，还有淡淡传来的薄荷香气。

冬天，但这阵薄荷香也没有显得很单薄，貌似夹杂了一些檀木香，清新里多了一份厚重。

隔着厚重的羽绒服外套，江野拉了拉她的手臂："走了。"

"去哪儿？"

"先解决点陈年旧事。"江野说。

他们到了校内咖啡厅，暖气扑脸，宋清弥脱了厚重的羽绒服外套，露出里面的紧身羊毛衫，勾勒出清晰的身体线条。

她低头搅着手里的咖啡，再戳一戳面前的提拉米苏，一直没抬头看对面的人，摆明了全然忽视的态度。

江野哪里看不明白，扬了扬下巴，对杨洛催促道："说。"

杨洛冷笑了一声，也不知是不服气还是怎么着，晃悠悠地站起来，对宋清弥鞠了个躬："宋小姐，对不起，我为当初因为你拒绝给我微信就在网络上造谣和编派你的事情道歉，希望可以取得你的原谅。"

宋清弥扭头看江野："我有不原谅的权利吗？"

江野沉吟了下："自然。"

宋清弥被噎了一下，反而不知道怎么回答。

预选赛时发生的事情虽然已经过去两个月，但案件一直在推进，江野和奚霞都有意不让宋清弥卷进这件事里，都没跟她多提过。

因为起诉的关系，江野拿到了在某音平台视频下面造谣人员的信息，有些账号是杨洛本人，有些账号是杨洛的朋友。

二审宣判江野方胜诉，杨洛方要公开道歉，并且私下对受害人进行道歉。

因为当初的事最多也只能算在小范围传播，这两个月信息热点也不断变化，鲜有人提起这件事，再次提起可能会引起二次传播，但不道歉容易在以后被人春秋笔法。

所以这份"公开道歉"是选择了在某报纸上的一个小版面，如今纸媒式微，能看到这份道歉并且知晓事情原委的应该并不多。

"我不接受你的道歉，事实上，你现在的道歉对我毫无用处，"宋清弥开诚布公道，"反正你心里不会因为真的给我造成困扰而感到抱歉，你现在道歉，我想是面对法院判决或者是球队给你的压力？是什么都无所谓，反正你不是真心实意。"

杨洛在对面皱起眉毛。

"你也不用太紧张，我当然也并不想揪着你不放，但你应该比我明白，体育竞技最后靠的还是自身实力，CUBA 一个预选赛才哪儿到哪儿，你的前程在自己手里，你心术不正，路就会难走。"

"那他呢？"杨洛用下巴指了指江野，仍旧是一副不知悔改的样子，"靠的就是心术正？

"靠的是他老子的人脉和关系吧！"

都这个年纪了，人生有什么不足仍旧是怪自己的出身和教育制度，说到底还是自卑，不肯面对自己的不足。

江野嗤笑，把钢叉按在提拉米苏上："杨洛，要是万事都看关系，你当年连青训都进不去。"

平江的篮球水平和篮球运动员培养体系在国内都知名，每年全国想送小孩来平江的体校然后走平江青训体系的人多如牛毛，那些人同样出手阔绰，想捞一笔还不简单。

杨洛无非是自卑罢了，没有谁看不起杨洛，是他甘愿堕落。

“我爸在世的时候跟我多次提过你。”

杨洛的眼睛动了动：“说我什么，再不塞红包就要没上场机会了？”

江野看着他的眼睛：“我爸说你是个打篮球的好苗子，过两年推你上一队。

“那时候你才十六岁。”

能在刚成年就调入一队，参加CBA联赛，可见对其的宠爱和欣赏。

杨洛脸色变了变。

江野起身：“该说的我都说了，不过我还是要提醒一句。”

江野的目光骤然变得狠厉：“你要是再敢对弥弥动歪心思，我不介意用你口中所谓的人脉和权势。”

宋清弥吃完最后一口提拉米苏，然后跟着站起来，江野替她提起一个袖子穿上外套，两人走出咖啡厅，冷风满盈。

“江野，”宋清弥拉了拉他的袖子，“你脚步太快，我要跟不上了。”

她语气软软，像是撒娇。

江野停下脚步，静静地看着她，然后又从她手里接过围巾，胡乱地在她脖子上缠了两圈。

“勒勒勒……”宋清弥拍开他的手，把围巾往外扯了两下，抱怨着，“你套马的汉子啊，这么用力。”

两人谁也没说，但一起往宿舍楼的方向走。

江野回答她：“差不多就行了呗。”

宋清弥努努嘴：“这话也适合你。”

江野垂眼看她：“什么意思？”

一说话就从口腔和鼻腔里呼出一片白气。

宋清弥抬头看他：“杨洛心术不正，你跟他较劲干什么？”

江野笑了一声：“你担心我？”

宋清弥脸上一烫，好在天冷冻得脸蛋本就红，看不出其他色彩。

“你也可以这么理解。”

“那我就这么理解了。”江野承下她的好意，笑着道，“你看他对我积怨已深，我就算此时不跟他较劲，以后也避免不了他对我下手。”

“他这么恨你？”

“他恨我爸，”江野似乎感觉很好笑，“恨屋及乌吧。”

宋清弥听着他的笑声，大概也明白他心里的荒凉，因此没出声。

“恨我就恨我，恨我的人不差他一个，”江野最后说，声音很轻，飘散在北风里，“只是我不愿意看到你因为我受委屈。”

宋清弥抬头去看他，这次没戴帽子，顺利地将他的脸瞧了个十成十。

他的轮廓在萧瑟的冬日里，越发显得分明立体，他淡淡地站在北风里，就够独树一帜，像是一尊雕塑。

注意到她的眼神，江野眉毛一挑：“哥哥有这么好看？”

他语气含笑，一把兜起她的羽绒服帽子要给她扣上。

宋清弥不想戴帽子，赶忙抓住他的手，又“哎呀”一声松开，不闹了。

“你生冻疮了？”

他手指都是红的。

江野把手插进口袋里：“受了点小伤。”

他大伤没有，小伤不断，最近训练和比赛的强度不小，他还得复习功课，留给休息的时间本就很少。

作为运动员身边的人，应该习惯运动员不断突破身体极限，然后留下一身伤痕。

“注意冰敷和涂药，”宋清弥忽然“啧”了一声，“伤到的是右手？你可真倒霉。”

已经是考试周，这样的手指不耽误答卷嘛！

恰好走到宿舍门口，江野抬手跟她挥别。

“是有点触霉头，没事儿替我去佛祖面前拜一拜。”

最后一门通识课考试安排在元旦假期过后的第二天，宋清弥考完试，立马乘坐老爹的车子逃之夭夭。

回家之后，宋清弥又过上了白天不醒、晚上不睡的日子。

又过了两天，奶奶登门了。

奶奶是忠实的佛教徒，初一十五要去庙里敬香吃素斋。

正巧宋清弥在家，奚霞打发她陪奶奶去。

她本来对这个不感兴趣，但一想到某个倒霉蛋，也就磨蹭着出门了。

大法寺香火不断，宋清弥学着奶奶的样子把香举过头顶，朝四方都拜拜，然后插进香炉。

奶奶进主殿拜佛的时候，宋清弥往功德箱里瞧了瞧，奶奶拜完见状，朝她屁股打了一下：“小丫头片子，眼里就是钱钱钱。”

宋清弥搂着奶奶的脖子撒娇：“我是要看看里面到底有多少是本来该给我的零花钱。”

“我什么时候短了你的零花钱？跟佛祖也要置气！”奶奶拍了拍她的手，慈爱地笑道，“你自己玩去吧，我去吃素斋。”

对没有肉的东西宋清弥兴趣寥寥，她自己在庙里逛了逛。

见有摊位卖什么开过光的十八籽，她一口气买了五串，并在脑海里一一对应要给的人。她又往前殿走，有人在算卦。

宋清弥从摊位前面路过，两秒钟后，又倒回去。

“能……能算姻缘不？”她提溜着眼睛，装作一副毫不在乎的样子问小沙弥。

小沙弥说：“自然。”

宋清弥扬了扬下巴：“那你给我算个！”

竹筒摇晃，一枚签落地。

沙弥要去捡，宋清弥突然将他的手按住，嘟囔着：“算了算了，不算了，反正我又不信这个。”

沙弥抽出手，双手合十对她一拜。

宋清弥继续往前走。

没走几步，她就见前面有个穿着鹅黄色羽绒服的女生，黑发垂着，面容宁静，嘴角含笑看着她。

“学姐？好久不见。”宋清弥眼前一亮，朝裴宁跑了过去。

裴宁朝她笑了笑：“好巧，刚刚看到你我还不敢认呢。”

就在前些天，裴宁还负责校对了一封给宋清弥的致歉信。

“确实好巧，我陪奶奶来的，她去吃素斋了。”

裴宁依旧是笑着的：“我陪妈妈过来的，她也得吃素斋，我要先回去。”

“那我陪你下山！”宋清弥也不嫌天冷，跟在她身边。

虽然两人很久没见，裴宁也很少讲话，但宋清弥就是很喜欢她身上的气场。

“刚刚是在算姻缘吗？”裴宁忽然发问。

宋清弥脸上一红，否认道：“没算成，就当是没算。”

裴宁看着下山的路，青石台阶连绵，她曾经不懂妈妈为什么把精力放在虚无缥缈的佛祖上，生活已经这么辛苦，后来才发现有些苦难是靠努力无法来消减的，也许佛祖可以。

她也问自己，为何总要惦记记忆里遥远的人。

后来她才发现，有些时光只是用来珍藏的。

而有些人，只适合存在于记忆里，不必追寻。

“你初中是二十四中吗？”裴宁忽然问道。

宋清弥一愣：“学姐怎么知道？”

因为有此准备，裴宁并不震惊，笑道：“在江野离校去美国的前两天，我见到他在二十四中的校门口等人，手里拿着香草味可爱多。”

那是一段已经很久远的记忆了。

裴宁的高中时光并不算好，省实验中学是平江市最好的高中，学霸云集，同学家庭大多数非富即贵，她是从小初中考上来的，成绩在班里中游浮动。家里父亲瘫痪，工厂老板黑心，仗着父亲没文化，只赔了医药费，全家都靠母亲摆摊为生。

她没有姣好的面容，也没有出众的家世，在高中集体生活里，很容易泯然于众没有存在感，但班里有几个二世祖，发现了她周末帮妈妈摆摊卖烤冷面的事情。

他们开始在班里羞辱她，从最开始的发照片在班群笑话她，然后演变成对她成绩和智商的羞辱，每次她都不理，最后直接演变成用胶水涂她的桌子，往她桌肚里扔垃圾，撕掉她的作业。

那几个二世祖都是家境不错但脾气很差的浑蛋，班里有人看不惯说他们两句被撑回来后，就再也没有人给她出头了。

直到那次她被欺负，遇到了很少回来上课的江野，江野教训了那群欺负她的人。

那时候的江野，多半时间都在训练，很少回学校，纵使回来上课也是寡言少语。

但他很帅，高挑的身高和帅气的一张脸放在校园里有种独树一帜的风格，好像大家都是国产校园纪录片，唯独他身上开了偶像剧滤镜。

男生女生都关注他，但他总是那副冷漠的面孔，偶尔蹙眉，也是倦怠的神色。

得到江野的帮助很突然，事发之后，很多女生围在裴宁身边问她是不是跟江野走得很近。

裴宁摇头，大家瘪瘪嘴，表示不信，还说她小气，认识了校园里的“神秘人物”也不跟大家说。

只有裴宁明白，如果非要给这件事定性，那也算不上英雄救美，最多只是路见不平拔刀相助。

毕竟这件事发生之前和之后，裴宁几乎都没和江野说过话。

江野似乎也从来没记住她。

但这不妨碍裴宁将他的形象刻在了记忆里。

这件事后，平素软弱温柔的妈妈不想裴宁再和任何人起冲突，于是将摆摊地点放在了二十四中门口。

偶尔有时间，裴宁也会去帮妈妈忙。

她从来没想过会在二十四中门口遇到江野，那是春天，惠风和畅，空气里飘着一些柳絮。

实验高中的教室被社会考试征用去做考场，学校放假，裴宁来帮妈妈摆摊。

还没到放学的时间，校门口人影寥寥，江野就站在大门的前面，眼睛看着学校里的人，手里拿着一根可爱多。

他从人影稀疏等到家长逐渐将校门口围得水泄不通，到下课铃声响起，一群群背着书包洋溢着青春笑脸的稚嫩面庞鱼贯而出。

他却转身，想要离开。

“江野！”裴宁不知道自己哪里来的勇气，感到惶恐时，江野已经回头看向她。

班级里已经空荡荡的桌子和同学们的八卦还在耳边：江野要转学走了。

裴宁也顾不上那么多，有了勇气向前几步走到他面前，江野平静的目光下有些疑惑。

裴宁自报家门：“我是裴宁，你在省实验的同学，那天你帮过我。”

怕江野还想不起来导致两人之间的尴尬，她又补充了一句：“好巧啊，你也在这里。”

江野眼神逐渐清明，想起了她，微微颔首：“嗯，很巧。”

“你在等人？”裴宁又问。

江野“嗯”了一声。

裴宁看了看他手里的可爱多：“那她看到你在等，肯定很开心。”

“是吗？”江野问了一句，似乎是在自言自语，重新把目光投到校园里，眼神逐渐深沉起来。

来来往往的人有很多，裴宁跟着看过去，并不知道他目光的落脚点。

“算了。”他又说了一声。

“嗯？”

“她应该不需要我接。”江野说完，作势就要离开。

裴宁望着他逐渐远去的背影，忍不住又叫住他，然后指了指他手里的可爱多：“可以把这个送我吗？”

江野愣了一下，没说什么，把雪糕递给了她。

香草味的，很甜。

裴宁并不喜欢甜食，但坐在妈妈的餐车里，她慢慢感受了一下来自江野的滋味。

那支雪糕是她从江野那里得到的一切。

与此同时，校园里有个背着流川枫印花书包的女生，跟一群男男女女的好朋友，打闹着离开。

裴宁没有想过，命运的交集在那一刻已经开始了。

后来她见到宋清弥，知道她是江野的邻家妹妹，见识过他对她的维护。

关于那支可爱多的疑惑，从此分明。

宋清弥开始辗转反侧。

她必须承认，对江野没跟自己告别就离开这件事，她是很在意的，至少在很长一段时间内都耿耿于怀。

而他已经准备向自己告别，到最后为何又不告而别？

江野最近似乎也没有很顺利，由于手受伤的关系，期末只考了几门用手相对较少的课程，还有一小部分课程他申请了缓考。

宋清弥把求来的手串送给了江野，那天她跪在蒲团上，诚心地祈求佛祖保佑他岁岁平安，身体康健。

新岁匆匆过了，崭新的学期和赛季整装待发。

第九章

在这些冷漠的事物中，我仍然爱着你

Shishui

xiaoluluanshuang

开学后不久，CUBA 分区赛如期而至。

根据大学生体育协会和教育部安排，比赛采用赛会制，比赛场地安排在平江大学和华清大学。

平大趁暑假整修的球馆从平平无奇，一跃成为省内最好，从前的平大年年申请承办年年被驳回，今年也算是硬气一回。

CUBA 一级联赛全国分为东北、东南、西北、西南四个赛区，每区又分别有 32 支球队，包括 20 支男队和 12 支女队，通过分组淘汰，各赛区男女篮前 6 名直接晋级全国赛，各赛区男篮 7 ～ 10 名将进入附加赛。

附加赛由四大赛区分区赛男篮的 7 ～ 10 名，共 16 支球队组成，通过分组淘汰，剩余的 8 支球队将晋级全国赛。

20 支男队通过抽签分为 4 组，每组 5 支球队进行小组赛，小组赛前四名进入排位淘汰赛，抽签分组结果在比赛前一天才出。

今年平大被分在了 D 组，同组球队有海大、平江文理学院、平阳电力大学和财大，水平都比较平均。

变数在于杨洛和教练因为一些原因被球队开除，平江文理学院痛失一员大将不说，还要面对换帅的危机，已经不成气候。

财大实力相对较弱，平阳电力和海大曾经都拿过分区冠军，实力不容小觑。

分组名单和赛程出来的当天晚上，球队微信群里大家都斗志高昂。

△小组赛稳了！

△争取拿个第一。

杭晗日坚持拍江野马屁：有野哥在，小组赛第一而已，还不是手拿把掐。

徐教练适时出来发言：体育竞技不仅要靠实力，心态和运气也很重要，小组赛只是分区赛的开端而已，往后的路还很长，大家要调整好心态面对比赛。早点睡，明天准时来训练。

几句略显官方的话语及时敲打着这群要飘起来的运动员。

群里霎时鸦雀无声。

宋清弥着重看了下赛程，平大要在五天之内完成四场比赛，强度很高，虽然她认为把比赛收入囊中不是问题，但高强度的比赛对运动员本身来说是一种身体消耗。

并且，平大队最大的问题是轮换球员比较少，作为球队主力，江野几乎要打满四十分钟，想到这里，宋清弥皱了皱眉头，点进江野的对话框：你最近身体咋样，有没有肌肉拉伤？膝盖积液有没有复发？足底筋膜炎呢？你的手指还肿吗？注意拿球姿势和训练强度，分区赛马上就开始，作为实习队医，我有义务保障你的身体健康。

没错。

宋清弥终于还是回到校篮球男队当队医了，之前来实习的研二学姐因为论文问题，最后还是选择退出，卢鸣教授再次找到自己的时候，宋清弥只能继续赶鸭子上架。

此时的江野尚在体育馆训练。

他的三分投射依旧是短板，所以每天都给自己增加一个小时的三分球投射训练。

最后一个球擦边进入篮圈，江野皱着眉坐在地板上，拆开膝盖上的绷带，水肿着的膝盖感觉把皮肤撑薄了些，看上去像是一个球。

他皱了皱眉头，默不作声地从背包里找出弹力带，重新包好。

微信消息就静静躺在手机里，他把宋清弥的文字反复阅读了两遍，避重就轻回复道：宋队医，你的话好官方。

对面立马回复了消息过来。

MIMI：卢教授让我负责你的赛后康复训练，明天我们体育馆见。

平大体育馆很大，分为A、B、C三个场馆。

平大队在B场馆训练的时候，A、C场馆的比赛正如火如荼地开展。

球队比赛，后勤保障部门也都严阵以待。

宋清弥早早就到了球馆，穿着篮球队统一分发的国内某运动品牌的运动装配小白鞋，长发被利落地扎成一个马尾。

这样的发型更考验颜值，好在她颅顶高、后脑圆润饱满，整张脸没有了少女时期的婴儿肥，面部线条干净利落，用最简单的发型反而越发衬托出她的美貌。

在卢鸣的吩咐下，宋清弥先给江野喂了两片止痛药，然后用热毛巾给他湿敷消肿，一边动手，一边忧心忡忡地跟他说："你尽量减少上场时间吧，你这个积水情况差不多要做穿刺了。"

她工作起来很认真，嘴巴却不自觉翘起一点，令她看上去有几分小孩儿装大人的娇憨。

江野看着她，不自觉地哼笑一声。

宋清弥一巴掌拍在他的大腿上："笑什么你？严肃点。"

她下足了力气，江野冷白肤色的腿上立马浮起五个掌印，他吃痛地皱了皱眉："小幺儿，你很关心我嘛。"

用的是肯定句。

宋清弥也不否认，拿出公事公办的语气来："我是队医，我当然关心你，也关心每个运动员。"

江野"啧"了一声："没意思。"

"什么？"

"我都这么惨了，"江野指了指自己的膝盖，语气懒洋洋的又莫名认真，"不需要宋队医官方的关心，只需要你的偏爱。"

暧昧的、若有似无的撩拨感忽然就在两人之间蔓延开。

宋清弥让自己稳住，用尽可能平稳的语调回答："那我偏爱你，你可以多轮换，多休息吗？"

江野眨了眨眼睛："口说无凭。"

宋清弥："啊？"

江野："你要认真看我比赛，进球的时候为我鼓掌欢呼，才是偏爱。"

他像极了在问老师讨要糖果的小学生。

宋清弥知道，江野在篮球这条道路上收获过不少掌声，但貌似从来没有哪个亲人是真正为他取得成绩而欢呼的。

江宏涛鼓励江野是因为江野达到了他设下的目标，龙怀婷从不为此感到满意。

于是，她毫不犹疑地点了点头，手指向工作人员的方向："我就坐在从左边数第三个位置，到时候一定为你鼓掌。"

她如小鹿般清澈的双眸里满是坚定，那是一种对待世界永远真诚的勇气。

许多许多年里，江野都深深沉溺在这双眼睛里。

他愣了会儿神，旋即勾唇轻笑，抬手揉了揉她的头："真乖。"

又跟逗小孩儿似的，宋清弥不开心地拍开他的手，又握住他的手腕，问道："该你答应我了，要多休息，多轮换。"

江野郑重其事地点头："我尽量。"

这绝对不是一句托词。

因为江野是球队的绝对核心，球队的突破进攻得分压力都在他身上。

今天客场迎战财大。

前两节，平大靠着江野绝对突出的个人能力打出一波小高潮，分差拉到二十分。

顾及江野的身体状况，徐教练换下江野，让替补运动员上场。

但没有了江野，很快就被财大打出一波反击战，三分钟内追平十分，江野不得不再次被换上，将比分再稍稍拉开一点后下场休息，结果再次被追平。

敌我双方球队都知道，这场比赛的唯一变数在于江野。

财大不断增加对江野的防守强度，与此同时，江野的体力也在不断被消耗。

第一场比赛胜得毫无悬念。

接下来的三场比赛，每支球队都采用同样的战术，不停地消耗江野，而平大没有相应水平的替补球员，几乎每场江野都要打满四十分钟，也就是几乎没有轮换，全场在线。

江野球风强势且硬，在高压下也很少出现失误，每一次突破进球都来势汹汹，给对方球队造成很大的心理压迫感。

竞技体育也是有心理战术的，江野的压迫感很有效果，不仅令对方球队在心理上处于软下来，甚至欺骗了现场以及观看直播的观众。

本来江野就是大众和媒体眼里关注度最高的CUBA运动员，在四场比赛连胜的情况下，更是被大夸特夸。

△江野就是我的神！

△这就是美式篮球打法吗？球风很硬很跩，我一个男的都爱上了。

△谁能想到八年没进过全国赛的平大居然成为本赛季最大的黑马？江野的出现让东北赛区"大地震"了，预测一下平大能走到哪里？东北赛区冠军能不能冲击一下。

平江大学历年来CUBA比赛都是分区赛十名左右的成绩，连全国赛都进不去，因为江野的出现，很多球迷都希望他能够带领球队冲击冠亚军。

最后一场小组赛结束，宋清弥忧心忡忡地扶着江野回更衣室。

他走路的姿势已经变形，膝盖积液严重的右腿几乎不敢挨在地上，走路都是左脚用力重，右脚用力轻。

膝盖积液的痛感已经无法用两片止痛药缓解，江野的身体因为疼痛而微微颤抖着，脸色发白，额角的汗水哗哗往下落。

明文良医生仔细认真地给江野看了看膝盖处的病症，皱着眉头严肃吩咐宋清弥："宋宋，你送江野去医大医院，先挂号做检查，卢教授正在那里做学术研讨，等他结束后，我立马让喊他去找你们。"

宋清弥心里"咯噔"一下："很严重吗？"

明文良没说话，只是一脸讳莫如深。

宋清弥以最快的速度打车送江野到医院，挂号、问诊、做核磁共振。

检查结果很快就出来了，医生拿着片子看了看，眼神越发凝重，语气也不容乐观："有异常滑膜炎，看着像色素沉着绒毛结节滑膜炎，前方大量积液，之前用药已经没效果的话，这里是建议手术，并且穿刺取液，再对积液进行病理化验。"

宋清弥一愣，下意识地去看江野，他脸色沉寂着没有说话，便替他问了些术后恢复的问题。

虽然并不是什么大手术，但术后恢复期也需要一个月，虽然不影响正常活动，但高强度的比赛是绝对不能参加的。

两人对视一眼，谁也没说话。

最后还是江野先开口："麻烦您了医生，我回去再考虑一下。"

两人走出诊室，灰败的情绪在两人之间飘荡。

江野现在的情况，如果做手术就相当于放弃今年的CUBA，现在马上要进入分区赛第二阶段，从1/8比赛开始是淘汰赛，采用的是单败赛制，通俗点说就是一局定胜负。

等江野手术结束休养好，平大队早就连输几场，别说有没有机会竞争东北赛区冠军，恐怕连进全国赛的资格都没有。

宋清弥知道江野也在思考，是这个赛季重要还是身体重要。

两人谁也没离开医院，在科室外的长椅前坐下，宋清弥说："我先联系卢教授，之后再做决定。"

江野"嗯"了一声，转头看向她，反而笑了笑。

那是一个很清淡平静的笑，仿佛已经置身压力之外："辛苦你了。"

宋清弥摇摇头："没事。"

她简单地跟卢鸣教授说明了两人的情况，卢教授的聊天框上"对方正在输入……"一直出现，最后只回了短短一句话：见面说。

宋清弥的心又揪了一下。

通过微信无法说明白的，只能说明情况严重。

她有些焦虑，心情不平静的时候下意识做一些小动作，核磁共振片子在她手上被她反复地卷来卷去。

一个不小心，片子脱手而出，掉在地上。

她匆忙回神，低头去捡，而有人比她速度更快，那是一双修长且干净的男生的手，对方穿着白大褂。

随着那双手的主人起身，宋清弥也坐直身体。

“给您拿好……”略带磁性的男声用公事公办的语气只说了一半，看清眼前的人后，再开口有些兴奋，“清弥？”

宋清弥看着眼前的人，感觉很眼熟，又一时间想不起来是谁。

旁边的江野懒懒地撩起眼皮，看到来者，反而哼笑了一声，宋清弥不解地看向他，就听到那人自我介绍：“是我呀，陈明朗。真巧，居然能在这儿遇到！哟，你这是生病了？”

经他这么一提醒，宋清弥才想起来这人就是当年和自己断崖式断联的学长。

在这里遇到也是巧合。

宋清弥毫不费力地扬起笑脸：“好巧呀，你是当医生了吗？”

陈明朗不好意思地挠挠头：“我是学护理的，来这儿实习。”

“确实很巧，”自打陈明朗出现就一直被当背景板的江野慢悠悠地开口，说话的语气里没有半分病号的恹恹，“赶明儿我住院可以让陈护士来照顾。”

这话可不太好听，夹枪带棒的。

宋清弥用“你疯了”的眼神看过去，江野根本没看她，反而一直用那种时刻准备战斗的锋利眼神，定定地看着陈明朗。

就这么一眼，当年那些并不美好的记忆重新回到身体里，陈明朗笑容僵在嘴边，又挠了挠脑袋，干巴巴地跟宋清弥说：“呵呵，你哥哥也在啊，真是好巧。那个，我还得先去查房，就不陪你们聊了，有机会请你吃……吃……”

在江野充满压迫的目光注视下，陈明朗这句话还没说完，就撒丫子离开了。

来也匆匆，去也匆匆。

宋清弥看向江野，好奇地问：“当年你到底对他做了什么？”

江野幽深的眸子落在她的脸上，半晌，冷声说：“他和当初简直一模一样。”

……谁问你这个了。

她还要开口说话，江野看了看手表，说：“时间不早了，我们先去吃饭。”

宋清弥刚要说还得等卢鸣教授来呢，江野已经站了起来，像躲避什么晦气东西似的，抓着她的手腕大步流星往外走。

已经到了晚饭时间，分组赛最后几个球队差不多也打完比赛，按照其他小组排名情况，就能得知 1/8 赛对手名单。

坐在去餐厅的出租车上，宋清弥一会儿刷刷微信看卢教授是否回消息，一会儿刷刷 CUBA 官网看出没出最新的小组赛成绩。

晚高峰，车子挤进密不透风的马路，本就开不快，这个司机水平貌似也有限，每次踩刹车都晃得人难受，加上腹部空空，宋清弥有些晕车，靠在车窗上，闭目不说话。

平江的三月末，乍暖还寒时候。

白昼虽已逐渐变长，但终究长度有限，一路上光怪陆离的灯光纷纷洒在她的脸上，让她看起来有些可怜和疲惫。

江野回想起在医院那一幕，抬手揉了揉眉心。

再然后，他冷哼一声，问道："不舒服了？"

直觉告诉宋清弥他不是在询问自己的身体情况。

她睁开眼看江野，江野也毫不躲避地对上她的视线，语气惫懒且恶劣："遇到多年不见的初恋，心里开始难受？"

要不是他提醒，她都忘了医院里发生的事情了，心不在焉地解释一句："手都没牵过，算什么初恋。"

江野："那算什么？"

宋清弥沉吟片刻："最多算有点儿情感纠纷。"

江野拉长音调"哦"了一声，然后好整以暇地扬了扬眉，宋清弥心里"咯噔"一下，直觉告诉她江野没安好心。

果然，下一秒，他问道："那我们亲过了，算什么关系？"

按照她刚才自己的逻辑，那亲过，算初恋……吗？

宋清弥思索片刻，认真下定义："算'唇'友谊。"

江野好像没听懂，她又解释一遍："就是可以接吻的朋友。"

江野过了半晌才有反应："你可真有趣。"

很明显不是夸人的话，宋清弥硬着头皮回答："哪里哪里，谢谢您夸奖。"

没想到，江野居然穷追不舍，接着问道："那我有机会升级一下吗？"

虽然没明白他的意思，但宋清弥大脑里似乎有电流穿过，她听到自己的声音："什么？"

江野稍稍靠近了些，墨黑的眼神里满是坚定，十分认真地询问："我是说，我有机会从可以接吻的朋友，升级到可以接吻的男朋友吗？"

他问得如此坚定又直白，宋清弥忽然感觉呼吸漏掉了半拍，搭在腿上的双手不自然地蜷缩起来，掌心泛起一片濡湿。

宋清弥张了张嘴巴，没听到自己的声音。

忽然间，宋清弥的身体猛然往前窜出去，江野手疾眼快，一把将她抱在怀里。

前方驾驶位，因为差点儿在单行道开过头而错过目的地的司机表演了个急速刹车，然后面不改色地道："到了。"

告白这件事也是需要天时地利人和。

刚刚那个暧昧的氛围过去后，两人谁也没有找到更好的开口机会。

在餐厅里，两人各自扒各自的饭。

偶尔，宋清弥抬头时，会刚好对上江野看过来的视线，灼热得像是一把火，环绕她，舔舐她。

于是，她匆忙低下头，避免让人看出脸色发烫。

江野仍旧能保持着相对淡定的态度，很细致地帮宋清弥转桌子、夹菜，如果不是泛着红色的耳朵，根本没有什么能出卖他的内心。

宋清弥此时才后知后觉，江野对她很细心，还能记住一些她的小习惯。

比如在集训时，她因为迟到总是来不及吃早餐，就总能在体育馆里收到来自他的投喂；他比宋星宇还清楚她有紫外线过敏；他一直很了解她的口味……

那些藏在细节里很容易被忽视的爱意，就像密密麻麻的大雪，置身雪中的人只会感觉稀疏平常。

宋清弥心里不断地泛出暖意，不断地给自己打气，一鼓作气，问了盘旋在心中很久的问题："我看过你之前的采访，你说你在高中时有喜欢的人。"

这句话是在问：你高中的时候不是有喜欢的人吗？那是什么时候喜欢的我呢。

江野似乎没有想到这个骄纵惯了的大小姐会直接提问，愣了一下，喉结不断地上下滑动。

"我在读高中的年纪喜欢上了生命里最重要的人，"他的声音很低，又很轻柔，在烟火气熏人的场合里分外独特，话音一转，反问道，"那个人就必须是我高中时候遇见的？或者是高中同学？"

"所以，当时你把我往裴宁身边推，我很伤心。"江野很认真地说。

宋清弥幡然醒悟。

当时大家知道江野在高中时有了喜欢的人，宋星宇于是强迫她帮忙给江野和裴宁凑 CP，其实方向和方法都错了。

也许就是，江野在那个年纪，忽然发现了她的美好。

宋清弥扬了扬嘴角，小眼神里有种少女独有的娇憨和狡黠，刚要接着说话，摆在一侧的手机突然振动起来。

"宋宋，你和江野回来的时候到办公室找我，1/8 赛名单出来了。"

卢鸣教授的语气有些严肃，电话并不拢音，江野也听到了，他点开球队群，看着各个小组的成绩，眉头紧锁。

宋清弥"嗯"了一声："我们马上。"

挂了电话，宋清弥看着江野："怎么了？"

江野还是保持着平稳的语调："你先吃，吃饱我们回去再说。"

CUBA 的 1/8 比赛按照小组赛成绩分组，小组赛平大队是 D 组第一，所以

1/8 赛对手是 A 组第二名：京大。

而京大一向是 CUBA 全国赛冠军角逐的有力队伍。

这次京大排名第二也是遇冷，即便在主力球员没有归队的情况下，京大的实力也不容小觑，只是跟平江师范大学的比赛里，因为一点小失误掉到了排名第二的位置。

而平大对阵京大，胜算很低。

按照比赛规则，分区前 6 名的球队直接进入全国赛，7 ～ 10 名进入附加赛，以江野的身体状况来看，最好的解决方法就是放弃过多消耗运动员并且不保证拿成绩的 1/8 赛，保存球员能力，然后争取在附加赛拿到前八的名次，进入全国赛。

只是这样一来，在 1/8 弃权，去争夺 9 ～ 10 名的位次，则需要再打三场比赛。

只不过如果跟京大对阵，也可能是这场输掉比赛，之后再去打三场比赛争夺 9 ～ 10 名的位次。

赛程表一出，球队群里十分沉默。

蒋川艾特江野，关心了他的身体情况，然后杭晗日站出来说：实在不行我们就去打附加赛，还是野哥的身体情况最重要。

大家都在附和。

宋清弥注意到球队两位教练始终没说话，隐隐觉得这件事情并不简单。

两人到卢鸣办公室的时候，徐教练也在。

听到敲门声，两人一起抬头看着江野和宋清弥，眼里的情绪有些复杂。

“老师，教练。”江野进去毕恭毕敬地打招呼。

卢教授点了点头，然后示意宋清弥把核磁共振的片子拿给他看。

他的结论跟医生的差不多，抿了口热茶问：“你想现在手术吗？”

手术肯定是最好解决病灶的手段，但手术就意味着要放弃整个赛季，CUBA 因为不营利，所以赛季很短，如果江野此时缺阵，平大有可能进不了全国赛。

江野斩钉截铁地回答：“不想。”

“还是想先打完比赛？”徐教练问。

江野：“对。”

卢教授点了点头：“关节积液问题不严重，我们可以先打封闭，学校的要求不就是打进全国赛？等全国赛后再去手术，免得病变滑膜扩大，影响运动寿命。”

卢教授轻飘飘地给出了解决方案。

“那……”宋清弥一直乖乖地站在江野身后，听到这里，忍不住询问自己关心的 1/8 赛。

她还没问出声，就听到徐教练咳嗽了两声，有些为难地开口询问：“阿野，那后天跟京大的比赛……”

卢教授不悦地哼了一声："都这样了怎么打！"

"老卢你知道的，这不是我非要打，但……但……"徐教练叹了口气，"学校是对我们篮球组有成绩要求的。"

宋清弥皱眉："不是进全国赛吗？"

"我的傻孩子哟，"徐教练搓了搓脸，"为了争取阿野，我们修了体育馆，还请了前国家队教练当名誉教练，就连老卢都开始做带队队医了，这一桩桩、一件件哪个不是钱？钱是上级拨下来的呢，"徐教练越说越激动，"那群领导懂什么篮球，开个会拍板就决定要让男队打进全国赛 1/8 赛，然后保证在分区赛取得名次……

"咱们球队什么水平他也不睁大眼睛看看，还全国赛 1/8，用脚丫子做的决定，没有成绩就拿我们体育组是问，干脆直接给我开除算了！"

…………

徐教练一通吐槽，但中心思想只有一个：尽可能让江野在对阵京大的比赛中上场。

虽然有可能输，但输是有理由的。

弃权是不战而败，徐教练乃至整个体育组都没办法向上级交代。

宋清弥认为徐教练是有些道德绑架了，跟江野往校外商业街走的路上，满脸都是疾恶如仇的不开心，踢踢打打走在前面，踩着江野的影子。

前面一辆不遵守交通规则的车子飞快驶过，宋清弥听到鸣笛声心里一惊，好在身后有条手臂给她紧紧抱进怀里。

宋清弥劫后余生地喘气，江野抬手摸了摸她的头，没给人放开："小孩子吗？走路还出神？"

他的怀里很温暖，驱散掉半个初春寒夜的冷气。

宋清弥眨了眨眼睛，认真地道："我在想你的事。

"徐教练未免太道德绑架了一点，他能不能跟教研组交代是他的事。学校为了争取你做出很多努力花了很多钱那也是应该的，就算他们口口声声说为了你，你也不应该因此有压力。"

宋清弥虽然沉浸二次元，但对于现实生活中的人情世故并不是一窍不通，她一针见血道："虽然江叔叔不在了，但他的人脉还在，如果你真的不想去参加跟京大的比赛，没有人能强迫你。"

更何况还有我爸爸在呢，我们全家都在！

少女的声音很清甜，像是春夜绽开的桃花。

江野二十一年的生命里，很少听到有人对自己由衷的关切，此时的宋清弥，让他想到那个在他七岁那年翻过高高围墙送来从爸爸口袋里偷来的俱乐部钥匙的小女孩。

她永远那么勇敢、善良、天真，且无畏。

是他苦难生活里的唯一良药。

见他不说话，宋清弥抬头看了看他，正巧对上他温柔的视线。

“这么关心我？”他又换上了漫不经心的语调。

宋清弥讨厌他这副毫不在意游刃有余的样子，“哼”了一声：“本大小姐善良美丽，连路过的狗都会关心一下。”

江野沉吟片刻：“你还挺有爱心。”

宋清弥：“自然。”

初春夜晚的冷风在两人身侧吹过，空荡荡的马路上霓虹闪烁。

此时此刻的夜，同千千万万个夜没有区别，可在宋清弥身边，江野才会感到平和和安宁。

所有人都向他索求太多，只有宋清弥会问他累不累。

在她身边，无脚鸟也能找到栖息的地方。

“弥弥，”江野叫了她的小名，他很少这样叫她，因此这两个字在他口中分外缱绻，“对阵京大，你觉得我会赢吗？”

于是宋清弥知道了，江野还是要迎战 1/8 比赛。

“我不关心你赢不赢，”她看着他的眼睛，用平稳的声音说，“我只想要你健康，哦……还要按照自己的心意去比赛，去生活。”

运动员有血性，好胜心强，因此总是表现得狂妄高傲。

宋清弥理解他身上符合运动员的所有特质。

“不迎战京大是三场比赛，迎战京大也可能是三场比赛，但前者只是拿入围全国赛的名次，后者则是争夺分区赛冠军。”江野冷静地分析，“同样都是比赛，但我只想打有挑战的仗。”

“可你受伤了。”宋清弥提醒。

“运动员站在赛场那一刻，他就不只是他自己，”江野说，“之前我在布莱恩特大学打比赛，NCAA 赛场上没有轻而易举能收下的比赛，每场我都打得很努力，也很尽兴，逆风翻盘的有，最后一秒被反杀的有，拼命也拿不下比赛的也有。

“有次和杜克大学的比赛就属于后者，那场我们输得很惨，被教练痛骂一通，半夜还在分析失误和战术，回宿舍后我例行查看社交媒体，有个白人姑娘在 Instagram（一款社交应用）上私信我。

“她罹患白血病，穿刺治疗苦不堪言，她很多次想放弃，但看到我们的比赛，看到我们也在拼，就咬咬牙坚持下去了。”

运动员似乎永远代表着一种积极向上的精神力量，他们鼓舞着别人，同时也被别人的爱滋养。

宋清弥吸了吸鼻子：“那这个姑娘后来治愈了吗？”

江野默了默：“回国之后，我又点进她的 Instagram 主页，看到家人替她发的讣告。”

“好可惜。”

“赌徒罢了。”江野语气里有着释然和成熟，从最开始为了让家人满意而在篮球和学习上努力做平衡，到逐渐爱上篮球，再到在篮球运动中找到生命的意义，“人生就是一场豪赌，那个姑娘跟病魔赌输了，我的胜负还没揭晓。”

“横竖都不能立刻手术，横竖都要打三场比赛，所以你就赌一把能赢？”宋清弥大概了解他的想法。

“京大我观察过，他们的中锋不在，内线很弱，我不是没有机会。”

宋清弥想了想：“那也是挺冒险的。”

感觉到江野的身体似乎有那么一瞬间僵硬，她直接把话说完：“但你有你的路，我不会干涉，我永远支持你。”

而且也会尽量同行。

她看得很开，江野现在年轻，身体状况还不错，恢复能力也强，膝盖积液，影响不到他整个职业生涯，去迎战京大无非就是身体上承受的疼痛更多一些。

他选择的路，既然无法替他承担伤痛，那就一路陪伴好了。

“走了，走了。”宋清弥催促他，“赶紧先去找酒店，大周末的估计房间爆满。”

江野现在的腿部状况住上床下桌的宿舍确实不太方便，宋清弥提议他去睡酒店，作为队医，宋清弥要负责他吃药、冰敷、打绷带等一系列事宜。

江野找好酒店后，宋清弥回去取医药箱，还联系他的室友，把他的生活用品送下来，然后喊杭晗日陪他住，顺便照顾他。

一切都忙完，宋清弥跟着不放心她一个人走夜路的室友明悦挽手回宿舍。

明悦近距离看过江野，满眼冒星星，本来应该是个梦女的角色，却说着 CP 粉的话：“江野真的超爱，他看你的眼神能拉丝啊宝宝！”

宋清弥无语地看了她一眼。

那头，杭晗日看着宋清弥离开的背影，感慨道：“啊！野哥，宋宋是多么美好的女孩子啊！”

江野放下播放京大比赛的平板，抬眼看他：“这么美好的女孩子，给你当嫂子要不要？”

“真的吗？”杭晗日花了几秒钟时间才反应过来江野在说什么，“你告白了吗？”

江野扬了扬眉，在比赛日历上圈出一个时间：“这么美好的女孩子，当然要挑最好的时间送她一场最好的告白。”

“对阵京大那天？”杭晗日一脸见了鬼的表情，“你要送宋宋一份胜利？”

“野哥，我知道你很有能力，很自信，但……这是不是太冒险了点儿。”

能不能赢还不知道呢，更何况人家姑娘要你比赛胜利干什么玩意儿，又不是赌球。

杭晗日的智商一旦脱离球场就显得有些捉襟见肘，江野耐住脾气，解释道：“这天是她生日。”

杭晗日一脸震惊：“这你都知道？”

江野无语地看着他。

杭晗日后知后觉地挠挠头：“哦，对，你俩青梅竹马来着，记着点儿细节也是正常。”

宋清弥这个学期一直在忙着篮球队的事情，每天的生活很充实，要不是奚霞提醒，还真把生日的事忘了。

奚霞想帮她筹划生日宴，宋清弥并不是很在乎生日仪式感，更何况那天还有平大和京大的比赛，于是委婉拒绝了妈妈的好意。

奚霞尊重女儿自己的想法，然后转了一笔小钱给她。

恰好开春，大家陆陆续续脱下厚重的羽绒服，换上轻薄的大衣，桃花开了，梨花也是。

一片春日里，宋清弥心情不错，决定新春新气象，去做个新指甲。

江野的腿伤养得差不多，但卢教授不允许他去训练，在大家紧锣密鼓备战1/8赛时，就他闲了下来。

没了篮球的江野看着有几分可怜，宋清弥善心大发，决定带他去热闹热闹。

选款式，选甲型……宋清弥是个纠结怪，自己总是拿不定主意，反复问江野。

江野是相当正宗的直男审美，看那些在指甲盖上画画的“艺术”根本一点兴趣也无，但态度相当不错，认真看每一个款式，给出并不是很重要的意见。

“黄色的好看，有种艺术美。”

宋清弥叹了口气，对美甲师说：“选粉色。”

美甲师看着俊男靓女只感觉养眼，笑道：“你这男朋友真不错，长得帅还体贴。”

宋清弥脸一红，解释道：“不是我男朋友。”

江野连忙补充：“现在还不是。”

美甲师一脸八卦的笑容。

做美甲的过程无聊又漫长，没用上半个小时，宋清弥就有些不耐烦了，看了看对面的一家刺身工作室，突发奇想，用手肘推了推江野：“喏，赶明儿我要在我胸口文个蝴蝶。”

江野点了点头，表示赞成：“不错。”

宋清弥想到他身上也有文身，就问道：“文身疼吗？”

江野：“还好。”

宋清弥又问：“那你为什么文身？”

好像这是每个文身人都避不开的话题，江野想了想，回答道：“因为想长久地纪念有意义并且想记住的东西。”

很有深意的一句话，宋清弥品味了下，煞有介事地点了点头：“身体发肤受之父母，确实不能随便文身。”

话音一转，她说：“那我这辈子最值得纪念的应该是去年运气爆棚买彩票中了一百六十块。”

江野无语地摇了摇头。

宋清弥：“你说我是文彩票好，还是文一百六十块钱合适？”

江野敲了敲她的脑袋：“我觉得你收起不切实际的幻想更合适。”

宋清弥撇撇嘴，但还是把注意力放在指甲上，“哎”了一声，对美甲师说：“指甲再修得圆一点、尖一点。”

她就是这样的人，喜欢天马行空的想象。

江野朝对面的刺青店看过去，若有所思地收起还在播放京大历年比赛视频的手机，站起来对宋清弥说：“我有事，要出去一会儿。”

宋清弥点了点头，嘱咐道：“回来的时候给我带一杯奶茶！”

“好。”

做一个比较复杂的指甲要几个小时，宋清弥坐得腰酸背痛又无聊。这时，江野回来了，她不开心了，噘着嘴问：“你干吗去了？”

美甲师好笑地看着两人，心想这还没开始谈恋爱就已经行使女朋友查岗的权利了呢。

江野指了指自己的手臂：“补了下文身。”

那个文身样式宋清弥记得，是江宏涛在国家队的篮球服，算是江野的职业目标。

有道理，值得原谅。

但宋清弥嘴上不放松，哼了一声：“你倒是快乐了，留我一个人在这里坐冷板凳，腰也酸了，口也干了。”

“是我错了，大小姐，”江野及时认罪，把奶茶放到她面前，“给你带奶茶回来了。”

宋清弥指了指紫外线灯：“没有手，喝不到。”

江野插好吸管，把奶茶送到她嘴边。宋清弥睨了他一眼，然后装作勉为其难地喝了一口。

是她最喜欢的杨枝甘露。

“大小姐还满意吗？”江野打趣着问。

“凑合吧，”宋清弥眉毛一挑，“勉强算你及格。”

江野勾了勾嘴唇，浓黑的眸子落在她的腰上，声音有几分玩味和荡漾：“那小的再给你揉揉腰捏捏腿？”

离得很近，宋清弥一抬眼就能看到他半张线条清晰的侧脸，以及他那放纵的笑意，顿时一股电流顺着脊柱上升到脑门，她连忙摇头："用不着你！你歇着吧。"

江野听话地坐下，看完京大的整场比赛，开始分析几个重点队员的表现。

宋清弥想喝奶茶时就用脚踢他的小腿，动作很轻，隔着一层外裤，更像是一种纯粹又直白的撩拨。

江野把奶茶往宋清弥嘴边一凑，她就像猫儿似的张开嘴唇去吮吸。

平大客场对战京大的日期如约而至。

这场比赛无疑是本届 CUBA 第一场最具看点的比赛。

平大是本赛季黑马，有旅美以及国家队经历的江野足够吸睛，并且自带流量。

京大虽然有主力中方缺阵，但仍旧是全国赛冠军争夺战的种子选手。

两军对垒，悬念十足，看点十足。

转播 CUBA 赛事的平台上，这场比赛的预约观看人数跟往年全国赛 1/4 赛人数持平，体育社交平台上，很多人都在押注，到底是平大胜出还是京大胜出。

支持平大胜出的人认为，平大虽然整体实力不够，但内线蒋川身高体重有优势，稳如泰山，外线有江野组织串联进攻，在京大内线不占优势的情况下，逆风翻盘也未可知。

支持京大的则认为，瘦死的骆驼比马大，尽管京大主力中锋不在，但队员整体上没有短板，江野再厉害遇到强队也带不起队友。

并且一个是全国赛冠军争夺种子选手，一个是八年没进过全国赛的弱队，在心态和比赛经验上京大已经胜出一截。

最重要的是，据小道消息说，江野似乎是带伤征战。

因为这个不知名的爆料，网络上对两队的支持几乎是一边倒，很少有人看好平大。

宋清弥在这个体育论坛注册了账号，为平大发声：论大赛经验和心态，江野参加过 NCAA 参加过 U18，难道不更稳？而且他的技术能力就是高出 CUBA 联赛的存在，相信野神可以创造奇迹！

微弱的发声淹没在评论区中，没人在乎。

比赛开始前，宋清弥重新帮江野检查了膝盖，打好绷带，然后跟着明文良队医兑好冲糖饮料，并在瓶身写好队员名字。

她私心给江野冲了一瓶粉色蜜桃口味的冲糖饮料，因为粉色是她的幸运色，她想把好运传递给江野。

队友们热身时，一个个苦着脸皱着眉，一副大难临头的样子。

江野是最松弛的，拍了拍蒋川的肩膀，然后把队友都叫过来，漫不经心地抖了抖他们的肩膀，让他们放松肌肉。

“你们都这么严肃干什么？”江野问。

杭晗日一边争分夺秒地热身，一边说：“得好好准备，今天是一场硬仗。”

江野扬眉：“技术水平是日积月累形成的，不在乎这几分钟。”

有学弟崩溃了，蹲在地上抓了抓头发：“野哥，我知道咱们比较差，但你也不能这么打击我们的自信心啊！”

江野绕到他后面，抓着他的篮球服给他提溜起来：“我问你，上赛季平大第几，京大第几？”

学弟：“平大分区赛第九，京大全国赛第二。”

“那不就成了，”江野摊摊手，“我们平大从来就是争取进入全国赛的成绩，但京大要拿分区赛冠军，还要拿全国赛名次。

“我们这场输了也就是去附加赛争夺入围全国赛名额，不丢人，但京大输了可就没有争取分区赛冠军的资格。”他扬了扬眉。

每临大事，必有静气。

“网上舆论你们也看到了，大家都支持京大，支持者多压力也就大，这场我们输了无所谓，他们输了才丢人。”他双手一摊，“所以，这场比赛压力在京大，不在我们。”

确实是这个道理。

被江野三言两语一点拨，大家都豁然开朗了不少。

杭晗日喊了一声：“干就完了，输球不丢人。”

“对。”江野颔首，招呼大家过来把手叠在一起加油打气，“跟全国赛亚军打球，我们就当是练习，放松心情，打得开心，打得尽兴。”

“加油！”

平大球员加油打气的声音像一股气团冲上云霄。

宋清弥等他们加油鼓劲之后，悄悄拉了拉江野的衣服，小声问：“可是徐教练说你们今年的目标是在分区赛取得名次，你这样……”

真的不怕他们没有压力，然后跟教练的目标背道而驰了？

江野笑了下，沾了汗水的刘海被他抓到头顶，露出干净的额头。

“教练不能说的话我替他说，”江野扬了扬眉，有着孤注一掷的勇气和自信，“他们有压力从纸面实力上来讲也不是京大的对手，倒不如放开手搏一搏。”

运动员大概都有一种冒险精神，或者说置之死地而后生。

宋清弥“哼”了一声，替他打抱不平：“他们当然没压力，徐教练的业绩可是压在你头上。”

江野扬了扬眉，用叹息的语调说：“那这么想，我还真是压力很大呢。”

宋清弥知道江野是抗压性球员，压力越大，爆发力越大。

有血性，也有野性，遇强则强。

可他身上有伤，宋清弥感觉自己这话说得重了些，嗫嚅了下：“我不在乎你输赢，只想你这场打下来健健康康。”

“嗯？”江野把脸凑近了些，“对我就这么没有要求？”

“那……干脆我赢了，就帮我实现一个愿望，行吗？”他的脸上仍旧见不到任何大战来临的紧张，整个人很松弛，那双如墨色深沉的眸子在体育馆灯光下有些多情。

宋清弥的脸有些红，稍稍偏开头躲开他的视线，小声说：“凭什么？我今天过生日还没许愿还没实现愿望呢。”

“你的愿望有我吗？”人声喧嚣里，他拉住她的手腕，垂眸看她，认真道，“你的愿望如果关于我，我会帮你实现。”

宋清弥说：“我许愿江野永远没有肌肉拉伤、关节脱位、半月板损伤、关节积液、跟腱断裂、腹股沟损伤……”她看着江野的眼睛，认真地说，“永远健康，没有伤病。

“能办到吗？”

而运动员在职业生涯里不受伤，是根本不可能的。

江野沉吟了下：“愿望说出来就不灵了。”

都这个时候了还在跟她玩文字游戏，宋清弥忽然有点恼火，甩开江野的手臂，走向工作人员席位。

恰好比赛开始，运动员要列队向对手敬礼，并且奏国歌对国旗敬礼。

“弥弥，”江野在她身后喊她，“一会儿进球我会检查你有没有认真鼓掌，别走神，要全神贯注看我。”

宋清弥脚步一顿，旋即更快更匆忙地走到工作人员席位落座。

本场比赛，能容纳千人的球场几乎座无虚席。

双方的球迷也都分别坐在两侧，不同的是，京大在多年高水平竞技状态下拥有一批忠实球迷，平大作为后起之秀，江野的个人球迷要比球队的还多，而且女球迷呈现压倒性优势。

她们举着关于江野的横幅和灯牌，把篮球比赛搞出几分演唱会质感。

一声哨响，跳球开始。

平大队拿到球权，发底线球的运动员将球传到江野手里，江野带球运过半场组织进攻。

比赛刚开始，手感不够热，没进球，篮下蒋川有些紧张，在空位的情况下没有收下篮板进行二次进攻，反而让京大球员乘虚而入，打出快速反攻。

现场，京大球迷的欢呼声一阵高过一阵。

京大运动员有大赛经验，加之纸面实力就是比平大强，在开局三分钟内，不断突破进球，手感越来越热。

平大的防守宛若一盘散沙，一击即碎。

所有平大球迷手心都捏着一把汗，宋清弥的目光紧紧跟着江野，妄图有奇迹降临。

但是篮球是一项集体运动，得分存在木桶短板效应，江野纵使有三头六臂也一筹莫展。

徐教练叫了一个暂停。

队员回来，徐教练把战术板“啪”地摔在组织后卫身上：“长点眼睛，看看江野在哪里！”

他再骂骂杭晗日：“防重点人，重点人你不懂吗！贴近一点，别怕犯规，你球都进不了算犯规次数有个屁用啊！

“再说一遍，防重点人，把战术打出来。”

教练给上课，他们也努力，但仍旧敌不过京大，平大队的战术屡屡被京大打破，他们的得分几乎都靠江野的个人能力，以及造成对面犯规完成的。

前两节比赛结束，分差直接拉到二十分。

京大的球迷不再欢呼了，他们都换上了一副轻松的表情，毕竟前半场比赛就已经有二十分的分差，只要京大还保持现在的手感，就算是有两个江野也追不平比分。

倒是平大的球迷更激动些，没有人因为前半场的大比分差而提前离场，有些球迷满含热泪，声嘶力竭地喊着：

“江野加油！江野不要有压力。”

“你是最好的！”

这些球迷里，有很大一部分并不是年轻女孩，有爷爷奶奶，有叔叔阿姨……这些都是热爱篮球运动，对中国篮球饱含敬意的球迷。

从江野第一次在公众面前露面开始，因为“中国男篮最好一代”球员江宏涛之子的头衔，他就受到了很多关注。

这些人看过他小时候的校赛录像，看过他在 NCAA 的表现，也看过他为国征战 U18。

他们支持他，就像支持身边的小辈，也是在支持中国男篮新的一代。

宋清弥还看到了一些平江 CBA 球队的球迷，他们正在为江野呐喊，在这样的气氛下，宋清弥眼底泛起一些泪花，吸了吸鼻子，走到江野面前，小声问着：“你膝盖疼吗？”

江野用柔和的眼神看着她，轻轻点头：“还好。”

离得近，宋清弥眼底的泪看得更清楚了些。

江野忽然就有些慌神，手都不知道往哪儿搁，抬手想要去碰她的脸，又感觉手上都是汗水有些脏，想收回去，又觉得太冷漠。

“弥弥，你别哭啊。”他的手就那么尴尬地停留在半空，语气温柔又无奈地说。

“我没哭，”宋清弥一被问，大颗大颗的泪珠就滚了下来，她胡乱地抹了把脸，嘴硬解释道，“就是眼睛里进沙子了。”

封闭体育馆还进沙子呢。

江野没戳破她，手在球衣上胡乱地擦了擦，然后拍了拍她的头：“还有下半场，胜负未定呢。”

“我担心你的腿。”

“这点比赛没有问题。”

下半场的哨声吹响，江野起身，修长的手指比成“V”字飞快地戳了戳宋清弥的嘴角，向上用力：“乖，多笑笑。

“我进球了会检查。”

第三场比赛，平大队找回一点手感，进了一些球，整节得分奇迹般地跟京大队持平。

但这对于只剩十分钟的第四节来说远远不够，毕竟只有十分钟，谁能在十分钟内追平二十分逆风翻盘呢？

属于京大的胜利号角即将吹响。

毫无悬念的比赛让现场一些球迷提前离场。

第四节一开始，由于京大队员出现进攻失误，江野完成一个抢断，在所有人都还没反应过来的时候，飞速带球运过半场。

由于大多数球员还在己方篮下，追过来补防的运动员也完全来不及，对方篮下形成空位。

江野在两分线外有意放缓速度，很是嚣张地朝后面补防的运动员看了一眼，右手稳稳抓住篮球，一个腾空起跳，整个人如脱离地球重力一般向篮圈飞去。

“铛”的一声，篮圈都跟着微微战栗。

一个标准的扣篮完成。

全场静默半秒钟，然后发出雷鸣般的欢呼声。

一些正在退场的球迷因为错过一记绝佳的扣篮表演，一时间呆在原地，有的左看右看，唯恐再错过精彩表演，又坐回位置上。

比赛继续，京大对这次失误表示不满，增加了进攻强度，但平大的防守策略也发挥得不错，京大投篮未中，由蒋川收下篮板，江野早早站在战术配合的位置上，蒋川直接把球传给江野。

江野立马跑出快速反击，直奔对方篮下，因为上次失误，这次篮下有人防守，那人是个身高两米的大前锋。

江野运球晃过他，然后再次扣篮。

距离两次扣篮不过三十秒钟的事情，如此紧张刺激的比赛，令观众席上再次爆发出欢呼。

京大似乎心态动摇了，在平大并不算完美的防守下，做出了一个并不是很好的传球动作，控球后卫差一点24秒违例，在没有准备好的情况下，站在三分线上硬拔三分，当然没投中。

平大的球权又传到江野手里，他仍旧是快速反攻，利用身高优势灵巧地晃过京大协防队员来到篮下，在对方身高两米的中锋防守之下，脚下安了弹簧一般原地起跳，再次扣进一球。

而对方中锋打到了他的手犯规，双方犯规数都已经满了，江野可以罚球一次，拿到2+1。

观众席沸腾起来，比赛的解说员沸腾起来，替补席上也沸腾起来。

于人声鼎沸里，江野对着转播镜头，嚣张地指了指球衣上的号码，然后伸出右手比出一个反V，这是他扣篮结束的庆祝动作。

裘马清狂少年时。

就连导播镜头也偏爱他，给了他三秒钟特写。

电视机前的观众也跟着沸腾起来。

这头的江野侧过身来，对着工作席从左数第三个座位的少女，指关节向内勾了勾，然后戳向嘴角，比了一个笑脸。

是示意她安心。

宋清弥"扑哧"一笑，与此同时，胸口泛起阵阵暖意。

三记扣篮虽然只得了六分，但大大鼓舞了平大队的气势，将之前二十分分差的阴霾一扫而空。

赛场上就是这样，士气此消彼长，平大有了野性，京大气焰就弱了。

接下来又是两场反击战，江野投中一记三分，全场欢呼。

他见宋清弥没鼓掌，于是狠狠比了个"三指爆头"的庆祝手势，宋清弥也用右手比了个"OK"，然后横放在太阳穴处，向他回敬。

京大对他的防守强度异常高，三个人贴身防守他不进内线。

好的后卫就是有一双能欺骗人的眼睛，他看着内线的蒋川，却反手将球传给站在左侧底角三分线上的杭晗日。

杭晗日拿到球，抬手就是一个三分。

球进。

三分钟的时间内，场上比分0:13，分差只剩下七分。

七分的分差，对于还剩七分钟的比赛来说，悬念相当之大。

网络上，本来那些退出直播间的观众又在不断攀升的热搜里，骂骂咧咧又相当兴奋地重回直播间。

京大叫了一次暂停，按照比分优势，决定将场上节奏慢下来，以减少平大的球权。

即便如此，平大的士气大涨，在京大内线球员轮换下场的时候，江野目标明确地直奔篮下投篮。

比分不断接近，被换下的京大内线球员不得不上场，江野保存体力，把球传给其他站在三分线上的队友。

江野就是赛场上的野狼，这场比赛虽然是对战京大，但也在其他球队心中种下难缠的种子：如果不用多人防守江野就会冲击内线，用了多人防守势必会造成其他位置的空位。

整整第四节，江野一秒钟都没休息过。

串联全队，打完整场。

平大比分反超一分，京大队员靠着多次大赛的经验，在最后时刻造成了蒋川的犯规，拿到一次罚篮机会。

球进。

比分 98:98，进入加时赛。

运动员们都气喘吁吁。

江野一口气喝了两瓶充糖饮料，教练问他：“还行吗？”

江野点头：“体力 OK。”

进入加时赛。

平大队中锋明显被消耗太多，体力不支，防守屡次出现失误，而江野仍旧精神抖擞，在球场上眼观六路，一边运球一边喊队友调整站位，还能继续突破上篮。

双方僵持不下，比分咬得很死。

最后一分钟，双方各叫了两次暂停调整战术。

在比分 15:15 的时候，全场只剩下八秒钟，球权在平大。

京大的策略是努力拖住江野，最好的可能是让他犯规，然后己方罚球，如果办不到就拖延他的时间，让他不能进球，实在不行就进入下一个加时赛。

就算是江野的体能再好，这场比赛他几乎没有休息过，进入下一个加时赛差不多也能将他体力耗尽。

京大队员个个严阵以待，毕竟这是关系到他们尊严的战役：分区赛 1/8 输掉，从来没有过的情况好不好！

他们越有压力，平大就越放松，还玩起了孙子兵法。

哨响，计时器开始走表。

三个运动员来防江野，其他两个球员要防四个人，可虽然人站在位置上，但眼里只有江野。

江野双手合球，摆出了投篮动作，但旋即勾起一侧嘴角，痞坏一笑，紧盯着他的平大球员意识到不妙，可等到真回过神来，球权已经给到杭晗日。

京大球员慌了，一溜烟去防杭晗日，而他一记完美传球，把球传给篮下蒋川，蒋川一勾手，球进。

计时器倒计时还剩 0.56 秒。

比赛结束。

113:115。

平江大学获胜。

谁能想到在最后时刻，平大居然有胆量将球权交给江野以外的人？

随着一声长哨响，比赛正式结束。

京大球员似乎难以相信这样的结果，有的愣在原地，有的蹲下抱头。

还有一些球员过来跟江野握手：“厉害！”

队友也过来熊抱江野，将他抛起来。

居然能实现大比分的逆风翻盘，全场球迷的欢呼声一阵高过一阵，印着“江野”名字的横幅和灯牌也在体育馆里挥舞起来。

大家都欣喜若狂的时候，宋清弥也跟着大笑，掌心还有因为紧张而沁出的冷汗。

江野的目光很快看过来，有些野性的、桀骜不驯的眼神落在她脸上，他歪头，朝她描了个口型：“愿望。”

赢了比赛就赶忙讨好处。

宋清弥噘着嘴，抬起拳头做出一个虚空揍他的姿势。

赛后还有采访。

体育记者走到场上，在喧嚣声中问了几个问题，无非就是这场比赛有什么感觉，赢了感觉如何，接下来的比赛要怎么走。

江野也条理清晰但公事公办地回答了。

忽然间，记者有些失态地“啊”了一声，镜头跟随手指一起指向他的手腕。

“M-I-M-I？”

江野手腕处，赫然有着一个新文身，用花体字文了四个字母，字体上不算清晰，边缘还泛着红色，显然是最近才文的。

记者帮着球迷八卦一下：“众所周知，你有很多女球迷，大家也都挺关心你的情感生活，你手腕处的文身是人名缩写吗？是不是事业爱情双丰收了？”

江野装听不懂：“不好意思，说什么？没听清。”

记者又简单问了一遍：“你最近是谈恋爱了吗？”

电视机前的球迷们跟记者一起都很关心这个问题。

对着镜头，江野挑了挑眉毛，没说话。

记者笑笑：“大家真的很想知道呢。”

“是吗？”江野忽地笑了笑，桃花眼弯弯，有些慵懒和蛊惑，目光在偌大的球场睃了一圈，“快了，有好消息会告诉球迷朋友。”

这场逆风战获胜，平大全队士气大涨，赛后当即决定出去吃饭庆祝。

江野膝盖问题并没有治愈多少，再经历一场激烈的比赛，走路都有些变形，蒋川提议要背他去饭店，被他严词拒绝。

此时，江野正一脚深一脚浅、慢悠悠地跟着宋清弥走在队伍最后面，队友们都精神亢奋，一个拉着一个聊天，没人顾得上他们两个。

没有星星的晚上，月光将两人的身影拉得很长，在地面上不断重叠，看起来很是缠绵。

宋清弥想起他手腕上的文身，眼眶微微发热，用贴了好看美甲的指甲在他手腕上轻轻划了下，问道：“疼吗？”

江野垂眼看她，睫毛上仿佛还有汗水的濡湿，喉结上下滑动两下，轻声回答：“还好。”

长时间剧烈运动后，他的声音有些喑哑。

宋清弥感觉胸口被柔软的羽毛掠过，柔和又心痒。

“为什么？”她听到自己问，“为什么要文身，为什么要说快了？”

她一口气问完，抬头对上江野的目光。

江野扬了扬眉，仍旧是那副倨傲模样：“你不是答应了，赢球就帮我实现一个愿望。”

“那我要是反悔呢？”宋清弥脱口而出。

江野幽深又宁静的目光滞留在她脸上。

她是有些恼火江野没征得她同意，就把她名字缩写文在身上的行为。

“反悔？”江野自嘲似的笑了笑，语气却是十分认真，“那我就继续努力。”

宋清弥撇撇嘴，用最世俗的观点给自己论证：“如果……我是说如果，我们以后会如何谁也不能保证，你在投篮手这个位置搞文身，洗也很难洗掉。到时候可别后悔，或者等你女朋友来跟你闹……”

“弥弥，”还不等她说完，江野打断她，“是今天不够好？不要总想虚无缥缈的以后。”

见宋清弥盯着他文身沉默，江野的语气里终于有几分低落：“而且，你未免太喜欢把我往别人身边推了点。”

“我哪有？”宋清弥下意识地反驳。

“上次是因为宋星宇撮合，你把我推给裴宁，”他细数她的罪责，“今天是因为谁也不知道的以后，就假设我有女朋友。”

江野手腕上抬，宋清弥的目光就跟随着不断向上，直到与他俯视的目光撞上。

江野看着她的眼睛，两双眸子里互相倒映出彼此。

“弥弥，别盯着过去，也少想未来，”他顿了顿，夜色藏住他全部的表情，但声音却在颤抖，“你朝我看，多看看我。”

被他盯着，宋清弥忽然有些心慌，语无伦次地辩解：“我没有……”

但她也不知道自己到底在想什么，她胡乱地问：“你到底喜欢我什么呢？”

或许，这才是一切问题的根源。

宋清弥从来不会认为自己不够好否定自己，但在江野面前，总是会有疑惑。

江野是运动员，是永远积极向上的存在，而她宋清弥，咸鱼一个。

总是不搭。

江野眼神一顿，旋即将右手手腕举起来，路灯昏黄的光线照在上面，宋清弥看到青色的线条和周围的红肿。

“这是我的投篮手，你知道，运动员在赛场上，很多时候靠的并不是学习过的知识和技巧，在激烈的对抗中，更真实的往往是身体本能和长年累月训练后留下的肌肉记忆。

“很多比赛的关键时刻，我感觉不到我自己的存在，投篮的动作结束后才会如梦初醒，视线多半会落在手腕上。”

手腕轻轻转动，路灯将文身照得更清楚些，江野的声音也更加清澈坚定：“把你永远地留在我的手腕上，是因为我的职业生涯，有你一半功劳。

“所以，我所有的荣耀，也想同你分享。”

许多许多年前，在走向职业篮球这条路上，他并没有支持者。

身高不足，小时候的身体素质也算不上好，就连江宏涛都是在赌他能不能行，只有邻居家的妹妹会没有任何摇摆地站在他身前，选择支持他。

可能宋清弥都记不得。

当时的她用很天真的嗓音对龙怀婷说：“阿姨，教练说了，现在的成绩好坏都决定不了将来会如何，要坚持，坚持十几年，到二十岁。”

这段话她背诵了很久，滚瓜烂熟：“到了二十岁，才能看出有没有未来。”

“二十岁。”龙怀婷咕哝了一声，“到二十岁再规划职业道路，为时已晚。”

那时候的宋清弥大抵不懂什么是“职业道路”，软声软气地反驳：“我们能活到一百岁，二十岁算什么晚呢？”

命运的河流终究会流向何处，处于命运之中的人不可得知。

不是所有顺从都是对命运的逆来顺受，或许只是在等待，等待被命运赏识，或与命运斗争。

“现在的我在篮球生涯里很自信，且拥有勇气，”江野看向宋清弥，眼神里有长久的迷恋和宁静，“而七岁时的江野，身上所拥有的极少的勇气，也悉数来源于小小的宋清弥。”

树上有鸟雀啾鸣，前后都是神色各异的行人。

路尽头的红灯变绿，几个学生模样的女生一起手挽手走过来，叽叽喳喳聊着今晚的热血事件。

“今晚的江野也太厉害了吧，简直是神挡杀神佛挡杀佛。”

“不敢想象，他的人生要多自由多热烈。”

“今天我要爱他爱到无法自拔了，救命呀！”

走在前方的杭晗日回头，朝着江野大喊一声：“我今晚也爱江野爱到无法自拔了！”

又有队友过来一把将杭晗日薅回原路，飞快瞟了江野和宋清弥一眼，压着他耳根子问：“也不看看什么时候，你能不能有点儿眼力见儿？”

杭晗日挣脱开束缚，咕哝着：“节奏差了，你懂什么！”

被这么插科打诨，宋清弥反而轻松了许多，紧紧攥起的手指终于轻轻松开，脸上不自觉的潮红也消去不少。

她嗫嚅道：“缓缓……让我缓缓。”

江野大概也知晓宋清弥一时间无法承受太多信息，沉默着点了点头，但收回的手并没有自然垂落，反而拉住了宋清弥白净细腻的手腕。

比赛胜利是出乎意料的，但包间并不是临时订的。

大家知道宋清弥今天生日，纷纷送上祝福。

随时关注比赛的宋星宇趁热闹的时候给江野打来视频电话，朝他竖起大拇指，丝毫不掩饰笑声。

“哈哈哈哈哈哈，不愧是我好兄弟，给京大爆冷出局，没了京大我拿分区赛冠军简单了不止一点儿。”

宋清弥不爱听这话，把头凑近屏幕，不悦道：“你把平大放哪儿了？”

宋星宇噎了一下：“算了，今天你是寿星你最大，平大厉害行了吧！”

他们两个你来我往斗斗嘴，挂电话的时候，宋清弥才发现江野居然不在她身边。

她在包厢里看了一圈，没找到人，但头顶的灯光忽地灭了，包厢陷入黑暗。

下一秒，江野和杭晗日推着生日蛋糕进来。

蛋糕是粉色翻糖，画着她的人像简笔画，插满二十支蜡烛，球员们又喊又叫，气氛比动物园还要热闹。

杭晗日赶紧把生日帽放在宋清弥头顶。

她抬头看向前方，江野的面庞在晃荡的蜡烛光芒下有些模糊不清，只能看清那双眸子里有墨色翻涌。

“生日快乐，弥弥，”他说，“你还有两个愿望。”

因为分给他一个了。

宋清弥鬼使神差地问：“如果是关于你的，你能帮我实现吗？”

她的声音不小，迎来新的一轮起哄。

来不及等江野回答，她就匆匆闭上眼睛，大脑是混乱的，有很多画面飞驰而过，却不知道自己到底要什么。

她忽然想到，去年集训时，她在火锅店给江野过生日。

他吹灭蜡烛后，看着她说，愿望已经实现了。

那是什么愿望？

关于她的吗？

在碎片的思绪里，《生日快乐歌》在大家的走调声中接近尾声，宋清弥睁开眼睛，吹灭蜡烛。

江野面庞隐入黑暗，随着灯被打开，又出现。

杭晗日凑趣似的问："小幺儿许了什么愿望？看看我们能不能实现。"

"什么愿望也没许，"宋清弥看着江野，嘴角勾起浅淡的笑意，"我想拥有的，大概都得到了。"

江野放在腿上的双手似乎紧握了下。

宋清弥翘了翘嘴角，朝他伸出手："喏，礼物呢？"

每年她的生日，江野都会送上礼物。

这次也不意外。

两个盒子，一个大一些，一个小一些。

宋清弥好奇是什么，江野却说："回去再看。"

后来，大家一起吃饭、聊天，气氛不算沸腾，但也不冷漠。

回宿舍的路上，外面下起了第一场春雨。

细密的雨丝在天空中看不出形状，但淋在人身上很快就会湿成一片。

江野住外面的酒店，宋清弥不让他送，跟着杭晗日他们一起回宿舍。

宿舍里没有独立卫浴和热水，她用了明悦的热水擦了擦身体驱散凉意。

然后，她坐在桌子前，看着江野送的两件礼物。

"你偷来的？"明悦问。

宋清弥努嘴："江野送的。"

"那你就拆呗，"明悦有点着急，"你又不会透视，顺着包装袋看有什么用？"

"哎呀，你不懂。"

宋清弥胸口小鹿乱撞。

今天江野告白了，但远远没结束，他居然就那样回酒店睡觉了，显然在礼物上做了文章。

但能是什么呢？宋清弥想不出来。

又看了一会儿，她深深吸口气，一鼓作气拆开大袋子，里面是一个粉色的包包，她很喜欢的一款，价格不便宜，路过专柜看了两次，她都没舍得买。

居然让江野记下了。

可这份礼物贵重有余，心意不足。

她一直悬在嗓子眼儿的心脏稍稍往下落了点儿，相对平静地拆开小的礼物袋，里面居然静静地躺着一本书。

聂鲁达的《二十首情诗和一首绝望的歌》。

搞什么，居然这么文艺，宋清弥随手一翻，没想到有一页刚巧夹着书签，还用钢笔划下诗句。

我在这里爱你，而地平线徒然地隐藏你。

在这些冰冷的事物中，我仍然爱着你。

脑海里有什么在一瞬间被击中。

江野这种人，能对她说那些坦白心意的话已经很不容易，而那些更深刻的爱，只能藏在书里。

“天啊，弥弥，你来看！”

明悦不知道何时走向阳台，神色激动地指着楼下。

宋清弥想说现在自己内心激动，对这些小事提不起兴趣，敷衍地走过去，眼神也敷衍地往楼下瞟。

突然，宋清弥心头微微一颤。

她的眼神凝固在原地，半晌才回过神来，拉开阳台窗户，不顾冰凉的雨丝吹在脸上，将头探到窗外。

江野正站在楼下，穿着黑衣黑裤，举着一把透明雨伞。

路灯的灯光下，丝丝缕缕的雨丝正平静地向四周下坠，寂寥的天地中，只有他和他的影子屹立。

宋清弥忽然明白了那句诗：

在这些冷漠的事物中，我仍然爱着你。

江野按照宿舍房间号，准确找到她的窗口，捕捉住她的视线。

手机声响起，他的声音顺着话筒传来：“弥弥，下楼。”

宋清弥什么也来不及想，像被施了魔法一般定在阳台上，好几秒后才回过神来，不管不顾地往楼下冲。

“拿伞！穿衣服！哎哎哎，还有鞋……你的鞋！”

明悦的操心被她抛之脑后。

一路顶着宿舍其他女生还有宿管阿姨投来的诧异目光，宋清弥穿着拖鞋飞奔出宿舍楼，向左拐去自己宿舍对应的楼下。

江野还站在那条并不宽敞的小径上，左右是两排高大但树叶稀疏的柳树，他长身鹤立，伞挡住了他半张脸，露出线条清晰的下颌线。

听到她急促的脚步声，江野将头抬起一些，路灯并不清晰地照出他精雕细琢的五官，还有唇边那点笑意。

“江野！”

见他看过来，宋清弥有几分迫不及待地跑去，下过雨的路上潮湿，她脚下一滑，拖鞋整个儿向后面飞过去……

她来不及尴尬，单脚蹦到拖鞋面前，用脚尖勾着拖鞋重新翻个个儿，然后再穿好。

一溜烟的动作行云流水，江野有些无奈地嘱咐着：“你慢点儿。”

“哎呀，我着急。”少女娇滴滴的声音和本人一起靠近，宋清弥用奔跑的姿势，一下扑进江野怀里。

江野举着伞，但足够稳定的核心力量让他稳稳地将宋清弥揽进怀里，手掌搭上她潮湿的发顶，语气无奈地问：“怎么不拿伞？”

宋清弥在他怀里吐了吐舌头：“忘了。”

喜欢的人就在楼下站着，谁还能顾得上一把破伞！

江野勾了勾嘴角，把伞面朝宋清弥倾斜了些，然后把伞递到她手里。

宋清弥松开他，用手比画了下两人的身高，不理解地问：“叫我打伞？”

“你先拿着。”

把伞塞进宋清弥手里后，江野脱下黑色冲锋衣外套，搭在她的肩头。

外套里面还带着他的体温，暖暖的，带着一点清新的薄荷香。

宋清弥吸了吸鼻子，嘴硬：“我不冷。”

虽然她穿着睡衣。

江野叹息一声，抓起外套袖子示意她把手臂伸进来：“不冷也得穿。”

“为什么？”宋清弥不解，她用那双水汪汪的、无辜的大眼睛盯着他。

江野手指抬起放下，纠结一阵，最后破罐子破摔似的在她胸口虚空画了个圈。

宋清弥低头看过去……

回宿舍后，她已经洗漱好准备睡觉，当然是没有穿内衣的……

她的脚趾在拖鞋上抓了抓，面不改色地将外套拉好。

江野咳了一声，打破尴尬：“包包喜欢吗？”

宋清弥点了点头：“喜欢。”

江野又问：“书呢？”

宋清弥再次点头：“喜欢。”

“那……”这次江野沉默的时间久了一些，“我呢？”

他语调缓到几乎一个字一个字似的问：“你喜欢吗？”

雨丝落在头顶的雨伞上，发出滴滴答答的声音，在只有两人呼吸声的寂静夜晚有些突兀。

宋清弥感觉自己的心跳逐渐跟细雨的节奏同步起来，如鼓如击。

“说不出来，”她的眼里有着明晃晃的疑惑，用一种跟自己对话的喃喃语气说，“我想你一直在我身边，不想你跟其他女生走得近，想你一直陪着我，永远我最重要。

“你不在我身边不陪着我跟其他女生走得近，我心里就不舒服，脾气也会不好。”

雨夜寒冷，她裹了裹身上的外套，看着江野的眼睛，认真又虔诚地总结：“我想，这应该算是喜欢。

“可……”

江野问：“可是什么？”

离得近，宋清弥能看到他脖颈上被冷风吹起的战栗，她想了想，说：“我们还是先找个便利店坐一下吧。”

江野哼笑了一声：“钓我？”

也不全是。

主要是怕你冷。

宿舍楼拐过去就是一食堂楼下的便利店，还没打烊，在雨中散发着暖洋洋的光。

宋清弥一边走路，一边继续说：“我现在是这样的情绪，会对你患得患失，可……我小时候也这样。”

小时候的她也想做人群中最最被宠爱的小孩儿，想江野只和她好。

她都能记得，一怒之下不理江野是因为他把她最喜欢的巧克力分给别的小女孩。

哪怕那盒巧克力是他的，哪怕那盒巧克力还有很多，并且是那个女生主动问江野要的。

听完她这番剖析内心的独白，江野煞有介事地颔首。

宋清弥等着他能发表什么真知灼见，就看到他翘了翘嘴角，一副懒洋洋欠揍的样子说：“那就是你从小就喜欢我呗。”

“我呸！”宋清弥丝毫不示弱，“江大诗人最近情诗看太多，整个人连虚幻和现实都分不清了吧。”

江野瞧她奓毛，勾起嘴唇笑了笑。

他们走进便利店，将雨伞立在店门口。

便利店的餐桌前围绕着几对腻腻歪歪的小情侣，宋清弥环顾了一圈后，给自己点了份小蛋糕。

关于喜欢不喜欢的答案，已经不重要了，受到周围情侣影响，她恨不得先一步告白，问江野要不要当自己的男朋友。

话到嘴边，她又硬生生咽回去。

她抬手在江野桌前敲了敲：“那你是什么时候喜欢我的？有那种明确的标

志事件吗？”

江野不假思索：“有。”

回答再次令宋清弥陷入对江野的巨大好奇和迷茫。

“有一天，你穿着白色衬衫和百褶裙，跟同学骑车从我眼前路过，我耳机里没放音乐，听到你的声音，就下意识抬头。”

虽然只看到一个远去的背影，但那背影完全跟幼年的宋清弥做了切割。

“我清楚地意识到你不再是个小孩子，”江野似乎陷入久远的回忆，“也就是那个瞬间，我感觉自己的心，猛然跳了下。”

那是江野青春的旗帜。

他的青春从爱她开始。

而宋清弥貌似没有这样的时刻。

小时候他们在一起玩，没有性别意识，而当她有了独立意识，就想着远离身边的异性。

“可惜了，”宋清弥用塑料叉子戳蛋糕，“明明是青梅竹马的。”

偏偏要拖到今天。

“怎么？”江野喉结飞速地滑动着，“后悔前几年对我这么差？”

宋清弥停下手里的动作，用叉子指向江野，威胁道：“哪儿对你差了！你也没好多少。”

将近十一点，便利店很快就要打烊，店员过来礼貌地提醒他们。

没吃完的蛋糕被无情地扔下，两人出来时发现外面的雨几乎停了，空气清新而凛冽。

送宋清弥回宿舍的路上，江野拎着雨伞，轻轻开口：“我倒是觉得现在一切刚刚好。”

“什么？”宋清弥不懂。

“那时候的我们太年轻，我的家庭问题又令我不堪其扰，”大抵是因为走在暗处，江野双眸热烈，“我没有足够强大，还需要靠源自你的勇气生活。”

“那这些年……”

“这些年我都在等，”江野停下脚步，面对面看她，认真地说，“我在等你长大，等你爱我，或者跟我告别。”

只身一人在外求学的岁月，这份等待似乎因为时间而更显漫长难熬。

刚回国时，他在她身边想尽办法“铲除异己”，然后不断地试探，发现她大概和自己拥有同样心思后，欣喜若狂。

“宋清弥，”江野喊了她的大名，字句真切地说，“曾经我的勇气来源你，如今我将它们全部献给你。

“做我的女朋友，好吗？”

纵使知道他会说出这话，纵使这个场景在心里排练过无数次，可当这一切想象转化为现实降临时，宋清弥仍旧抑制不住心跳，胸口处仿佛有一只莽撞的小鹿横冲直撞。

好久。

雨彻底停下。

风声一点点变大。

宋清弥听到自己的声音：“好啊。”

再然后，她被江野揽进怀里，与以往虚假打闹的拥抱不同，这次他抱得很紧，很用力。

宋清弥感觉自己要被勒死，马上要喘不过气。

她用手指点了点他的胸口，厉声问道：“我想你也不想今天恋爱，明天就当鳏夫吧？”

江野的怀抱松了些，却将她抱得更完整些，头垂在她的颈肩上，像鸳鸯交颈。

他“啧”了一声，谈恋爱也不妨碍他打趣她：“前一秒刚谈恋爱，下一秒就要嫁给我。”

意识到自己再次输在文字游戏上，宋清弥恨不得抬手给自己两个嘴巴子。

在学校寒窗苦读十年，怎么文字把控能力还比不上他一个打篮球的！

她一跺脚，佯装生气：“我走了！晚安吧你。”

江野忙把她拉回怀里，还用那副漫不经心的调子说：“就这么喜欢我？”

宋清弥：“什么鬼？”

江野：“连生气都记得跟我说晚安。”

自恋狂！

看来是我的勇气给你给得太多。

宋清弥作势要走，江野在身后拉着，两人就这样拉拉扯扯、黏黏糊糊，走到宿舍门口。

宿舍楼下恋爱氛围正浓，都是依依惜别的小情侣，抱在一起接吻。

曾经宋清弥万分不理解，明明晚上都见过面了，为什么还要在宿舍楼下争分夺秒地搂搂抱抱再啃一口。

如今……

虽然恋爱刚开始，但她已经走完“质疑小情侣，理解小情侣，成为小情侣”的全部心路历程。

送到门口，江野松开她的手：“走吧。”

宋清弥跟他挥手道别，可走到门口，又原地后悔，一个急刹车转身，抱住江野的腰：“我不想跟你分开。”

少女的情话张口就来：“还没跟你分开，我就开始想你。

“真不知道夜晚没有你该怎么度过？”

江野知道她一向是热情的、感情外露的，也喜欢她的这份坦诚。

“虽然我也会很想你，”他用食指戳了戳她的额头，“但我认为你的夜晚该通过睡眠度过。”

宋清弥松开他，狠狠地跺了跺脚，耍无赖：“不要睡眠，呜呜，我不想要睡眠。”

江野挑眉：“那你想要什么？”

他是说做就做的性格，在提出问题的同时，已经想好解决方案：“把款式和链接发我，我付款。”

大大方方给女朋友花钱的男生好有魅力。

宋清弥看江野眼冒桃花，立马又跟八爪鱼似的贴了上去将他紧紧抱住，抬头看他说：“我现在想要的并不是金钱能解决的。”

宋清弥的眼睛在月色下很亮，像是容纳了整个月亮的光辉，江野低头看她，看着看着，越发蠢蠢欲动。

他没忍住，低头在她额头上落下一个吻。

他再稍稍往下，亲到鼻梁。

他的嘴唇温热，动作又轻，像被羽毛扫过皮肤。

宋清弥有些痒，往后缩了缩。

江野扣住她的肩膀，给她拉回怀里，宋清弥回过神的时候，一个轻轻的吻已经贴在嘴唇上。

一触即离。

像一个梦。

“给公主的晚安吻，”江野揉揉她的脑袋，嘴角的笑停不下来，“公主晚安，江野随便。”

宋清弥开门，一脚迈进宿舍。

明悦和孟佳佳齐刷刷从床帘里露出脑袋，目光跟随着宋清弥从门口走到床下的步伐：“恋爱了？”

宋清弥看着她俩：“这么明显？”

孟佳佳指了指嘴角，打趣道：“你嘴角都要翘上天了。”

明悦唉声叹气，揶揄道：“浑身还散发着一种思春的气息。”

瞧瞧，酸了酸了。

谁叫她是宿舍第一个脱单的女生呢。

宋清弥准备拎盆去水房重新洗漱的动作一顿，转过身，三两下爬上明悦和孟佳佳那头的梯子，挂在上面朝两人扬了扬眉毛。

“哦，你们怎么知道江野嘴巴很好亲呢？”

明悦：“我们没问。”

“嗯，”宋清弥点点头，“他胸肌很大，很好抱。”

明悦和孟佳佳一愣。

“算了，你们没有男朋友，不懂这种感受。”

三句话刺激得两位母胎单身少女发疯，明悦从床上跳起来，张牙舞爪地冲向宋清弥：“啊啊啊啊，我要跟你拼了！”

宋清弥仗着腿长身体灵巧，轻飘飘地跳下梯子，捞起洗漱用品去水房。

再回来的时候，宿舍已经熄灯，安安静静的，明悦和孟佳佳的床帘里散发出幽微的屏幕光。

大家开始各玩各的，享受属于自己的深夜时间。

宋清弥躺在床上，想今天晚上发生的一切，想着江野，整个人就好像还处于云端上飘飘然。

手机亮了一下，微信弹出消息。

江野：睡了没？

MIMI：没。

江野：怎么还没睡。

MIMI：在想你。

江野：想我什么？

MIMI：想你亲我。

她再次回味了下那个吻，太轻太快，跟一阵风似的，并没给她留下多少滋味。

MIMI：下次亲我之前可以通知我一下吗？

江野：好。

MIMI：那你能戴上流川枫的面具再亲我吗？

江野：[？.jpg]

MIMI：让我感受一下二次元照进现实的感觉。

江野发了瞪大眼睛微笑的黄豆表情，阴阳怪气极了，宋清弥讪讪地缩了缩脖子。

江野：闭上眼睛。

MIMI：是闭上眼睛再亲吗？

江野：闭上眼，赶紧睡。

江野：梦里什么都有。

这一夜，宋清弥始终处于半睡半醒的状态之间。

人在床上躺着，思绪却飞出老远，一会儿梦到小时候跟江野在一起玩，一会儿又回忆起两人吵架。

吵着吵着，忽然被亲，她睁大眼睛，看着那个索吻的人。

流川枫……还是平大流川枫？

画面再一转，就是告白时候他那双清澈干净的眼。

睡到不知道今夕何夕，床帘被掀开，一片阳光钻进来，她皱眉翻个身，明悦晃晃栏杆，问："早八有课，你不去？"

宋清弥清醒了点儿："谁的课？"

"英语。"

英语老师喜欢课堂提问，不出勤可能比较麻烦，宋清弥纠结了一秒钟，回答道："不去。"

明悦也没再说什么，跟着孟佳佳去上课，出门时轻手轻脚地关了门。

宋清弥一觉睡到日上三竿。

被春雨洗刷后的世界不染纤尘般干净，孤零零的太阳挂在天空。

平江的春天昼夜温差很大，中午的光景，宋清弥穿了薄针织衫，带了一件外套出门。

手机里躺着好几条江野的消息。

江野：公主早安。

江野：没起？

江野：呵呵呵呵，怕不是在梦里亲吻流川枫八百遍。

江野：早上冷，出门多穿衣。

江野：算了，早上你根本不可能起床出门。

江野：我去体育馆1号馆训练。

…………

宋清弥看着聊天框里的消息，"恋爱"就越发有实感。

美中不足的是，江野同她认识太久，对她实在太了解，神秘感大大降低。

她在食堂随便解决了午饭，然后扫了辆单车去体育馆。

下午的训练已经开始，运动员都在场馆里训练折返跑，在千篇一律穿着篮球服的人群里，宋清弥一眼就锁定江野。

他的身高在篮球运动员里算不上高，可架不住身材比例优越，再配上那张可以乱杀的脸，仍旧能高分脱颖而出。

似乎感受到她的目光，江野在折返跑的途中突然转头朝她看过来，嘴角向上勾了勾，轻轻一笑。

徐教练看到宋清弥，点头示意，还没忘打趣道："宋小幺儿最近还挺积极呢。"

明文良："可不是嘛，上学期怎么喊她来她都不来，这学期倒挺主动了。"

徐教练："是不是我们队里有男狐狸勾引着宋小幺儿过来了？"

宋清弥听着他们的打趣，没说话。

折返跑结束后的男狐狸汗水顺着额头滑过清晰的下颌线再缓缓落下，他仰起头大口大口喝水，喉结像是起伏的山丘。

确实挺勾引人。

她站在原地没动，还是等江野朝她招招手，才佯装不情不愿地走过去。

“才醒？”江野垂眼扫过她眼下的黑眼圈，就立马证实猜测，点了点头，“嗯，而且昨晚还没睡好，做了很多梦。”

这人是自己肚子里的蛔虫吗？怎么什么都清楚。

“那是自然，”宋清弥不甘示弱，胡编乱造说一通，“我做梦跟流川枫热吻八百次。”

她指了指嘴唇：“亲得我嘴唇都痛了。”

江野扬了扬眉：“你确定？”

宋清弥：“确定什么？”

江野用眼睛瞄准垃圾桶，找好角度和力度，扬手把空水瓶准确扔进桶里。

“铛”的一声。

他笑了下：“你确定自己亲的是流川枫，而不是我。”

宋清弥沉默了。

见她不说话，江野笃定地点了点头：“看来亲的应该是我了。”

他往上提了提篮球服，宽松的球服露出他带有起伏的胸肌线条，宋清弥的目光随着他的动作而动。

江野骤然停下手，老师当堂抓包作弊学生那样，直勾勾地对上她的视线，“啧”了一声：“一分钱没赚，又被你占了八百次便宜。”

宋清弥见状，实在忍不住了：“你现在真是‘yyds’。”

网络用语出现在现实生活里，江野一时间没理解，皱了皱眉，问：“永远的神？”

宋清弥：“有一点骚。”

还真是摇身一变当男狐狸了。

“生活里看都不给看，”宋清弥开始控诉，“梦里还一边叫我宝宝。”

江野沉吟片刻，一脸恍然大悟的表情：“你喜欢这种？”

宋清弥：“什么？”

江野靠近了点儿，盯着她的眼睛，慢吞吞地道：“宝宝。”

骚不过骚不过。

这体育馆来了这么多次，今天头一次感觉它有点小有点闷，让人喘不过气。

宋清弥想赶紧走掉，就听到江野说：“你等会儿我，宝宝。

“还有一组动作就结束训练了，宝宝。

“然后我们去约会，宝宝。”

“你好好讲话，”在他一声声“宝宝”里，宋清弥耳根通红，忍着巨大的羞涩尽可能地揶揄江野，“你这一口一句宝宝，莫名让我很想买包包。”

江野若有所思地颔首。

“那我们就去逛街买包包。”

他这么会撩，确实让宋清弥感觉挺无助的。

训练一结束，江野立马回更衣室洗个澡抓了抓头发，就带着宋清弥离开。

虽然是成为男女朋友后的第一场约会，但宋清弥念着他膝盖上有伤，明天又是1/4赛，在商场转了一圈，刷江野卡买了个包包后，就找了个咖啡店，想着可以让他休息一下。

街边小店，面积不大，但装潢很好，有不少学生模样的人来打卡拍照，宋清弥本来也很小资，跟着凑了个热闹。

她把手机交给江野，指导他拍照，顺便还要绝美的新包包出镜。

虽然他拍得都很一般，但能拍出来就已经很好了。

宋清弥一边修图，一边跟江野有一搭没一搭地聊天。

俊男靓女，总是很容易吸引人的视线。

有几个女生在他们身后叽叽喳喳，小声密谋着什么，江野多看了其中一个短头发韩系女生两眼，惹来更热烈的叽叽喳喳。

“你看什么呢？”朋友圈发完，宋清弥好奇地问江野。

江野指了指宋清弥手腕上的那条十八籽，又晃了晃自己的手腕：“那个女生好像也有一条一样的。”

从小到大，他好像从她手里收到过挺多礼物，虽然送礼物的人不太用心，但也都有被他好好收藏着。

“这是寺庙开过光的，祈福去除烦恼，很多人都有呢。”宋清弥解释道。

没听出来江野声音里的低落，宋清弥又补充一句：“比如我们这个是在大法寺买的，我还送了相同的给两个室友和宋星宇。”

江野无语。

本来以为是只有他们两个才有的情侣信物，结果是满大街都在戴的网红款式。

本来以为是只给他一个人的心意，原来只是妹妹爱心播种的四分之一。

江野若有所思地点了点头：“挺好，很不错。”

宋清弥再发现不了他情绪的变化就是真正的傻子了，她喝了口咖啡润润嗓子，开劝：“礼物什么的都是身外之物，不要在乎。”

宋清弥：“礼物证明不了我对你的心意如何。”

江野哼笑一声：“继续。”

哄不好了是吧，宋清弥耐心告罄，破罐子破摔：“更何况你已经有了最好的礼物。

“上天把我送给你当女朋友，你就偷着乐去吧！”

没想到话题居然拐到这里来，江野悠悠开口：“你是我努力追到手的，可不是上天白送的。”

身后那几个本来叽叽喳喳在策划什么的女生听到这里，脸色变了又变，没有心情继续美美摆拍，结账离开了咖啡馆。

努力在哪里呢。

宋清弥撇撇嘴：“可是出国这几年你都不联系我。”

江野沉默片刻：“联系了。”

没收到联系啊。

“你写信邮寄到外太空了？”

一句很是随意的调侃，江野却别过了头。

宋清弥还以为自己戳破他的谎言了，就见他转过脸，仍旧是挂着那种慵懒随意的笑。

“以你的反射弧呢，确实得八十岁才会发现。”

“什么？”宋清弥不肯罢休，接着问，“你是怎么联系我的？靠寄回来的礼物吗？礼物里有情书……”

江野却什么都不肯再说，起身去买单。

他站起来的瞬间，吃痛地皱了皱眉，又缓缓坐下。

“腿疼？”宋清弥紧张地问。

江野摇头：“没事儿，再歇会儿就好了。”

看他脸色也不像在硬撑，宋清弥先一步去买单。

江野的手机“叮咚”一响。

宋星宇发来图片，是宋清弥的朋友圈截图。

江野：挺好看的，拍摄角度不错，看来摄影师水平不错。

宋星宇：[省略号.jpg]

宋星宇：谁问这个了。

江野：那？

宋星宇：你看她旁边的包，应该是新买的，我给前女友买过，代购那里还要三万多。

江野：她买包也正常吧？

宋星宇：你不了解，她花钱的地方多着了，肯定没攒下钱买包。

江野：所以？

宋星宇总结陈词：应该是有男生在追我妹，有点小钱，并且很帅。

宋星宇：你俩在一个学校，你帮我看着点儿，有情况随时跟哥们儿讲。

江野回了一个问号。

宋星宇也回了个问号：有什么问题吗？

江野：你怎么知道那男的挺帅的？

宋星宇：废话！不帅宋小幺儿会跟他接触会收他礼物吗！

江野：确实挺帅。
宋星宇：这人你认识？
江野：算是吧。
江野：他挺帅，挺有钱，两人感情挺好的。

♥

第十章

不敢看他意气风发的眼睛

Shishui

xiaoluluanshuang

宋星宇很迷惑：你说什么？

江野按捺住心思：你想知道她的情况直接问她不就好了。

宋星宇：你不懂。

宋星宇：孩子大了，开始叛逆，并且有自己的隐私，我直接去问多不好。

……您这通过别人旁敲侧击的就好？

宋清弥付完钱回来拎包，视线在江野脸上扫了下：“忙着呢？”

江野摇了摇头：“不是重要的人。”

宋清弥“哦”了一声，江野放下手机看她，微微一笑：“查岗呢？”

宋清弥口是心非：“没有。”

“查也行，女朋友的基本权利，”江野把聊天框对向她，“你哥。”

宋清弥有些意外地扬了扬眉毛：“他干吗找你？”

江野：“他发现你在被有钱又有颜的男人追求，想让我当双面间谍把你的状况全告诉他。”

“那你……”

“我没有说，”江野很睿智，也很有分寸，“因为我不确定你想不想告诉他。”

宋清弥沉默了下，试探着说："还是别了吧？"

江野痛快地点了点头："好。"

还以为他会生气，宋清弥把安慰的说辞都准备好了，没想到他居然答应得这么痛快。

"你就不问问为什么吗？"

"你这么做肯定是有自己的理由。"江野不会因此有脾气，也不是一定要知道理由，但看了下宋清弥的神色，还是问道，"为什么？"

宋清弥说："总感觉被他知道，很快全家就会都知道。家里人知道就会来关心我，即便他们是好心，我也会感觉很奇怪，谈恋爱是很私人的事情，我不想跟他们分享。"

闻言，江野有点诧异地扬了扬眉。

"也好，总感觉现在还不是时候。"

毕竟宋星宇那番"你俩恋爱对我来说跟乱伦没有区别"的话还在他耳边时时回荡。

在向外宣布两人关系之前，他得先让宋星宇有心理准备。

翌日，1/4 赛正式开始。

平大主场对战航大。

打败京大之后，平大队内士气高涨。

航大本就不是非常厉害的球队，平大球员现在处于初生牛犊不怕虎的状态，全队都兴致高昂地准备比赛。

更何况，这场比赛打赢就有机会在分区赛总决赛争夺名次，同时，也可以成功晋级全国赛。

球队相当重视这场比赛，比赛前一晚，徐教练还专门搞了会议，带领大家分析航大队的主要战术和重点球员的主要技术特点，然后制定出一套较为有执行力的比赛方案。

之前平大队是 CUBA 联赛里的弱队，大赛经验也没有多少，主要得分点都在于江野一个人。

而江野有突破有篮板，全都是靠着自身能力，跟球队战术没有多大关系，所以航大只能针对他的一些技术特点，交代重点人防守，根本提不出什么相当有力的对策。

主场作战，体育馆里欢呼声一浪高过一浪。

平大有惊无险地拿下比赛，成功拿到全国赛入场券。

但他们也没高兴多久，因为很快总决赛的名单出来了。

下一场，平大要对阵华清。

华清大学在 CUBA 里的实力不容小觑，并且今年阵容齐整，并未出现像京大那样主力球员缺阵的情况。

况且他们一连打了七场胜仗，手感和心态也都火热。

眼前已然矗立起一座高山。

但运动员总是有敢于拼搏的豪赌精神，赌赢了就可以在分区赛最后的决战场上争夺冠军，赌输了也有可能拿到季军名次。

行百里者半九十。

如今的情况下，即便江野膝盖上有伤，也决定带伤出战。

宋星宇看到赛程后，当即致电给江野："哥们儿，咱俩认识二十来年还是第一次打球呢！"

小时候宋星宇去学习乒乓球再去踢足球，等到他开始接触篮球的时候，江野已经出国训练，确实从来没有在赛场上真正碰到过。

江野哼笑一声，满满的不屑和高傲："要不先把银行卡密码给我，再给爸妈写封信。"

宋星宇不解："什么意思？"

江野笑道："你放心，我一定会在你头上暴扣。怕你想不开，结束比赛去跳江。"

宋星宇骂了一声："哥们儿的弹跳，老子的臂展，防你不跟老鹰抓小鸡儿似的简单？"

江野："老鹰可不是每次都能抓到小鸡。"

宋星宇咬牙："玩文字游戏是吧？你在哪儿呢？哥们儿现在就去杀你。"

江野："在操场。"

…………

两人互相放狠话。

就算用词再狠毒，宋清弥都能听出两人语气里的兴奋。

跟最好的朋友在有含金量的赛场上打比赛，不管是走向巅峰或无人问津，想想就是一段特别刺激的经历。

宋星宇那头"啪"地将电话挂断，宋清弥还是提醒江野："我哥他长得跟黑猩猩似的，你千万别强上身体对抗……"

她丝毫不怀疑宋星宇一个用力就能给江野顶飞。

比赛前一天晚上，空中挂着亮亮的月亮。

闲适的晚风吹过操场，两人夹在一堆情侣之间，平凡地谈恋爱。

江野扬了扬眉，漫不经心地问："心疼我？"

宋清弥点头："毕竟人类跟黑猩猩还是有体力差距的。"

身在华清的宋星宇突然鼻子特别痒，狠狠打了个喷嚏。

江野是运动员，身边队友都是人高马大的，自己也高而强壮。

但宋清弥即便在女生里身高不算矮，也不足一米七，也不够强壮，看宋星宇时会有种非同种生物的错觉也正常。

江野让她宽心："你哥虽然很高很壮，但移动速度就相对会慢下来，在运动战里他跑不过我。"

宋清弥心想，那不还有近身战嘛。

她话还没说出来，就见江野的手臂搭在她肩膀上，给她往怀里搂了搂。

男生的体温都高一些，他的胸膛暖烘烘的，又因为体脂率低，肌肉线条流畅、宽厚，让人特别有安全感。

宋清弥被他抱着，也就闭了嘴，安静地把头埋在他的胸口。

江野抬手捏了捏她的耳朵，有种对小猫咪宠爱但无从下手的无措感。

"你冷不冷？"他低头问，"怎么耳朵这么凉？"

"我不冷，"宋清弥摇头，"就是体寒。"

没听过她有这个毛病。

"嗯？"

宋清弥是胡诌的，没想到他就这么轻而易举地信了，脸上顿时有点红。

"哎呀，"她叹息了一声，把江野抱得更紧了点儿，"意思就是让你多抱抱我。"

她撒起娇来让人心软软的。

江野把她抱得更紧了些。

学校操场的设计者大概十分考虑情侣的感受，偌大的操场只有几盏光线特别昏暗的灯，情侣坐在操场中间的草坪上，几乎都要隐身于夜色。

江野也趁着夜色好好看宋清弥，尖尖的下巴，高高的鼻梁，形状很完美的嘴唇，总喜欢嘟着，看上去有几分威严不足的憨态。

很可爱。

很美好。

很想亲……

四目相对，宋清弥貌似跟他灵魂共通，想到了一起去，鬼使神差地抿了抿嘴唇。

江野俯身下去，越来越近，越来越近。

宋清弥听到自己如蹦迪般的心跳声，双手不自觉攥住他的衣袖，缓缓闭上眼睛。

等待一个吻的降临。

"江野！"比那个吻先抵达的，是一道中气十足的男声。

操场很黑，宋星宇看不清人，社牛属性爆发也不管身边都是腻腻歪歪的小情侣，开口就是一嗓子。

宋清弥豁然睁开眼睛，被吓得不轻，愣了三秒钟，然后几乎连滚带爬地远离江野。

见宋清弥离自己远了，江野才皱着眉头烦躁地朝噪声源头招了招手：“在这儿。”

宋星宇走过来，指了指黑暗中逐渐远行的窈窕身影：“你对象？”

江野喉结滑动，“嗯”了一声，又问：“你干吗？”

“你谈恋爱了都不告诉我，还是不是哥们儿？”他朝着不断远行的背影继续喊，“嫂子，别走啊，咱们认识一下。”

宋清弥真是受不了这二傻子了。

“乱吵什么！”江野伸腿照着他小腿肚就是一脚，“我对象害羞，不好意思见人。”

“那简单啊，”宋星宇侃大山，“没有必要给我当人看。”

江野点头：“也是，大猩猩嘛。”

其实宋星宇也没有那么关心江野恋爱的事，比起恋爱他更关心江野本人。

他低头看江野的腿，哼笑一声：“还有力气踢我，看来也没病呀！”

江野见宋清弥的身影已经消失在操场，发微信嘱咐她早点回宿舍后，才抬头跟宋星宇对话：“你来就是看我瘸没瘸的？”

“不至于，不至于。”宋星宇在他旁边坐下，“就是来看看你明天比赛能发挥出几成力。”

江野好整以暇地笑了笑：“看出来了？”

“嗯，”宋星宇说，“跟活驴似的应该没问题。”

江野沉吟片刻，从胸腔里磨出一个字：“滚——”

宋星宇立马把自己缩成一个团滚着往他身上拱。

江野嫌弃地推他，他就越来劲。

两人并不是很友好地闹了一阵儿，江野手腕上一轻，象征着福泽的十八籽居然断开脱落，滚进草坪。

江野怔忪片刻，回过神立马打开手机手电筒，匍匐在地上去找珠子。

见他这么在意，宋星宇也立马收敛了笑容，帮忙找。

天很黑，草坪很大，珠子很小。

两人摸了半个小时也没找全。

“宋小幺儿送你的那串？”宋星宇说，“不是啥值钱玩意儿，别要了。”

江野心里泛起一阵说不出来的慌乱，但到底没有如大海捞针般找几颗珠子，眼神似乎没有焦点地说：“你不懂。”

比赛如约开始。

这场比赛的热度已经刷新上次平大和京大那场的热度。

篮球馆里座无虚席，转播平台观看人数超高。

整个联赛能和江野在女观众数量上较量一番的，也只有顾昱行。

因此这场比赛呈现出一种很均匀的状态：两支球队都有差不多数量的拥趸者，两支球队的风云人物都是控球后卫，控球后卫都长着一张不错的脸，并拥有很多女球迷。

看点十足。

随着裁判的一声哨响开始，观众席上的欢呼声和呐喊声就从没停止过，你方唱罢我登场。

而赛场上，双方的篮圈也没停止过被进攻。

顾昱行运球，江野步步紧逼，贴身防守，如鹰隼般锋利的眸子，一直紧紧盯着他。

华清球员过来协防，江野被左右夹击，给顾昱行造成空位，顾昱行原地抬手，干拔三分。

球迷们立刻爆发出山呼海啸般的掌声。

顾昱行立马做了个敬礼的手势，然后朝工作席位上的宋清弥点点头。

宋清弥一头雾水，转头去看江野，只看到江野眼里的斗志熊熊燃烧。

从集训开始，江野和顾昱行之间就有些若有似无的摩擦。

如今这些摩擦放在赛场上就更明显。

球权给了江野，在顾昱行的贴身防守下，江野先做了一个变速运球，将人晃开，然后快速进攻，如一把利剑劈开华清队的防守阵型，冲进篮下，勾手投篮。

球迷们欢呼声更盛，江野比了个反 V，张扬不羁。

虽然没有一起打过球，但宋星宇对他的进攻路数有着莫名的了解，想去协防的时候已经来不及。

见江野进球，宋星宇颇有几分无奈地推了推江野的肩膀，江野朝他挑了挑眉。

比赛继续，现场气氛越来越热。

虽然华清队一直领先五分左右，但现在的球迷都知道，平大喜欢后期发力，不到第四节，永远不知道胜利会花落谁家。

江野顶着顾昱行的防守进了一个三分，没有什么技巧，全靠个人能力和肌肉记忆，这球进得太妙，全场观众愣了两秒才想起惊叫。

江野碰了碰顾昱行的肩膀，用那种带着一点挑衅的礼貌语气说："不好意思，进了。"

顾昱行哼笑一声，留下仨字："等着吧。"

两人火花四溅。

比赛越来越好看。

宋清弥手里一直捏着把汗。

中场休息，球员一边喝水补充水分充能，一边听教练布置战术。

江野朝宋清弥勾了勾手，有些无赖地命令："宝宝，你只准看我。"

宋清弥愣了下："我哥也不能看吗？"

江野默了默："看他也行。"

那就是顾昱行不行了。

集训时被宋星宇抓包的事都过去多久了还记得！

现在是比赛时间，宋清弥大人有大量不跟他争论，点了点头："好吧。"

第四节比赛开始，魔法也准时生效。

平大队集体苏醒，靠着高超的配合和江野的个人能力，打出一波反击，连得八分。

华清队心态很稳，在暂停后调整战术，重新找回了状态，很快又把比分追平。

在战术和配合还有球员纸面实力上，平大远不如华清。

平大似乎江郎才尽，又开始使用唯一法宝：江野。

球权屡次给江野，他一边运球一边指挥队友站位，然后靠着出色的体力保持高速度冲击篮下，宋星宇过来补防。

江野做出投篮的假动作，虚晃一枪，整个人拔地而起，优秀的弹跳力和滞空力让他飞一般在宋星宇头顶扣了一记大风车。

全场霎时爆发出热烈的欢呼。

防不住是真防不住。

宋星宇无奈地摇摇头，朝江野竖起大拇指。

江野勾唇一笑。

比赛继续，球权被华清拿下，大家一起快速往对面篮下跑，再调整站位，每个人的目光都虎视眈眈，想要吃下对方球队和他们手中的篮球。

忽然间，大家似乎都愣了一下，对位时少了个人。

所有人一起回头看，目光都愣住了，顾昱行运球的手泄了力气，球朝着场边滚了过去。

紧接着，一声哨响，裁判暂停比赛。

现场气氛也安静了一下，然后是交头接耳的讨论声。

宋清弥感觉像是被扔进了海里，所有声音转变成一种压迫耳膜的噪声。

她想站起来走上赛场，然而根本站不稳，身形一晃，又瘫在座位上。

球员们围了过去，但没有一个人敢真正去触碰。

"队医！队医！队医呢！"

有人在喊。

人群中央，在没有身体对抗的情况下，江野猛然瘫倒在地上，整个人蜷缩成一团，痛苦地抱着右脚。

他脸色发白，大颗大颗的冷汗从额头上沁出来。

不是膝盖问题，而在没有身体对抗情况下受的伤，极有可能很严重，严重到影响整个运动生涯。

宋清弥缓缓闭眼，不敢去看那双本该意气风发的眼睛。

队医跑上赛场，检查，比赛暂停，江野并没有站起来，穿着白大褂的护士抬来担架，将他抬走。

场内逐渐有窃窃私语声，平大队员痛苦懊恼地捶地板，还有徐教练一脸凝重的神色……一切仿佛都是一场正在表演的悲剧。

宋清弥搭在膝盖上的双手不自觉地蜷缩起来，喉咙里像是被塞满了黏稠的糖浆，张了张嘴巴，一句话也说不出口，明明受伤和痛苦的不是她，但仍旧有两行泪水从眼睛往外流。

宋清弥努力让自己站起来，渐渐找回瘫软的下肢的力量，朝着护士和担架远去的方向奔去。

此时此刻，她这样一位实习队医，在这场比赛里无足轻重，因此也没有人阻止她。

救护车的车门快要合上，宋清弥不知道哪儿来的勇气大喊一声："等……等一下！"

护士停住动作。

她立马登上救护车，护士看了她一眼，然后把门拉紧。

江野痛苦的呻吟声在狭小的救护车里越发凝重清晰，有护士在给他做检查，一旁跟随而来的明文良医生按住他乱动的手臂。

宋清弥站在他后面，明明那么近的距离，又不敢靠近。

他摔倒落地后，抱住了脚掌后半部分。

伤到哪里了？

半月板拉伤？足底筋膜炎？还是……跟腱断裂？

不会的，一定不会。

他还年轻，才二十一岁，他的职业生涯才刚刚开始，远远没到黄金时期，属于他的篮球时代还没到来。

"宝宝。"

被颤抖虚弱的声音召唤回思绪，江野被翻成侧躺的姿势，汗水将身下床单打湿大半，他轻声喊她，皱着眉，语气里有些担心。

宋清弥抬眼看过去，他费力地招了招手："过来。"

于是，她就慢慢挪了过去。

江野握住她的手腕，想抬手摸她的脸，但实在体力不支。

宋清弥心里莫名一颤，咬了咬嘴唇，半蹲在他面前。

江野"扑哧"笑了，嘴边挂着无奈的笑意："宝宝，别哭啊，我没事儿。"

他抬手，在她脸上轻轻擦了擦。

宋清弥摇头："我没哭……"

江野还在好声好语地安慰她："就是掉了几颗小珍珠。"

虽然是打趣的玩笑话，宋清弥能听出他声音的颤抖和力不从心，丝毫没有因为他的安慰好一些。

"护士姐姐，他、他伤到哪儿了，不是跟腱吧？"

跟腱断裂是影响运动员职业生涯的大病，一旦发生影响是不可逆的。

护士姐姐很淡定："初步判断是足底筋膜劳损，具体要拍片才知道。"

再然后，他们匆匆忙忙进了医院，挂急诊，拍片，安排手术。

一切都像是一场梦一样，宋清弥合上双眼，期待睁开时还是在跟华清对阵的现场，江野频频进球，每次进球成功后，都会对她做出专属的庆祝手势。

然而并没有梦，现实就是平大输掉比赛，江野躺在手术台上，她盯着"手术中"的标志，久久失神。

"宋小幺儿，"明文良把手搭在她肩膀上，宽慰似的拍了拍，"放轻松，运动员的职业生涯里总会有些伤痛，江野没事的。"

"可伤在四月，休养三个月，今年的CUBA联赛无法继续，国家队的集训也没办法参加……"宋清弥根本冷静不下来，细数着本该江野出战的赛程，嘴唇都在颤抖，"一年最重要的比赛都在夏天，他受伤就要缺席很多大赛。

"他这一年都要被伤病浪费了。

"江野是运动员，运动员的黄金期就这么几年，他没了一年……"

"竞技体育就是这样的，"明文良当队医这些年，见惯了各种伤病和经历各种伤病的运动员，"很多人刚登上万人渴望的领奖台，随后就躺在冰冷的病床上，有的人还能站起来，有些人也从此一蹶不振。"

他的声音很冷酷，内容很残忍，却让宋清弥逐渐冷静下来。

"第一个发现篮球运动的人，一定也想不到后面的人会一次次调动身体机能，甚至不断突破身体极限来完成挑战。

"换句话说，很多运动员都是用自己的身体去赌一个成功。"

同运动员相处久了，就会发现，竞技体育的残酷魅力都在于它的"赌"，胜利只是一时的，而失败才是主旋律。

或许，直面缺憾，才是生活的本质。

话音落下，手术室的灯光暗了。

江野躺在床上被护士推出来。

同一个世界的不同场景，华清大学拿下比赛，进入半决赛。

平江大学无缘分区赛名次和冠军的争夺战。

宋清弥又想到去年暑假集训，在宋星宇家喝酒时，队长蒋川说的话，他想拿冠军，想要站在领奖台上。

但今年的平大无缘。

而已经大四的蒋川，还要背负生活的压力，很快就会和联赛以及平大篮球队告别。

缺憾之于平大篮球队是一时的，但落在每个球员身上，可能幻化为永恒。

宋清弥在这个瞬间，醍醐灌顶般，接受了竞技体育的灿烂和残忍。

她一路小跑着跟随江野的病床走进病房，护士正在交代江野术后注意事项。

他安静地躺着，乌黑柔顺的刘海搭在额头上，衬得眉眼很平静，锥心的疼痛过后，有种独一无二的疏离感。

护士走后，宋清弥在心里默背了一遍注意事项，然后努力让自己挽起一个笑容，走到他床边，抬手搭在他的脸上，心疼地问："你好些没？"

"小手术而已，"江野掀起眼皮，乌黑的眸子对比整张脸更没有血色，他没撒谎，"关节积液就一微创手术，筋膜劳损也是小病。"

再小的病也影响一年的运动生涯。

意识到她貌似比自己还要低落，江野咂摸咂摸嘴，有些突兀地说："宝宝，我饿了。"

晚饭吃完后再打比赛，紧接着又是手术，现在可不就该饿了？

宋清弥连忙道："我去给你买饭，有什么忌口的没？"

明文良医生拿着一沓缴费单走进来："忌食辛辣，要多休息。"

"您帮我照顾一会儿江野，我先去给他买饭。"宋清弥连忙跟明文良交代，然后一路小跑似的走开。

明文良看着她跑远的背影，摸了摸下巴，有几分八卦地对江野说："宋小幺儿对你还真好。"

江野也不回避，笑着点头："我的荣幸。"

"缴费单都在这里，今天观察一晚上，明天就可以出院了，但是至少得休养两个月以上……"

意思是今年的全国赛江野无缘参加。

江野垂着眼皮翻缴费单，看不清情绪，但脸上没什么变化，只是静默了一阵，"嗯"了一声："我知道。"

之前怕他不接受这个赛季报废的事实闹起来，但此刻看他轻易就消化噩耗，明文良心里也不是滋味。

"今晚你可以找个护工，"明文良换了话题，忽然又想到什么，说，"学校那头把你生病的事通知家长了，他们可能很快就会来。"

闻言，江野锋利的眉毛逐渐皱起。

明文良不知道他的家庭状况，还以为是受伤不想让家人担忧，又多解释了句："学生出事，辅导员通知家长理所应当的。"

江野的脸色已经恢复平静，点了点头。

明文良刚走出病房，龙怀婷就到了。

她仍旧是职场精英女士的装扮，质感上乘的衬衫配剪裁利落的西装裤，风衣外套搭在左手臂弯，高跟鞋踩着地面发出令人心悸的“咔嗒”声。

一进病房，她就直接朝着病床走来，犀利的双眸在江野脸上扫了扫，最后红唇一勾，问道：“怎么样？”

江野习惯了被她像看商品一样打量，无声哂笑：“还好。”

龙怀婷还要开口，江野似乎知道她要说什么般，先发制人地将其打断：“没有遂你的意，只是些小伤，还能接着打球。”

空气里沉默片刻。

龙怀婷忽然笑了一声，这对母子好像从来都是针锋相对的状态。

“我不在乎你还能不能打球，”龙怀婷用一贯的审判口吻说，“你尽管打球好了，然后多少岁退役？三十岁？三十五岁？到那时候你生命还有一半光阴要继续。”

“你总需要新的营生，”想到这里，龙怀婷笑了笑，“你知道江宏涛退役之后是怎么保持着高质量的生活和收入的吗？”

没有跟儿子见面，也很久没有提到过前夫，但是在这样的场合里，龙怀婷似乎没有想要安慰受伤的儿子。

早些年江宏涛因为伤病在国际比赛失误导致被网暴的事情仍旧历历在目，龙怀婷永远接受不了这对父子的职业选择。

不等江野回答，她便给出答案：“他靠着我做的投资和理财才享受了剩下二十多年的生活。”

“您是想提醒我，我退役后会穷困潦倒？”江野直面她的视线，那双形状跟她相似的眸子里是如出一辙的锋利，“不过还请您尊重一下您自己，我虽然选择当运动员，但身体里还有您一半的基因，我的投资头脑也不差。”

“所以我更不能理解你为什么执意打球，”龙怀婷似乎被江野话里的什么所触动，但语气还是一贯的咄咄逼人，“你身上的伤要多久养好？一个月，两个月？都不重要了，等你养好，今年的全部比赛都已经错过，白白浪费了一年光阴。

“二十一岁在运动员里还算年轻吗？你职业生涯还有多少上升期，很快就要走下坡路了。”

江野厉声打断她：“不劳您费心。”

龙怀婷冷笑一声：“我是你妈，就算你不想听，我也要说，我从来都是为你好。

“明明在美国篮球也打得不错，我不懂你为什么要回国来打大学生联赛，是国外联赛上你的身体条件和技术并不出众？所以回来打没有什么含金量的大学生联赛？

“我还是要重申我的观点，在篮球这项运动上你没有天赋，无论怎么努力，也不可能做到最好。”

一贯的论调，就算是龙怀婷没说腻，江野也要听得耳朵起茧子了。

被包扎过的膝盖和脚掌像是两只白色的蚕蛹，悲哀地趴在被子上，江野错开跟龙怀婷对视的目光，自嘲似的勾了勾嘴角。

“当然也可以把篮球当作职业，我们来讲经济利益，但我就更不明白，在一个非营利联赛里你会获得什么？”龙怀婷是哀怨的，她对江宏涛的不满直至婚姻破裂也并没有完全消失，如今只能延续到江野身上。

年纪相对大了些，她也稍稍看开了一点，苦笑一声：“反正无论如何你现在都不会听我的话，那就等到你退役。”

一句话，预判江野十几年的职业生涯。

像是一记锤子砸下来，江野的眼睫动了动。

“龙阿姨。”

沉默里，门口的宋清弥忍不住出声。

龙怀婷和江野一起抬眼看过来，顶着两人的目光，宋清弥走进病房，打开小桌板，把从食堂买回来的冒着热气的馄饨拆开，示意江野吃。

“哦，小幺儿，”花了两秒钟，龙怀婷才认出她来，不自然地笑了下，“你也在？”

宋清弥对着她点了点头：“我来照顾江野。”

龙怀婷大概认为一个女生来照顾男生不太合乎情理，皱眉问道：“没有护工吗？”

“有，”江野慢条斯理地吃着小馄饨，“所以这里也不需要您了，妈妈。”

他用很轻很轻的声音唤出久违的称呼，说的话却又很刻薄。

龙怀婷无懈可击的女强人面具似乎出现一点裂痕，嘴巴动了下，没有发出声音。

“龙阿姨，”宋清弥心里挣扎了很久，才决定开口，“人并不是必须要达到某种高度才要做一件事，人也可以为了自己的喜欢而坚持。”

龙怀婷是长辈，宋清弥本不应该这样跟长辈说话，太僭越没礼貌，可她在门口，看到江野脸上的脆弱时，胸口一阵阵痛，她决定站在江野身边。

“或许为了喜欢而坚持做一件事在您看来很愚蠢，可……这世界上不是所有人都要计较得失输赢，衡量过价值再塑造自身，”宋清弥顿了顿，最后一语道破天机，“而且，江野现在刚受伤，身体和心灵上都不好过，他……

“他现在需要您来陪陪他，鼓励他，而不是继续刺伤他。”

空气再次陷入沉默。

龙怀婷一向笔挺的腰背似乎弯了一些。

小馄饨有些烫口，江野却好像感觉不到一般，不动声色地将其咽下，始终没有抬头，对龙怀婷说："妈，您先走吧。"

语气软了下来。

或者说，释然了，无所谓。

好像又过了很久，房间里再次响起了一阵"嗒嗒"的脚步声。

小馄饨吃得差不多，清淡的汤上面漂浮着几片香菜叶，一次性塑料勺子在其中漫无目的地搅动。

宋清弥看着江野近乎机械的动作，嗫嚅出声："我……我是不是说错话了？"

江野抬手将她拉到身边，手揽着她的肩膀，宽慰似的搓了搓："不关你的事，她今天也许就不该来。"

母子两个，谁也说服不了谁，又何必因为那么一丁点儿血缘关系就持续地绑定在一起。

对于龙怀婷，江野讨好过、期待过，但最后都是失望。

母子之间的事，宋清弥不知道安慰什么好，捏了捏他的手指，给予一种聊胜于无的陪伴。

"比赛怎么样？"

过了一会儿，江野才开口询问。

宋清弥愣了愣："输了。"

江野脸色并没有什么变化，怕他再想太多，宋清弥赶紧说："已经这么晚了，你是不是该休息了？

"我扶你去洗漱，你抓紧时间睡觉吧！"

虽然关节积液手术不影响活动，但筋膜受损，此时江野右脚不能沾地。

他哪里能听不出来，她是想让自己分散注意力，江野扬了扬眉，嘴角勾起一点笑："你确定？"

宋清弥："嗯？"

江野："我得洗澡，你要帮我脱衣服。我还得上厕所，"他凑得更近了些，视线往下面某处一瞄，"你帮我？"

一瞬间，宋清弥小脸爆炸似的红。

宋清弥立马挣脱开他，站起来往后退了退，磕磕巴巴地说："我我我……我突然觉得你直接睡下也挺好。"

江野颔首表示赞同："我这里有护工，倒是你，时间不早，该回宿舍了。"他拿起手机用叫车软件给她打车，"我现在的情况不能陪你回去，车牌号我记下了，上车记得全程跟我打电话。"

他实在不放心，又想了想："要么让叔叔接你回家住一晚上？宿舍查寝那里明天补个假条，辅导员不给你补就去找卢教授……"

方方面面安排极为妥当。

“停——”宋清弥打断他，“外面的世界没有这么可怕，我坐网约车回学校就好，明天再来看你！”

多待下去也只是陪伴而已，宋清弥犹豫片刻，还是决定离开。

宋清弥坐上车，开窗，月亮完全升到中天，万物闪耀着银色，宋清弥有些困倦，手机屏幕上方显示通话中，可江野和她谁也没说话。

半睡半醒间，只有耳机里传来的，江野平静的呼吸声，宋清弥本应该放心，可更令她深刻的是，龙怀婷对他恶语相加时，他不辩白不气愤的身影。

一整个赛季的报废，很有可能被影响到的职业生涯，还有在重要时期至亲吝啬的关怀……

越想，宋清弥越觉得鼻尖发酸。

洗漱，洗澡。

夜深了，骨科科室里没有被病痛反复煎熬的人，因此高级病房这一层很安静。

江野关了灯，隐身于黑暗里，房门透出一点走廊的光线。

他意识倦怠了，可头脑仍旧清醒，痛觉清晰的膝盖和后脚跟，宛若两颗跳动的心脏，时刻昭示他的伤病和没有可能重来的赛季。

江野选择篮球这条路，当然知道通往鲜花着锦的路上，会有无数的低谷。

他坚持自己，问心无愧就好。

可到如今，龙怀婷的否定仍旧是一把刀，插进他最脆弱的部分。

都说前途是光明的、道路是曲折的，他选择篮球这些年，一路磕磕绊绊，向前进了吗？

似乎也有。

但那些时刻好像真的太少，而代价又很大。

膝盖处的痛觉更清晰了。

江野翻个身。

“江野。”

黑暗里，有人喊他。

门被开了一点缝隙，走廊里的灯光呈条状，在地板上铺散。

江野的脸被一双冰凉的手抚摸着，手是凉的，那双眼睛却很亮，像是燃烧的火把。

很奇怪，只要她在，江野就会感觉心灵的阴暗面被照亮了许多。

他喉结上下滑动，艰难地开口：“怎么回来了？”

“我放心不下你，”少女的声音干净，没有丝毫迟疑，“我是你的女朋友，我该陪着你。”

江野：“我没事，小手术而已。”

“我会一直陪着你。”宋清弥蓦然打断他的话，“你不要听龙阿姨乱说话。”

“什么才是最好的选择呢？我觉得我只有站在事情结束后，才能证明哪个选择是好的。”宋清弥有她的智慧，“有些人考试没拿到满分就会闷闷不乐，而有的人会因为刚刚及格而沾沾自喜，有的人会劝慰前者宽心，然后逼着后者努力，可他们究竟想要什么呢？”

宋清弥又凑近了些，在他嘴唇上轻轻一碰。

“所有人的评价都是基于自身立场出发，评价的维度也是不同的，你不需要参考别人的声音，自己开心就好了。”

所有人都在问他的选择好不好，前程好不好。

只有她，又是她，十年如一日地让他开心就好。

还有什么想不开的吗？

至少这个瞬间没有了。

“冷不冷啊，宝宝？”江野往床边挪了挪，空出地方给她，“别走了，赶紧睡觉。”

宋清弥想了想，两只脚互相踩着鞋跟把鞋蹬掉，像小猫似的灵巧钻进被子。

月色清凉。

年轻恋人享受着自己的糖果，一边惴惴不安地请求，求这样的好日子可以天长地久。

一张狭窄的单人床，睡了一个身材高大且腿部有伤病的病号，加一个并不算娇小并且喜欢半夜在床上乱滚的少女。

此床不堪重负。

两人是拥抱着睡下的，床上的空间不给两人身体发挥的余地，于是也拥抱着醒来。

太阳硕大的一盘挂在天上，宋清弥被刺到双目，不舒服地揉了揉眼睛，收回目光，就看到了身旁的江野。

他也恰好睁开双眼。

宋清弥脸上一红，连忙坐了起来。江野揉了揉被枕得酸麻的手臂，清晨睡醒的嗓音有些沙哑：“睡得还好吗？”

头一次见人需要听“睡后感言”的，宋清弥翻身下床穿鞋，回味了下这个晚上。

虽然床狭小，很难翻身，但江野身上温度比较高，气味也很好闻，抱着睡也不亏。

她咂摸咂摸嘴，挑刺似的评价道：“太硬了。”

江野：“嗯？”

宋清弥指了指床：“硬得慌。”

江野这才松了口气。

宋清弥捏了捏胯骨，倒苦水似的："昨晚都是侧着睡的，感觉我的骨头一直在被硌，屁股也硌得慌，浑身都不舒服。"

"那我给你按摩一下？"

今天他差不多可以正常行走，也跟着下床，指了指床，示意宋清弥躺下："我们运动员自己也会一点基础的康复训练。"

潜台词是本技师会让你服务满意。

宋清弥连忙摇了摇头，走进卫生间翻看有没有新的一次性牙膏牙刷。

"我还是不用了吧。"她边找边说，"可能你按着按着，就不只是床板硬了。"

江野脸上缓缓露出疑惑的表情。

宋清弥一边刷牙一边冷笑："这种漫画我看多了！"

卫生间里，只留下宋清弥在忙碌的背影。

江野没有急着过去，把手机开机，昨晚到现在，他都没有登录社交媒体，现在打开，果然充满了很多安慰和质疑。

粉丝在安慰他，感同身受地替他难过。

同时也有黑粉在谩骂羞辱他，恨不得他这一辈子就瘫痪在床上。

江野刚在U18崭露头角时，不明白自己为什么明明已经贡献了耀眼的表现，还会有球迷看不惯他、诋毁他。

那时候的他不敢直面社交媒体，连同球迷的评论，无论好坏都不想看。

而如今已能修炼出面对流言蜚语的铜墙铁壁。

他心情平静地看了几条微博私信，然后关掉勿扰模式，点进微信。

过多的消息令软件一时间负荷过重，小圆圈转了很久才转出来，一条条消息如机关枪般把手机振动得直窜。

看了几条后，江野皱了皱眉，抬头看向卫生间的方向，问："宝宝，你好了吗？"

宋清弥叼着牙刷在门口探个头："怎么了？"

江野："杭晗日他们要来医院探望我。"

宋清弥"哦"了一声，又不是什么大事。

江野："你哥也要来。"

宋清弥被吓到了，一口牙膏沫沫直接咽进嘴里。

江野见她脸上的惊慌表情，慢悠悠地补充说明："我跟他说我没什么事，让他别来了。"

"吓死我了，"宋清弥松了口气，"你说话不要总是大喘气！"

还怪上他了，江野无奈地点了点头。

手机又"叮咚"响了一声。

江野皱起眉看着聊天框，语气凝重了些：“宝宝。”

宋清弥有些不耐烦：“又怎么了？”

江野把手机伸到她眼前：“你哥不请自来。”

聊天框最底部又跳出一条消息。

“嗯，”江野沉吟了下，“并且已经进电梯了。”

两秒钟的时间，宋清弥从石化状态瞬间清醒，又咽了两口牙膏沫沫，然后把牙刷扔进垃圾桶，飞奔出来抓起外套就往病房外面跑。

医院内部结构她并不熟悉，跑了两步，她发现是往电梯方向的，又立马折了回来往楼梯间跑。

宋星宇到病房的时候，目光留意到走廊尽头那束摇晃的马尾，还挺俊的，像他妹妹。

但他并没有多想，见江野伫立在门口，他抬手一拳捋在江野肩膀上，打趣道：“您这在这儿当门神呢？”

还没来得及细细温存，女朋友就跟见了鬼似的跑掉了，江野现在的心情好不到哪儿去，对着宋星宇冷声哼笑：“当望妻石呢。”

宋星宇抬起食指指了指自己，语气相当之犹豫：“……等我啊？”

江野忍无可忍，骂出一个字：“滚——”

江野出院回家。

平江大学无缘分区赛名次，因此个个球员也闲了下来，怕江野无趣或者心情低落，每天都会有一两个队友来家里陪他。

平日冷清的江家别墅此时就跟客栈似的，迎来送往，终于有了热闹的生机。

吃饭的时候，奚霞说：“我看江野在平大打球也很好，有朋友，又不是很累，环境相对也单纯。”

宋建华也点头，话里似乎意有所指：“小孩想干点什么，咱们当大人的就支持，别把太多个人意志强加在小孩儿身上，他们受不了。”

“对对对。”宋清弥点头如捣蒜，心想，你说话要算话，以后可别逼着我出国留学了哦。

宋建华斜了不争气只会充当捧哏的女儿一眼，狠狠叹了口气：“但孩子也得是那孩子。”

话头不妙，宋清弥又往嘴里扒了两口饭，连忙撂下筷子就跑：“江野在家怪无聊的，我去看看他！”

宋建华哀怨的声音在后面幽幽地响起：“要是小孩儿不肯努力，鸡娃不如鸡自己，下午再见两个大客户，谈点大生意。”

宋清弥听到自己老爸这把年纪还在努力，于是就放心了很多，心想着自己这辈子应该都可以过咸鱼生活了。

宋清弥现在长大了，人也学会装矜持了。

以前找江野玩都是翻墙过去，现在学乖了，她会规规矩矩地走大门。

可姜家的院子永远冷冷清清的，可能是鸟雀都发现这家的冷清，院子里有几只吃得肥溜溜的家雀在啄石子儿。

宋清弥知道江野家里的密码，一路没打招呼，直接进了大门开入户门，直奔二楼小客厅。

晌午刚过，江野也刚刚吃完饭。

午后总是昏昏欲睡，最近没有运动的身体貌似代谢慢了些，升糖速度变快，他开始有些昏昏沉沉，眼睛就快要闭上。

一阵被昂贵地毯吸附的静悄悄的脚步声逐渐靠近，宋清弥拍了拍他的肩膀，从背后探头看他，脸颊若有似无地在他脸上蹭了蹭。

小猫撒娇一般的动作。

“干吗呢？”

江野挥了挥手里的《宏观经济学》课程，捏了捏鼻梁让自己清醒一些，淡淡地吐出两个字：“学习。”

他虽然是运动员，篮球成绩不错，商业价值也高，但该他上的课该他考的试也是一样都不少。

想到这学期开学他还补考了三门，宋清弥顿时感觉到无形的压力飘到自己身上，讪讪地收起胳膊，在他对面乖乖坐好。

又想到什么似的，她忍不住问：“你是不是修过仙啊？”

他努力得宋清弥有些害怕，她小声喃喃着：“有时间学习，还有时间打球，怎么看着都是有三头六臂的样子。”

她努努嘴：“你这样我爸最喜欢了，去给我爸当儿子吧！”说完，随便从茶几上捞过来一本书，从中间翻看，像扣一个香蕉皮似的搭在自己的脸上，然后随便把鞋子一蹬，大剌剌躺在沙发上，一副要睡觉的模样。

江野瞧着这一连串的动作，忍俊不禁，笑着回答她：“我可不想。”

宋清弥“哼”了一声：“我老爹还是挺支持小孩儿的梦想的。”

江野默了默：“那你的梦想是什么？”

宋清弥被问住了，话在嗓子眼里堵了半天，才出声：“当咸鱼呗。”

不想跟他继续说话，她指了指脸上的书本：“我也刚刚吃饱，现在困了，咸鱼睡觉，卷王继续学习吧！”

当真是饿了就睡，睡醒就吃的无忧无虑的生活。

两侧窗户大敞着，平江春日的风呼啸得厉害，唯恐春风将她吹感冒，江野慢步艰难地走去关上一扇窗。

“睡吧，一个小时后我来给咸鱼翻个身。”

宋清弥睡眠质量忒好，刚闭上眼就开始神志不清，喃喃地回答：“轻点儿翻，咸鱼宝宝在下蛋……”

声音越来越小，越来越小。

江野失笑着摇头，又回卧室拿出一条毛毯盖在她身上。

两人在一起的氛围很松弛。

江野不会强迫宋清弥做什么，只有在必要时刻会稍微“鞭策”一下；而江野忙起来，宋清弥也不会打扰他。

两人明明拥有着完全不同的节奏，却仍然保持着一致的节拍。

宋清弥缓缓睡着了，江野趁着她进入梦乡，多多瞧了两眼，她长长的睫毛在眼下投下一片安详的阴影，呼吸清浅舒服。

这段时间，外面的世界在飞速变化。

CUBA 分区赛结束，华清大学不出所料取得了东北赛区冠军的成绩；经纪人带来消息，有不少 CBA 俱乐部在打探他的身体情况，就算 CBA 还在季后赛，完全没有到球员交易期，也已经有几支球队向他抛来橄榄枝，条件都很诱人。

他的商务代言并没有因为这场伤病和无疾而终的比赛受到任何影响，反而还有不少非运动品牌的公关注意到他，纷纷表示出合作意向。

经纪人每天打来一通电话，让他早点做选择。

江野不胜其烦，只有跟宋清弥待在一起心里才能长久平静。

不知不觉，他看网课做题目，一个钟头如流水般逝去。

江野站起来揉了揉有些酸痛的后颈，目光一扫，看到对面沙发上的女生翻了个身。

她睡觉时多少有些不顾形象，薄薄的衬衫上衣往上卷了些，露出一截柔软的腰身腹部。

江野费力地蹲下，帮她把衣服往下拉拉。

忽然被触碰，宋清弥不安地嘤咛一声，扒开他的手，秀气的眉毛皱了起来，红润的嘴巴噘起来抗议。

江野先是被她在睡梦里有些防备和娇憨的动作逗笑，可目光落在她的嘴唇上，忽然感到从胸口升起一股躁意，喉结很快上下滑动。

他温柔地在她唇上碰了碰，一触即离，仿佛触碰的是稀世珍宝。

宋清弥豁然睁开眼睛。

“醒了？”江野有些匆忙地站起来，往后退了两步，说，“眯了一个多钟头，也该醒了，再睡下去晚上要失眠了。”

“咚”的一声，江野小腿撞在茶几边角，没碰到膝盖，无伤大雅，他看都没看一眼，径直坐了回去，接着看书。

他是注意力极高的那种人，此时纸面上的文字居然变化成一团乱麻，堵塞他的眼睛，没进到脑子里。

宋清弥刚睡醒，喝了保姆送过来的茶水，才一点点思绪清明。

想到江野略微失态的动作，还有刚刚睡醒时，唇上的异样感觉，她忽地勾唇一笑。

果然是接吻经验不足的男人。

这种微微的快感令宋清弥很是兴奋，她凑到江野跟前，猫儿似的灵巧俯身，在他耳边问："你偷亲我？"

呼吸喷洒在耳郭，让人心痒痒，江野往旁边躲了下："没有。"

"那你就是想亲我了？"宋清弥不依不饶，步步紧逼凑近了，忽而低头，在他嘴角上印下轻如羽毛的吻。

也不需要多重，她故作风情的小把戏很幼稚，但面对一个对她天然存在欲望的男人，就仿佛是打开潘多拉盒子的钥匙。

江野好看的眉毛骤然拢起，如小山般的喉结飞快滑动着："想啊。"

他语气喑哑。

宋清弥心里暗惊，下一秒，感觉腰部缠上骇人的力量，回过神后，整个人已经被江野抱在怀里。

他那双炙热的大掌扣在她腰间，赤裸地接触她的皮肤，掌心的薄茧磨得她发痒，生疼。

她扭捏地动了动，被他在臀侧拍了一掌。

痛的，她呜咽一声，安分了。

江野明明是仰头，但仍旧野兽观察猎物一般，沉静且不疾不徐地将她的动作捕捉一遍。

"想亲你呢，"他靠近些，在她耳边撩拨似的发问，"弥弥让哥哥亲吗？"

宋清弥心跳很快，掌心出了汗，哪里说得出话？

江野轻轻一笑："不回答我就当你默认了哦。"

然后，腰间被大掌紧紧扣着，宋清弥被迫低头，江野的指尖轻轻摩挲着，宋清弥感觉自己是被绑起来的小鸟，任由他胡作非为。

江野歪头凑近，缓慢而轻柔地在她唇上亲了两下，听见她喉咙里传来无意识的哼唧声，满足地笑了下。

"那会儿人倒了都知道倒在我怀里，怎么现在还不会接吻？"江野的眉眼都有些荡漾，桃花眼里有光芒流转，当真跟狐狸似的勾人，"现在教你，什么是成年人的吻。"

话音落下，他扣在她脑后的大手将她扣得更近，腰也被捏得发烫。

唇瓣先是被他轻柔地吻着，然后被他包裹住，轻轻含着。

他身上的薄荷香气、逐渐上升的体温和粗重的呼吸声，都比嘴唇上的接触更令宋清弥心绪不宁，她在他腿上不安地扭动了下，臀侧再次被他狠拍了下。

“不准乱动，”江野的声音很低，听着又像不沾染欲望，分外清醒且迷人，用掌控者的口吻威胁道，“乱动是不是想让我惩罚你？”

宋清弥不会思考，尊重本能一般，安静下来。

“张嘴。”江野再下命令。

宋清弥再次找回自己时，口腔已经被他占据。

舌头在搅缠，呼吸一点点被吸走，大脑放空，她从最开始的慌乱，到渐渐找到节奏，跟随着他的动作，渐渐投入其中。

慢慢地，她脸有些红，呼吸也不顺畅。

江野使坏似的在她嘴唇上轻轻一咬，放开她，还没忘了调侃：“接吻要换气，这是重点，记得抄笔记。”

她最不爱学习了！

她几乎连滚带爬地从他身上下来，往旁挪了挪，占据沙发的另一个角落，用手擦了擦嘴角，有些害羞，不说话。

江野递了一杯热茶给宋清弥，她抿了两口，就听他又说：“歇好了就继续学习。”

宋清弥：“嗯？”

江野勾起她的下巴，垂头在她唇上印了印，皱着眉说：“怎么，你从十七岁开始就图谋不轨的男人今天送上门了，还不满意？”

宋清弥想了想，稍微主动了些，抬手勾住他的脖子。

继续接吻，继续学习。

过了好久好久，宋清弥感觉自己嘴唇都要破皮了。

她双臂环膝坐着，看江野一脸餍足的笑意，恶狠狠地教育他：“就顾着亲我，一下午你也没好好学习呀！

“人要有定性，你心思这么浮躁怎么行？这才只是亲个嘴儿你就没心思学习了，那以后再有别的，你是不是篮球都不打了？”

这番逻辑很强盗，像高中班主任。

江野眉毛一挑，抓关键问题：“以后还有什么？”

又被他抓住漏洞了，宋清弥脸一红，站起来就要逃。

江野动作快，很快抓住她，继续亲了下。

两人在沙发上胡闹，忽然宋清弥手机响了一声，是宋星宇打来的。

“你在哪儿呢？”宋星宇问。

好奇怪的问题啊，大概是心虚，宋清弥不受控制地撒谎：“我在家呢。”

电话那头的宋星宇冷笑一声，然后挂断了。

下一秒，江野的电话响了。

还是宋星宇。

“你在哪儿呢？我去找你。”宋星宇语气沉闷。

江野沉吟片刻：“我在家呢，家里有人，不太方便。”

“女朋友？”

“嗯。”江野大方地承认。

宋星宇忽而冷笑一声：“你最好好好给我解释解释，你女朋友怎么跟宋小幺儿长得一模一样。”

电话不拢音，宋清弥也听到他的话，心里一颤。

二楼客厅最近的那间房间门被推开，宋星宇从里面走出来，看着两个人，骇人地冷笑一声。

那个房间是储物间，因此几乎不上锁，当然，也不应该有人进去。

除非……

是他故意进的。

也就是说，宋星宇早早就看到两人在一起的“证据”了，她刚才跟江野干了什么？

接吻，接吻，肆无忌惮地接吻，再说点情侣间的小骚话。

真不怪宋星宇此时脸都绿了。

“哥哥……”

宋清弥尽量小声地喊他，试图用最柔软的声音和最卑微的态度令他态度温和下来。

宋星宇冷笑一声，根本没搭她的茬，径直朝两人走过来，并且是直奔江野来的。

他身材高大，身高两米多、体重两百斤的壮汉沉着眉眼带着杀气。

她忍着害怕，悄悄扯了扯江野的衣袖，然后站在他前面，母鸡护着小鸡崽儿似的。

这个动作深深刺痛了宋星宇。

宋星宇脚步停住，扬了扬下巴：“主动交代吧。

“你不是说自己对江野没有兴趣，跟我发誓你俩不可能？”

几个月前的话如今成为响亮的巴掌招呼在她脸上。

宋清弥讪讪笑了笑，嘴硬：“有没有可能，这里有误会？”

宋星宇：“是你们两个抱着一起亲的误会？”

“也许我们就是亲过嘴的好朋友呢。”宋清弥越说越心虚，声音也越来越小。

宋星宇冷笑三声，最后一点耐心在她此地无银三百两的解释里消耗殆尽：“要不我帮你编一下，没恋爱，只是互相觉得对方很好。江野生病了，需要接吻才能治疗，你不是在跟江野亲嘴儿，是在帮他治病。”

宋清弥脑子宕机：“好像……是这样？”

宋星宇："宋小幺儿，我帮你找理由呢是吧？"

宋清弥紧张地咽了咽口水："谢、谢谢你。"

什么玩笑也说不出来了，宋星宇额角青筋直跳，怒火再也压制不住，拎小鸡似的把宋清弥往旁边一扒拉："这没你事儿，你先回家去。"

宋清弥被扒拉出好远，担忧地看着江野，宋星宇像是不让七仙女和董永恋爱的王母。宋清弥讪讪地开口："我……"

"闭嘴吧你，"宋星宇平静的语气下暗潮汹涌，"你的账咱们一会儿再算。"

宋清弥立马噤声，没了主意，朝江野投去求助的目光。

江野若有所思地沉吟片刻，缓缓开口："哥，消消气。"

宋星宇立马炸了："谁是你哥？"

宋星宇和江野同岁，生日大几个月，按年龄来讲确实是哥。

但好兄弟之间，谁有求于人多谁就是弟弟，所以这些年，宋星宇一直当弟弟。

"那消消气，"见他油盐不进，江野挑了挑眉，试探着开口，"大舅哥。"

"你真顺杆子就往上爬啊？"宋星宇真是气急，在地上转悠了两圈，抱着宋清弥的腰给她扔出去，再把客厅大门"咔嚓"反锁。

沉默两秒，忽而硕大的身躯像一团风似的飘到了江野面前。

此时的江野已经收敛了笑意，有几分严肃和愧疚地看着宋星宇。

宋星宇步伐和拳头都没停，走到他面前，挥肘揍在他脸上。

力气很大，江野闷哼一声，感觉骨头都被震得错位，在力的作用下后退两步保持平衡。

门口传来宋清弥急促的敲门声，语气也很急："宋星宇，哥哥，你可不能打人啊！"

感觉这样的劝说没有什么力度，她想了想又补充一句："江野腿上有伤，你小心点儿！"

门内，宋星宇冷嗤一声："她还挺关心你。"

江野笑了笑："确实。"

宋星宇的目光骤然冷了下来，江野连忙收敛笑意，指了指左边的脸："往这头招呼。光一边肿起来，怪影响形象的。"

"呵呵，"宋星宇气压很低，冷嘲热讽，"现在卖什么乖，还以为我真不敢打你了？"

"没有的事儿，"感觉他好像不想继续动手，江野也没顾得上自己的脸，姿态很低地给他倒了杯茶，安慰道，"消消气。"

宋星宇坐下："呵呵。"

持续冷笑。

门外，宋清弥将耳朵贴在门上仔细偷听了会儿，并没有传来打斗的声音，也就放心了许多。

虽然宋星宇可能习惯用武力解决问题，但毕竟面对的是自己二十多年的好兄弟，铁汉也有柔情。

更何况，虽然她和江野瞒着宋星宇谈恋爱是过分，但宋星宇从小到大没少欺负她，对她做过分的事。

你来我往，这次就算抵消了。

这么一想，门口偷听的行为像怨妇似的，左右门内的两个男人是不打算给她开门了，宋清弥悄无声息地下楼。

小客厅里，谈话继续。

“这事儿确实是我不对，”江野态度很认真，“你要是还没解气，再揍我一顿也行。”

“错哪儿了？”宋星宇问他。

无论是夫妻还是兄弟，吵起架来模式总是相同的。

江野虽然人傲，但这件事儿确实是自己不对在先：“那天你找我的时候，我不应该跟你撒谎，确实是当时不知道怎么跟你说在跟小幺儿谈恋爱的事儿。”

“现在知道怎么说了？”宋星宇有几分无理取闹和咄咄逼人。

“没呢，”江野沉默地摊开手，无奈地道，“这不被抓包了嘛。”

宋星宇：“呵呵呵呵。”

江野：“其实抓包也挺好。”

宋星宇脸色变了下，抬手用小臂勒江野的脖子：“你找死是吧？”

江野被勒得脸色涨红，但也没有反抗，反而嘴角向上勾了勾：“消消气，你先消消气。”

宋星宇虽然气得肺都要炸了，但也不能真给他勒死，又骂了句，松开手。

江野也正经起来：“你之前就明里暗里说过，不太能接受我俩在一起，我还……追她，确实有点不顾你的感受。”

“那是我妹！”终于聊到重点，宋星宇再次奓毛了，“你看着她长大的还好意思下手？”

“解释一下，”江野冷静地说，“严格意义上说，我和小幺儿是一起长大的。”

江野定义一下：“青梅竹马。”

宋星宇：“不要脸！”

江野用拇指擦了擦裂开的嘴角：“现在确实没一半脸了。”

宋星宇闭上眼睛，压抑着火气：“别逼我再让你没另一半。”

江野立马收声。

“你真喜欢她？”宋星宇仍旧怀有疑问。

这次，江野坚定地回答：“不然呢？”

宋星宇没说话，锋利的眼睛一直盯着江野，看他的每一个表情，最后收回视线。

“多久了？”宋星宇又问。

江野：“不到一个月吧。”

宋侦探再次奓毛：“不到一个月就亲上了？”

这次江野没接受他的质疑：“你妹可是把我初吻夺走了。”

宋星宇沉默了。但凡这位鬼点子多的妹妹多听点儿话，今天他的情况都不能这么无助。

不过两个人谈都谈了，况且现在又处于热恋的阶段，他说什么可能都没太大用处。

恋爱这东西就是家里越反对谈得越凶猛。

半晌，宋星宇抬手抹了抹脸，嘱咐道：“谈归谈，但你得对小幺儿好点儿，她要是不开心受欺负了，你别怪我翻脸不认人。

“我们宋家什么都能缺，但宋小幺儿最不缺的就是哥哥。”

江野哄人似的，连忙点头：“你放心吧，从小到大就她欺负我，哪有我欺负她的份儿。”

情况确实是这么个情况。

宋星宇梗着脖子嘴硬：“我就是提醒你一下。”

“嗯，谢谢大舅哥。”

在他发火之前，江野赶紧表明身份立场：“我宠她还来不及呢，毕竟是惦记了好几年的姑娘。”

“噗——”

宋星宇没忍住，一口茶水全喷了出去。

“好几年？”他额角青筋直跳，合着江野一开始就图谋不轨，并且潜心潜伏好几年。

他豁然起身，并且强迫江野也站起来：“今天我必须跟你打一架。”

两人到底是没打起来，宋星宇是累了，江野是腿脚不好。

两人在储物间翻出一份小时候玩的游戏，猫在客厅里重新玩了起来。

玩了一会儿，宋星宇丢下手柄，径直朝后躺尸：“真不行了，年纪大了，玩不动。”

江野挑了挑眉：“您不是能第二天上午比赛，前天晚上还能打游戏到凌晨两点吗？”

“你不懂，”宋星宇心里还气，慢悠悠地往外放，“像我这种分区赛拿冠军，全国赛争名次的球队，压力太大。”

好好好，很会往人伤口上撒盐呢。

江野不说话，宋星宇又问：“那你之后打算怎么办？”

体育圈也就这么大，更何况宋家在篮球圈内人脉甚广，有 CBA 球队向他抛出橄榄枝也屡见不鲜。

江野实话回答：“没想好。”

宋星宇表示理解：“确实很难选，对你有意向的几个球队实力也就一般，主力后卫也都在巅峰期，去了上场时间会大幅度削减。

“咱们最想选择的球队肯定都是平江队，毕竟祖祖辈辈都在这儿，但我二哥现在也是巅峰期。”

宋维清和江野同为控球后卫打一号位，并且技术特点有些重复，只要宋维清还在巅峰期，平江队就算属意江野，进队也是换位置。

江野和经纪人也分析过这些，“嗯”了一声。

“可是，”宋星宇话锋一转，“别怪哥们儿说话难听，我觉得你今年的伤病就是无妄之灾，CUBA 这个体系就是中国男篮整体的一个补充血脉的方式，它的轮换制度和医疗水平跟闹着玩似的。”

要不是平大队没有可上场的替补球员，江野也不至于每场比赛都打满全程。

道理他都清楚，江野还是点了点头，没回答，反而说：“具体怎么选择还是得跟小幺儿商量一下。”

聊着聊着突然被喂了一口狗粮，宋星宇愤怒了：“江野，有时候我挺想杀你的你知道吗？”

江野耸了耸肩：“毕竟我身边也就这么一个人。”

“那你跟她腻歪着也挺好，”想起他揪心的家庭结构，宋星宇选择原谅他，“其实打 CUBA 也有 CUBA 的好。”

“比如呢？”

“比如？”宋星宇顿了顿，卖了个关子说，“今年我们总决赛，来看一下就知道。”

纯粹。

这是看完全国赛的总决赛之后，江野心里唯一的想法。

这样一个非营利的组织，商业行为其实很少，而在赛场上努力的运动员们也有很多人最后的归宿是流向社会各种行业，真正能去打职业联赛的少之又少。

为了一个有可能对生活毫无意义的目标而奋斗，是一种十分纯粹的少年义气和英雄主义。

整个赛季结束，平大也委婉地向江野提出想要江野再打一年的大学生联赛。

唯一一个同他商议的人是宋清弥。

她这次没有从“小女孩”的角度出发给出一些情感上的意见，她看着那些 CBA 联盟球队给出的条件，只说了一句话：“这两支球队所有球员加起来都没有你一个人名气大呢。”

虽然向更上一级的联赛出发可能对职业生涯更好，但CBA商业化的同时也会有一些不纯粹的利益纠纷。

江野明白她的意思，自己深思熟虑过后决定再打一年CUBA。

整个暑假，他的身体机能不能荒废，同时他也需要早日康复，叔叔给他安排了去欧洲的学习和训练计划。

临走之前，他想带宋清弥过去玩玩，却被她给拒绝了。

那时候正是期末考试结束，他帮宋清弥搬行李，听到要带她出去玩的话，宋清弥皱了皱眉："为什么是带？"

江野意识到自己发言不恰当，改口："和你去玩玩。"

"可是你去了之后会有高强度的训练，不可能总陪我玩。"

江野皱着眉思考，如何平衡训练和陪伴她的时间，确实是一道难题。

"我不需要你总陪着我玩，也不想去欧洲，"宋清弥没用他回答，开口说道，"我们在一起首先得先做我们自己，更何况这个暑假我也有自己的计划。"

宋清弥最先不由自主被他吸引，远远不是因为爱情荷尔蒙多巴胺这种虚无缥缈的因素。

她从小就是咸鱼并且乐天知命，但有时候太过漫无目的的生活也会让她产生一些茫然，每每此时她都会羡慕一直拥有坚定目标的江野。

她虽然随波逐流到现在这个年纪，但从现在开始选择也不算晚。

马上要升入大三，宋清弥要考虑自己喜不喜欢这个专业、想不想深入发展，还是说真的就出国读个商科。

她已经在宋建华的帮助下拿到了去医院康复科的实习名额，暑假也忙得很。

实习很忙，集训也很忙。

两人隔着七小时的时差，每天只能靠网络保持联系。

在江野第三次反复询问她同一个问题后，宋清弥终于表现出一丝不开心。

江野：你还和那个跟你有情感纠纷的学长在一个科室？

宋清弥真是忍无可忍，劝他不要乱吃飞醋，然后屏蔽了消息。

医院实习很忙，康复科每天都有来来往往的病人，宋清弥除了在老师身边"打杂"，还有一些要学习的课程。

其实很多人的伤病并不是一朝发生，而是在身体机能不断退化和长年累月不正确的生活习惯共同作用下才导致的。

宋清弥还要继续学习观察，通过观察人的体态和运动姿势看对方是否有可预防的问题，并给出相应的解决方案。

她每天都要看大量片子，眼睛盯着屏幕，观察很多有伤病的人类，一天到晚累得不行。

江野最近太喜欢吃醋，她实在没精力对付他的多余情绪，特别是在自己解释过那位学长只是正常的实习期间各科室轮值，马上要轮走了之后。

看完最后一个学习资料，宋清弥连滚带爬上了床。

想到被自己冷落的男朋友，她点开微信聊天框。

江野：宝宝？

江野：生气了吗？

江野：我错了。

江野：Sn = n/2 [2a + (n-1)d]

江野：[省略号 .jpg]

江野：求和。

但他发送这些消息时，宋清弥正在快马加鞭完成老师交给的任务，根本没时间看手机。

看到等差数列求和公式的时候，她终于忍不住“扑哧”笑出了声，回消息：我没有很生气，但你也不要再问了。我是有自己事业的女人，很！忙！的！

没有实习之前，她保不齐就是那个随时守着手机等待男朋友回消息，一旦回消息不及时就会发火的小女孩，但是现在不会了。

因为每个人都有自己的前途，都要为自己的前途而努力。

两个人在一起的目标是成为更好的人，而不是互相成为对方的绊脚石。

看看时间，远在葡萄牙的江野大概还没睡醒。

宋清弥打开短视频平台，开始今天的快乐时间。

好友那一栏有个红点，她顺手点开，居然是江野的视频。

大概是在训练结束的休息时间，他抱着吉他弹唱。

发短视频是经纪团队强制要求的，江野也不太上心，他大概是懒得做发型，戴了一顶鸭舌帽，压住眉眼，宿舍的光线很暗，他也没开灯，导致视频的像素看起来不高。

一阵吉他声响起前奏，江野清澈的嗓音传来。

今夜还吹着风
想起你好温柔
有你的日子分外的轻松
也不是无影踪只是想你太浓
怎么会无时无刻把你梦

他的声音清澈、慵懒，唱起华语爵士乐有种如春风拂过的质感。

宋清弥呼吸一顿，下意识地瞟了眼文案和发布时间。

△唱你喜欢的歌，想你今天开心。

发布时间是她生气后一会儿。

而这首《亲密爱人》是她最近在这个平台上点赞过的歌曲。

这种藏在细节处的喜欢和心意，总是令人忍不住心动。

宋清弥抱着被子在床上滚了两圈，嘴角的笑意压都压不住，点开评论区，评论一句：我怀疑这首歌是你为了讨好我才唱的！

这条视频的流量很不错，再加上平台的推流机制，这条评论被很多人看到，有网友回复她：

△你说巧不巧，我也这么感觉。

△来人，拿凉水泼醒她。

△怎么还没睡觉就开始做梦了。

宋清弥没有理会大家的调侃，放下手机美美入睡。

第二天，她坐车去医院的路上，习惯性地打开短视频平台检查一眼，映入眼帘的却是消息处的99+。

评论、艾特，甚至好友关注申请都有很多。

宋清弥心里“咯噔”一声，点开看，居然都是从江野那条视频引发的“惨案”。

她是昨晚将近零点评论的，而葡萄牙的时间还是傍晚，江野很快给她的评论点了个赞。

大家都震惊了。

要知道江野平时对社交媒体都很敷衍，几乎不会回复评论，更别说在茫茫评论区给一条评论点赞。

△你不对劲。

△你小子你你你你……

很快也有眼尖的网友发现，“多次拒绝流川枫”这个账号，地址在平江市，学校处填了平江大学，唯一一条视频也是跟学校相关，虽然没有真人出镜，但几乎坐实了她是平大学子的事实。

大家闻到了八卦的气息。

大家又想到之前江野在手臂上文上了“MIMI”的字样，于是纷纷猜测：这人是MIMI吗？

江野给这条评论点赞，算是公开恋情了？

宋清弥随便撩一下就去睡觉了，结果让很多人彻夜不眠。

虽然江野是运动员，不是男明星，也不是男爱豆，从来不立男友人设，但免不了有些女友粉。

当夜，女友粉通宵心碎。

事业粉抓心挠肝、声嘶力竭地劝告他，千万不要因为恋爱耽误了篮球事业。

还有一些分不清成分的粉丝相对比较冷静。

△好好好，谈恋爱了那就要多多秀恩爱哦。

△楼上别这么溺爱他！

△别管我了，我是生命粉你让让我。

还有一些人开玩笑：

△好好好，我们成你们 play 的一环了。

△下次还带我。[调皮 .jpg]

宋清弥私信里消息也很多。

有言辞过激的，但绝大多数态度比较平静，喊她“嫂子”或者“弟妹”，然后让她多催江野发视频。

她从坐上车到医院蒙了一路，临换上护士服，才想起来给江野发消息：你你你你你——

带教姐姐喊她一声，要去查房了，她没“你”出下文。

忙完上午的工作，隔着七个小时的时差，她才收到江野的消息：包容我一下，确实不太喜欢听到大家喊我老公。

宋清弥腹诽：你以为你有女朋友大家就不喊了吗！

隔了一周，江野再次发了视频。

在评论区一堆喊他“老公”的声音里，宋清弥试探着发了两个字：老公？

很快，江野回复她：把“？”去掉。

大家：啊啊啊真情侣真的好甜。

宋清弥看他飞速回复，不太理解地用微信问他：你凉了？

江野：[？ .jpg]

宋清弥问道：你评论区几千条评论怎么就单独翻到我的？

江野截图给她看：互关的好友会有单独提示。

宋清弥：行吧。

江野：宝宝今天忙吗？

见她没回消息，江野试探地问了句，毕竟现在她真的很忙，随时都会被人叫走。

该是吃饭的时间了，但宋清弥感觉满嘴血腥味，人肉和骨头的颜色还在眼前晃，反胃恶心，一口都吃不进去。

宋清弥收到他的消息，当即一个电话打了过去。

“我不忙，就是今天跟了一台手术，老师让我看着，”因为她也考虑过考研的事情是继续从事康复运动方向，还是偏向临床医学一点，导师的意思是先让她尝试一下是否能接受临床医学的工作环境，但显然失败了，宋清弥整个人都不好了，语气喃喃地说，“我看到了血肉模糊的场景，好吓人。”

“抱抱你，”江野心知这对一个从小在温室长大的少女来说是多大冲击，默了默，提出意见，“下班之后去逛街？买两个包包开心一下。”

“包”治百病。

跟江野在一起后，他貌似很奉行这个道理。

宋清弥衣柜里的奢侈品包包猛然增多。

“我不想要包包，”宋清弥盯着天花板，语气软软的，自言自语似的说，“我想要你抱抱我，亲亲我，送束花给我。”

她很快又猛然清醒：“算了，你还是多陪我打会儿电话吧。”

江野当然不可能立马出现在她面前，而她也必须自己独当一面，况且下午该她做的工作还没做呢。

宋清弥短暂地失落了一阵，然后继续干活去了。

她没想到，第二天中午她值班结束，一手拎着包，另一只手操作手机准备打车，没抬头注意路，猛然撞进一个人怀里。

“对不起……”

话还没说完，她就感觉到被她撞到的人伸手环住她的后腰，身上有着清冽好闻的薄荷香气。

宋清弥脑海里浮现出什么，不可置信地眨了眨眼睛，抬头看着被她撞到的人。

江野嘴角上扬着，头发经过长途旅程后有些凌乱，乱七八糟地搭在锋利的眉毛上，眼睛是明亮的，眼下稍微有一圈黑，尽管有些憔悴，但整个人却是慵懒的、温柔的。

像他轻声哼唱的爵士音乐。

宋清弥夸张地揉了揉眼睛，确定眼前人真实存在而不是她太过劳累出现的幻想。

“你怎么回来了？”她不可置信地问。

江野俯身在她嘴角落下一吻，带着安抚。

下一秒，宋清弥怀里多了一束鲜花，百合配洋桔梗。

“抱抱你，亲亲你，再送花给你，”江野将昨日少女痴人说梦一般的轻声呢喃重复一遍，又揉了揉她的头，“你不要不开心。”

第十一章

热恋有保质期，但我爱你没有

Shishui

xiaoluluanshuang

“已经没有不开心了，感觉像做梦一样……”

宋清弥小声地呢喃着，声音很轻，就像眼前的江野是一个梦境，怕被惊醒。

她眼眶微微发酸，忍着要流出来的眼泪，仰起头在他嘴角亲了亲。

动作太轻，江野有些痒，笑着偏头躲开了。

宋清弥不开心，直接使坏似的在他下巴上咬了一口。

江野“嘶”了一声，用大掌扣住她的后颈给她拉开：“你是小狗啊？”

宋清弥扬了扬眉：“你喜欢玩这个啊？”

江野抬手在她头上轻轻拍了拍，语气有些无奈：“我是不是最近对你太好，你皮痒了？”

宋清弥忙不迭回撑：“你能治？”

“嗯？”江野没回答，反而介于暧昧和正经之间，从喉咙里发出短促的一声，眼睛微微眯着，嘴角稍稍往上扬，有几分危险。

宋清弥也就敢嘴上说说，要真动真格的，保准跑得比兔子还快。她往后缩了缩脖子，笑嘻嘻地换了个话题：“你是下了飞机就直接过来的吗？是不是很累，我们抓紧时间吃饭，然后歇歇吧。”

“怎么歇？”江野逗她。

宋清弥自然而然地挽住他的手臂，拉着他去医院外面打车：“小的给您端茶倒水按摩揉腿行了吧？”

江野扬眉：“真的？”

宋清弥不假思索：“假的，我就说说，逗你开心呢。”

江野哼笑一声，当然也不认为大小姐会伺候人。

“谢谢你呢，我很开心。”

一言不合就又斗嘴，宋清弥假装听不懂：“真开心吗？”

江野如法炮制：“假的，说着玩儿呢。”

倒是还挺记仇。

前面有出租车见到行人站在路边，自觉停车等客，宋清弥跟江野坐在后排。

还没想好吃什么，江野先报了一个商场的名字给司机，宋清弥把花往旁边一放，往他跟前挤了挤。

江野虽然不懂她的意思，但总认为她有她的道理，好奇地瞟她一眼，然后往旁边挪了挪。

宋清弥又贴上去，他还要挪。

“哎呀……”宋清弥赶紧抱住他的手臂，在葡萄牙经过一个多月的训练，他的肌肉线条又清晰了些，就算只抱着一条胳膊，也都是满满的安全感。

宋清弥把头歪到他肩头，用软绵绵的调子撒娇：“我好想你，你靠我近一点儿。”

“有多想我？”

话虽然这么问，但江野还是往她的方向挪了一些。

“就是很想你，”宋清弥掰着手指数着说，“白天想你，晚上也想你，坐地铁的时候想你，走路的时候想你，梦里想你，醒了也想你……”

在爱里长大的小孩，永远都不会怯于表达爱意。

她有多少爱就要说出来多少，明晃晃的，真挚又热烈。

江野牵起了嘴角。

繁茂的杨树叶投下片片荫翳和光斑，出租车从林荫大道中飞驰而过。

光在她脸上走马观花似的，一时明亮一时晦暗。

耳畔扑上温热的鼻息，宋清弥心里雀跃了一下，用手拽了拽江野的衣摆，嘴唇上一热。

江野吻了下来。

前方司机还在专注地开车，窗外偶尔有飞驰的车子和骑车的行人，青天白日之下，他那份情意不遮掩分毫，甚至有些急性地捧着宋清弥泛起红色的脸颊，献上细致的亲吻。

江野的唇舌滚烫，宋清弥感觉自己的身体和灵魂都被他打上了灼热的烙印。

因为一直怀揣着这种雀跃的心情，即便肚子是瘪的，但又感觉不到饿，宋清弥一手抱着花，一手跟他十指相扣，把商场美食楼层转了一圈，也没想好吃什么。

她感觉一切都像踩在云端一般不真实。

她时不时看向交握的手，再顺着手往上，看江野的手臂，看他的脸，看他的眼睛。

接受系统训练的江野，身材貌似更强壮了些，即便穿衣显瘦，也能看出背肌更有力量。

下颌线条也更清晰，本就是高傲冷清的气质，再因为长途跋涉沾染的疲惫，气质越发疏离独特。

“看什么？”

在宋清弥第八次用好奇的目光看向他时，江野终于忍不住发问。

“看你是不是妖怪变的，我正想着男朋友，你就出现了。”

实在太有求必应了点，美好到让人会产生“琉璃易碎”的错觉。

闻言，江野冷笑了一声：“只有你男朋友才会在你需要他的时候立刻出现好吧？

“妖怪有这个觉悟？”

宋清弥吐吐舌头：“那还是我男朋友好。”

江野：“本来就是。”

又走过几家店，江野慢下步子问宋清弥：“想吃什么？”

“没想好，”开在商场里的店铺都大差不差，宋清弥想了想，说，“我能吃你做的饭吗？”

她记得江野之前在美国，因为饮食习惯问题，学会自己做饭来着，他回国之后貌似并没有展示过厨艺，她也对他的技术不得而知。

说完，她又赶紧反口：“算了算了，你刚回国这么累，还是找家店随便吃吃算了。”

“哪能算了，”江野顿下脚步，侧过身看她，嘴角向上牵了牵，“女朋友想要的，必须办到。”

他行动迅速，立马就拿起手机查询一下在周边的大型商超位置，拉着她进了电梯：“趁这会儿你想想自己想吃什么？”

在他的雷霆速度下，宋清弥整个人都蒙住了。

“我想吃什么都可以吗？”

江野颔首：“家常菜我都还行。”

虽然江野看着高傲狂妄，但他说话还是留余地并且谦虚的。

他说的还行，就是自己会办得很好；会说自己办得很好的事儿，实际上就是能相当完美地解决。

宋清弥暗暗咋舌，但仍旧觉得这样太折腾他了。

“你什么时候回去呀？”

江野默了默：“明天早上。”

“这么快？”幸福还没有持续多久，宋清弥又为离别而提前伤感了，“是北京时间吗？”

江野点头。

宋清弥立刻颓然，小声咕哝着：“昨晚一夜没睡，明早又要走，干脆就别做了吧？”

“心疼我呢？”江野扬眉。

宋清弥点头：“当然！”

“女朋友，劝你别小瞧运动员的体力，”江野靠近她一点，“我不仅现在能做，晚上还能做，你想怎么样我们就怎么样好了。”

电梯停靠二楼，站在他俩身后的大爷侧身走出电梯，电梯门合上前一秒，还用一种“世风日下现在的年轻人恬不知耻”的表情看着他们。

宋清弥跟江野一脸无语，很想让大爷听他们解释，他们说的是做饭！

然而大爷听不到了。

宋清弥羞赧着一张脸，朝江野胸口捶了两拳。

两人牵手逛超市，买菜、买水果、买可乐，又一起打车回江野家。

因为自己家就在隔壁，宋清弥会有一种背着家里人偷偷摸摸早恋的错觉。

哪怕自己如今的年纪跟早恋已经扯不上关系。

宋清弥用此生最麻利的速度，把水果洗好，将可乐放进冰箱。

江野在厨房里洗菜择菜。

宋清弥语音召唤智能家居播放歌曲，然后捧着一小杯可乐游弋进厨房，喂江野喝了一口。

宋清弥问：“有我干的活吗？”

江野摇了摇头：“你去看电视，刷手机，不来给我捣乱就是在帮我忙了。”

……怎么这么不信任她。

宋清弥努努嘴巴：“你看不起谁呢？”

看到地板上放着一袋鲍鱼，她找一个盆给倒了出来，然后跟鲍鱼们四目相对，无从下手。

人菜瘾大就是如此。

江野叹了口气，从储物柜里拿出一把刷子扔给她：“刷干净。”

宋清弥右手拿刷子，左手拿出一个鲍鱼，在上面刷了两下。

鲍鱼感受到外界的刺激，边缘开始往中间蜷缩起来，宋清弥瞬间小脸通红，整个后背都僵住了。

它，好像……

江野见她停住动作，投来询问的目光。

宋清弥咬咬牙，还是抵不住视觉冲击，把鲍鱼重新扔进水里。

“这道菜我们还是别吃了，”她硬着头皮说，“反正已经有三个菜了，我们两个人又吃不了太多。”

江野好整以暇地停下手上的活，打量着她。

宋清弥抵不住这样的目光，脸上那片火又要往别的地方烧过去了，她再把刷子一扔，开始摆烂：“不干了不干了，我要看电视吃零食去！”然后就一溜烟躲进客厅。

江野瞧了眼正在蠕动的生物，忽然想到什么似的，没忍住，笑了一声，对客厅喊道：“少吃点儿零食，很快就开饭了。”

怎么跟奚霞似的。

难道这就是传说中的爹系男友？

“知道啦！”宋清弥用比他还大的声音喊回去。

江野做饭的速度很快，没多久就做好四菜一汤。

都是家常菜，味道也确实不错，宋清弥也真的太饿，抱着饭碗吃了整整两碗饭。

等江野也吃完饭，她推着他后背，迫使他不情不愿地上楼：“你快去洗个澡，然后睡一会儿，我来刷碗收拾厨房。”

她干活儿这件事着实让江野犹豫了下。

吃过饭人会犯困，但让她干活……

宋清弥明白他在想什么，往上踩了两级台阶，争取到一个比他高的高度后，叉腰低头看他：“我只是很少做家务，又不是生活残废。”

江野持怀疑态度。

他怀疑宋清弥这辈子都没进过厨房呢。

完全是刻板印象！

宋清弥平静地解释：“我要是什么都不会怎么在宿舍生活的？”

毕竟大家惯着她，但室友可没理由照顾她。

江野被说动了，又嘱咐了两句，才上楼。

他快速泡了个澡，泡掉风尘仆仆一天的疲惫，只穿了短裤，没穿上衣，回到卧室里，躺在床上只想眯一会儿，但架不住倦意来袭，眼皮子开始打架。

睡了没一会儿，宋清弥洗好碗整理好厨房，蹑手蹑脚地走进他房间，见他睡着了，拉上窗帘挡住外面强烈的光线。

然后，她掀开被子，躺在江野身边。

他睡着了，呼吸声很浅很浅，宋清弥没忍住，从身后环住他的腰身。

江野睡眠很浅，感觉到宋清弥的气息，翻个身把她抱在怀里。

力气很大，腹肌很热，宋清弥愣了下，然后安抚似的用手拍了拍他的背：“你睡，我还不困，玩会儿手机。”

江野实在太困了，眼睛也没睁开，从喉咙里“嗯”了一声，然后又睡了。

宋清弥精神抖擞着，像好奇宝宝似的抬手摸了摸他的头发，又摸了摸他的眉毛，顺着鼻梁向下，摸到他的嘴巴和锁骨。

再往下，她不敢继续了，但又忍不住好奇。

热恋时期，宋清弥怎么看江野都是好的。

江野之于她很神秘，神秘到她很想探索，脑子告诉自己停下来，但管不住双手。

就那么没轻没重地探索了一阵，滑进被子的手被大力扼住，江野睁开了眼睛，如墨色般深沉的眸子里，有她从没见过的情绪翻涌着。

宋清弥愣了一下。

下一秒，江野用力扳住她的肩膀，她整个人成平躺的姿势倒下，他俯身覆盖上来。

嘴唇被咬了一下，宋清弥嘤咛一声。

似乎是故意报复她刚才的捉弄，江野低笑了一声，温热的气息扑在她的面上，灼热的吻又再次来袭。

江野的吻技进步神速，从第一次的试探到现在自有章法，掌握着节奏。

他时轻时重地碾过宋清弥的唇，有时又温柔吮吸，像是一种安慰似的，或者停下来，观察她似喜似嗔的表情。

宋清弥被看得脸上发烫，他便笑着用鼻子蹭蹭她的鼻子，她痒得直往后躲，便又被他的吻追了上来。

宋清弥的心脏时而紧绷，时而又坠入温柔乡，过山车般起伏着，彻底乱了章法，任由他掌握节奏，又害怕似的，指甲抠进他肩膀。

被困于江野和坚硬的木板之间，她像是一只飞不动的蝴蝶，乖乖等待被做成标本那样。

大抵江野也发现了什么，单手撑着身体，离她远点儿。

宋清弥脸上通红，泫然欲泣似的：“好硌。”

江野问：“这次是床板还是我？”

明知故问，宋清弥倔强地回答：“你……”

江野伏在她耳边笑了一声，气息是颤抖的。他起身，教育她似的：“下次别这么乱摸。”

震惊于他就要这么算了，宋清弥顾不上羞赧，开口询问：“不继续了吗？”

江野愣了下，笑着回答：“没准备好。”

“心理准备吗？”宋清弥问。

江野反问：“那你准备好了吗？”

“心理准备好了，”她这个年纪，对此会好奇，也跃跃欲试，默了默，又补充一句，“工具也准备好了。”

在他震惊的眼神里，宋清弥解释了一句：“医院发的。”

这些东西，医院每年都会发，今年恰巧她实习，赶上了。

空气里沉默一阵。

见她眉目间宜喜宜嗔的风情，江野感觉喉咙有些干涩，鬼使神差地问了一句：“继续？”

宋清弥有些羞涩，慢吞吞地点了点头。

江野如一座山般倾覆下来，下巴颏被他扳正了，宋清弥感觉唇上刺痛。

他又咬了她一口，逗弄似的，宋清弥在他故意营造的轻松气氛里，逐渐放松下来。

中央空调的温度有些高了，大把的头发黏在脸上、脖颈上、后背上。

江野顺着她头发的位置，轻轻地亲吻她。

光线很暗，感受更清晰了些。

宋清弥有些慌张，纤细的手指抓着他的手臂，胡乱地唤着他：“阿野……

“哥哥……”

背后吹上空调的凉气，她跌入一个温暖的怀抱里，她仔细感受着江野的温柔，还有他残暴的部分。

又一会儿，四面八方都能吹到冷气了。

江野起身，从她包里翻出来东西，随即是塑料包装袋被撕开的哗哗声，令人心尖尖都颤着。

人都要凉了。

江野还是背对着自己。

“好了没？”宋清弥忍不住催促。

江野皱着眉，也带着急切：“小了。”

她一时间没反应过来：“什么？”

江野把剩下的扔在床上，语气有些躁：“它小了。”

“怎么会……”

医院肯定是按照国人众数采购分发的呀。

“下次换大一码吧，”江野勉为其难地用用，检查好没问题，再次迈着长腿走过来，“否则忒难受。”

他正跟自己是一个状态，没有衣服遮体也不害臊的。

宋清弥捂住眼睛，怎么也不肯看一眼。

江野笑着扒开她的手：“后悔了？”

没等她回答，他又说：“现在后悔也晚了。”

宋清弥总觉得他球场上如此强势张扬，恋爱里不应该是任她揉搓的性格来着。

如今倒是明白了。

本是拉着窗帘的室内黑黑的，慢慢地，天色真的暗了下来。

宋清弥被他揉扁搓圆，纵使准备得很充分，但疼痛也是猝不及防的，她瞬间从咸鱼变死鱼，浑身紧绷着，连脚尖也放松不下来。

手指像小刀子似的，在他背上留下几道指痕。

他像女巫的魔法药水，劈开美人鱼的鱼尾，换来可以分开的两条腿，不消走路，就已经生疼。

黑黢黢的环境里，他们互相看着彼此，似乎都想用每分每秒每个瞬间，将对方刻进自己的记忆里，毫厘不差地刻入。

这个晚上，他们折腾了很久，反反复复，最后在深夜相拥而眠。

月亮挂在天上，冷静的银色洒下来，有几分寂寞，也有几分荒凉。

宋清弥很累，浑身酸痛，但睡得并不熟，听到江野窸窸窣窣的起床声，还是睁开眼睛。

“要走了吗？”她声音哑着，没去看他，不肯面对现实。

江野也没看她：“嗯。”

“不是上午吗？”

“十点的飞机。”

七点多，是该去机场了。

宋清弥想了会儿，坐起来：“我送你去。”

“你多睡会儿，”江野走过来，亲了亲她的额头，“昨晚怪累的，多歇一歇。”

宋清弥不肯听他的话，强忍着身体的酸痛起床，站在一旁穿衣服，没时间梳洗打扮，洗了脸刷了牙就跟着他出门。

去机场的路上，两人谁也没说话。

相处的好时光就这样短，离机场距离近一步，就离分别近一步。

宋清弥突然想到，还没问过他是怎么回来的：“你是逃训了吗？”

江野沉默地点了点头：“嗯。”

“回去是不是有惩罚？”

显而易见的是，但江野没有让她担忧，抬手摸了摸她的头：“都是小事。”

早晨的马路一点也不拥挤，半个小时的车程也飞快过去。

宋清弥跟江野进机场，看他取登机牌、填出入境登记表，到了进安检的时候，江野的脚步也开始犹豫。

不想走，只想一等再等。

他拉着宋清弥到一旁的长椅上坐下来，小声问她：“弥弥，你还痛不痛？”

她点了点头：“一点点。”

“都是我不好，”江野看着少女通红的眼眶，有些自责，“太粗鲁了。”

宋清弥摇摇头："我自愿的，也很开心，以后……以后可能就好了。"

未来总是让人振奋的。

拖到不能再拖延，宋清弥催着江野进海关检查然后候机，可等江野站起来，虽然依依不舍但真的要走，她的眼眶霎时又红了起来，要哭似的："江野，我不想你走。

"我不想跟你分开，从现在开始我已经想你了。"

她说着说着，就有大颗的眼泪掉了下来。江野被她哭得心软了，抬手轻轻地给她擦眼泪，可是越擦越多越擦越多。

"弥弥乖，"他说，"我每个月都回来一次，好不好？"

一个月。

太久了。

对于刚刚享受过情侣间最极致温柔又要面对巨大的异国恋分别，一个月对于她来说实在是太久了。

"你还是先进去吧。"宋清弥慌不择路，"我也买张机票进去跟你候机。"

她说着就颤抖着手打开购票软件，要下单的时候手一顿，哭得更严重了，抽抽搭搭的，梨花带雨，看得江野心都碎了。

"我我……我没带护照，买了机票也进不去。"宋清弥越说越委屈，哭得声音越来越大。

"宝宝，不哭不哭。"他赶紧抬手将她揽进怀里，温柔地抚摸着她的后背安慰着，"没什么难过的，很快又要见到了。

"我会每天送你一束花，攒够二十九束，就能召唤我一次。"

机场人来人往，见惯了人间离合。

少男少女炙热的感情也总有分别。

分开之后，宋清弥还要继续实习，江野也继续训练，攒够二十九束花，江野就出现一次。

江野的短视频账号里有个合集叫作"唱给 MIMI 的歌"，每周更新一次。

重复到次年九月，江野才正式结束葡萄牙的学习，归队进行训练。

他每天白天训练，晚上跟宋清弥厮混在一起。

今年平大篮球水平有着大幅度增强。

在校方的挽留下，蒋川决定再留校一年，杭晗日胖了，作为四五号位，冲击力更强，学校给江野找的替补球员是年仅十八岁的小将叫朴星屹，基本功扎实，能力还算不错。

归国之后，球队合训了几次，在全国赛 32 强赛里，打出了很不错的配合。

今年的平大，成为真正有力的冠军争夺者。

而今年他们夺冠的重要对手还是华清，为了研究对方的战术，江野多次前去观战华清和其他队的比赛。

宋星宇还是那套稳健的打法，作为中锋没有任何缺点，站在篮下就像一座山，进攻很困难。

顾昱行今年脚步快了些，能力也有所提升。

华清的纸面实力还是很强。

江野皱着眉，感受到夺冠路上的一点点难度。

一旁的宋清弥指了指顾昱行说：“他左侧腿有伤。”

没有人听说过他有这个伤病。江野皱了皱眉，没有否定她：“怎么看出来的？”

在每天观看大量病患视频后，宋清弥感觉现在自己的眼睛很准。

“他走路的时候，左腿抬起的速度慢了一点，落下的力气也轻，感觉是肌肉拉伤了。”

江野观察了下华清队的轮换：“但顾昱行一直没有被换下来，要么就是还没发现伤病，要么就是轮换调整不及时。”

伤病是赛场上决定成败的重要因素之一。

看到第四场，两人提前离开体育馆。

初夏的风漫不经心地在两人之间吹着，闲适又舒服，两人牵手压马路，走着走着，江野低头，在她嘴角上亲了亲。

宋清弥像是一个严格执行规定的机器人：“一次。”

“弥弥，通融一下，今天没有比赛，也没有训练。”

他这年轻气盛的男生，连每天接吻次数都要被限制，谁受得了！

宋清弥一板一眼地拒绝：“虽然你今天没有比赛，但明天需要高强度训练，后天就有比赛了。”

很好，怎么不一竿子支到八年后呢。

“比赛前要禁欲，保持好的状态和体力。”她总结。

江野扬了扬眉：“那意思是赛后可以放纵？”

“倒也不是这个意思。”

宋清弥解释：“毕竟你这场比赛结束后两天，又有下一场比赛。”

江野看她算盘打得直响，冷笑了一声，问：“干脆让我整个赛季都戒色得了。”

宋清弥恍然大悟：“确实是个不错的提议！”

江野反悔：“当我没说。”

宋清弥吐了吐舌头，继续挽着他往前走。

前面是个六十秒的红灯，路上行人寥寥，车辆偶尔闪着灯光，世界静谧极了。

江野突然靠近宋清弥一些，指了指下巴这里：“怎么这么痒？是不是被虫子咬了？”

宋清弥丝毫没有意识到危险的来临，扬起脖子凑得更近了些：“你往我这头来点儿，这里光亮……唔……”

她话还没说完，下颌就被他捏住，一个灼热的吻落了下来。

宋清弥直往后躲，可江野的手已经搭在她腰上，任凭她柔韧度再好如何弯腰，江野强大的腹部核心也不是摆设，都能追随着她弯腰的弧度吻住她。

今天的江野不太一样，吻得很急，很粗暴，先是嘴唇贴着嘴唇，然后探进舌头，很快就剥夺掉她的呼吸。

她的拳头像是不断飞舞的蝴蝶，不停坠在他的胳膊上拍打他。

红灯转绿，斑马线两边都没有路人。

宋清弥脸红了，止不住往后躲，还不忘跟他讲规则：“咱们说好了，一天就亲一次的。”

“说好了？”江野漫不经心地扬了扬眉，宽厚的手掌再次狠狠扣住她不盈一握的腰身，重新吻上去，“我可不讲信用。”

这一吻要天荒地老一般。

因为红灯而停滞的车流又缓缓蠕动，鸣笛声和车灯光交错闪烁。

江野松开宋清弥。她狠狠踩了他一脚，又气鼓鼓地走掉了。

回到宿舍，宋清弥不停地照镜子，总感觉嘴巴被吻得过分，被风一吹有点儿红肿。

江野这个狗东西！

虽然心里如此愤恨，但她仍旧按时打开网课，继续复习考研课程。

她的成绩可以保平大本校的研究生，但是她想去更好的平台，只能努力学习。

她不看任何电子产品，心无旁骛地学到凌晨十二点，然后点开短视频平台，第一条视频就令她震惊。

今晚两人在路边接吻的画面，居然被某娱乐圈知名狗仔拍了下来，并且当即发布。

文案：我们的帅气小哥哥篮球运动员江野真是深情好男孩儿呀，不仅每周都会更新给MIMI唱的歌，一回国就忙着跟MIMI约会，被哥拍到了，小情侣站在马路上接吻，对此哥想说，这也太甜太会亲了！

完全是狗仔夸赞的语气。

评论区最先也挺正常：

△谁懂啊。真的很想魂穿江野的青梅竹马MIMI女士身上。

△好牛的吻技，不敢想这个男人的嘴会有多好亲。

△胆小鬼，我就敢想。

△啊啊啊啊啊啊，这简直跟我每天晚上做梦，脑子里的小剧场一模一样。

也不知道从什么时候开始，评论区的画风突然一转，因为有眼尖的人发现，被亲的这个正是熟人——平江大学篮球队实习队医。

请问这个身份跟 MIMI 有什么关系呢？

这边每周更新唱给 MIMI 的歌，那边找小队医激吻是吧，果然是男人，时间管理大师，哪边都不愿意落下。

△说不准江野确实就是吃着碗里的看着锅里的，偷偷说去年他刚刚来平江大学报到的时候，暑期集训就拍到他跟小队医出去过生日。

因为江野涉嫌出轨，风评在短时间内变得很差，评论区也都是对他的讨伐。

他并没有出来回应，宋清弥感觉有点奇怪，给他打了个电话，居然还没人接。

反正都是误会一场，宋清弥干脆自己解决了，发了条图文抖音：我是宋小幺儿，也是 MIMI，大名宋清弥，在平大球队当实习队医。

大家都沉默了。

这确实是简单的名字缩写。

不过你这多重身份是当间谍呢！

很多人因为这巧合过于离谱而不愿意相信，宋清弥欲哭无泪。

江野在酒店进行冰浴，半个小时后才出现，看着经纪人和各个队友发来的消息，花了一点时间才搞清状况。

他先是回复宋清弥的消息让她别着急，然后在微博做澄清，转发了营销号转发的宋清弥的声明：我是宋小幺儿，也是 MIMI，大名宋清弥，在平大球队当实习队医。

江野转发：是 MIMI，也是弥弥，是我贯穿全部青春的秘密。

没有出轨，没有背叛，有的只是你，从前是你，现在是你，未来也是你。

江野的回应如龙卷风一般，掀起巨大的讨论和关注度。

一度从只有关注体育赛事的圈子，扩散到路人群体。

△不是，江野这小子不是在篮球场上跩得跟二五八万似的嘛，我第一次看他比赛见他臭脸还以为他玩不起，输球被打生气了，没想到谈起恋爱居然这么甜这么会。

△ MIMI 真的好福气，这种极品大帅哥都被她谈到了。

有人在这条评论下面反驳：

△为什么是 MIMI 好福气，她也是一个很漂亮很可爱很优秀很美好的姑娘，两人在一起为什么不能夸感情好呢。

△就是啊，男生只是没出轨给女朋友唱了两首歌，居然就成难得一见的好男人了，人家 MIMI 也不差吧，人漂亮，985 学历，估计家庭条件也不错，身上背的包包是国外一个比较小众的牌子，公价 2 万多。

然后，路人还发了去年宋清弥在火锅店帮江野过生日时被网友拍下来的照片，圈出来角落里，放着的是宋清弥的包包。

那个包包是她妈妈送的，宋清弥根本没有关注过价格。

于是，舆论的话题又逐渐落到当初两人被拍到照片时期的考古，人均化身“嗑学家”。

△啊啊啊啊，真的受不了了，那时候两人就开始谈恋爱了吗？江野看MIMI的眼神真的要拉丝了。

△江野是淀粉吧，遇到MIMI就开始勾芡。

△还有还有，MIMI笑起来好灵动好漂亮啊，我要是江野，面对这样的美女肯定也笑得嘴巴咧到后脑勺了。

深夜还在网上冲浪的宋清弥给这条夸赞自己颜值的评论点了个大大的赞，然后又仔细反复看了下当初被拍到的照片。

去年因为太尴尬，以及陷入怕被江野发现马甲的紧张里，她一直都没有仔细看过流传到网络上的照片。

其中一张应该经过后期处理，生日主角江野的头顶歪歪扭扭地戴着宋清弥放上的生日帽，蛋糕上二十根蜡烛闪着光，有一点落在他的脸上。

他的对面，少女翘着嘴角，满脸得意地看着他，欣赏自己策划的堪称完美的生日宴。

宋清弥看着照片上自己掩盖不住的小得意，“扑哧”笑出声来。

当时自己是有多傻气，居然会感觉在火锅店过生日也很不错，甚至还得意地笑出来了。

被营销号和网友广为流传的第二张照片，是在江野被很多球迷发现，追着要合照的时候。

江野跟一位有些年纪的叔叔拍照，宋清弥站在他旁边指挥，似乎是说了什么很搞笑的东西，自己笑得前仰后合。

身后的球迷们也在笑，只有江野的表情是一副什么都不放在眼里的懒洋洋和冷淡，但仍旧没有控制住将目光投在她脸上，一侧嘴角翘起来一点点。

她在闹，他在笑。

宋清弥也被这张照片里江野的神态给撩到了，怪不得当时被偷拍后校友会觉得他们两人好嗑，现在宋清弥自己看一遍，也感觉好嗑得不得了！

群众的眼睛果然是雪亮的。

她把照片保存下来，发给江野。

MIMI：你一定很为我着迷吧！

江野大大方方地回复：当然。

江野：漂亮可爱聪明能干，完美的女朋友。

江野不只是嘴上说说而已，他发自内心认为宋清弥哪里都好。

两人恋爱的消息已经曝光，在互联网上产生了很大的热度。

网友们纷纷献上祝福，然后光明正大地嗑CP。

当然，几家欢喜几家愁，深夜被合作伙伴和亲戚提醒女儿在网上“火了”的宋建华和奚霞倒是整夜睡不着。

两人躺在床上互相看着对方，胸口好像梗着一口气怎么也上不来。

女儿被家里宠溺惯了，一向是算不上乖巧的，不过他们的教育理念里，也不需要孩子乖巧听话，他们认为小孩子也会有独立意识，有自己的想法。

可是现在，他们的小孩儿貌似太过独立太过有想法了，谈恋爱这么大的事情，做父母的居然是通过互联网才知道的。

奚霞和宋建华两人在床上辗转反侧，叹息声此起彼伏，但谁也说不出一个解决办法来。

第二天一大早，两人就接到了来自乡下父母的电话，二老虽然宠着宋清弥，也知道现在的时代时兴自由恋爱，也知道江野这孩子也是好孩子，但……他的家庭结构和氛围在二老看来实在不是良配。

两人念叨了许多，宋建华和奚霞不得已，才把还在上课和训练的江野和宋清弥叫回家里。

两人坐在奚霞、宋建华对面，这样的座位方式在前二十年不知道发生过多少次，但这次还真是刺痛老父亲的双目了。

宋建华揉了揉太阳穴。

见他脸色有些憔悴，还有些若有似无的悲伤，宋清弥从被叫回来时的忐忑变成了紧张，赶忙叫了一声：“爸……”

“别叫我爸，”宋建华面对拿不下来的大额订单都没有感到过如此棘手，他睨了宋清弥一眼，“谈恋爱都瞒着家里，我没有你这样的女儿。”

宋清弥这辈子都没听过这样重的话，蓦地红了眼眶，咬着嘴唇不肯吭声，倔得很。

江野轻声开口，毕恭毕敬地喊了一声：“三叔，三婶。你们不要怪小幺儿，是我先喜欢她，主动追求她，想和她谈恋爱。”

“我并不关心你们怎么在一起的，”宋建华摆了摆手，示意问题不在江野，虽然他对江野的人品和性格百般满意，“是宋小幺儿这兔崽子惹我生气！”

宋清弥听到这话也来气了，抻着脖子跟老爹叫板：“我怎么惹你了？我这么大人了还没有恋爱自由了？”

宋建华：“你还不自由？我看你都自由过火了，什么事都不跟家里说，你还把不把我和你妈当父母，我俩是你敌人？你还跟我们保密？”

宋清弥虽然会偶尔惹家里人生气，但从没有人跟她说过重话，宋建华这一连串的反问句给她吓到了，手指抠着真皮沙发，就算江野一直在轻轻安抚她的后背也不行。

“我为什么对你们保密？”她抬高音量，“你现在的态度就是我选择不跟你们坦白的理由。”

宋建华也被她气得够呛，还要再说点儿什么，就被奚霞开口打断：“你们两个都给我冷静冷静。”

当领导的人发号施令时总会让人莫名信服：“老宋跟江野去书房谈谈，我在这里有话跟小幺儿说。”

听到两个人要分开，宋清弥下意识去看江野，眼神里都是对别人的警惕。

“哼，吃里爬外的东西！”宋建华有点吃醋。

宋清弥听到自己又被挨骂，还想再开口，江野抬手揉了揉她的脑袋，轻声安抚着：“没事儿，我跟叔叔聊聊，拐走人家的宝贝女儿确实该接受审讯。”

宋清弥“哼”了一声：“那他要是拿钱砸你跟我分手，你可千万别同意！”

她声音扬得很高，故意说给宋建华听的。

宋建华也冷笑一声：“你老子我要是想拿钱摆平，我就把钱砸你头上，你个见钱眼开的小财迷，给你八位数看你分手不分手！”

“我不分，”宋清弥才不傻，吐舌头“略略略”气他，“你的钱以后还不都是我的钱。”

独生女的霸气和底气。

宋建华愣了愣：“老子的钱是老子的，老子凭什么都给你。”

“妈！”宋清弥转头就跟奚霞告状，“我爸不打算把他的财产都留给我，我建议你查一查他这些年在外面有没有什么私生子。”

奚霞哭笑不得，让江野先跟宋建华上楼，在两人身后笑着嘟囔：“都多大人了，还跟小孩子斗嘴，也不嫌丢人。”

宋清弥心里放松了很多，她见过宋建华在做生意时的雷霆手段，明白他是那种笑面虎，笑里藏刀的人物，真的生气起来定然不会被带入她的节奏吵架。

“行了，江野没事，我们来说说你，”奚霞重新坐好，单手撑在沙发扶手上，有几分不怒自威，“为什么不跟家里说自己谈恋爱的事情？”

奚霞比宋建华难对付多了。

宋清弥敛了敛神色：“我就是不想跟你们说，不想你们一直好奇和追问我们的恋爱情况和进展，这都是私事，我不想汇报。”

“就这些？”听她说完，奚霞的柳叶弯眉一挑，“你没跟妈妈说实话。”

她的眼睛有种能贯穿人心的感觉，宋清弥不自觉抠了抠沙发：“就……就是这样。”

奚霞明摆着不信，但没有追问她，若有所思地点了点头，然后用那种很温柔的目光看着她。

在这样充满母爱的注视下，宋清弥感觉一颗心都被揉得皱巴巴的，垂着头，不敢说大声：“我怕你们不接受他……”

“确实很难接受。”奚霞直言不讳。

宋清弥并不对这个答案感到意外，却忽然有了很多的勇气，直面她的眼睛："可是我喜欢他，我选择他，谁也动摇不了我分毫。"

"小幺儿，喜欢是一时的，你爱得正起劲儿觉得他哪儿哪儿都好，可有些问题，以后才可能出现……"

"那万一不出现呢？"宋清弥反问，"难道要因噎废食？"

奚霞被这句反问噎得半晌没说出话。

宋建华和奚霞包括整个宋家人都很喜欢江野，毕竟是从小看着长大的孩子，他身上的优点和对宋清弥的耐心细致有目共睹。

可是江野的家庭问题是一个绕不过去的大坎，他的父母从年少情深走到水火不容，他从幼时也一直被妈妈否定，然后承担爸爸的全部希冀。

虽然奚霞和宋建华跟他们夫妻之间交情甚笃，但也从不苟同他们的教育方式，看江野的时候自然会带上怜悯滤镜。

他们希望江野成为优秀成功的人，也希望他幸福快乐，宋建华不掩饰对江野在篮球才能方面的欣赏，甚至有时会激动地说出来"让他当自己女婿"的话。

可真的要女儿和他恋爱，宋建华也是不肯的。

江野在这样的家庭环境里长大，爱情观不免会扭曲，国内甚至放眼全世界的运动员，他们都很敢拼搏不满足于现状，这些特质在竞技运动里是优点，可在生活里却是十足的劣势。

很多运动员对待家庭、对待感情不在乎道德约束。

就算是江野万幸，身上没有这些毛病，但跟这样破碎的人在一起，宋清弥注定要做黏合剂，承担着去拯救别人的重任。

奚霞叹息："爱情里还是轻松的好。"

"可能在你们看来，这段感情里或许都是我来治愈他，虽然确实有这种成分，但是他很专注，永远有自己的目标，是一个会坚持为自己理想而努力的人。"宋清弥看到江野身上有很多优点，"我想成为他那样的人。

"并不是我一味地治愈他，他也在鼓励我。"

爱情是轻松的好，学习也是轻松的好，工作当然也是轻松的好。

轻松当然好，但她宋清弥不想要。

所有轻松的道路在眼前，但江野最最最好。

宋清弥说这话时，平日温驯清澈的眼睛逐渐坚定而有力，说话不疾不徐有条有理。

奚霞长久地没说话，这一刻她意识到，她的宝贝女儿真的长大了。

人各有路，就算是父母，也无法干预孩子的选择。

不久之后，江野也从楼上下来，结束了和宋建华的恳谈。

宋清弥跟他挽着手，一起离开。

奚霞忽然想到那句话："所谓父女母子一场，只不过意味着你和他的缘分就是今生今世不断地目送他的背影渐行渐远。而他用背影默默告诉你，不必追。”

“我爸跟你说了什么？”回去的路上，宋清弥问江野。

她的眼睛明亮又聪慧地看着他，江野没有去看，偏头看向窗外一闪而过的风景：“没什么？”

宋清弥没信：“真的？”

江野“嗯”了一声。

宋清弥又很仔细地看过他的表情，抿了抿嘴，没有继续问。

宋建华当然不会什么都没说，他开门见山，没有半分掩饰：“你和小幺儿的恋爱不是儿戏，我希望你想清楚。”

江野垂下眼睑，并不意外他的话，可仍旧很坚定地说：“我想得很清楚了叔叔。”

宋建华反问：“如果我们不同意呢？你怎么知道到时候她还愿意跟你一起？小幺儿可是从小到大都没吃过苦。”

江野默了默，声音不自觉有些喑哑：“她有自己选择的权利，但我选择她。”

少年人的声音清澈而坚定，将那颗揣着爱情的心高高举起。

宋建华似乎被他眼神里的某些情绪打动，张了张嘴巴，语气也缓和下来。

当然要缓和的，宋清弥是他的女儿，脾气秉性也随了他很多。

认准的东西不会回头。

小小的插曲就这样过去了，两人在家里人的耳提面命下，继续光明正大地恋爱。

一路过关斩将，平大终于进入CUBA总决赛，再次对阵华清大学。

因为CUBA联赛非营利的性质以及关注度相对较低，即便是全国赛总决赛，为了节省人力、物力和资金，也都是采取单败赛制。

就是两队只比一场，一场定胜负。

比赛前一天，平大队在训练之余，还组织球员观看了华清队之前的比赛，并且针对他们的战术，制定了几套有效的应对方案。

不过，现在的平大队经过一个暑假的补强，从纸面实力上来看，和华清队也不分伯仲。

宋清弥熬了两个通宵看华清队的比赛回放，肯定地和江野说，顾昱行左腿有伤。

赛场上的不确定因素有很多，队员的心态、手感，团队的配合程度，都能决定一场比赛的走向。

江野给了宋清弥一张门票，那是一个视野很好的位置。

不光方便宋清弥看向赛场，也方便江野在茫茫人海里追索她的方向。

“你就坐在这里，不要乱动，记得给我加油，进球要鼓掌，我会检查。”

仍旧是那套充满霸道和高傲的赛前嘱咐。

球队热身已经开始，宋清弥不想耽误他的准备时间，连忙应下。

“好好好，我就坐在这里看着你，你快去训练吧。”

她一边说一边将他往球场上推。

宋清弥也认为今天会是他人生中很重要的一天，因此穿了一条很漂亮的白色长裙，长长的头发卷成了卷，垂在胸口，美得有些过分。

江野被她推着走了两步，又突然压低重心不肯走了，转过头在她嘴上亲了两口，被推开了才罢休。

“赶紧训练！”

随着比赛时间的接近，体育馆里的人也越来越多，大家穿着各种颜色的球衣，脸上画着水彩，手里举着横幅，为各自支持的球队加油喝彩。

场馆里人声鼎沸。

晚上七点一到，各位运动员开始入场，升国旗、奏国歌，在国旗下宣誓。

仪式结束后，比赛正式开始。

跳球，球权在华清队，作为有相当多全国赛总决赛经验的华清队，在心态上相当稳定。

比赛刚刚开始，在平大队正慢热进入节奏的时候，华清队就已经连续进了三球。

场馆里气氛被点燃，华清球迷爆发出一阵阵欢呼，宋星宇很骚包地向大家做出一个绅士礼姿势。

不过他们也没有高兴很久，很快就被平大队打出一波反击。

轮到平大队的球迷开始欢呼，不仅场上主队在比拼，场下的球迷也在比拼，这时的欢呼声更长更久。

江野比了庆祝自己进两分球的手势，然后朝着观众席上特定位置上的白色小点，将手指往里勾了勾。

一个两人之间的暗号。

比赛继续。

华清队跟平大队球风不同。

因为华清队球员实力较为均衡，并没有特别突出的球员，所以他们团队配合能力很强，教练指出的战术，不出意外，他们都能打出来。

而平大队则是以江野为核心拟定战术，其他球员都是对他的策应和补充。

面对平大的进攻，华清队主要用重点人防守策略，用顾昱行和三号位去防江野。

顾昱行身体灵活，而三号位球员身材高大，江野没那么容易绕过去，并且在高低位传球时他们都能带来很大干扰，有时没有进攻机会，又传不了球，江野就只能强投三分。

他的三分球技术本就不算特别好，今天投篮手感又不热，三投零中，得不到分。

一段时间内，江野都被限制发挥。

但将他的替补朴星屹换上，再用重点人防守策略就会导致空位。朴星屹脑子灵活，球商很高，并且有大局视野，串联好比赛，疏通各个关节，并且传球也灵活，很快就打出一波高潮。

但这套阵容的纸面实力远不如华清，华清把球权交给顾昱行，他凭借自身能力，闪过朴星屹，多次冲击平大篮下，完成进球。

到了第四节，双方比分咬着不放。

这一节，江野重新上场。

其实如今的情况对他十分不利，在被针对的情况下，他很难打出水平，而且到现在手感都没有回来。

他的心灵上似乎也有更重的枷锁，无论结果如何，这都将是他在CUBA的最后一个赛季。

如果撕不开华清队的防线，这场比赛平大必输无疑。

对方防守球员正虎视眈眈地看着他，球迷的欢呼和呐喊声汇聚成热浪，江野稍稍抬头，视线刚好看到观众席上那个白色小点。

——“顾昱行左腿落地有点慢，应该是左腿有伤。”

几天前，宋清弥的分析还在耳边，可顾昱行真的有伤吗？

二十秒进攻时间已经过去了一半，江野没有时间再多想，身体本能地选择相信宋清弥，向顾昱行左侧运球。

对方三号位已经上来协防，但顾昱行果然没有跟上，被甩开半步的距离。

这半步也就够了，江野运着球，像一把锋利的剑直接劈进华清队篮下。

篮下有宋星宇，他像一座山般岿然不动。

江野毫不犹豫，在罚球线处起飞，凭借着超高的滞空能力和弹跳力，在宋星宇头顶扣出一记大风车。

静默半秒后，全场立刻爆发出雷鸣般的欢呼声。

“太棒了！”

“太帅了我的神！”

宋清弥是对的。

江野在万众瞩目中看向那个白色的点，在心里无声地说了一声：谢谢。

这一记大风车直接让他找回了手感，在进攻时，他仍旧选择突破顾昱行左侧身体，接连几次凭借超高的个人能力冲进篮下造成杀伤。

而不断被突破弱侧，顾昱行的伤貌似更重，进攻速度明显慢了下来，可华清团队配合度很高，仍旧打出很好的反击。

最后一分钟，双方仍旧平局。

教练叫了暂停，双方下场布置战术，再回来时，华清队改打慢球，顾昱行凭借自己出色的三分能力，连进两球。

比分差二分。

在严防死守之中，江野投了三分。

——仍没中。

今天江野的三分球手感太差，不适合再投三分球了。

作为比赛经验丰富的运动员，江野明白这个道理，继续突破顾昱行弱侧，终于给他晃倒，华清队暂停换人。

凭借一次出色的配合，双方比分再次拉平。

最后半分钟，全场气氛都燃了起来。

一号位跟江野对峙，运球过半场，眼睛找人，做出传球假动作，江野被晃了一下，旋即反应过来赶紧跳起防守。

而对方一号位刚好往前倾了倾身体，造成江野犯规。

与此同时，球进。

三分球有效，外加一次罚篮。

华清队替补席，队员都在垂腿欢呼，在这个时间一下拉开两分，无疑是将胜利收入囊中。

平大队员和球迷则一个个手里捏了把汗。

罚球中。

“咣当”一声，平大队赶紧叫了暂停，时间只剩十秒钟，徐教练的汗水已经打湿了白色衬衫，拿着战术板不断写着什么，并且吩咐给每个人。

十秒钟的时间，只够一次进攻，并且这次进攻要稳中求胜，两分球一定要打进去，然后进入加时赛。

球权当然给到江野。

短暂的暂停很快结束，球员重新回到赛场，杭晗日发底线球，球传给江野。

而华清队立刻针对江野加强防守。

离胜利或失败，只在于这十秒钟这一颗球，球迷的欢呼声撕心裂肺，坐在观众席上的宋清弥感觉手心里浸出了一股股冷汗。

这是万人高呼的赛场，是江野曾经因为伤病跌倒的地方，也是他决定从头再来的地方。

他不能输，不可以输。

“江野，加油——”

她把双手拢在嘴前，做成喇叭的形状，在嘈杂无比的环境里徒劳地呐喊。

江野听到了吗？

球场上，江野被防得严实，低位传球有小个子空位防着，高位传球也有身材更为高大的球员挡着。

这时候，他脑海里忽然闪过龙怀婷无数次的断言：身高不足，在篮球这项运动上就是残废。

与此同时，脑海里似乎还响起另外一个声音。

所有人都不看好的时候，只有小小的宋清弥站在大家的对面，鼓着包子脸倔强地对大家说："我相信江野哥哥，江野哥哥能行。"

篮球、篮圈、对手、欢呼声呐喊声，一切如潮水般退去。

计时器上，时间不足一秒。

华清队严防死守的队形无法突破，那个瞬间，江野好像看到，对位球员脸上克制不住的笑容，观众席上似乎有些人不敢面对他们拼搏之后的失败，已经捂住脸哭泣了。

没有人在乎他今晚的三分。

反正屡投不中。

按照FIBA（国际篮球联合会）规定修建的篮球场地，篮球架高度、篮圈面积以及罚球线、三分线和中线距离都如既定格式般处处如此。

从五岁站在球场至今，木地板上几条白色的线条几乎已经刻入脑海。

江野往后退一步，刚好站在三分线外，抬起手腕，出手。

那一瞬间世界很安静。

他曾如此想要成功，想要做CUBA的山顶，而真正离山顶只有一步之遥时，他的世界里那些繁复的色彩逐渐褪去，最后止于一些青灰色。

"铛"的一声响起，于此，哨声响起。

全场爆发出前所未有的欢呼声，一阵一阵的热浪几乎掀开体育馆棚顶。

江野睁开眼，只看到篮网微微晃荡。

三分球，进了！

平大队以一分优势杀死比赛，拿下CUBA总冠军！

江野苦练了两年三分球，在这场比赛中屡投不中的三分球，在最关键时刻成了救命的稻草。

没有什么好运气，他曾经在球场上挥洒的汗水和在三分球上做出的努力，在此时给予他正向回馈。

湿漉漉的汗水从他鬓角滑落，刘海被打湿，黏在额头上。

他举起右手，拇指和食指构成一个圆，剩下三根指头对准太阳穴，戳了一下。

他一直看向那个猛然间从座位上站起来，然后朝赛场奔跑的白色身影。

眼里和唇边的笑意逐渐扩大。

"你赢了！你赢了！"

观众席的人没办法进球场，保安不允许，江野干脆无视规则，直接给宋清弥抱了进来。

“赢了，”他在她嘴角印下一吻，“这个冠军有一半是你的。”

他又向观众席上另外一个固定的区域看去，宋建华、奚霞在看他，看他们。

他们脸上的表情无从得知，但江野知道他们会是开心的。

庆祝冠军诞生的彩带从天空缓缓坠下，周遭人声沸腾，导播镜头也格外偏爱这位本赛季 MVP，屡次将镜头切换到他身上。

江野轻飘飘地把宋清弥抱起来，转了两圈。

宋清弥被吓了一跳，惊呼一声，赶紧抬手勾住他的脖子。

导播镜头又切了回来，江野把宋清弥往上颠了颠，白色裙摆跟着荡漾，彩带满天纷飞，又落在两人身上。

江野对着镜头勾了勾嘴角，意气风发地向所有观众介绍宋清弥：“这是我女朋友。”

又像是告白。

“我的冠军是她的，我的荣耀是她的，”他顿了顿，似乎想到了什么，忽而扬了扬眉，带着几分恣意张扬的帅气，又忽而沉寂，“我也是她的。”

我们共享盛大、风光的前程。

热恋或许有保质期，但我爱你没有。

- 正文完 -

番外一

恋爱日常

Shishui
xiaoluluanshuang

江野带领平江大学队获得CUBA全国赛总冠军同年夏天，他参加CBA选秀，以第三顺位的成绩被京北队选中。

恰逢京北队主力一号位伤病，江野征战CBA的第一年就以主力一号位的身份拿下多个常规赛赛程MVP。

第二年，宋清弥顺利考进京北医科大学运动康复专业研究生，两人终于再次结束一年的异地恋，在京北重聚。

俱乐部并未强制要求运动员必须住宿舍，研究生阶段，宋清弥也不需要住宿舍。

俱乐部和京北医科大学都在城北新区，江野在医大外租了一间三室的房子，宋清弥早八没课、不急着去实验室的时候会来过夜。

两人虽然不如在平大上学时见面方便，但也没有因为各忙各的而造成明明都在一个城市里却如同异地恋只能周末见面的场面。

CBA常规赛赛程战线比一整个CUBA赛事都要长，今天京北队主场对阵北川队，赛前江野要严格按照俱乐部规定的时间到达场馆，然后吃俱乐部食堂严格规定的饮食，之后教练布置战术、开始训练。

忙到中午，江野终于闲下来有时间掏出手机看了看宋清弥的课表，明天早八没课，但并不确定会不会有组会或者导师去实验室盯实验。

他发消息给宋清弥：今晚过来？

半个小时，午休结束，也没见宋清弥回复。

比赛是在下午两点，京北队在CBA赛场上并不是强队，对面的北川队更为强悍一些。

临上赛场前，江野给宋清弥最后一条留言：我去比赛，有时间记得看。

这场比赛，京北队全队状态火热，球队战术都打了出来，队员之间的配合也无比默契，大比分战胜了北川队。

江野贡献了两个非常完美的暴扣和一个三分球。

赛后，这场比赛上了热搜，江野进球的集锦在多个社交平台上都上了热榜，热度一时间居高不下。

接受过赛后媒体采访，做完最后的放松运动，江野驱车回家，微信消息列表，昔日队友和好友纷纷送上夸赞和祝福，唯有女朋友宋清弥仍旧没给回复。

家里空荡荡，晚饭的时间，宋清弥还没回来，江野简单地锻炼了一下，然后继续回来看赛后录像。

直到晚上八点多，他终于忍不住，给宋清弥发消息：[? .jpg]

三分钟后，他发送某宝手机商品页面截图：女朋友不回消息，一定是手机有问题，给你换一个能收到消息的手机。

多少有些冷嘲热讽，但仍旧没有收到回信。

半个小时后，入户门被敲响。

江野以为是外卖，起身去开门，开门的瞬间，愣住了。

醉醺醺的宋清弥被同组师姐架着回来，整个人瘫软得像只虾米，脸色红晕，瞳孔涣散迷离。

见屋内有个帅得有些过分的男人，两位师姐同时愣住，手臂上泄力，宋清弥像一块棉花似的软趴趴地要滑落。

意识到大事不妙，她微醺的双眸清明了一些，无意识地呜咽一声。

江野手疾眼快，连忙上前一步，手臂穿过她腋下，将人架了起来，眉头微微皱起。

两位师姐意识到江野情绪不佳，连忙解释宋清弥变成这样的缘由。

今天晚上部门聚餐，大家点了一些烧酒，兑饮料喝。

因为被果汁勾兑过，酒精味道被掩盖住，不经常喝酒的人对此不敏感，宋清弥不小心喝了旁边人的酒，还喝了大半杯，不出意外地醉倒了。

送别师姐，江野将宋清弥放在卧室床上。

宋清弥头痛欲裂，在床上翻了个身。江野扯住她一侧的衣袖，在力的相互作用下，她身上的宽大卫衣脱离了胳膊的束缚。

江野并不温柔地拽住卫衣帽子，从她头顶把卫衣脱了下来。

房间内暖气很足，但腹部突如其来的凉意让宋清弥清醒了不少。

她睁开眼睛看看江野，讨好似的笑了笑："哥哥。"

江野冷着脸："我不是你哥。"

宋清弥："你是你是。"

"我是你哥咱们两个算什么？"江野将被子一掀，盖在她身子上，冷声嘱咐，"裤子你自己脱。"

宋清弥的脑子里迟钝地出现了一个问号："算……算什么？"

江野抬手揉了揉太阳穴："我是让你把裤子脱下来，躺在床上穿外裤不舒服。"

宋清弥小脸焦黄，把被子扬起盖住脸，然后在里面像虫子似的蠕动着，半晌，伸出一点手臂，黑色鲨鱼裤跟着飞了出来。

江野冷眼看着她的动作，无语凝噎。

宋清弥意识到江野还在生气，用身子贴着床单在床上蠕动两下凑到他面前来："你别生气了，下次我一定注意，不喝酒了。"

说完，她还卖萌地眨了眨大眼睛。

江野抬手将她的脸掰到看向另一边，不让她看自己："我不是气这个。"

宋清弥脑袋晕晕的："你要是这么说我可就不懂了。"

不回消息还有理了？

江野从来没有指望过宋清弥会随时回消息，毕竟两个人都有正事要忙，但就算再忙，也有时间见缝插针回消息吧。

他有话并不憋着，并且认为情侣间只有坦诚才能解决问题，直接把这事儿说了。

宋清弥听完酒醒了一大半，一拍脑袋，恍然大悟："我今天手机都开勿扰模式，忘记看消息了……"

因为勿扰模式一开，根本看不到有消息进来，微信图标上也不会提示红点点。

"为什么开勿扰模式？"江野眉头一跳。

被他一问，宋清弥哭丧着脸："呜呜，因为今天挨骂了。"

宋清弥："实验又失败了，不过这并不重要。"

重要的是，她忘记在实验室蹲守实验结果，反而逃课跟朋友出去吃饭，并且还拍照发了朋友圈，并且没有屏蔽导师，被导师逮到了。

实验失败，逃课还被发现，导师因此震怒，训斥了她，她下午痛改前非，决心不摸鱼不玩手机好好搞实验。

她一下午都没看一眼手机。

“哥哥哥哥，我真的好可怜啊，你原谅一个做错事的小女孩吧……”宋清弥一边说着，一边用胳膊抱住江野的大腿，小脸在上面蹭了蹭，“你让我干什么都行，下次一定不会忘记回消息了。”

“行了行了，”江野推开她，抬腿往外面走，“知道你有认错的心。”

宋清弥欲哭无泪：“你别走呀！”

走了就是还在生气。

江野无奈地回头：“认错的事以后再说，我先给你煮碗醒酒汤，小祖宗。”

隔了几天，因为第二天早八有课，宋清弥在宿舍住，例行跟江野在晚上打电话。

宋清弥在写论文，江野在看资料，两人都没说话。

室友从驿站回来，把一个快递扔在宋清弥桌子上：“看到有你的，就帮你拿回来了。”

宋清弥道了一声谢谢，然后放下键盘拆开快递。

居然是很久之前在某音直播间买的草莓熊内裤，三角内裤配粉色印花，可爱得很。

她举起来一条给室友看：“可爱不！”

室友翻了个白眼，打趣道：“给我们看有啥用，可爱就去给江野看啊。”

宋清弥反驳道：“给他还看什么可爱内裤呢，看就直接看情趣内衣呀。”

室友无语地翻了个白眼。

短暂的插曲过去，宋清弥把内裤整理好，放进收纳箱，回到桌前继续写论文。

入耳式蓝牙耳机里传来电流声，一直沉默的江野忽而问道：“真的吗？”

宋清弥沉默不语。

“穿吧，”江野不管她在装死，直截了当地戳穿她，“上次的错你还没认呢。”

在某人的催促下，宋清弥还是硬着头皮下单性感内衣，几天后尝试了一次。

效果……还不错。

“你满意了？”

事后，宋清弥咸鱼躺，几乎有些虚脱地问。

江野揽着她的肩头：“你是真的在咨询我的感受吗？”

他好像真的有话要说，宋清弥浑身一抖，赶紧说：“还是算了，闭嘴吧。”

江野其实有话想说的。

过了几天，江野在看短视频的时候发现一个容易推倒的小猫咪，转发给宋清弥。

△你看人家小猫多容易推倒，你比钢铁都刚强。

△学着点。

半晌，他收到回复：……受不了你们臭情侣了。

江野沉默了，原来消息不小心转发到宋星宇那里了。

番外二

求婚

Shishui
xiaoluluanshuang

为京北队效力四年，多次打进季后赛，江野在 CBA 赛场上成绩优异。

恰逢宋清弥研究生毕业，根据自身的规划，她并不打算继续深造，而是重返平江，于 WCBA（中国女子篮球联赛）任职队医。

卢鸣教授退休后被宋建华高薪聘请到平江大学女篮队，任职首席队医，兜兜转转之后，宋清弥又成了卢鸣的学生。

CBA 休赛交易期内，京北队给江野开出了顶薪续约的合同，按照今年的工资帽制度，年薪在 600 万左右。

与此同时，平江队也向江野递出合同。

根据规定，平江队有两位已经顶薪续约，只能给江野开 B 类合同，但是开出了一些激励条款。

但无论如何，薪资也不如留在京北队多。

其实，这些年薪在江野的广告费和代言费面前，并没有如此天文数字。

江野留在京北，虽然是背井离乡，但他在家乡本身就没有什么亲人，背井离乡也就背井离乡，只是他刚到京北时，京北队只是一支 CBA 弱队，这些年虽然组建起来，但并不是以后卫为核心体系建队。

一个球队的体系如何，跟该球队的青训培养体系有很大关系。

京北队的青训培训体系里，并没有培养出强大的后卫线，江野这位技术全面的后卫对于球队来说很重要。

因为球队只对 B 类合同的球员拥有顶薪续约权，江野想要回到平江队，其中波折重重。

京北队并不打算放人，而平江队很难拿出等价交易的球员。

整个休赛期，江野一边准备国家队的比赛，一边为转会的事情所困扰，每天在家里都会接到经纪人、球队经理的电话。

宋清弥有时想，不如就让江野留在京北队算了。

江野只是淡淡拒绝："不想异地恋。"

宋清弥就没有再说什么。

因为经历过两段为期一年的异地恋，两人都知道异地恋对感情的影响。

宋清弥在找工作时，也是优先选择在京北的工作，只是工作都不尽如人意，最后才选择回平江。

七月份到女队报到，宋清弥在篮球馆里遇到了卢鸣教授。

他头发苍白了些，这些年过去，看着有些见老，手上仍旧不分冬夏地抱着保温杯，眼神仍旧神采奕奕。

她走完报到流程，上前跟他打招呼："师父！"

叫得那叫一个熟稔。

卢教授"哼"了一声，故作不悦："我可不敢当你师父。"

是说当初她放弃平大保研资格去了京北读研究生的事情。

宋清弥"嘿嘿"一笑："咱们师徒不还是有缘分，断了三年还是续上了！"

卢教授没否认，抿了口茶水，老神在在地说："江野今年也回来？"

宋清弥点了点头："应该差不多。"

只要京北俱乐部肯松口。

"你俩要订婚了？"卢教授又问。

宋清弥愣了一下，连忙摇头："还没有这个打算呢。"

卢教授叹了口气："要抓紧，你俩尘埃落定就不枉我当初去带本科生……"

话没说完，他意识到说漏嘴，连忙低头吹茶叶，装作什么都没发生。

宋清弥哪里肯，一把夺过他的茶杯，脑子里有一些东西闪过，不可置信地问："您说什么？

"我记得当年不是轮到您去带本科生的，后来您也没再带过本科生。

"没有这么巧的事情。"

小姑娘在外头读了这么多年书不好糊弄了。

卢教授张了张嘴，甚至有几分没有保守住秘密的心虚："你要是真想知道就去问江野，你们小情侣的事我这个老头子掺和什么？"

但宋清弥已经了然一些："是江野求您去带本科生，带我的？"

她那时候在学习上是条咸鱼，不思进取，要不是遇到卢教授，得到了去集训队实训的名额，他们还真没有条件能遇到。

见她都猜得七七八八了，卢教授想瞒着不说也没意思了，便道："何止呢，当初他说回来有比跟前程比更重要的原因，你猜猜是什么？"

是她本身。

换句话说，两人最开始的相遇并没有那么多的巧合。

就算不是伤病，江野在一年之后也会回国，而宋清弥能得到国内首屈一指的康复专家卢鸣教授指导，是因为中间有江野游说。

许久之前的往事如今以另外的面貌横亘在两人中间，宋清弥后知后觉品味出一些酸涩和甜蜜。

江野转会的事情是在球员交易窗口期最后一天才确定的，他回到平江队，对此，平江队支付了一笔费用给京北队，同时送上两位平江青训体系下培养出的不错的后卫。

回到平江那天，宋星宇开车带宋清弥去接江野回家。

过去四年，家里人看到两人的感情如此稳定，对两人的恋爱都很祝福。

龙怀婷跟江野的关系依旧不好不坏，只是她年纪大了一些，江照在成长上也有叛逆的时候，分散了很多她本应在江野身上的注意力。

如今再见到，她仍旧不支持江野的篮球事业，但绝对不会冷嘲热讽了。

听闻江野转回到平江，她还送给他一套地段优秀的房子。

江野不想收，龙怀婷就提了三个字："当婚房。"

然后，江野就把房产证扔给了宋清弥："有时间去办个过户。"

宋清弥拿着房产证一脸蒙。

"她不是说婚房嘛，"江野语气淡淡，听不出什么情绪，"给你的。"

"婚房不得结婚用吗？"宋清弥下意识地反驳。

江野回头看她："想结婚了？"

宋清弥不说话，两人就安静下来。

"你才二十五岁，有点早，"江野认真地考虑，开口说道，"不过我确实很想了。"

"想什么？"宋清弥感觉自己脑子蒙蒙的。

江野的声音很坚定："想尘埃落定，合法同居。"

明明早就有意识，两人迟早会走到这一步，可江野真的提出结婚的话，宋清弥又感觉自己有些紧张，还有些不知道从何而来的顾虑。

想了半天，她也就说了一句："你现在不算求婚吧？"

江野也沉默了半天："应该不算吧？"

“那你找个机会好好求个婚。”

“……好。”

就这么算是答应结婚了。

江野回到平江的第一个赛季就拿到了常规赛的MVP，深受平江球迷喜爱。

虽然生活在同一个城市，但男女篮并不在一起训练，两人也只有晚上能见到，和在京北时差不多。

扣篮大赛在即，作为观赏性质更多的比赛，江野这位CBA“扣将”必定出场。

刚好当天宋清弥放假，前去现场观赛。

扣篮大赛并不是严肃的比赛，以娱乐为主。

参加的选手有很多是非专业人士，前面两个在野球场上很有名气的网红球员，被评委打了高分。

轮到江野出场。

第一轮站在篮下，他扣出一个大风车，全场欢呼。

江野曾经的队友坐在球场边缘，以宋星宇为首，像蚯蚓一样爬进球场。

第二个球，篮下先站着三个身高一米八的男生，江野运球、助跑、起跳，整个人如飞一般从三个人头顶滑过，与此同时，眼睛瞄准篮圈，“铛”的一声，篮球稳稳地砸进篮圈。

全场燃了起来。

江野回身，对着观众席反手比“V”。

第三次，江野选择了一记难度很高的扣篮，从边线开始运球，在篮圈下完成一记单手反向大风车。

篮球顺利进入篮圈。

全场的欢呼声还没有开始，就见江野似乎没有站稳，顿了顿，整个人摔倒在地。

一瞬间安静。

宋星宇和江野从前的队友反应迅速，立马从场边冲了进来。

宋清弥脑袋乱哄哄的像一团糨糊，也顾不上什么规则不规则了，径直从观众席起身，身边父母呼唤她的声音都没有听到。

她快步走上场，分开乌泱泱的人群，走到江野面前。

“没事吧？江野，”她声音都是颤抖的，“伤到哪儿了？脚腕？”

“妹，他没事。”

宋星宇在她身后拽她，力气很大，要给她拉走。

这个时候了居然还不让她看着他，宋清弥怒了，声音扬高：“你能不能别闹了！”

话音落下，宋清弥感觉有人在她身后又勾了勾她的手，她怒气冲冲地回头，短暂的耳鸣以及眩晕后，就听到球馆里爆发出惊人的欢呼声和尖叫声。

眼前的视线逐渐清晰明朗。

一分钟前还摔倒在地的江野，此时正单膝下跪，手里举着一个黑色丝绒盒子，里面躺着一枚熠熠生辉的钻戒。

昔日队友的欢呼声起哄声就在耳边，玫瑰花被宋星宇从身后递了过来，江野一手接过玫瑰花，同时也递给宋清弥。

有无数的彩带和花瓣从天而降，导播镜头偏爱似的停在两人面前。

江野胸口的呼吸起伏不定，有汗珠滑过他的眉宇落下，他的声音颤抖着，虔诚着发问：“弥弥，嫁给我好吗？”

这里人声鼎沸。

这里爱意喧嚣。

他用一场比赛策划了一场求婚，给你的偏爱就是要让全世界都知道。

宋清弥鼻尖有些酸，用力地吸了吸，嘴角绽放出一点笑意：“好。”

番外三

国家队队医和她的运动员男友

Shishui
xiaoluluanshuang

在 CBA 扣篮大赛上那场盛大的求婚，全国人民都见证了。

江野是被 CBA 和篮协偏爱的球员，所以允许他在这样重要的场合里为他自己的事情花上一小段时间，并且各个部门都配合。

扣篮大赛那次，江野也取得了不错的名次，两人的婚事也因为曝光过度被无数球迷关注。

这年夏天，对江野、宋清弥催婚的声音几乎比对江野下赛季是否转会、江野在亚洲杯上的成绩预测还要热闹。

偏偏热闹中心的宋清弥和江野对此感受不深。

宋清弥在女篮队里做随队队医，陪同女篮征战亚洲杯，扣篮比赛结束后就去了日本，江野也入选国家队，是男篮亚洲杯的首发后卫。

两人从舆论中心一起“转移”到日本，逃离了所有催婚，在队里偶尔见面，偶尔恋爱。

那天中午，江野和队友在食堂吃完饭出来，路上遇到女篮的球员，她们见了他，打趣道：“江野，你还有心思吃饭呢？”

江野：“怎么了？”

女篮队员道：“你再顾着吃饭，你老婆可就要跟人跑了。”

江野挑眉：“跟谁跑？

“你说的跑该不是她又心血来潮想减肥，在你们训练的时候跟着跑了三千米吧？”

女篮队员沉默了。

这确实是宋清弥的黑历史来着，但今天的情况确实更为严峻。

女篮队员：“这次是真要跑了，你注意点吧。你看，她都没来吃饭。”

男篮女篮训练结束的时间是各自安排的，何况宋清弥是队医，迟到早退都正常。

江野的目光在人群里睃了一圈，“啧”了一声：“行吧，我一会儿去逮她。”

话虽然这么说，但江野绝对不是吃醋或者不信任。

单纯是一天没见到了，他有点想念。

嗯，一天。

宋星宇哪能看不出来江野的心思，就这么点本事，离了女朋友活不了了，死“恋爱脑”。

他跟着嗤笑了一声。

江野皱着眉头看他：“笑什么，我有女朋友这件事很刺痛你吗？”

又被女朋友说了分手的宋星宇无语地说：“你现在攻击性怎么这么强呢。”

江野勾唇笑了笑：“那也得是我戳中了伤口才能攻击到你。”

宋星宇沉默了。

这些年来，他这位好兄弟越发嚣张了，这张嘴也厉害得很！就是不知道在宋清弥面前怎么就温顺得跟只小猫咪似的。

“你再攻击性这么强，你可别想娶宋小幺儿过门了。”宋星宇咬咬牙，拿出撒手锏威胁，“我在我们宋家多少还是有点话语权的。”

江野无所谓地耸了耸肩：“那我入赘呗。”

反正都是结婚，他没有那么多谁才是上位者的概念。

宋星宇被噎得一时间说不出话，江野打一巴掌给一甜枣，关切地道：“大热天的，你也别在这儿傻站着了，我去找你妹去。”

宋星宇想想也是，跟他置气什么，挠了挠脑袋：“……行，那也行。”

又有队友从食堂走出来，宋星宇跟他们勾肩搭背地回宿舍了。

阳光穿破干净的云层照射下来，江野心里忽然软软的。

还真别说，他还真有点想宋清弥了。

也不是没有经历过异地恋，就是因为经历过即便再思念，也要忍受不能见面的煎熬，所以才会分外珍惜在一起的分分秒秒。

阳光将他的骨头都晒得酥软了，想起宋清弥，他嘴角稍稍翘起，掏出手机给她发消息：在哪儿呢？

宋清弥没有回复。

但也不用多想，这个时间，宋清弥多半躲在酒店房间休息。

男篮女篮都在一个酒店里，他对走到宋清弥房间的路已经相当熟悉，径直走了过去。

这里太强调环保，酒店的隔音效果很差。

刚踏进走廊，他就听到有房间传来女生清脆的笑声，此起彼伏夜莺唱歌似的好听，听上去很开心。

江野心里已经有了一定的判断，果然，随着越走越近，笑声也越发清晰。

他抬手敲了敲门，里面瞬间安静，再然后，宋清弥跑过来开门，只探出一个脑袋和半个身子："你怎么来了？"

她的语气里有些震惊。

江野扬了扬眉："我怎么就不能来？"

宋清弥没回答，手扒着门，江野扫视她一圈："不请我进去？"

宋清弥有意遮掩，门缝开得太小，即便江野个子高，也看不清房间内的风光，但那阵清脆的笑声确实消失了。

宋清弥笑了两声："不方便。"

"有什么不方便的？"江野反问。

"就是有些不方便，哎呀，你别问了……"

话还没说完，江野忽而手臂用力，被她按着的房间门不堪一击，大大敞开了。

江野迈着长腿走了进去，目光逡巡一圈。

不算大的房间里架了一个小桌子，上面的小电锅"咕隆咕隆"地冒着热气，里面的蔬菜和肉翻滚着，冒着香气。

周围还摆放着丸子、虾滑、牛肉……还有几瓶放在桶里冰镇的气泡水。

里面的人见被发现了，畏畏缩缩地喊了一声："野……野哥。"

忽然又感觉这个称呼不够有力道，立马改口："姐夫！"

这声"姐夫"让人顺心，江野哼笑了一声："你在这儿干什么呢？"

蒋诗雨求助地看向宋清弥。

蒋诗雨刚满十七岁，今年刚入选国家队，因为是外线，身体灵活性很重要，她又是易胖体质，教练在严格控制她的饮食。

她实在太容易饿了，饿了就想吃饭，但营养师控制了她的饮食，只有宋清弥愿意给她开小灶。

可是开小灶的事情还是被发现了。

好消息是，是被宋清弥的男朋友发现的。

宋清弥上前两步，蹲下来给蒋诗雨又夹了满满一碗牛肉和虾仁，拍了拍她的肩膀："没事，继续吃。"

江野忽然就不开心了，心里有点不舒服。

他“啧”了一声。

宋清弥终于将目光放在他身上，问道：“怎么了？”

“刚才女篮的球员说我还不信，”江野说，“现在信了。”

说话怎么在卖关子，宋清弥实在听不懂，继续问道：“说什么了？”

江野想坐，但蒋诗雨已经坐在床沿了，他四处看了看，最后半倚着旁边的矮柜：“说你要跟别人跑了呗。”

蒋诗雨闷闷地开口：“姐夫，我……我就跟着弥弥姐，我不跑。”

江野：这是要三个人一起过的意思？

蒋诗雨还是长个子的年纪，半夜睡觉腿会抽筋，本来说好的，今天中午给她按摩一下。

但看江野这副“四海之内皆情敌”的模样，宋清弥有些无奈：“时间也不早了，小蒋，你先回去午睡，下午训练完我再给你按摩。”

蒋诗雨如蒙大赦地点点头，连忙逃离这个是非之地。

房间里静悄悄的，只剩下他们两个人。

江野的气势渐渐变得很弱很弱，宋清弥扬了扬下巴：“你收一下。”

“这合适吗？”江野说，“你和好妹妹吃饭，然后让我来清理。”

“你都知道人家是小孩子，还这么逗人家。”

“还给人添饭夹菜照顾情绪，”江野的语气明显不对劲，“我都没有过这待遇。”

说到这里，宋清弥不解恨似的拧了下他的腰。

“别掐，”江野弯腰将没吃完的新鲜蔬菜都归拢在一起，放进冰箱，“给我掐坏了，你可就少了一个……”

他斟酌一下措辞：“奴隶。”

“你讲讲道理，”宋清弥努努嘴，“我什么时候压迫过你。”

江野用下巴点了点他正在清理的桌面，抬头看她，眼神仿佛在问：现在不就是吗？

他一一细数着：“让我做家务，做饭，开车送你去商场做指甲，晚上只想在……”

“停！”宋清弥不敢想他后面还会说出来什么话，赶紧堵住他的嘴，“我帮你干吧。”

江野“嗯”了一声：“不过人家教练都不让她吃东西，你这样让教练看到了不得跟你生气？”

他还是关心女朋友的职业发展的。

“生气就生气吧，”说到自己的专业领域，宋清弥还有脾气呢，“她都还没成年，正是长身体的年纪，天天吃那么点儿，上午过一半就饿了，吃不饱哪有力气打球。

“再者说，长胖了就加大训练强度，多长点肌肉；况且，即便是后卫也需要身体对抗啊……”

宋清弥叭叭讲了一堆，忽然想到江野的错处，直接问：“我还没说你呢，你都吓到人家小朋友了。”

江野“啧”了一声：“怎么就又维护上了。”

宋清弥斩钉截铁：“她是小孩子啊！”

江野在水龙头下认真地洗干净每根手指，轻轻笑了一声。

“小孩子，”他咂摸了一下这个用词，“这话在你嘴里说出来还挺新鲜的。”

“新鲜在哪里？”

他抽出纸巾擦干指腹的水珠，抬眼时，头顶的光线刚好照在他的眼睛里，像是积攒银河似的璀璨。

“新鲜在……”江野拖长了尾音，忽而俯身向前，将她整个人拦腰抱起来，快步向床的方向走去。

宋清弥惊呼了一声，江野仰头在她下巴上亲了下，然后压着她摔进柔软的床铺里。

“新鲜在发现你已经不是小孩子了。”江野的声音轻轻的，像一片羽毛划过心尖。

“可能是认识太久太久，对时间没有实感了吧，总觉得你是跟在我身后的小孩儿，我得照顾你，让着你，忽略了你现在也能独当一面去照顾别人。”

宋清弥捂住他的嘴巴：“打住！你现在也得让着我，照顾我。”

江野顺势在她掌心亲了一下，然后将她的手拿下来，十指相扣，垂到身侧。

“当然会让着你。”江野看着面前这张无论在一起多久都充满惊喜的脸，着迷似的又亲了亲她。

房间的空调温度正好，床也舒适柔软，江野的温度贴在身体上很安心。

宋清弥没忍住，回应了江野的吻。

本来只是浅尝辄止的，却因为她的回应，事态有些失控起来。

江野用力地吮吸着她的嘴唇，两人的呼吸逐渐急促起来，宋清弥及时刹车，从他怀里滚出来，顺便把被子往身上一蒙。

“不可以！”她义正词严地拒绝。

江野当然也知道不可以，他在备战亚洲杯，要保持最好的状态。

但他已经不是第一天备战亚洲杯了，这样忍耐的日子已经很久了，他放任宋清弥远离他，抬手搓了搓脸，有几分无奈道：“那挂账吧。”

宋清弥努了努嘴。

“这是什么表情，”江野问，“我们不是说好的吗？”

宋清弥："还挂吗？我怎么感觉还不完了。"

天地可鉴，她对那种事的兴趣虽然有，但是和江野的需求并不匹配。

江野直接从口袋里拿出手机，示意她看备忘录，上面清晰地记着每一次挂账。

宋清弥在脑海里计算了下距离亚洲杯结束的时间，感觉这个账到结婚也还不上了。

她脑子一转，垂死病中惊坐起，摇了摇江野的手臂："我今天就还吧？"

江野："嗯？"

语气里充满了震惊和不解。

"不是那个还，"宋清弥说，"你不是嫌我对蒋诗雨比对你好吗……"

江野哼笑一声："我可不用你给我夹菜添饭。"

午睡时间已经到了，宋清弥看了看锁屏的时间，淡淡地道："我读故事哄你睡觉吧。"

江野想起小时候玩过家家，宋清弥非要演妈妈，他演爸爸，然后一本正经地对着小熊儿子读绘本。

即便绘本都拿倒了。

江野闷闷笑了一声，宋清弥不情愿地扒拉他一下："你笑什么？"

"没什么，你读吧。"江野闭上眼睛。

宋清弥拉上窗帘，把空调又调低了两度，上了床，江野长臂一揽，将她揽进怀里。

宋清弥随手在浏览器里搜了一个睡前故事，清了清嗓子："明朝有个群体叫丐户，户籍卑贱，却很有钱……"

声音忽然消失，江野没睁眼睛，蹭着她的脖子问："怎么了？"

"杀妻的……"她指甲戳着手机屏幕，发出"嗒嗒"声，"哪有人睡前听这些的。"宋清弥小声咕哝，语气相当认真，当真是要哄他的样子。

江野心里泛起一股暖意，抬眼看向她，抽走她的手机。

四目相对，江野语气里分外认真："弥弥，回去我们领证吧。"

他的喉结上下滑动："我开始心急了。"

♥

番外四

青春的小鹿还在乱撞

Shishui

xiaoluluanshuang

亚洲杯男篮的成绩在体育局的预期之内，赛程结束后，男篮女篮运动员一起回国。

训练暂时结束，运动员们各自忙自己的事情。

江野还有代言广告拍摄、杂志拍摄等活动，一直忙得厉害。

宋清弥倒是有一大把空闲的时间在家躺着，偶尔和江野约会，并且计划着出游。

奚霞见她整理行李箱，便问她：“又要出去玩了？和阿野？”

宋清弥摇摇头：“他还忙着呢，有个什么篮球综艺要录制。”

奚霞“哦”了一声，站在旁边，没走。

宋清弥把化妆品装好，蹲在地上抬头看她：“妈妈，你是想说什么吗？”

奚霞不是传统的家长，知道在孩子的人生大事上催促只会适得其反，可当妈的哪有不着急的。

“妈妈说话你可不要生气啊，”奚霞有些忐忑地说，“你和江野还不打算领结婚证吗？”

宋清弥挠挠头：“再说吧。”

其实谈恋爱到这个程度，她对是否要领证、结婚，已经没什么感觉了，因为无论怎么样，两人的日子都会这样平淡地过。

确实，江野在日本的时候提过领证的事情来着，但他回国之后似乎也很忙，没有再提过这件事。

宋清弥也不知道他在考虑什么。

“你别着急，”宋清弥跟奚霞说，“我晚上问问江野。”

不过还没用她开口，江野就已经出现在了她家楼下。

明明他白天还在外省录制综艺，晚上就已经出现在她眼前，就是家里人多，宋清弥没办法表现出太过开心。

奚霞很喜欢江野，除了他的家庭，在她眼里，江野上进、能力强、有担当，帅气还爱自己女儿，简直就是世界上最好的女婿。

见他来，奚霞也高兴，亲自下厨做了两道江野喜欢吃的菜。

宋清弥在餐桌上努努嘴：“我和江野到底谁才是你亲生的？”

奚霞点了点她的脑袋：“又吃的哪门子醋呢小祖宗，你想吃什么我没给你做？”

“我给你做，我给你做。”江野连忙哄她。

吃过晚饭，两人在外面遛弯消食，宋清弥才想起来问：“你怎么今天就回来了。”

江野忽然顿住脚步，目光认真而虔诚地看向她：“我们领证吧。”

“啊？”风马牛不相及的对话。

江野说：“今天查了一下皇历，发现明天就是良辰吉日，适合结婚。”

宋清弥“扑哧”笑了出来：“没发现你这么迷信。”

她还记得，在打CUBA那会儿，他还很高傲地对着媒体说，无论他在什么高度，他都会是CUBA的山顶。

一个高傲到狂妄的男人，居然会在此时相信命运这种虚无缥缈的东西带来的加成。

江野也笑了笑：“太在意的事情，就会向苍天祈求好结果。”

他生长于父母感情逐渐破碎的家庭，对感情这件事，其实没有太大信心。

不是不信任自己，也不是不信任宋清弥，他害怕自己这些年太顺遂，于是命运会跟他开玩笑，在感情上，在宋清弥的事情上。

于是，他只能小心翼翼。

宋清弥点了点头：“好啊。”

晚上，两人分别找出户口本，跟家里人说了一声，大家的反应也都不激烈，因为都知道两人迟早会走到这一天。

第二天，两人约好了穿白色衣服，随便找了一家店拍了红底双人照，然后抵达民政局，领了结婚证。

没买花，也没有什么跟拍。

简简单单的仪式，宋清弥本以为即便这一刻来临，她也不会有多大感受。

因为单纯就婚姻而言，保护财产和维持社会稳定的作用更多，她认为和江野的感情远远超过利益纠缠，并不需要这一张小小的纸片证明什么。

此时，这张小小的红色证书躺在手心里，她却有些恍惚。

江野拿起手机拍了照片，发了朋友圈。

很快就有一群共同好友来点赞。

“你不发吗？”江野问她。

宋清弥：“发。”

她按照江野的格式，复制了一条朋友圈。

领证就这样，简简单单。

翌日，江野又飞了回去，继续工作，宋清弥也继续准备旅行。

奚霞和宋建华就没那么淡定了，见两人领了结婚证，就开始操心起婚礼。

“你们准备好什么时候办婚礼没？哎哟，千万不要太早，时间不够，我们准备也不充足，江野的下赛季比赛也要开始了……”

“等到常规赛结束也可以，那时候都冬天了，去三亚办婚礼？那我得赶紧联系酒店。”

奚霞还没退休，但已经不忙着工作的事情了，就操心小辈的事情。

宋清弥是期待婚礼的，但一想到婚礼这些烦琐的流程，就已经望而却步了，思考了半天，就三个字：“再说吧！”

留下一脸着急的奚霞。

宋清弥从欧洲回来，江野刚好结束了忙碌的工作，来机场接她。

宋清弥跑过去，给了他一个大大的熊抱。

江野用一只有力的手臂给她抱起来，另外一只手臂拉着行李箱，抱着她往外走。

宋清弥捧着他的脸，亲了一口：“想我没？”

江野喉结动了动，缓缓“嗯”了一声。

“有多想我？”宋清弥继续问。

江野让她……低头，在她耳边轻轻道：“你回家就知道了。”

宋清弥：“什么嘛，这么神秘。”

他们在家里一天没有出过门。

宋清弥软绵绵地躺在床上，江野坐在床边，赤裸着上身，露出线条流畅的肌肉。

“我们大概冬天办婚礼？然后找一个海岛，有几个选项，一会儿你来自己挑选，妈会帮我们联系。”

因为宋清弥不愿意筹划婚礼，太费心了。

于是都是江野包揽了全部工作，他出计划，让宋清弥敲定。

江野事无巨细地交代，面对她那些抽象的甚至无法落地的想法，也会尽可能想办法满足。

他做了好多页的 PPT，相当认真。

宋清弥的内心感到无比满足，同时看着他在并不明亮的光下的身形，忽然感觉这样一辈子很好很好。

“别走神。”意识到她神游物外，江野抬手在她面前打了个响指，“好好听着。”

他甚至没责备她明明已经当甩手掌柜，连听报告都不专心。

宋清弥心脏软得一塌糊涂，挽了挽嘴角，磨蹭过去伸手环住他腰身，脸埋在他的腹肌里。

“你怎么对我这么好？”她问。

江野好像被问愣了：“我有什么理由对你不好吗？”

宋清弥思考片刻，摇了摇头：“只是太好了点。”

“咱们这儿是不是有句话叫‘三岁看老’？”江野问。

宋清弥不明所以：“怎么了？”

“可能是三岁开始，我就对你很好，于是这辈子已经定型了吧。”

他说得随意，又低头亲了亲她的额头。

青梅竹马的故事也许就是如此，在谁都没有意识到命运将两人的纠缠变成隽永之前，就已经习惯了彼此的存在。

在下一个冬天，两人在东南亚的一个热带小岛上举办婚礼。

婚礼很简单，来往宾客都是两人熟识的好友。

结婚前的那天晚上，大家在海边漫步，宋星宇笑宋清弥：“这是我们男生的单身派对，你来凑什么热闹。”

宋清弥哼笑了一声：“宋星宇，你以后最好对我礼貌一点，否则……”

宋星宇：“怎么？”

宋清弥：“以后我让我的小孩儿正月剪头发。”

宋星宇骂了句脏话：“你也太歹毒了。”

他看向江野：“你能不能管管你媳妇？”

江野：“是哪里给了你我能管住她的错觉？”

这个晚上，大家喝酒、唱歌，好不热闹。

隔壁派对上有个外国人，频频看向宋清弥，大抵明白了宋清弥和江野是一对，但还是给宋清弥塞了张字条。

宋清弥好奇地打开看看，就见江野拎着酒杯从后面经过，顺手用两根修长的手指将纸夹走。

他看了一眼，团作一团扔进垃圾桶。

宋清弥问："他写了什么？"

江野说："他说不介意加入我们。"

"我忽然想到一件事。"宋清弥变得认真起来。

江野："什么？"

宋清弥说："初中那会儿，有男生给我送信，你也是现在这样的表情，从我身后经过，把信拿走，扔掉了。"

江野"嗯"了一声："有点印象。"

宋清弥："没想到那时候你就对我图谋不轨了……"

"不然呢？"江野笑着看她，"自己养的小白菜总不能让猪拱了吧？"

宋清弥想想，她的青春时期里，有太多太多可以早恋的机会了，如果不是江野的话。

"哎，你居然图谋这么深远，"她说，"月老从前没给我们拉线，也让你给半路拉回来了。"

江野拉住她的手："反正你现在后悔也来不及了。"

宋清弥偏头对他笑了笑："我当然也没有后悔呀。"

夜色沉醉，月亮掩盖在霓虹闪烁里，夜晚的海边喧嚣热闹。

宋清弥之于江野，是挂在天边的月亮，他是追月亮的人。

用尽许多年，他将月亮拥入怀中。

而江野之于宋清弥，是在某个瞬间注意到一阵风，热烈执着地吹着。

于是，她追逐着风。

婚礼那天，咸湿的海风吹过来，宋清弥在宋建华的引领下，一步步向江野走去。

江野翘着嘴角看她，眼睛分外明亮。

青春的小鹿还在乱撞。

他们还有长长的一生，结局是未完待续。